# 第一商会

## 讲述财富与权力“离不开，靠不住”的明暗法则

做多大的生意就会遇到多大的官，财富需要权力来护航，权力也需要财富来运行；权力与财富既互相成就，也互相毁灭。翻开本书，在商人和政客的博弈中抓住政商关系里从未改变的明暗法则。

超级畅销书作家
寒川子 著

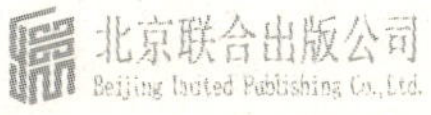
北京联合出版公司
Beijing United Publishing Co.,Ltd.

**图书在版编目（CIP）数据**

第一商会 / 寒川子著. -- 北京 : 北京联合出版公司, 2014.11

ISBN 978-7-5502-2663-0

Ⅰ. ①第… Ⅱ. ①寒… Ⅲ. ①长篇小说–中国–当代

Ⅳ. ①I247.5

中国版本图书馆CIP数据核字（2014）第026178号

---

第一商会

作者：寒川子

责任编辑：孙志文

选题策划：读客图书　021-33608311

特约编辑：马伯贤　胡艳艳

封面设计：唐梦婷　李子琪

版式设计：吴星火

责任校对：绳刚　张新元

---

北京联合出版公司出版

（北京西城区德外大街83号楼9层　100088）

北京嘉业印刷厂　新华书店经销

2014年11月第1版　2014年11月第1次印刷

字数316千字　680毫米×990毫米　1/16　22.25印张

ISBN 978-7-5502-2663-0

定价：36.00元

---

**如有印刷、装订质量问题，**

**请致电010-85866447（免费更换，邮寄到付）**

读客® 知识小说文库

读小说，学知识

# 目 录

# 引言

二十世纪之初，确切地说，是1905年的又一个闷热夏夜。

风几乎没有，云遮住太阳，申城里里外外，潮得腻人，空气犹如吸饱水气的海绵，抓一把就能捏出水滴来。大人孩子，即使坐在屋檐下一动不动，周身也会渗出一层黏糊糊的液体，将衣服粘贴在皮上。

坐落在申城老城厢区的沪南钱业公所却是又一番景象。公所外面，如临大敌，清兵荷枪实弹，警察三步一岗，五步一哨。公所里面，张灯结彩，靠近后庭园林处的新建戏台上，光影交错，刘关张三英正在紧锣密鼓地大战吕布，枪刀剑戟四般兵器轮番舞将起来，原本宽绰的戏台顿觉小了。

正对戏台的主包厢里，大清工部左侍郎丁承恩正襟端坐，双眼微闭，手拨佛珠，嘴唇微动，似在听戏，又似在咏经。他的旁侧，花枝招展、顾盼皆情的如夫人一手轻挽丁大人手臂，另一手摇动羽扇，不紧不慢地将阵阵微风送入丁大人的官袍。丁大人之侧，是上海道台大人袁树勋，如夫人之侧，是泰记账房车康。四人身后，站着四个膀大腰圆的便衣汉子，毋须多问，他们是丁大人的贴身保镖了。

锣鼓声急，喊杀声密，群英战至酣境，各包厢里的注意力全部凝聚在舞台上，谁也不曾注意到几个黑影正悄无声息地从不同方向缓缓移向丁大人所在的包厢。两个伺候茶水的也从左右两侧，分别踏上二楼包厢的楼梯。

一个送茶水的走向斜对丁大人的包厢，在一个头戴西式毡帽的富家小姐案前斟上茶水，低声说些什么。小姐没有应声，眼睛瞥向剧院下面正在移动的几个黑影，缓缓端起茶碗。

小姐把茶碗移到面前，掀起碗盖，似在嗅香。

舞台上，锣鼓声更密，喊杀声更紧。小姐冷冷的目光瞥向丁大人，见他依然故我，拨珠念佛。他的包厢里略起动静，似乎是侍奉茶水的敲门求进了。

小姐眯一眼楼下渐渐到位的几道黑影，正要翻转碗盖，斜刺里猛又蹿出一道黑影，静如鬼魅，快如闪电，于眨眼间蹿到正面，轻舒猿臂，在小姐不无惊愕的目光下，以迅雷不及掩耳之势掷出利器。也几乎是同时，如夫人纵身扑向丁大人，发出“啊”的一声尖叫，扇子落地。

剧场大乱。

刺客如猿猴般跳到一侧，夺路而逃。包厢里的四个护卫，两个护住丁大人，另两个纵身跃下包厢，掏出短枪，朝天啪啪两响，紧追而去。与此同时，富家小姐纵身跳下包厢，与几个黑影疾身冲出。

清兵与警察迅即四下包抄，将沪南钱业公所围个水泄不通。刺客慌急之下迷路，正在冲撞，被富家小姐一把扯住胳膊，引向一处矮房，腾身上房，在七八个黑影掩护下，由屋顶跃至围墙，伺机冲出，隐没在老城厢那错综复杂的巷子里。

刺客在众人裹胁下，七绕八拐，来到黄浦江边，见已安全，正要问个明白，不想却被人反手扭牢，带到富家小姐跟前。

富家小姐瞪他一眼，声音冷酷：“说，什么人？”

刺客意识到不妙，这也豁出去了，甩下头颅，挺胸应道：“老子行不更名，坐不改姓，浙江湖州人陈炯是也！今日既落你等奸贼之手，要杀就杀，何必多话！”

“哟嗬！”富家小姐绕他转一小圈，声音挑起来，“没想到是条硬汉子哩！”猛地揪住陈炯辫子，用力后扯。

陈炯疼得龇牙咧嘴，强力忍住，从牙缝里挤道：“你个黑刹婆，我……我……”

“嘿，这还敢骂本小姐哩！”富家小姐伸出另一只手，两指如利爪般扼住陈炯咽喉，憋得他透不过气来，恶狠狠地数落，“你个莽撞鬼，你个搅事精，你坏掉本小姐大事体，本小姐还没跟你算账哩，你倒先骂本小姐哩！看我不掐死你！”狠劲又扼一下，方才松开。

陈炯脸色乌青，连喘几口，看着小姐：“敢……敢问小……小姐，你……你是……”

小姐看向扭住陈炯的壮汉子：“炳祺，讲给这个愣头青！”

“姓陈的！”任炳祺一字一顿，“记清，今晚救你性命的是坐镇上海滩、号令江浙皖的江湖侠女大小姐！”朝他膝弯处一顶，“磕头谢恩吧！”

经这一顶，陈炯膝弯酥软，扑地跪下，就势叩首：“陈炯谢……大小姐救命之恩！”

“好了好了，你这个头本小姐经受不起哩！”大小姐眉头一皱，耸耸肩，摆手，“本小姐救你一命，是念你还算一条汉子！记住，要想活命，这就滚出上海滩去，只走乡间小道，莫走大道！”朝众人努下嘴，率先走了。

呼啦一声，众人紧跟而去，眨眼间，隐没在暗夜里。

陈炯紧追几步，顿住脚，望着他们隐去的方向，拱手，朗声：“大小姐，陈炯记住你了！”

精心策划的一桩惊天大事于瞬间让陈炯搅黄，大小姐不无郁闷地回到自家院子，推开沉重的黑漆院门，却见一缕灯光隐隐地透出中堂门缝。

大小姐显然觉出不妙，关紧院门，轻轻走向堂门，微微推开一道细缝，见两个老者盘腿对坐于罗汉榻上，一个中年道人端坐于榻下蒲团上，各自闭目。一盏铜油灯挂在墙上，火苗在破门而入的微风下摇摇摆摆。大小姐侧身钻进，蹑手蹑脚地溜向闺房，刚迈两步，身后传出一声重重的咳嗽。

是申经世，既是金盆洗手的洪门护剑大爷，又是江浙沪青帮兴字辈师太级老头子江湖上敬称申老爷子。

“老阿公，”大小姐吐下舌头，做个鬼脸，一步一挪地走到申老爷子背后，抱住他脖子，小声嗲道，“介晚了，您老，不不不，您几老这还没入定呀！”

“说，做什么去了？”申老爷子黑起脸色。

“小荔子没做什么呀，这不是……玩去了嘛！”大小姐仍在强撑。

“葛荔，老城厢这都闹翻天了，你还要撒谎？”申老爷子一双老眼逼视过来。

见老爷子叫她大名，且语气严厉，葛荔始知事态严重，声音嗫嚅：“我……我只是去看了一场好戏，有人杀那姓丁的了！”

“胡闹！”申老爷子几乎是在喝斥了。

“老阿公！”葛荔不服，撅嘴犟道，“我哪能就成胡闹了哩？不就是看场小戏么？姓丁的难道不该杀么？姓丁的是李鸿章老贼的狗，李贼双手沾满天国血污，他这死了，逃过一劫，难道就不该让这姓丁的补偿一下吗？姓丁的这为满清鞑子四处蹦跶，东咬西吠，比其主子有过之而无不及呢，我天国志士，当人人见而诛之！”

“胡闹！”老爷子又是一声。

“你才胡闹哩！”小荔子来劲了，分别指点几人，“你，老阿公，你，阿弥公，还有你，柱叔，你们全都老糊涂了，你们全都苟且偷生，你们全都忘了天国血仇，小荔子……”连跺几脚，小脸血紫，“我瞧不起你们！”

“丫头片子，懂个啥？”申老爷子低斥一句，厉声吩咐，“躺床上睡个好觉，明晨早点起来，耽误老阿公大事体，小心你的屁股！”

“大事体？”葛荔眼珠子连转几转，变过笑脸，凑上来，语气巴结，“老阿公，啥大事体嘛？”

申老爷子嘴巴一撇，闭上眼去。

葛荔看向苍柱，转过来搂住他的脖子，声音柔软：“柱叔？”

“天国叛逆露头了！”苍柱出声。

"哪个？"葛荔的眼珠子又转几转，"天哪，难道会是老七？"

"什么老七？"申老爷子的老眼一下子睁开，半是嗔怪，"是你七阿公！记住，他在鲁家，就是茂升钱庄鲁老板宅上，盯住他！"

"小荔子得令！"葛荔欢快应过，扑扑扑三声，每人额头各印一吻，小鸟一般飞进香闺去了。

重重保护之下竟然受刺，丁大人震怒，责令上海道严查，亲自将如夫人送往英人办的仁济医院。如夫人胸前渗血，当即被送进急救室。丁大人在室外转来转去，焦急地等待。众多陪行人员，尤其是上海道台袁树勋及钱业公所的两大钱庄老板，润丰源查敬轩和善义源彭伟伦，更是诚惶诚恐。事情出在老城厢，且丁大人在钱业公所看戏遇刺，如夫人无论有什么闪失，他们就都吃罪不起。

急救室里却是另一番情景。洋大夫剪开旗袍，惊讶地发现不过是皮外伤，那枚飞镖刚巧插在腋下，被如夫人出于本能反应牢牢夹住，巨大的冲力及利刃伤的只是皮肉，血流不少，却无大碍。洋大夫松下一气，上些药水，连麻醉药也没让打，就着手包扎。

"Doctor，"如夫人问道，"is it serious?（医生，严重吗？）"

"Nonono，"洋大夫连连摇头，"nothing serious， madame，you' re lucky enough， for it hurts only in the skin.（一点儿也不严重，夫人，你太幸运了，不过是碰破一点皮。）"

"Doctor，"如夫人小声央求，"I' ve something to tell you，only you.（医生，我想与你谈谈，只你一人。）"

洋大人摆手，让两个助手退到旁边侧室，看向如夫人。

"I want the wound to be much serious. I will thank you and pay you double fees if you speak to my husband about the heavy wound.（我想让这伤势重一些。如果你对我丈夫讲出这个，我会非常感谢，并付你双倍费用。）"

"why?（为什么？）"洋大夫急了。

"I' m too tired， and I want to have a little rest here.（我

太累了，想在你这里放松一时。）”如夫人给出个笑，显出一脸疲惫的样子。

“I see.（明白了。）”洋大夫也笑了，打出OK手势，麻利地将伤口包扎起来，让助手把她推进一间豪华病房，将带血的飞镖放进托盘，端到外面，用生硬的中文对闻声凑来的丁大人道：“你的夫人伤情重，要住院治疗，这是飞镖，请先生收好！”

众人面面相觑。

丁大人三步并作两步地赶到病房，见如夫人脸色苍白地躺在床上，绷带缠到胸部，仍旧昏迷不醒，心头一沉，不无伤感地一手轻握她的纤手，一手转动佛珠，口中念念有词。念叨片刻，快步出来，见警察局长刚好赶到，劈头问道：“凶手可有消息？”

“回禀大人，查清楚了，凶手姓陈名炯，党人，后晌以杂工名义混入公所，属下已封锁沪上所有城门、码头，全城搜查，同时照会租界巡捕房，让他们协助追捕，大人尽管放心！”警察局长急急应道。

丁大人点头应过，交代道台及众人几句，在众多侍从护卫下，前呼后拥地走出医院。

回到府中，丁大人将自己关进书房，一屁股沉坐于他的紫檀圈椅里，还没喘过气来，就瞥见堆在案头的一大摞材料，两道老眉立时锁成两只弓着身子的蜈蚣。

是的，他没有理由不郁闷。李鸿章仙去之后，作为李中堂的两大门生，袁世凯坐镇天津卫，上海滩自然应该是他丁某的地盘。然而，由京回来仅只半月，竟就在家门口发生遇刺之事，姓袁的在老佛面前该会如何措辞。连自家门口的事体都理不出头绪，老佛爷又作何想？

更郁闷的是这趟差事。日、俄为争夺东北三省制权在中国领地上大打出手，日方胜出，支持日本的英人趁势照会清廷，依据《辛丑各国条约》第十一款之规定，再次要求续签商约，以期在上海滩及长江沿线商贸战中获取更多惠权。因涉及南洋，朝廷派他与英人主谈，不料刚一接阵，对方就抛出一连串共二十四款修约议案，且议题之精准，之详细，之实用，之强势，完全出乎预料。在他看来，凡是商约，条款都应模糊才是。显然，英人此番是有备而来，且肯定听取了伦敦商会，尤其是香港商会、上海工部局的具体意见。为应对英方提案，他紧急召集上海滩各家行帮，尤其是钱业公会，要求他们尽快拿出意见，岂料十天之后，他们却拿出这么一堆乱七八糟的东西，真正让他心寒。

丁大人一宵未眠，翌日早起，正在院中晨练，襄办进来，待他收功，并足哈腰禀道："大人，英使马凯先生又在催问，如何回复为好？"

丁大人黑起脸色，袖手回到房中，指着案上的材料说："你看看，就这些东西，你说东，他扯西，根本没有定见，能拿到桌面上吗？"

襄办埋头看材料。

"唉，"丁大人长叹一声，在椅里坐下，苦笑着摇头，"中国成为这个样子，人人都怪洋枪洋炮厉害，叫我看，是中国人自己不争气，自己把自己打败了。洋人抱成团，可国人呢，到哪里都是一盘散沙，哪一个都要死死抱住自己的二亩三分地不撒手！"

"大人说的是！"襄办放下材料，"关键是眼下，英人在催，朝廷也在等着，我们……哪能办呢？"

"两军相逢，谋周者胜。"丁大人喝口白水，"修约为头等大事，失之毫厘，差之千里，一丝一毫也马虎不得。英人在催，因为他们准备好了，我们呢，这是在仓促应战。"

"大人说的是！"

"我想一宵了，"丁大人闭眼，转动念珠，"洋人之所以保持一致，是因为他们不是单个商人，不是商帮，也不是行会，而是一个统一的商会。我们之所以一盘散沙，是因为我们只有商帮，只有行会，而没有统一的商会。我这就奏请工部和老佛爷，先立商会，再与英人谈商约！"

"好是好，"襄办略顿一下，"只是，英人那儿——"

"先晾他一阵子。"丁大人再啜一口开水，指指心窝，"告诉马凯先生，就说本大人昨晚受惊，心绪不宁，待过些时日压住惊再说。"

襄办应个喏，转身出去。丁大人打个哈欠，刚要伸个懒腰，外面传来脚步声，进来的是账房车康，抱着几大册子账簿。

“老爷，”车康放下账簿，在书案上挨排摊开，哈腰禀道，“泰记上半年的账出齐了，共是十二册！”

丁大人瞟一眼，闭上眼睛：“不看了，说个大体吧。”

“从账面上看，不尽如人意。汉冶萍亏损严重，几个纱厂业绩下滑，轮船招商局勉强持平，江南制造局略亏，其他几家也都业绩平平，只有如夫人掌管的惠通银行、电报局有较大盈利！”

“纱厂下滑？”丁大人显得很是吃惊，“这怎么可能呢？纱厂不是一向盈利的吗？”

“这……”车康面呈难色。

“说！”

“是夫人。去年年底，夫人把三公子调进去了。三公子的事体……”车康顿住话头。

丁大人脸色阴起来。丁大人娶有五房妻室，其中元配夫人守在江苏老家，二、三、四房守在上海，第五房随他住在北京。元配夫人是老人定下的亲，并非丁大人所爱。丁大人立事后，攀上李中堂，娶下中堂侄女李氏。后二老过世，丁大人将李氏扶正，立为夫人，让她主管内政并泰记账房，让元配守在家乡老宅。元配无出，夫人连生三个公子，可惜没有争气的，尤其是这三公子，吃喝嫖赌俱齐，这又染上烟瘾，交一拨狐朋狗友，干什么败什么，偏又最得夫人宠爱，丁大人每想至此，头大不已。夫人之后，丁大人又娶三房，但真正让他称心的是这第四房刘氏，也即昨夜替他挡住飞刀的如夫人。刘氏如夫人为扬州道台独女，自幼入读洋人的教会学堂，观念开放，不修小脚，工于心计，精于经营，丁大人早就让她协助大夫人理财，近年更让她主管惠通银行、电报局等具有时代气息的开拓业务。

“老爷，”车康这又接上了，话中有话，“昨晚的事体，奴才一想起来就冷汗直冒。没想到如夫人身手介快，眨眼间就……”

“不讲这事体了，”见车康一直在褒扬如夫人，丁大人打断他，“士杰可在？”

张士杰是惠通银行上海分行总理，也是丁大人极为器重的金融大才。车康立马出去，使人召到士杰。

“士杰，”丁大人转动佛珠，开门见山，“这召你来，是想听听钱业事体。昨天我到钱业公所，感觉有所变化了呢。”

“老爷讲的是，”士杰拱手应道，“钱业一直在变，但总体格局仍无大动，值得一提的是，茂升号异军突起，跃居第四名。如果不出差错，年底或可名列第三，直追润丰源和善义源！”

“茂升号？”丁大人的佛珠停转，眼睛略睁，“老板可是姓鲁？”

“正是。此人叫鲁俊逸，精明强干，颇有胆识，身为甬人，却是靠粤人发家……”

“甬人，靠粤人发家？”丁大人重复一句，显然感兴趣了，微微点头，“嗯，有意思！”

“老爷，”车康插上一句，“听说姓鲁的牙口壮了，几番从两个大鳄口中抢食，可总是吃到口边就又缩回去了。”

“哦？”丁大人看过去。

“想必是有所顾忌吧。”

丁大人闭上眼去，随口蹦出一句：“那就给他长点胆气，让他试试牙口嘛！”

“奴才遵命。”

# 第一章
# 上海滩钱业大佬衣锦还乡

单看宅院，就晓得鲁俊逸在上海滩的枪势[1]混得不错。

西江路甚是宽大。前些年法租界向西扩张，法国公董局沿县城北侧向西辟出这条主干道，东西长约十里，宽不下十丈，堪比公共租界中的南京路。

自开辟之日起，此路就成为沪上权贵追捧的黄金地段，前后不过几年，地价就如火箭般攀升数倍。对寻常人来说，能在西江路上拥有一间斗室已是奢求，鲁俊逸拥有的竟是黄金地段里的一座豪宅，南北呈条形，占地近二亩，前后三进院子，西式建筑，中式园林，南北通透，中西合璧，既赏心悦目，又方便实用。

齐伯站在前院的空场地上久久观赏，称赞不已："啧啧啧，俊逸呀，没想到你这事体做得介大，盖起介漂亮的宅院，窗上这些玻璃好像是镂花的呢！"

鲁俊逸引他走近那些玻璃，又引他走进门庭里，指给他看大理石地面，笑道："是哩。那些玻璃，还有这些大理石，全是意大利进口的。人家的工艺好，我们这里的匠人做不出！"

---

① 枪势：取自英文chance的谐音，意为"机会"。常作"混腔势"，指混机会，也引申为浑水摸鱼。

齐伯蹲下，摸摸大理石地面，细审花纹，点头道："嗯，做工真是精致！"

"齐伯呀，"鲁俊逸笑呵呵地看着他，扯入正题，"昨儿钱业公所出点事体，一直忙活大半夜，没顾上陪你哩。您这十多年一直不肯来上海，这突然来了，想必有啥大事体？"

"是老夫人。"齐伯缓缓应道，"前日后晌，老夫人捎口信给我，要我务必请你回去，越快越好。我一看辰光，班船就要开了，一时寻不到合意人，也是急了，这就自个赶来了。"

"啥事体？"

"不晓得。听来人语气，老夫人挺急的，要你马上回去。别是生病了吧？"

"应该不会。"鲁俊逸微微皱眉，"前日有人来，我还问起她来，说是她身体矫健健的。再说，眼下辰光，生意正忙，事体多，我怕走不开哩。"

齐伯望着他，突然说道："阿秀回娘家了，你晓得不？"

听到阿秀，鲁俊逸的脸色旋即黯淡下来，半晌方道："晓得了。"

"俊逸呀，"齐伯半是劝导，半是解释，"讲句不该讲的，你别是仍在为阿秀的事体生老夫人的气吧！想想看，你有三年辰光没回家了，这让老夫人哪能个想哩？"

鲁俊逸勾下头，没再吱声。

阿秀是俊逸妻妹，俊逸与她姐姐阿芝结婚时，她还不到十岁。阿芝在生女儿碧瑶时亡故，俊逸挚爱亡妻，一直没有续娶。阿秀年岁渐长，音容笑貌越来越像她阿姐。俊逸是极重旧情的人，早晚见到她，就如同见到阿芝，对她关爱有加。阿秀对他先是依赖，后是敬仰，再后生出情愫。前些年里，二人书信频传，俊逸魂牵梦萦，几乎每月都要回老家一趟，为阿秀买这送那，只差捅破最后那层纸。马夫人看在眼里，急在心里，死活不允这门亲事，在关键辰光棒打鸳鸯，不顾阿秀苦苦哀求，硬是将她许配他人。俊逸存此芥蒂，连续三年没再探家，只在逢年过节时礼节性地捎回些许贺礼。

对于这场过节，齐伯清楚不过，轻叹一声，进一步解劝：“俊逸呀，老夫人没把阿秀嫁给你，也是迫不得已。你在乎的是情义，老夫人在乎的是面子。大小姐那辰光闹得惊天动地，街坊村邻不知生出多少闲话。这又轮到二小姐了，你让她的老脸面哪儿搁去？”

鲁俊逸正自寻思应对，厅中电话铃响。

俊逸几步赶过去，拿起话筒，听一会儿，道：“晓得了，这就过去。”抬头看向齐伯，“齐伯，你这先歇着，在院里好好转转，我得去钱庄一趟。”

茂升钱庄坐落于老城厢里，位置不错，生意繁忙。柜台前，客户排成一条长龙，手摇各式扇子，或说或笑，一边抱怨天气，一边耐心等候。

鲁俊逸匆匆走进总理室，屁股刚在一张黑皮椅子里落下，协理老潘与跑街庆泽就走过来，哈了腰站在案前。二人跟从俊逸多年，皆是得力人手。老潘年纪五十出头，身材矮胖，慈眉善目，话语不多，言必有用。庆泽跟他刚好相反，身材瘦高，眼珠子贼转，动作干练，能说会道，天生是个跑街的料。

“是为麦基洋行那批货吗？”俊逸掏出随身带的折扇，扇几下，目光瞟向庆泽。

“是哩，”庆泽的腰稍稍直些，两眼盯住俊逸，“一共七家报标，四家为合庄报，三家为独庄报。独庄这三家，我们算一家，另两家是善义源和润丰源。各家标底也都探到了，合庄报的没过十五万两，善义源十六万，润丰源十六万五，我们十六万三。”

“哦？”鲁俊逸合上折扇，眉头拧起，“连善义源、润丰源也都报了？”

“老爷，”老潘凑前一步，“这批是德国货，质好色全，市场紧俏，所以大家起争哩。”说着拿出一张清单，“这是清单。”

鲁俊逸接过清单，眯眼看一会儿，吸口长气，看向庆泽：“洋行哪能讲哩？”

“在等我们庄哩。”庆泽嘿嘿一笑，“里查德让江摆渡

（comprador，买办）负责标底，我把这人搞定了，要他把几家独庄的标底暂先押下，只报合庄的。麦基急等出货，催问几次，他顶不住，这在催我哩。”

俊逸闭眼，一会儿后睁开，看向老潘：“有多少利，你算过没？”

老潘伸出三个指头：“批销，三万两打底；零售，六万两。”

俊逸再次闭目，陷入长考。

就在此时，老潘房间的电话铃响起来，老潘回身去接电话，不一会儿复走进来，望着俊逸，略作迟疑，道：“老爷，是泰记车总管，说是……说是要在我们茂升存银十万两！”

“哦？”俊逸显然极是惊愕。

“奇怪，”老潘眉头拧紧，“泰记与我们向无瓜葛，手中更有惠通银行，有的是地方存钱，这……”

俊逸眼珠子连闪几闪，盯住他：“你敢肯定是车总管？”

“绝对肯定，他的声音我听得出。”

俊逸长吸一气，缓缓吐出，转向庆泽：“庆泽，你这就去，报十七万！”

“老爷，”庆泽略是吃惊，“太多了吧？他们的底全摆这里了，我们报十六万六准成！”

见俊逸的脸色沉下来，老潘白一眼庆泽：“老爷讲多少就是多少，有你犟的嘴！”

“好咧，这就去办。”庆泽咂巴一下嘴，匆匆出去。

“老潘，”鲁俊逸微微眯起眼睛，“货到手后，快刀斩乱麻，尽快出手，在正常售价上把多报的几千讨出来。”复又打开扇子，悠然扇几下，见老潘仍旧站在那里，睁开眼，“还有啥事体？”

“老爷，”老潘脸上现出忧虑，“要是我们吃定，必会惊动彭老爷和查老爷。二位老爷都是输不起的主儿。”

“你担心什么？”

“我们……这等于公开向二位老爷叫板，别的倒是没啥，只怕老爷见面——”

鲁俊逸摊开两手，做出一个怪脸，回复显得驴唇不对马嘴：“正要告诉你哩，老夫人病了，我得回趟老家。”

老潘先是一怔，继而豁然洞明：“呵呵呵，这步棋妙。老爷回去多住几日，待回来时，这事体就抖落干净了。有谁问起，老爷就可推在我身上，好赖是个说辞。”

“是老夫人真的病了，齐伯亲自来叫我。”

“齐伯来了？”老潘有点惊愕，焦急地说，“看来老夫人病得不轻呢！”

“是哩。这就安排晚上那趟班船，包三个舱。”

“三个舱？”

“几年没回家了，动静弄大点儿。”

“呵呵呵，”老潘心领神会，连连点头，“是得给老夫人撑撑面子。”凑近一步，“老爷，听说前些日周进卿返乡，阵势不小哩，前有鸣锣开道，后是三顶八抬大轿，沿大街抛红包，大人娃子挤破头抢。”

“抛红包？”俊逸显然听进去了，“包什么了？”

“铜钿哪。一只红包五文铜板，从西街一直抛到东街，怕得折合几十块洋钿！”

“哼，”俊逸冷笑一声，“才挣下几个毛钱，就敢这般显摆！”

“老爷，我们得盖他一头。你跟他同住一镇，甭让乡邻们看低了！”

“这样吧，你安排五顶大轿，准备一千只红包，每只红包封铜钿十文。至于其他礼品，照老规矩置办。”

“好咧。”

“另外，单出一张庄票，一万块洋钿。”

“这么多？送给老夫人吗？”

“不是。另有用场。”

外滩四马路一家赌场外面，来上海滩混枪势的宁波小混混儿章虎显然运气不佳，不无沮丧地走出赌场院门，勾头沿街闷走，时不时地踢飞路上小石子儿解气。

一个头戴礼帽、醉醺醺的黑衣汉子晃晃悠悠地照面而来，章虎踢飞的石子正中那人裆上，只听哎哟一声，那人俯身蹲下，两手捂在裆部，腋下一只黑夹子扑通落地。

章虎看得真切，心里咚咚急跳，瞄一眼四周，见只有几个路人，遂飞身上去，不顾一切地拣起夹子撒腿就跑。

那人见状大急，狂叫抢劫，勉强追出几步，就又捂住裆子蹲下，只朝大街上大叫不止。见是劫案，行人纷纷避开，章虎一路无阻，连拐几条街道，踅进一个破院子里，掩上院门，气喘吁吁地靠在门上。

几个小阿飞急迎出来。

章虎匀几下气，抬手将夹子扔给他们："路上拣个夹子，看看有何宝物？"

几人围上，一个叫阿青的打开夹子，朝地上一倒。掉在地上的是一把铁物件儿、一串钥匙和两个装满子弹的夹子，并无一文铜钿。

众阿飞现出失望表情。

"阿哥，"阿青略显失望地看向章虎，"没钱，只有这个铁玩意儿！"

见多识广的章虎拿过一看，竟然是把德国造的新式驳枪，乌黑铮亮，既惊且喜，心儿狂跳，小心翼翼地抚摸不已。

一个叫阿黄的顺手摸过弹夹，审看两排子弹，不无惊喜道："阿哥，这玩意儿好像是真铜哩，拿到铜店没准儿能换几块饭钱！"

章虎夺过弹夹，白他一眼："什么饭钱？晓得这是啥物什不？"

众皆摇头。

章虎举起短枪："听说过洋枪没？它就是！"又举下弹夹，"这两排是子弹，一粒就能取你一命！"

众皆惊愕，无不咂舌。

"呵呵呵，"章虎小心翼翼地收起来，"小娘比哩，这叫天无绝人之路，有这玩意儿在手，兄弟们可就要啥有啥喽！"

"阿哥呀，"阿青吐下舌头，拍拍肚皮，"弟兄们这辰光啥都不想，只想填饱这东西。腰里没铜，卖烧饼的也给白眼哪！”

“铜钿嘛，”章虎收起枪，乐呵呵道，“小意思嘀！不瞒诸位，茂升钱庄的鲁老板和大哥是同乡，大哥这就向他挪借几个！”

“是哩是哩。”阿黄应道，“鲁老板财大气粗，听说也重乡情哩！”

“呵呵呵，”阿黄笑道，“咱大哥有这洋枪在手，想他不敢不重！”

章虎将枪交给阿黄：“保管好，跟鲁老板不能动这个。论起辈分，绕三个大弯，他还是我远房表亲哩。你们候着，我这就去！”

事起仓促，鲁府上下全动起来，一直忙活到后半晌，总算把一切搞定，各色箱笼摆满一院，远看就如办喜事一般。

天气闷热，鲁家千金鲁碧瑶的随身东西又多，仅是各种款式的衣服就塞满一箱，其他细软、日用又是一箱，整这个，理那个，忙得她香汗淋漓。

将要走时，碧瑶忽又想起一样东西，急问秋红：“咦，哪能不见我的那本书哩？”

“哪本书？”秋红擦把汗水。

“就是书皮上有几朵小梅花的！”

秋红眼睛眨巴几下，飞跑出去，不一会儿取回一个封皮精致的小册子，是道光年间词人吴藻的《香南雪北词》。

“咦，你在哪里寻到的？”

“在雪北亭里，你昨晚忘在护栏上了。”

“是了。”碧瑶接过诗集，塞进箱里，正在寻思还忘什么，俊逸上楼，问道：“瑶儿，记得前些辰光我拿回来两只小红盒子，你放哪儿了？”

“首饰箱里。”

“拿出来！”

碧瑶走进闺房，从首饰箱里捧出两只精致的红木小盒。

俊逸打开一只，现出一块心形乳白色玉佩，欣赏一会儿，复又合上，将盒子装进衣袋，看向碧瑶："瑶儿，这两只玉佩一模一样，你留一只就够了，这只归阿爸。"

碧瑶的脸色一下子阴了，盯住他，眼神哀怨："阿爸，你是不是又要送给那个女人？"

"瑶儿，"俊逸低声嗔怪，"看你讲些啥？她是你阿姨！"

"什么阿姨？她一心想的是做我晚娘！"

俊逸瞟一眼秋红，面上有些尴尬，又要说话，门人从前院跑来，在楼下叫道："老爷，有人闹着见您。"

俊逸朗声问道："啥人？"

"一个小瘪三，姓章，立早章，说是老爷家的远房亲戚，叫你鲁叔哩。"

"立早章？远房亲戚？"俊逸闷思有顷，摇头，"不记得我家有姓章的远房亲戚呀！"

"那就是冒充的了，"门人应道，"瞧他那瘪三样儿，一看就是讨小钱来的。几天前就遇到两个，全让我用三文铜钿打发了。"

俊逸抬腕子看下手表："辰光快到了，我要赶船，就不见他了。你去问问清爽，若是讨小钱的，就赏他两串。若为其他事体，让他迟些时日再来。"

"好咧。"

门人应过，一路跑向前院，在路边倚树而站的章虎远远望见，满脸堆笑地迎上："我鲁叔在不？"

门人走到跟前，从腰里拿出从账房处领到的两串铜钱，只将一串掼在地上，神色倨傲地瞄他一眼："姓章的，我家老爷要赶班船，没辰光见你。算你福气好，我家老爷晓得你是来讨小钱的，特别赏你这串铜钿。磕头谢恩吧。"

章虎脸上红一阵，白一阵，拳头渐渐捏起。

"咦，"门人略显诧异，"白给钱你还不拣！告诉你吧，凡是瘪三上门讨赏，我家惯例只赏三文铜钿。老爷念你是同乡，赏你一串。一千文哪，难道这还嫌少不成？”

章虎面色紫胀，飞起一脚，将那串铜钿踢起，直冲门人面门。那串铜钿嗖的一声掠过门人头顶，啪地砸在门楣上，将那门楣砸下一角，一串铜板哗啦啦散落一地。

门人吓傻了。

章虎欺上一步，正要揍他出气，望见齐伯与两个仆从各提一只大箱直走过来。齐伯重重咳嗽一声，赶前几步，将手中箱子放下。

齐伯扬扬独臂，堆起笑脸："年轻人息怒，有话好商量！"

左侧大街上，老潘、庆泽等带着几辆马车直驰过来。

章虎扫一眼齐伯及仆从，手指门人："你这恶狗听好，告诉你家主子，我姓章的不差这串铜钿，让他等着瞧吧！"扭转身，大踏步而去。

齐伯扫一眼门楣，又看一眼散落一地的铜钿，目光盯向渐去渐远的背影，眉头微皱。

俊逸与女儿碧瑶挽着胳膊走过来，秋红跟在身后。

俊逸看到地上的铜钿，惊讶地问："怎么回事？"

"老……老爷，"门人舌头发僵，"小……小瘪三不……不识抬举！"

俊逸白他一眼，见几辆马车停在门口，老潘招手，就与碧瑶跳上车去。齐伯与仆从将三只大箱子装到其他车上，与仆从跳上车子。

一溜儿五六辆马车得得得地朝十六浦码头疾驰而去。

一辆黄包车如影随形地跟在后面，车上坐着大小姐。

隐于暗处的章虎也闪出来，远远跟着。

## 第二章

# 赌气二十年，好友成冤家

宁波东北有个重镇，叫牛湾。

牛湾户逾数千，口逾两万，不仅是集贸中心，更是远近闻名的文化名镇。牛湾的文化名气主要来自两个老户，一是镇北马举人家，其祖父在道光年间通过乡试，成为那年大比中宁波府唯一举人；二是镇西老伍家，其先祖更进一步，非但中举，且被乾隆爷钦点进士及第，其事迹可见于宁波府志。

然而，时过境迁，世风渐变，马家、伍家相继败落，尤其是发迹更早的老伍家。

老伍家位于牛湾镇西，那里原本只有几户人家，后来人烟稠了，渐渐沦为老镇一角。

老伍家的进士先祖曾在多地做官，但官品清正，为人不拐弯，仕途并不亨通，不久就被排挤到偏远地方，生平最大的风光是出任惠州知府衙门里的从六品通判，全权管理过一次治水工程。自此之后，老伍家仕途中落，虽然代代出秀才，却再无人进举，自也无缘进京面君了。

老伍家的宅院是那个进士及第的先祖传下的，正房为双层木楼，已历百多年风雨，沐风浴雨的雕花围栏与窗饰早就朽腐，历经三次大修，新旧木头相互交织，原本光怪陆离，但在三年前被中和使人涂抹一层灰褐色的油漆后，倒也清新可人，颇有几分看相。楼下三间，两间住人，中间是正堂。楼上三间辟出东西两间书房，中间摆些琴棋书画古玩之类，专候文朋墨友造访。东厢是两间平房，一间用作厨房，另一间用作餐厅。靠西厢处搭出一排挡雨棚，专门堆放柴草、日杂等物。

常言道，作茧自缚。但作茧自缚的并非只是蚕宝宝，人之一生，无非是在为自己织茧。自一懂事就开始织，越织越大，越织越厚，直到将自己紧紧缚住。你别无出路，要么挣破它，要么被它憋死。

作为老伍家的第五代孙，伍中和为自己编织的人生大茧与他的父亲、祖父、曾祖父等毫无二致——通过科举之路重塑先祖辉煌。当然，与他的前几代列祖列宗一样，伍中和也是竭力了。两岁背诗，三岁读书，五岁学礼，七岁诵诗，十五岁通晓古今，二十岁就通过院试，列榜秀才，成为牛湾镇为数不多的生员。然而，老天并不酬勤，伍中和以生员身份连进四次贡院，次次名落孙山，每次也只差那么一丁点儿。

今又大比。

眼见秋闱日期渐渐临近，伍家上下再次陷入紧张兴奋的战前搏杀状态。与前番不同的是，儿子伍挺举已于去年通过督学科试，晋级生员（秀才），与父伍中和一样取得乡试资格，此番大比，伍家将是父子同道同场，莫说是在这牛湾镇，即使在整个宁波府里，也当是个奇观。

然而，对于久经科场的伍中和来说，越是奇观，越是谨慎。近半年来，父子二人各自关进书房，虽未达到悬梁刺股的地步，却也是闻鸡诵经，夜半入眠，精进不已。初次进举的挺举更是物我两忘，全身心地投注在战前的全新刺激中。

伍家闭门谢客，但仍有一户人家可随时进出伍门，这就是与伍家相隔半条街坊的甫家。

甫家世代戏班，班主甫光达比中和年长三岁，只是学问有限，每学新戏，不懂之处总来求问中和，久而久之，伍家大小无不是他们家的戏迷，两家自也往来随意，亲密无间。

这日晨起，天气湿热。吃过早饭，甫韩氏麻利地收拾完家务，拿上行头，匆匆赶至伍家。挺举妹妹小淑贞已经七岁，正是缠脚年龄。梨园出身、梨园长大的甫韩氏虽为大脚，却是缠脚高手，不知为多少富贵小姐束过天足，对老伍家的千金她就更上心了。

于小淑贞而言，这已是束足第二天了。甫韩氏小心翼翼地缠，已遭一日苦楚的淑贞强忍疼痛，一双泪眼紧盯伍傅氏，带着哭音："姆妈，能不能不缠呀？"

打下手的伍傅氏背过脸去。

"囡囡呀，"甫韩氏动作麻利地束着缠布，呵呵笑着安抚，"疼过这几天就好了。热天脚软，好缠。要是天冷，缠起来还要疼哩。"

"大妈，囡囡不想缠！"

"傻囡囡呀，你不缠脚，哪能嫁给贵人家呢？"

"囡囡不要嫁给贵人。"

"囡囡命好，一出生就在贵人家，想不嫁给贵人哪能成哩！"

"大妹子呀，"伍傅氏脸上发烫，干笑几声，"我们是小户，我那口子不过是个穷酸书生，论日子不及你家殷实，离富贵人家交关远哩。"

"哎哟哟，"甫周氏迭声叫道，"夫人哪，你这是折煞人哩。我家是下人，哪能跟你这上等人家比哩？不是夸说的，远近啥人不晓得你家是贵人。老伍家先祖是举人，进过京师，做过大官，伍老爷学问大不说，二十年前就是生员了。这到少爷，越发长进了，连续三年，年年入榜，生生是个贵人胚哩。秋闱近在眼前，老爷少爷齐上阵，无论哪位爷登榜，你家就是富贵之家，夫人就是贵夫人，囡囡就是千金小姐。如果他爷儿俩双双登榜，天哪——"顿住话头，巴咂几下嘴皮子。

"哪里呀！"伍傅氏听得心里乐颠颠的，"不瞒大妹子，他阿爸是指望不上了。连考这些趟，考得泄气了，不再去读圣贤书，一门心思钻进医籍里，看那样子，是铁心当郎中哩。"

"郎中好呀。救人一命，胜造七级浮屠。"

"唉，也是没办法呀。我家没田没地，这又没个营生，几张口都在等着进食哩。这次秋闱，我家只能巴望挺举了。"

"哎哟哟，少爷可是了不得。听我家安儿说，少爷那书读得好哩，这次秋闱，一准儿榜上题名！"

"真能应上，可就托上你这金口玉言哩。"

"囡囡真乖，"甫韩氏束好足，拍拍淑贞的小脑袋，赞扬她道，"待你天足缠好，你阿哥就榜上题名了。那时节，你是千金小姐，加上这双金贵足，媒婆儿只怕要踏破门槛哩。"

淑贞含泪笑了。

几个女人正说话间，顺安大步走进，扬手冲几个女人呵呵一笑，拐上楼梯，走到挺举书房外，也不敲门，直接伸手推开。

挺举正在伏案疾书，墨香满屋。见墨水不多了，顺安眼明手快，朝砚台里倒些凉水，拿起墨柱就磨，边磨边看挺举："阿哥，这写啥哩？"

"呵呵呵，"挺举放下笔，"阿爸要我预写几篇策论，这正试手哩！"

"啧啧啧，"顺安不无佩服地竖起拇指，"阿哥呀，在这镇上，我最佩服的就是你了！"仰起脸，长叹一声，"唉！"苦笑摇头。

"阿弟作何长叹？"

"阿哥科场大比，鹏程万里。叹我甫顺安，与阿哥同年出生，同时长大，虽说也从伍叔习得些许文字，终归是百无一用啊！"

"阿弟不必泄气。条条大道通长安，好男儿不见得定要走科举之路。依我看，你账头清，又打一手好算盘，若去经商理财，定可大有作为！"

"阿哥这是钻进我这肚皮里了。"顺安由衷服道，"只是——唉，好妇难为无米之炊，没有本钱，从商之路远在天边哪！"

"阿弟莫愁，"挺举站起来，两手重重按在他的肩上，"千里之行，始于足下，侬可先从徒工做起。只要肯下功夫，没有做不成的事体！"

顺安已把墨水磨好，正待应腔，忽听大街上陡然喧哗起来。

喧哗声由西而东，由远而近，人们纷纷奔跑，有人扯嗓子大喊："抢钱喽，抢钱喽，鲁老爷衣锦还乡，派发红包，大家快来抢钱喽！"

顺安耳朵竖起："阿哥，是鲁老爷，鲁老爷回来了！"

挺举微微一笑，重又坐下："去吧，抢两个红包回来！"

"阿哥，走走走，看热闹去，反正有的是辰光，你这策论回来再写不迟！”顺安不由分说，一把扯起挺举，径奔楼下而去。

就在二人跑出院门时，西间书房门吱呀一声开启，中和走出，站在过道上，黑丧脸看向大街。

大街上，鲁俊逸上海一行，加上本土迎接队伍，一溜儿五抬大轿，十几道箱笼，由宁波埠头而来，再由看热闹、抢红包的看客前后裹拥，浩浩荡荡，沥拉二里多长。

鲁俊逸坐在头一台轿子里，之后是女儿碧瑶，再后是丫环秋红，还有两顶轿子，却不知坐的何人。坐在前面马车上开路的是齐伯，一进镇子，就将独臂伸进一只裹着红布的箱子里，拿红包，扔红包。

另一个扔红包的是鲁碧瑶。严格来说，她不是扔，而是砸，总是冷不丁掀开轿帘，抓起几只红包，恶作剧般朝人堆里乱砸，还边砸边与后面轿子里的丫环说笑应答，嘻嘻哈哈，惹得一群小伙子疯了般跟在她的轿子两边，等着幸运红包砸在自己头上，那场面就如古代小姐抛绣球似的。

顺安挤往轿子跟前去了，只剩挺举孤零零地站在土堆上。几只红包冲帘而出，其中一只破空飞来，刚好落在挺举肩上，扑然掉地。

挺举一动不动，显然对这红包，甚至对这场面，压根儿没有看上，只在嘴角浮出一笑，扭头拂袖而去。不料刚走两步，嗖的一声，又一只红包直飞脑后，不偏不倚，将他的秀才帽子打落在地。挺举吃一大惊，扭头看去，见面前不远处站着一人，头戴毡帽，一身紧装，歪着头吃吃地冲他哂笑。挺举知是故意，抬脚正要将那红包踢回，适才看清对方是个女子，忙又收脚，正待冲她责诘几句，那女子却挑衅般向他吐吐舌头，闪身追向人流，眨眼间没影儿了。挺举又气又无奈，摇头苦笑一下，返身回家。

喧闹声渐渐远去，街面上空落落的。

顺安傻愣愣地站在街道一侧，手捧三只红包，若有所思。有顷，顺安返过神，缓缓拆开礼包，现出十文铜板。顺安又拆两个，全都是十文。

顺安凝视这些铜板，正自走神，肩上被人重拍一下。

顺安扭身，不无惊讶道：“章哥？你不是——去上海了吗？”

正是一路跟来的章虎。

“发财了嘀！”章虎没睬顺安的问话，瞥一眼他手中的红包，语气揶揄。

“呵呵呵，”顺安笑笑，亮亮红包，不无兴奋道，“娘稀屁哩，今朝算是开眼界了，一溜儿五乘八抬大轿！章哥，你猜后面几乘坐的啥人？全是丫环！乖乖，自古迄今，你听说过丫环乘坐八抬轿没？”看向手中红包，“瞧这礼包，清一色十文，比周老爷家多出一倍哩！”

章虎抓过几只红包，掂量几下，盯住顺安：“兄弟出息了嘀，连这种钱也肯拿呀！”啪地扔在地上，踏上一只脚。

顺安脸色涨红：“章哥，我……我……”

“哈哈哈哈，”章虎朗笑几声，给他个台阶，“我晓得兄弟你也瞧不上！戏文里哪能讲哩？大丈夫不吃嗟来之食，是不？”一把扯住他手，“走吧，兄弟，章哥请你喝杯老酒去！”

二人来到酒肆，章虎点出几个下酒菜，要来一坛绍兴老酒，大杯相碰，不消半个时辰，就已杯盘狼藉，喝得差不多了。

“兄弟，”章虎又倒一杯，盯住顺安，“章哥这酒不是让你白喝哩！”

“章哥有话请讲！”

章虎凑近他，压低声音：“章哥要做一桩大生意，诚意邀你加盟。”

“好事体哩！”顺安激动起来，“章哥快讲，是啥大生意？”

“方才大街上，看到那些箱笼了吗？”

“箱笼？”顺安略怔一下，“可是鲁老爷家的一溜儿十几个？”

“正是。奶奶个熊，看他那个显摆，我就来气！”

“呵呵，章哥，你生那些箱笼的气做啥？”

“嘘。”章虎看向远处柜台边的伙计，压低声音，“鲁家富得流油，箱子里装的必是金银珠宝，我这想借他几箱用用！”

顺安倒抽一口凉气，酒也吓醒了，睁大眼睛盯住他。

“呵呵呵，”章虎端起酒杯，递上来，“兄弟，吓到你了。来来来，喝酒！”

顺安接过酒，身子微微颤抖：“章……章哥……”

章虎自己端起一杯，一饮而尽，亮亮杯底：“兄弟，喝！”

顺安却把杯子放下，做出不胜酒力之状：“喝……喝多了，这……这得回去哩！”拱拱手，“章哥，兄弟失……失陪！”起身朝外就走。

章虎既没有起身，也没有应他，只是眯缝起两只小眼，望着他歪歪扭扭地走出酒馆，嘴角浮出一丝苦笑。

鲁俊逸如此高调张扬，并不全是章虎所讲的故意显摆。除去向上海方面传导某种必要的信息外，俊逸也是有意做给岳母马老夫人看的。

抵家之后，鲁俊逸未如老夫人所期望的那样立即上门拜谒，而是在歇足精神、吃饱午饭之后，方才兴师动众地赶往马家。

鲁家离马家不过隔着两条小街，绕圈子也只里把地。然而，即使这点距离，鲁俊逸仍是极尽招摇。八个仆役抬着两只食箩、两只礼箱走在前面，两顶八抬大轿跟在身后，齐伯甩着空袖子走在最前面，再度引发无数喧哗。

马家宅院位于牛湾镇东北角，马老夫人的公公在道光年间中举，虽未进士及第，但在这牛湾镇，却也算是仅次于老伍家的书香门第，加之祖传良田数顷，日子过得相当殷实，算得上是方圆有名的大户。单从高门大院的气势上，就可看出昔日的显赫。

一行人马在马家的高大门楼前驻足，众轿夫落下大轿。

马家早已准备妥当，门前扫得干干净净，仅有的两个仆役一左一右，哈腰迎在门外。

俊逸父女迈出轿子，快步走进院门。

院子虽然陈旧，但里里外外打扫一新，充满喜气，就如过年一般。正堂台阶上，马老夫人一身新衣，一脸病容，拄着一根龙头拐杖，在丫环搀扶下，颤巍巍地迎在堂门口。

俊逸急前一步，扶住她：“姆妈，您……哪能出来哩？”

老夫人笑笑：“就晃这几步，不打紧的。”

碧瑶搀住她的另一只胳膊："外婆，你这脸色蜡黄蜡黄，是哪儿不适宜了？"

老夫人指向心窝："就这儿。"

"是心口疼？"

老夫人笑道："不是疼，是想思病。"

碧瑶惊愕了："外婆，你年纪一大把了，这……还想思啥人？"

"想思瑶瑶呀。瑶瑶你一去几年不回家，还不把外婆想杀了？"

"外婆，瑶瑶也想你哩。瑶瑶这不是回来看你了嘛！"

俊逸晓得这话是讲给他听的，一脸愧色，扶她走进中堂，挽她坐在椅上，退后几步，屈膝跪下，重重叩地："是俊逸不孝，请姆妈治罪！"

"俊逸呀，"老夫人冲他摆摆手，"起来吧。一看到你父女俩，姆妈这病就好大半了。"

俊逸哽咽道："姆妈——"

"你这次回来，是不是看一眼就走？"

"俊逸是专为姆妈回来的，何时走留，谨听姆妈吩咐。"

"这才像个话哩。"老夫人朝里屋叫道，"阿秀，快出来，你阿哥和瑶瑶到家了嘀。"

一个二十来岁的清秀少妇从里屋转出，羞答答地倚在角门处，眼角斜睨俊逸。一望到她，俊逸的心就咚咚狂跳，眼珠子直直地盯她身上。

老夫人看一会儿阿秀，又看一会儿俊逸，这才收回目光，拉过碧瑶："碧瑶，来，让外婆好好看看你。"

碧瑶早已瞧出端倪，俏脸一沉，两眼直盯俊逸："阿爸，看你丢魂哩。该给恩奶献大礼喽。"

"是哩，是哩。"鲁俊逸这也回过神来，朝门外叫道，"齐伯，上大礼！"

齐伯应一声，喝叫仆役将礼物抬进正堂，依序摆好，再与众人退至院中。

看到如此之多的礼物，老夫人笑得合不拢嘴，责怪道："俊逸呀，你买介许多东西做啥？这得花掉不少洋钿哪！"

“为姆妈尽孝，多少洋钿也值。”俊逸边说边动手，揭开食箩顶盖，逐层取出一只只礼品盒，逐个介绍，“姆妈你看，这一盒是长白山老参，说是长有几十年了。这一盒是天山雪莲，说是长在山顶的雪地里，那雪即使夏天也不化。还有这大包，乱蓬蓬的七八样，是我托人到杭州胡庆馀堂特为姆妈选配的，专门泡茶喝，要是天天喝，就能长命百岁哩。”

“哎哟哟，”老夫人乐了，“真有那个寿，可就成了个老不死的，讨人嫌哩！”

“看姆妈讲的！”俊逸笑应道，“姆妈长命百岁，这是前世修来的福，做儿女的求之不得哩。”掀开一只樟木箱子，抖出几样花色洋绸，“姆妈你看，这是瑶儿到南京路的绸缎庄里特意选配的，正宗西洋货，你摸摸看。”

马老夫人伸手抚摸几下，啧啧称奇：“滑腻腻，平展展，色色鲜，瑶瑶真是好眼力嗬。”目光转向阿秀，“阿秀，快过来看，都是好货色，是你阿哥送你的。”

阿秀却不过来，依旧瑟缩着身子倚在角门处，眼角斜睨这边。

鲁俊逸看在眼里，怜在心里，略略迟疑一下，从怀里摸出那只装着玉佩的锦盒，伸手递过去：“阿妹，这个是送你的。”

阿秀脸色绯红，刚要伸手去接，碧瑶一把抢去，假笑道：“阿姨，我先瞧瞧阿爸送你的是啥宝贝！”话虽如此，却连盒子也没打开，顺手塞进衣袋。

鲁俊逸不曾料到碧瑶会来这一手，一时怔了：“瑶儿，你——”

老夫人心明眼亮，顺手拉过碧瑶，温存道：“瑶瑶，你和阿姨外面耍会儿去，外婆跟你阿爸唠唠闲话。”

碧瑶瞪一眼阿秀，也不叫她，顾自走出门去。

阿秀晓得姆妈要讲什么，脸色绯红，勾着头，亦跟出去。

看着神情恍惚、面色尴尬的俊逸，马老夫人决定直接捅破窗纸：“俊逸呀，姆妈叫你回来，一来想你了，二来是想跟你商量一桩事体。”

“姆妈请讲。”

"唉，"老夫人长叹一声，"阿芝走后，你一直没有续弦，真正不容易哩。你对阿芝这番心意，姆妈也早看在眼里。只是，偌大个家业，没人操持哪能成哩？阿秀命苦，过门后一直没添小人，官人这又撒手人寰，年纪轻轻的就守空门。姆妈早晚看着，实在不忍心哪。"

鲁俊逸两眼眨也不眨地望着老夫人。

老夫人言辞恳切："姆妈跟亲家讲妥了，不要他家一文钱财，只要阿秀回门。阿秀年初回来，登门提亲的人倒也不少，可阿秀没有中意一家。姆妈晓得，阿秀中意的是你。姆妈看得出来，你也欢喜阿秀。姆妈起下念想，干脆让阿秀随你，给瑶瑶做个晚娘。一则亲上加亲，二则瑶瑶也好有个照应。"

听到这份迟来数年的喜讯，鲁俊逸眼眶湿润，扑通跪下，给老夫人连磕三个响头，声音哽咽："姆妈……"

老夫人也拿出手帕擦泪："俊逸呀，三年前，姆妈没让阿秀随你，硬把她许配给方家，你……别是记恨姆妈了吧？"

鲁俊逸百感交集："姆妈，我……"

"唉，"老夫人摇摇头，再出一声长叹，"算了，甭讲这事体吧。阿秀命苦啊，过门后天天悲哭，差点儿哭坏身子骨。俊逸呀，要是你没有多余话，这事体就算定下了。"

鲁俊逸迟疑一下："对阿秀，我没啥讲的。只是，这事体得跟瑶儿商量，她……"

"姆妈晓得，"老夫人显然早就想定了，"这个话，由姆妈讲吧。这桩事体，多半也是为她好。你早晚要续弦，若是续娶别人，苦的还不是她？"

"是哩。"

"如果没啥讲的，姆妈这就让人择个吉日，把这桩好事体办了。"

"就依姆妈。"

辞别章虎，顺安一身酒气地走向家里。

甫家院落坐落在伍家西侧，与伍家隔着半个街坊。顺安与挺举一道长大，相处甚善，中和在教挺举读书时，也顺便教他念书识字，对外戏称他是挺举的书童。顺安也以挺举的书童自居，甫家更是以此为荣，四处标榜。

老伍家为书香门第，甫家则为梨园世家，甫家戏班更是全镇唯一的弹唱走书班子。

顺安父亲是班主甫光达，自幼承继家风，习吹拉弹唱，及至成年，十八般乐器无不精通。母亲甫韩氏更是了得，弹得一手好琵琶，唱腔优美，善于表演，两口子你弹我拉，你唱我和，将甫家走书一度经营得风风火火，闻名十里八乡。

然而，近几年来甫家戏班风光不再，生意大不如前。甫光达更是雪上加霜，一连染上两大毛病，一是赌钱，二是抽大烟，将个好端端的家生生败了。

甫光达跪在地上，鼻涕眼泪一把，两手死死抱住甫韩氏的一条腿不放，显然是烟瘾犯了。甫韩氏又踢又踩，挣不脱他，歇斯底里道："甫光达，你……放开我！"

"老婆，"甫光达一副可怜相，苦苦哀求，"就……就二十文，买……买烟！"

"不是给过你二十文了吗？"

"我……我……"

"你这死鬼，是不是又拿去赌了？"

甫光达不吱声了，只是死死地抱住她的腿。

甫韩氏又是抹泪，又是跺脚："遭天杀的，你这给我讲讲，你……你为啥放着好端端的日子不过，非要去抽大烟？非要去赌钱？你……你让我和安儿，哪能个过日子哩？"

甫光达大口喘气，烟瘾越发重了："快，快给我钱，我要抽……抽烟！"

"不给！"

"求……求你了，快……给钱！"

"要钱可以，"甫韩氏咬住方才的话头，"你这给我讲讲，你为啥介不争气？你……为啥不想好好过日子？”

“我……我不能讲呀！我讲不出呀！”

“你我老夫老妻了，有啥不能讲哩？有啥讲不出哩？这两年你完全变了个人，我晓得你心里憋事体。你不讲出来，我们这日子是没法儿过了！”

“你……不听成不？”

“不成！你不讲，我一文不给！”

“好吧，”甫光达牙关一咬，“不是我想讲，是你逼我讲的。我这问你，安儿他……究底是啥人的种？”

甫韩氏万未料到是这一问，一下子傻了。

“你……讲呀！镇上人人都讲他不像我，你叫我……”

甫韩氏脸色惨白。

场面正在僵持，随着院门咚的一声闷响，顺安大步跨进。见是儿子，甫光达急急松手，背过脸去，装作若无其事的样子。

甫韩氏依旧待在那儿。

顺安这也反应过来，两道目光火一般射向二人。

甫韩氏状若痴呆。

顺安死盯二人，两眼射出恨，有顷，猛一跺脚，大步走出。

甫韩氏颓然跌坐，两手捂脸，号啕大哭：“老天哪——”

顺安憋着一肚火气，直奔伍家。

正在院中守坐的淑贞见他进来，欢快地叫道：“安哥，大半天没见你，想死我哩！”见他气色不对，盯住他，“你不开心了？”

“呵呵呵，”顺安就如变戏法般换过脸色，拍拍她的头笑出几声，“开心，开心，安哥开心哩！阿妹，阿哥在不？”

“嗯。”淑贞指指楼上，压低声音，“跟阿爸一道，都在书房用功哩！”

顺安点点头，走上楼梯。

挺举的书房在最东面，且向东开窗，取紫气东来之意。屋顶开有天窗，愈加亮堂。

这间书房原本是中和的，在儿子考中秀才后就主动出让了。书房四壁，有三壁皆是书架，上面摆满各式古书，是伍家历代的搜集与智慧的积聚。挺举把书桌摆在书房中央，旁边靠着一张折叠软床，白天读书，晚上闻着书香睡觉。

顺安直走进来。

挺举笔直地坐在书案后面，正在审视面前书稿。

“来得巧哩，”挺举没有抬头，眼睛依然在书稿上，“策论刚好写完，先请阿弟过目。”

策论是乡试的必考科目。乡试每三年一次，农历八月举行，史称“秋闱”，共考三场，一共九日。第一场从八月初九至十一日，考《四书》《五经》，用八股文书写；第二场从八月十二日至十四日，试题有论有判，另有诏、诰、表等；第三场从八月十五日至十七日，考策问，问题包含经史、时务等。考题由简入难，尤其是最后的策问，往往见出考生的真实功力，挺举自然不敢等闲视之。

顺安心思却不在这上面，粗粗扫一眼，长叹一声：“唉！”

挺举扑哧笑了：“观你气色，想是啥人招惹你了？”

“能有啥人？还不是我家那个老倌才！”

“哦？”挺举关切地问，“甫叔又……赌钱了？”

“哼，”顺安恨道，“不赌就抽，生生把这个家败光了！”

“唉，甫叔这……这是自我作践，阿弟，我们该当生个办法，让他解脱才是。”

“屁办法。该用的法门，我姆妈全都用过了！”

挺举低头自语道：“甫叔以前不是这样的呀。”抬头看向顺安，“无风不起浪，阿弟，你想没想过甫叔是为啥事体来着？”

“还能有啥？”顺安脱口应道，“生意不好呗。我家是南词戏班，前些年，隔三差五就有生意上门，自打去年开始，月儿四十也难来一宗。今年更惨，过年迄今，这都七八个月了，只到周家唱过一次堂会，还是五人档的，要不出价！”

“这就是了！”挺举连连点头，“甫叔这毛病想必是愁出来的！南词雅致，曲高和寡呀！”

“雅致顶屁用！前几年我就劝他们改行，摆摊贩鱼也比做这个强。结果呢，不仅是老倌才给我颜色，连我姆妈也是不肯，非要吊死在这棵树上不可！”

“这是气节！”

“屁个气节！”顺安脖子一硬，“这都揭不开锅了，还得给老倌人省出烟钱！若是不然，他那副要死要活的熊样，真能把人寒碜死！”

“揭不开锅了？”挺举有点诧异，稍一思忖，从角落里搬出一只陶罐，倒出一堆铜钱，用纸把铜钱包好，放在案角，“阿弟，这是我攒下的零用钱，你先顾个急。没米下锅是大事体呀！”

顺安感动，噙着泪水把钱倒回罐里，将罐子放回原处，望着挺举道：“阿哥，谢谢你。这钱我不能拿，你留着大比用。再说，我家里那个穷坑，莫说是这点钱，纵使十罐八罐也填不满哪。”长叹一声，“唉，想我甫顺安，前世不晓得做过啥孽，竟就摊上这户人家呀！”

“阿弟……”

“好了，不讲这个吧。”顺安的目光落在策论上，拿过来，看一会儿，“啧啧啧，阿哥真是文采飞扬啊！”

“阿弟，你细审审，可有不合适处？”

“阿哥这不是折杀人么？审查你这策论，得伍叔法眼。”顺安擦干泪，换作笑脸，拿上策论出门，走到西间门前，朗声叫道，“伍叔，在里厢不？”

房门开启，伍中和笑脸走出。

顺安双手呈上策论：“阿哥的策论写好了，要过伍叔法眼。”

“呵呵呵，”中和摆摆手，走进挺举书房，“我听听就成了。顺安，你来吟咏，注意音韵，把握节奏。”

“好咧。”顺安嘻嘻笑着凑上去，“这吟法嘛，共有一十八种，伍叔想听哪一种？”

中和的笑声越发爽朗了：“哈哈哈哈，瞧你油嘴滑舌的。老规矩，你们甫家的走书调！”

“拿手菜嗬！”顺安轻轻咳嗽几下，开始酝酿情绪。

伍中和扯个蒲团盘腿坐下，微微闭目。

挺举也在蒲团上坐下，沉心静气。

顺安运好气，字正腔圆，就如甫韩氏吟唱走书一般：“《论学堂振兴与开启民智策》。方今中国，首务教育。夫教育者，其旨有三，一曰启民智，教民以自立、自强、自尊、自爱；二曰开西学，教民以政治、法律、财务、外交诸术，为国造就专门人才；三曰兴经济，教民以农、工、商、矿诸学，以实业经世济人，强国富家。三务皆急，至急莫过于启民智。夫民智者……”

马老夫人的如意算盘，最终没能在碧瑶身上打出来。

傍黑时分，老夫人将这桩好事体一五一十地透露给外孙女，未及说完，碧瑶就如燃烧后的干竹子，一下子爆裂开来。

“不要，不要，我不要——”碧瑶歇斯底里尖叫起来，用力挣脱马老夫人的搂抱，发疯般跑出屋子。

事发陡然，众人无不惊愕，待反应过来追出寻时，人已不见踪影。

俊逸一头扑进夜幕里，大声呼叫：“瑶儿，瑶儿……”

四周漆黑一团，没有任何回应。

齐伯安排所有仆从打亮灯笼火把，四下寻找。马老夫人又惊又急，跌跌撞撞地追到院门外面，身子连晃几下，一头栽倒。马家这又乱成一团。

俊逸东寻西找，叫破嗓子，依旧不见碧瑶身影。俊逸心里紧揪一会儿，猛地打个激灵，撒开两腿，直奔鲁家祖坟。

果然，茫茫夜色里，俊逸远远望到亡妻的坟前有团黑影，赶到近处，听到了悲泣声。

没错，正是伤心欲绝的碧瑶。

俊逸跌跌撞撞地跑过来，边跑边喊，带着哭腔：“瑶儿——”

碧瑶宛若没有听见，依旧跪在那儿悲泣。

俊逸跑到跟前，一把将她抱在怀里：“瑶儿，瑶儿——”

碧瑶挣脱开，止住泣，和泪吟道：

一树擎天藤枯去
患难相依处
才经苦雨又霜欺
安见啼乌忽来占春枝

花开若许谁人送
一枕荒唐梦
悲苦如露向天倾
响遍孤坟尽是断肠声

这首《虞美人》显然是碧瑶在母亲坟头的即兴之作，以擎天树、缠树藤喻其生身父母，以啼乌喻其阿姨。树犹在，藤枯去，啼乌抢春枝，她这个枯藤之花再无依傍了。

听她这般如泣似诉，俊逸心肝碎裂，紧紧搂住她，哽咽道："瑶儿——"

"阿爸，"碧瑶再次挣脱开，退后两步，缓缓跪下，"瑶儿求您了，瑶儿不要阿姨做晚娘，瑶儿只要阿爸！"

"瑶儿，"俊逸泣不成声，"阿爸……不娶阿姨了，阿爸只要瑶儿！"

碧瑶扑入俊逸怀中："阿爸——"

俊逸将她一把拉起："瑶儿，走，跟阿爸回家，赶明儿再来为你姆妈上香。"

俊逸父女赶回自家宅院时，已是一更天。人们都没睡去，齐伯打着灯笼守在门外，丫环秋红站在他身边，一脸急切。

望见是他俩，齐伯松出一气，急急迎上："老爷，快，老夫人倒下了！"

"啊？"俊逸急对秋红，"秋红，侍候小姐安歇！"转向齐伯，"快，我们这就过去！"

二人赶到马家，马老夫人已经醒过来了，只是仍在大口喘气，脸色潮红，额头滚烫，显然病得不轻。

阿秀跪在地上，两眼哭得红肿。

俊逸走到床边，轻叫："姆妈，姆妈——"

老夫人没有应声，眼中老泪流出。

俊逸转对齐伯："齐伯，快请郎中！"

齐伯转身欲走。

"俊……俊逸……"老夫人叫住他。

"姆妈？"

"请……请伍生员。"

"中和？"俊逸一脸错愕，不解地望着老夫人，"姆妈，他是秀才，不是郎中呀！"

"姆妈……"老夫人上气不接下气，"姆妈这毛病，只有他能治。"

"这……"俊逸看向齐伯。

"老爷，"齐伯应道，"伍秀才学问大，通医术，这几年治好不少人哩。"

"哦，"俊逸眉头微皱，与齐伯一道走出内室，沉思良久，低声吩咐，"齐伯，要是这说，就麻烦你走一趟，有请伍秀才。"

"好咧。"齐伯快步走去。

望着齐伯背影，俊逸苦笑一声，摇头道："嗬，真就是冤家路窄哩！"

齐伯赶到伍中和家，已经小半夜了。

伍傅氏听到叩门声，急急慌慌地穿衣起来，赶到门口，问清是齐伯，开门。齐伯讲明情况，伍傅氏踅回房间去叫中和。

中和早坐起来了。此时敲门，八成是来请他出急诊的。

"啥人？"中和穿衣下床，收拾行头。

"是鲁家齐伯，说是马家老夫人又病了。"伍傅氏帮他收拾，"你这快去。"

伍中和坐回床头，反而不动了。

伍傅氏把东西收拾好，瞟他一眼："他爸，你哪能不动了？齐伯候着哩！"

伍中和依旧没动。

伍傅氏将医箱提过来，塞到他手里："快点呀，人家介大一把年纪了！"

伍中和长叹一声，身子依旧没动。

"我晓得你是为的啥事体。"伍傅氏扑哧一笑。

伍中和看过来，声音急促："啥事体？"

"为当年那场赌，是不？人家赌赢了，你赌输了，这要见面，脸上过不去，是不？"

那场旧案鲜有人知，伍傅氏此时提起，无疑是揭了他的伤疤。伍中和呼吸急促起来，白她一眼："多嘴！"

伍傅氏半是嘟哝："他爸，这都介久了，你还争个啥哩？再说，一桩事体归一桩事体，今朝是老夫人生病，你……"

伍中和重重咳嗽一声，目光凶巴巴地射过来，伍傅氏赶忙憋住。

见话已让她挑白了，伍中和不好再讲什么，极不情愿地缓缓起身，拿起一只乡村郎中常用的手提箱，步履沉重地走向院中。

齐伯拱手揖道："不好意思，打扰先生了。"

伍中和拱手还礼："让你久等了。走吧。"

二人脚步匆匆地赶到马家。听到声响，俊逸迎出门外。中和与他见过礼，进门为老夫人把脉，而后在她头、颈上按捏一阵，又在左右手腕各下一针。

马老夫人的呼吸渐渐平缓，面色也和缓多了。

俊逸大是叹服，语气恭维："伍兄，没想到你这医术也介好！"

中和未予理睬，只把两眼盯在老夫人身上。

老夫人睁开眼睛，看着伍中和，略显吃力地给出个笑："伍先生，有劳你了。"

伍中和回她个笑："老夫人，都有哪儿不适宜，讲来听听？"

“背上冷飕飕，头顶痛兮兮，手脚软绵绵，心里烦糟糟，交关不适宜哩。”

“呵呵呵，”伍中和轻声安抚道，“老夫人，没啥大事体，看脉相，你这身子骨结实哩。”掏出一粒丸药，“这粒丸药，只要老夫人吃下，管保身体矫健健，一星星儿病都不会有嗬。”

“敢情好哩，谢谢你了！”老夫人冲他又是一笑，挣扎几下欲坐起来。俊逸急挪过去，扶她坐起，在她背后垫起两只棉花枕头。

老夫人把嘴张开，中和放药进去，齐伯早已端水候着。

老夫人饮几口，将药冲下，目光缓缓转向俊逸：“瑶瑶寻到没？”

“在家里呢，这辰光应该睡下了。”

“这就好。”老夫人松下一气，目光不由自主地落向仍旧跪在床边的阿秀，老泪流出，长叹一声，“唉！”

鲁俊逸生怕她说漏什么，转向中和，移开话题：“伍兄，能否再为阿拉姆妈开个方子？”

“好吧，”伍中和拿出纸笔，“我这就开一个。”埋头写几个字，递过去。

俊逸接过一看，惊愕道：“堂戏三日？”

“是哩，”中和望着老夫人，“老夫人眼下只有一病，心里烦糟糟。三日堂戏一开，老夫人啥病也就没有了。”

“好好好，”鲁俊逸朗声笑起来，“你这方子好咧。齐伯，这事体由你操办。你打听一下，方圆哪家戏班子最好。”

说到堂戏，马老夫人果然来劲了，忽身坐起，连连摆手：“俊逸呀，甭让齐伯费心了，就叫甫家班子吧，既省钱，听起来也顺耳。”

“好好好，就叫甫家的！”鲁俊逸呵呵笑起来。

中和趁势起身，拱拱手道：“老夫人，鲁老板，辰光晚了，生员告辞。”

老夫人欠欠身子：“伍先生，半夜三更地惊扰你，老身实在过意不去。俊逸，你代老身送伍先生回府！”

俊逸、齐伯送伍中和出来，走至中堂，俊逸顿住脚步，掏出一块二十两重的银锭，双手捧上："些许铜钿难成敬意，请伍大夫笑纳！"

伍中和脸色一阴，正正衣襟，不无揶揄道："鲁老板，你还是收起吧。在下依旧是个落魄生员，未曾拜过医师，不敢妄称大夫，诊费自是不敢收的。"

俊逸依旧微笑："那……权作药钱吧。"

中和如针刺心，反口讥讽道："鲁老板，我晓得你有钱，但钱不是这般花的。一粒丸药，三枚铜板而已。"

俊逸脸上有点干，笑也僵了。

齐伯忙从袋中摸出三枚铜板，递过去。伍中和伸手接过，纳入袋中，转身又走。

俊逸语气转变："伍兄留步！"

伍中和止步。

"伍兄，时光荏苒，转眼就是二十年了！"

"鲁老板记错了，"中和回走一步，目光逼视，"应该是二十年五个月又三天！你应该在今年三月初七衣锦还乡才是！"

"伍兄记性真好！"

"观鲁兄架势，是想此时此地就了结吗？"

"在下不敢。在下只想告诉伍兄，那场豪赌，在下认输。"

"哦？"中和越发揶揄，"鲁老板别是正话反说吧！"

"非也。"俊逸的声音略略激昂，"在下不过是挣了几个臭铜钿，如今眼里也只有臭铜钿了。反观伍兄你，依旧是境界高远，傲骨铮铮，浩气贯空啊！"

伍中和两道目光直射过去，仰天长笑一声，扭转身，大踏步而去。

"再请伍兄留步！"

伍中和再次住步。

俊逸掏出一张庄票："在下愿赌服输。尽管伍兄粪土金钱，这笔赌注，还请伍兄不弃！"

伍中和爆出一声更长的笑，一个转身，头也不回地扬长而去。

# 第三章

## 伍挺举邂逅葛荔，甫顺安当街受辱

这一夜，伍中和辗转反侧，脑海里一直在琢磨鲁俊逸讲出的每一个字，直到鸡叫仍未睡去。

回想这二十来年，自己之所以拼死拼活，熬断肝肠，除去光宗耀祖、施展抱负这两个叫得响的内在动因外，与姓鲁的这场对赌无疑是个外在鞭策。然而，无论他如何努力，等待他的总是失败。一次次的考场失意，让他连走路也抬不起头来。反观姓鲁的，竟然一年比一年发达。俊逸返乡一次，他的心就疼痛一次。他避而不见鲁俊逸，多次谢绝他的登门造访，甚至年节也不将自己的书画、对联卖予鲁家，无非是为这个心结。

翌日晨起，吃过早饭，中和丢下饭碗，来到挺举书房，脚下垫个凳子，从书架顶部取下一个长条纸盒，拍掉上面的灰土，小心翼翼地拿出一条珍藏多年的卷轴，在书案上摆正。

挺举不无好奇地看着卷轴："阿爸，是啥东西？"

中和一声不响，但展开卷轴的动作极是小心。

画轴展开，是一幅西湖飞雪水墨画，上面题写两行诗，笔法苍劲有力。

挺举审看画面，目光落在题字上，脱口而出："镜湖双叟！"

"是哩。"中和缓缓应道，"镜湖双叟，一书一画，合璧方为极品。此画双叟俱足，作于庚午年秋。自庚午年后，双叟即销声匿迹于江湖，此画当为绝品。”

“阿爸，”挺举压住心跳，“你是哪能搞到这个绝品哩？”

“机缘巧合而已。”

“什么机缘？”

“二十多年前，阿爸陪你阿公赴杭州大比。你阿公前往贡院应试，阿爸到灵隐寺礼佛，出寺时见一醉汉跌落水塘，冒死救之。次日晨起，有人持此画寻到客栈，定要送给阿爸。”

“可是那个醉汉？”

“非也。”中和摇头，“来人只说受人之托，至于所托者为谁，阿爸不得而知。”将画轴卷起，重新装入盒中，递给挺举，“你将此画送到鲁家，交给鲁老板！”

挺举颇觉诧异：“交给他？为啥？”

“了却一场旧案。”

“旧案？”

“多年前，阿爸与姓鲁的打过一个赌。”

挺举屏住呼吸：“所赌何物？”

中和指画：“就是它。”

挺举收好画轴：“阿爸，我……这就给鲁老板送去。”

中和一字一顿：“告诉姓鲁的，伍中和认赌服输！”

挺举持画赶到鲁家，俊逸问明缘由，大是感慨。

听说是字画，碧瑶迫不及待地嚷嚷打开。

俊逸打开，碧瑶眼睛一亮，目光落在画面左上角的两行题词上，朗声吟道：“长堤卧波奈何天，飞絮忽入血梅间。啧啧啧，好句子啊！”

齐伯也凑过来，瞟了一眼，打个惊颤，脱口而出：“是他！”

“啥人？”俊逸怔了，看向齐伯，“你晓得此人，镜湖双叟？”

“我……”齐伯这也回过神了，赶忙掩饰，“老爷说笑了，老仆是个粗人，哪能晓得这等雅士？不过是年轻辰光，老仆去过西湖，见识过湖上美景，觉得这人画得还挺像的！”

“岂止是像，是神韵哪！”俊逸再次品鉴一会儿，指着画道，“齐伯，瑶儿，这画这字，当是绝世珍品，千金难求哟。”他将画卷起，笑吟吟地双手递还挺举，“画已赏过，麻烦贤侄带回去吧。”

“晚生不敢。”挺举拱手推拒，“阿爸讲了，阿爸认赌服输，还望鲁老板收下赌注。”

碧瑶眼睛大睁：“阿爸，什么赌呀，哪能没听你讲起过哩？”

“呵呵呵，”俊逸笑着摇头，“一场儿戏，不值一提嗬！”

碧瑶摇晃他：“阿爸，瑶儿想听，你这讲讲嘛！”

“好吧，我这就讲给你听。”俊逸眯起眼睛，说是讲给碧瑶，却是让挺举听的，“二十年又五个月前，阿爸与你伍叔同道赶赴院试，你伍叔榜上题名，成为生员，阿爸却名落孙山，依旧是个童生。返回途中，你伍叔志得意满，矢志大比，欲进士及第，阿爸则一路闷闷，萌生经商之念。你伍叔劝勉阿爸，阿爸心里窝气，大谈八股迂腐，实业也可成就功名，精忠报国。我二人因此起争，越争越烈，随之演变成一场豪赌。”

“哪能个赌法？”碧瑶的兴致完全被激发起来。

“我俩打赌，各走各的道，以二十年为期，看啥人率先功成名遂，光宗耀祖。”

碧瑶不无惊喜地拍手：“阿爸，这赌你赢了耶！”

“呵呵呵，”俊逸连连摆手，“儿戏之言，当不得真哪。”

挺举这也听出原委，再度拱手：“鲁叔，晚生告辞！”

俊逸拿起画：“此画还请贤侄带回。请贤侄告诉你阿爸，什么赌不赌的，那辰光我们皆是少年气盛，毋须当真！”

挺举再次推拒：“鲁叔差矣。君子无戏言，何况是赌？晚生告辞！”

俊逸略略一怔：“贤侄且慢！”从袋中掏出庄票，“既如此说，也请贤侄将此物带回。”

挺举接过庄票，打眼一看，见是一万两银票，不无惊愕道：“这……”

“呵呵呵，”俊逸笑道，“若是真论起来，那场大赌，你阿爸输了，你阿爸也赢了。鲁叔赢了，鲁叔也输了。我俩算是打个平手。既然是平手，你阿爸定要履约，鲁叔也得兑现才是！”

碧瑶不解地问：“阿爸，明明是你赢了呀！”

“小姐讲的是。”挺举顺手将庄票郑重摆在几案上，屏气敛神，“鲁叔，既然是赌，就只能有一个赢家。”再度拱手，“晚生告辞。”言讫，一个转身，大踏步走出。

鲁俊逸拿起庄票，追出院门：“贤侄——”

挺举没有回头。

望着挺举的背影，俊逸若有所思。

齐伯跟上来：“老爷，要不，我把此画送还伍家？”

“不必了。”俊逸手一摆，苦笑道，“又是一头倔骡子呀！”旋即，嘴角浮出莫名的讪笑，“也好，我倒要看看，姓伍的这口气还能争到几时！”

“儿戏？”伍中和一拳砸在几案上，“他鲁俊逸何时将此赌视作儿戏了？近十年来，每逢还乡，哪一次他不炫示？既然视作儿戏，他随身携带一万两现银庄票又做什么？虚伪之极！他是有意抖落这事体！他是有意寒碜我！”

挺举长吸一气，眉头拧紧。

“举儿，”中和二目炯炯，射向挺举，“‘既然是赌，就只能有一个赢家！’你这句话答得好！我们老伍家，人穷，志不可夺！科举之路，你一定要走下去！也一定要走成功！原因没有别个，你是老伍家的骨血，你的先祖进士及第，上过殿，面过君，做过官，报过国！儿子，你记住了吗？”

挺举周身涌出一股热血，哽咽道：“阿爸，儿子记住了！”

“儿呀，”中和将手重重按在挺举肩头，“说到底，阿爸与这姓鲁的赌的不是钱与画，赌的是一口血气。你阿爸争的，也是这口血气！”

“是哩。”

中和脸色红涨，拳头捏紧：“姓鲁的此番回来，那个得意，那个显摆，那个炫耀，那个嚣张，你全都看清爽了。八抬轿，大红包，鞭炮震天响，种种做派，无不是做给阿爸看的！”拳头再次重重擂在书案上，“想我堂堂生员，竟让一个暴发户骑在头上如此折辱，气杀我也！”

“阿爸——”

“儿子，”中和打断他的话，“不瞒你讲，昨夜阿爸一宵未眠，总算把事体想透彻了。阿爸可以不介意输赢，但这口血气一定要争。自古迄今，成者王侯败者寇。阿爸可以认输，但我们老伍家不能认输！我们老伍家有你，大清新科生员，今年大比就在眼前，依你实力，中举指日可待。他姓鲁的有啥？膝下不过一个小娘！小娘再能干，也是碗泼出去的水，成不了出息。”目光炯炯，“阿爸已经拟定战书，与他再比二十年！”拳头紧握，目光如电，“我就不信，我们老伍家世代书香，名门之后，还能输给一个暴发户！”

“阿爸？”

中和长出一气，摆手：“好了，阿爸不扯这些，这就回归正题。阿爸误在闭门读死书上，悔之晚矣。”指着书案上的策论，“从这篇策论看，你比阿爸强。此文有立有论，有理有据，堪称佳作。但它也非完美无缺，行文稍显死板，书卷气过足，此乃久居书斋所致。今朝逢集，天气晴好，你可去集市转转。一则活络脑筋，二则体察风土民情，尤其是市场商情。近几年朝廷注重商贸，不少达人倡导实业救国，万一题及这方面，若无体悟，你就写不活泛。”

“孩儿遵命。”

赶集市自然要叫上顺安。

挺举赶到甫家，他们一家仍在吃早饭，东一个西一个，在院子里或蹲或站。见他进来，三口子尽皆站起。

甫光达朝他笑笑，又蹲下吃。

甫韩氏堆起笑脸走过来，未及张嘴，就遭顺安一个白眼。甫韩氏干笑一下，顺势靠在一棵树上喝粥。

甫家世代唱戏，传到顺安，门风似乎变了。

与浓眉大眼、轮廓分明的伍挺举完全不同，顺安肤色细白，轮廓柔和，眼睛适中，但眼珠子活泛，不停转动，透出一股机灵劲儿。眼睫毛很长，一旦忽闪起来，这种机灵劲儿就会转换成某种狡黠。这样的眼睛和肤色，配上一副显明的双眼皮和一架高挑的鼻梁，再加一口秀雅的唇齿，顺安在外貌上几乎完全汲取了甫韩氏的优点，丝毫不见甫光达的影子。

作为戏班主的唯一传人，顺安却讨厌戏台，讨厌挂在家中墙壁上的各式乐器。早晚看到它们，他的眼睛就发胀；听到它们，他的头皮就发炸。

顺安梦想的人生目标只有两个，一个是像伍中和一样穿上长衫，成为名震乡里的斯文生员，拥有知识与尊重；一个是像鲁俊逸一样成为商贾大家，拥有财富与奢华。他的第一个梦想是在不知不觉中破灭的，具体何时何地又是因何破灭，连他自己也不晓得。就眼下而言，他朝思暮想的目标只剩一个，就是成为生意人，赚钱发财，像街北鲁俊逸那样拥有钱庄、店铺、高门楼、深庭院，以及数不尽的银子和显赫的身份。

斥退甫韩氏，顺安端着饭碗迎过来，敲敲碗道：“吃得晚了，让阿哥见笑哩。阿哥亲自登门，想必有啥事体，讲吧，要我做啥？”

“今朝大集，我想逛逛集市。”

“啥？”顺安愕然，“你不念书了？”

“念闷了。”

顺安精神大振，二话没说，将剩下的稀粥泼到地上，把空碗顺手塞给甫韩氏，抿一把嘴皮子上的饭渣子：“真是心有灵犀哩！阿哥，我这正有重要事体，快走！”

牛湾镇约有五里见方，镇中共辟四条街道，两条自南而北，两条自西而东，形成一个井字，井字中央是镇中心。穿插在井子里的是许多巷子，每道巷子两侧皆是客栈店铺。

作为宁波府东北部最重要的集镇之一，牛湾镇的商贸业极其繁荣，尤其是在镇中心的井口里，巷道纵横，店铺林立。其他集镇多是三日或五日一集，只有牛湾是逢单小集，逢双大集，差不多赶上宁波府前大街的日日集了。

这日逢双，赶集的熙来攘往，店铺伙计也都站在店门外面，各使解数，招徕客人。

挺举、顺安脚步匆匆，径直走到一处宏大的铺面前，顺安住脚，一把扯住挺举："阿哥，就是此地了！"

挺举抬头望去，匾额上赫然写着"茂昌典当行"五个大字。

顺安仰望招牌，一脸兴奋地说："阿哥，你看这家铺面如何？"

"不错呀。咦，你又不典东西，拉我来此地做啥？"

顺安压低声音："有桩好事体哩！"

"哦？"

顺安指向大门旁边竖着的一块牌子："阿哥请看！"

挺举望过去，见牌上写道："本行招收杂工一名，年龄十五至二十五，本分，灵光，精通账务，肯吃苦，善应酬……"笑一下，转望顺安，"人家这是招杂工呀，你不是一心要学伙计吗？"

"嘘，"顺安压低声，"阿哥，招杂工要精通账务做啥？眼下学伙计，典当行最抢手。行里要是写成招伙计，上门的人还不挤破头？"

"人多了才好挑呀！"

顺安呵呵笑着摇头："阿哥，你这就不懂了。招伙计，重在心眼。学伙计要从杂工做起，要是连这个也看不明白，这伙计的脑袋就是树疙瘩，招来何用？"

"嗯，"挺举大是叹服，"阿弟讲的是，这家掌柜有脑筋！"

"不瞒阿哥，我冲的就是这个掌柜。掌柜姓董，在典当行里摸爬滚打四十年，是块老姜，鲁老爷出大价钿从宁波城里挖过来，对他极是看重。我想定了，先跟董掌柜干，再设法让董掌柜引见给鲁老爷，不定就能有个前程哩！"

"阿弟一定能成！"挺举冲他竖拇指。

"谢阿哥吉言！"顺安捏紧拳头，"阿哥，我想定了，我这远大前程就从此店杂工起步！"

牛湾镇西郊一个废弃的关爷庙里，一个阿飞推开庙门，大步走进。五个小阿飞在院中舞刀弄枪，章虎在一边指点。

见他进来，众人皆停下来。

章虎望过来：“阿青，可有动静？”

“不出大哥所料，”阿青擦把汗水，“甫顺安跟伍家那个书呆子直奔鲁家当铺去了。”

“鲁家啥辰光挑人？”

“听伙计讲，掌柜去鲁老爷家禀事，一回来就挑。”

“好！”章虎转向众阿飞，“凡是不认识那小子的，都跟阿青去，照我讲定的做去。”

“阿哥，”阿青应道，“当铺伙计跟我是表兄，我已对他讲清爽了。听表兄语气，他也瞧不上那小子。阿哥放心，兄弟保管让那小子美美实实喝一壶！”

“让他喝得越美越好！”

“阿哥，”阿青甚是不解，“兄弟实在不明白，你煞费苦心地折腾那小子做啥？”

“把他逼进我们这堆里来！”

“逼他？”阿青不无鄙夷，“那人既没种气，又没武艺，要他做啥？”

一个叫阿黄的阿飞接道：“是呀，大哥，他这人，猪八戒背个烂箱子，要人没人，要货没货，收他是个累赘。”

“就你们这脑子，”章虎扫他们一眼，“偷鸡摸狗还成，要做大事体——”指指脑袋，“得动这个！梁山好汉，听说过不？我们这帮人，就如同梁山好汉。抢鲁家，就如同取生辰纲。我是晁天王，你们刚好五人，是公孙胜、刘唐和阮氏三雄。鲁家财富是生辰纲，齐伯则是那个杨志。齐伯武艺，你们是晓得的。要斗这个老杨志，须得吴用！那小子正是吴用，晓得不？”

阿青嘻嘻笑道：“阿哥，晓得了。你放心，兄弟管保这吴用手到擒来！”

自从鲁俊逸父女返乡，牛湾镇上最繁忙的人莫过于齐伯了。

这日辰起，齐伯从鸡鸣忙到天亮，又从天亮忙到小晌午，接连串了几个村子，将鲁俊逸交代的事体一一办完，将近正午才踅回镇里。在他身后，一个头戴斗笠、一副江南女子装束的女子就如影子一般，或远或近地跟着他。

这女子正是葛荔。

葛荔显然不是齐伯对手，没跟多久，齐伯就已觉出了。

难道……

想到自己冒险前往上海，齐伯情不自禁地打个寒噤。

返回镇上时，齐伯由不得加快脚程，且故意绕来拐去。他要弄清楚她是否继续追踪他，又是何方来客，用意何在。

既存此念，齐伯就没有直接返回鲁家，而是故意走街串巷，这里停停，那里站站，只在人流里穿梭。

齐伯的反常举动反让葛荔兴奋异常。她生怕有所闪失，也就加快脚步，与齐伯始终保持在二十至三十步远近。

齐伯脚步更快，葛荔追得更紧。

齐伯连串几个巷子，猛然拐向十字街口。葛荔地形不熟，紧跑几步，刚要追上，斜刺里冒出一人，恰恰与她撞个满怀。

撞她的正是挺举。

顺安要守在当铺等候董掌柜，挺举只好独自转悠，四条街面转过三条，这刚拐进最后一条。由于葛荔速度过快，挺举也在思考什么，谁也未及防备，撞个结实。葛荔功夫在身，“哎哟”一声惊叫后连退数步，挺举却是一屁股墩坐地上。

挺举给撞懵了，待回过神来，揉揉眼，发现撞他的是位貌美少女，脸色先自红了。

葛荔这也顾不上他，只是盯他一眼，绕过去，飞腿追去。前后不过几秒工夫，但对葛荔来说，为时已晚，快步追有几十步远，齐伯踪影皆无。

葛荔不无懊丧地连跺几脚，恨道：“这个呆子竟然坏我事体，看不收拾死他！”气呼呼地又拐回来。

挺举这刚站起，一边张望她跑去的方向，一边机械地拍打沾在屁股上的灰土。

“你这呆子，”葛荔欺过来，“眼睛长脑后了？”

见这女子走后复来，出语蛮横，显然是在挑事，挺举颇觉意外，定睛一看，竟然就是前几日在大街上拿红包砸他的女子，各种滋味齐涌心头，一时却不知讲什么是好，强憋一会儿，拱手辩解："是小姐撞倒在下，非在下撞到小姐。"

"哟嗬，"葛荔来劲了，"你这呆子当街撞人，误下本小姐事体不说，这还敢犟嘴哩！"往后退两步，摆开架势，"好好好，本小姐今朝真就拗上了，非跟你理论清爽不可！"

路人欢喜的是热闹。看到当街起争执，且是俊男美女，邻近路人、商贩无不围拢过来，顷刻间站成大半个圆圈。

好男不跟女斗。这个场面让挺举大窘，恨不得寻个地缝钻进去。

"诸位老少爷们，"熟走江湖的葛荔非但不怯场，反倒先发制人，如街头卖艺般转向路人拱一圈手，"是这位公子撞上小女子呢，还是小女子撞上这位公子，有哪位看到了，这请做个见证！"

众人哄场大笑。

一个年轻男子大声嚷嚷："我看到了，做个见证，是公子撞上小姐，把小姐撞倒了！"

"还有哪位看到了？"葛荔显然要把事体闹大。

立即有人接上："我也看到了，公子一头撞在小姐身上，把小姐撞了个仰八叉！"

众人再次哄笑。

"谢谢两位。"葛荔非但没生气，反朝二人拱拱手，转身看向挺举，"这位公子，人证皆在，你都听到了吧？"

挺举脸脖子涨红，知是百口莫辩了，只想尽快摆脱："你……意欲如何？"

"向本小姐道歉呀！"

"这……"挺举看看众人，又看看葛荔，弯腰拱手道，"在下无意冲撞小姐，恳请小姐宽谅！"

见他一脸窘态，葛荔的恶作剧之心油然而起，欺上一步，字正腔圆："这是道歉吗？"

“你要在下如何道歉？”

“你一口一个在下，姓啥名谁也不晓得，我哪能晓得是啥人道歉的呢？”

挺举迟疑一下，再次拱手：“在下伍挺举，无意冲撞小姐，恳请小姐宽谅！”

“伍挺举？”葛荔重复一句，绕他转一圈，点点头道，“嗯，好名字，本小姐晓得了。冲你这好名字，本小姐宽谅你，至于哪能个宽谅法，本小姐许你自行选择。”

“这……”挺举怔了，“宽谅就是宽谅，哪能……”

“咦！”葛荔杏眼一横，“观你一身长衫，一副斯文样，像个读书人。读书人难道连自己讲过的话也不晓得解释吗？是你要恳请本小姐宽谅，本小姐许你之请，是不？”

“是哩。”

“你拿什么恳请呢？”

“这……”挺举有点懵了。

“嘻嘻，看来，这书你是白读了，本小姐教教你吧。我且问你，观你衣饰，似是秀才。是也不是，如实讲来！”

“是。”

“秀才即是生员。生员就要参加科场大比。你可否大比过？”

“秋闱在即，在下正在备试。”

葛荔得意一笑：“嘻嘻，果然猜中了。”重重咳嗽一声，学考官的口气，“这位生员，请报尊姓大名，家居何处！”

见她翻来覆去，这又问到姓名，挺举觉得无聊，看一眼四周，见围观者又加许多，里三层外三层，将个十字街口堵个严实，真正是一筹莫展，只好喃喃应付：“生员伍挺举，宁波府牛湾街西人氏。”

葛荔如此这般地乱问，其实是在思忖如何折腾他的妙招儿。

“嘻嘻！”葛荔这辰光想出来了，“作为行将大比的生员，伍生员当有真才实学才是。本小姐这先测试一下。如果通过测试，证明伍生员名副其实，本小姐这就宽谅你。如果通不过……”走近街边一棵柳树，顺手折下一根柳枝，“说明你学艺不精，枉披生员虚名，本小姐代你先生行罚，以此枝条打你掌心！”

这简直是在无理取闹，但挺举此时实在想不出摆脱之法，气结：“你……”

“你个什么？听题！生员须通四书五经，《易》为百经之首，可曾诵读？”

“读……读过。”

“能否出口成诵？”

“这……”见她目光逼视，挺举略是迟疑，“能。”

“哦？”葛荔似吃一怔，歪起脑袋，“就试此经吧！请伍生员诵《易》，从第一卦诵起，诵错一字，本小姐打手掌心一次！”

“好！”众人山呼。

挺举额头汗流如雨，颜面紫胀，却又无可脱身：“这……”

“咦？前面大话刚出口，这就诵不出了？”葛荔将枝条扬了几扬，“快诵，我这立等打掌心哩！”

围观人群更开心了，议论纷纷：“这不是街西老伍家的小秀才吗？”“是呀，小秀才遇到克星了！”“甭吱声，快听！”

有人大声帮腔：“伍秀才，甭怕她，这就诵出来，让她晓得牛湾镇老伍家不是吃素的！”

“对呀，伍挺举，挺起来，举起来，让她瞧瞧老伍家的厉害！”

人群中发出一阵更大的哄笑，挺举拿袖子擦汗。

“听见不？”葛荔听若无闻，再次扬扬柳条，“快点吟诵，大家都在候着你哩！正卦、彖、象、文言皆在诵读范围，一个字也不许少！”

听到“正卦、彖、象、文言”这些专业的词条，挺举吃惊不小，一下子忘掉周围观众，睁眼盯向她：“你……通《易》？”

“咦？”葛荔晃晃枝条，“本小姐通与不通，与你何干？快诵！时不我待，不必磨蹭！”

众人都凑热闹：“对呀，快诵，我们等着听哩！”

“你听好，”挺举横下心来，两眼一闭，缓缓背诵，“第一卦，乾。乾为天，乾上乾下。乾：元，亨，利，贞。初九：潜龙，勿用。九二：见龙在田，利见大人。九三：君子终日乾乾，夕惕若，厉无咎。九四：或跃在渊，无咎。九五：飞龙在天，利见大人。上九：亢龙有悔。用九：见群龙无首，吉。彖曰：大哉乾元……”

挺举不急不缓，一字一字地背诵。

葛荔眼睛微眯，专心倾听。

围观之人越聚越多，虽然听不懂，却是鸦雀无声。

典当行的杂工职位竟也招眼。没过多久，茂昌典当行大门前的牌子边，就陆续站了五六个人，加上阿青、阿黄等，打总儿不下十个，从十几岁到二十多不等，个个衣着光鲜，还有一个穿绸缎的。他们或蹲或站，有人伸头朝大门里张望，不时嘀嘀咕咕。这些人中，顺安有认识的，也有不认识的。

没有人理睬顺安，顺安也不理睬他们，独自蹲在一边。

小晌午时，店伙计终于步出店门，眼睛挨个扫向众人，末了，眼皮向上一挑：“喂，你们中有哪位是来应聘徒工的？”

众人皆站起来。

“介多人？”伙计眉头微皱，向里努了努嘴，“排成一队，跟我进来！”转过身，率先进店。

众人排队，顺安眼疾腿快，蹭地蹿过去，直接跟在伙计身后。

阿青几人故意挡住路，其他人不好说什么，尽皆踌躇。伙计扭头一看，见身后只有顺安一人，停下步子，看向阿青等人。

阿青等这才跟过来，仍旧故意与顺安保持几步距离。伙计鄙夷地盯顺安一眼，脚步加快，也似刻意与他脱开距离。

前面是刻意走快的伙计，后面是故意不前的众人，孤零零地被搁在中间的顺安脸上一阵火辣，耳中也隐约听到身后几人的叽叽咕咕声，似乎是在议论他的，什么“戏子也来？”“也不尿一泡照照！”“见过这般不识趣的贱人没？”“嘘，小心让他听见！”“离他远点！”……

顺安的拳头渐渐捏起，又缓缓松开，尽量克制住怒气，跟着伙计走进内院。

当院里摆着一张太师椅，椅里坐着年近六旬、头发花白的董掌柜。

“都站好，站成一横排，从左到右！”伙计大声吩咐。

顺安打头站在左边，阿青等一看，自动站在右边。这且不说，还故意不跟顺安站作一排，朝后各退两步，另成一排。

顺安从心底发出一声冷笑，目不斜视，直盯董掌柜。

“你叫什么？”董掌柜首先注意到顺安，显然对他并不熟悉。

“董叔，”顺安脸上堆出笑，“小侄姓甫，名顺安！”

“哦。”见他这么识礼，董掌柜朝他笑一下，转向这边，正要挨个询问，伙计凑上，在他耳边嘀咕几句。

董掌柜再次看向顺安，将他好一番打量。

“你是街西甫家的？”董掌柜追问。

顺安心里发毛，微微勾头。

阿青油嘴滑舌地接道：“董掌柜真是神了，一猜一个准哧。此人正是甫家班子的少东家，那个十八般乐器样样精通的大烟鬼是他阿爸！”

顺安红涨脖子，恨恨地盯向阿青。

阿青回以阴笑：“看我做啥？讲错了吗？”

董掌柜白阿青一眼，面现不悦，眯缝两眼看向顺安，眉头皱起，道：“你来此地，可有事体？”

“我……”顺安怔了，“我看到牌子，贵行在招徒工，想从董叔学做生意。”

“小伙子，”董掌柜连连摆手，“你还是回去吧，阿拉此地不能收你。”

顺安急了：“董叔，你……哪能讲出这等话哩？你招徒工，我来应试。你还没试哩，哪能就讲不收我哩？”

伙计白他一眼：“你这人真不知趣！掌柜讲过了，不收你就是不收你，非要逼人把话说白不可吗？”

顺安没有睬他，只是盯住董掌柜：“董叔，你招徒工，终归要招合用的人吧。小侄识文断字，能打算盘，口齿利索，手脚勤快，为人诚恳，脏活累活啥都肯做。你若不信，这就试试！”

“姓甫的，”伙计面孔虎起，“甭在这里一口一个董叔！八竿子打不上的辈分，套啥近乎？叫掌柜！”

顺安不无窘迫：“是，董——掌柜。”

“唉，”董掌柜摇摇头，叹道，“小伙子呀，不是阿拉不肯收你，是这条街上没人肯收你。”

顺安愕然：“为什么？”

伙计阴阳怪气道：“真没见过介拎不清的人嘛！常言道，龙生龙，凤生凤，老鼠生来能打洞，晓得不？你一家世代开戏班为生，你天生是个唱戏的！”

“小伙子，”董掌柜顺势接道，“回去从你阿爸、姆妈学戏文吧，那里面学问不少，也有远大前程哩！”

顺安急赤白脸，抗辩道：“董掌柜，我不想学唱戏，我只想学做生意！”

“嘿嘿，”阿青语气揶揄，“甫少东家，当戏子不是蛮好的嘛，台下虽说低贱，台上却是尊贵。在戏台上一站，帝王将相，才子佳人，任由你做去，这才叫洒脱人生哩！”

顺安恨恨地白他一眼，心里窝火，但在这节骨眼上，又不便发作。

“是哩。”阿黄朗声附和，“人要知足，戏子甭看下贱，也不是谁想当就能当上的。我就想学唱戏，可那大烟鬼不肯收我为徒呀！不信你就回去问问！”

“啧啧啧，”阿青越发放开了，“放着金饭碗不端，这不是犯傻吗？戏子虽说淫贱点，可洋钿不少挣哩！一场堂戏就是几块大洋，比在堂子里当窑子挣钱多嘛！”

顺安气血上涌，脸上火辣辣一阵灼热，猛地冲到阿青跟前，死死掐住其脖子：“你讲，啥人淫贱了？”

阿青挣脱开，跳到一边，指他咆哮：“你这婊子养的，啥人淫贱，回家问你姆妈去！”

顺安暴怒，再次冲上，将他扑倒在地，挥拳猛打。

阿青故意示弱，两手捂住头，任凭他打，同时发出声声惨叫。

董掌柜吓坏了，从太师椅上站起来，急道："快，快拉开他！"

伙计上前拉开顺安。顺安得胜，恨恨地盯众人一眼，转过身，昂首挺胸，大踏步走出内院。

阿青从地上弹起，追前几步，指他骂道："你个婊子养的，老子这就让你晓得啥人淫贱。你阿爸是贱籍，生来就是贱人。你姆妈比你阿爸更贱，是婊子，年轻貌美辰光，只在堂子里转，挨千人折，遭万人踏，方圆百里无人不晓。你也不姓甫，是不折不扣的野种，要是不信，你就撒泡尿照照，看你身上哪处地方长得像那大烟鬼！"

"我操你娘比！"顺安血脉贲张，返回身来，犹如暴怒的狮子一样大吼一声，朝他飞扑过去。

十字街口，挺举仍在闭目背诵。

围观人众越来越多。众看客无不翘首伸颈，不无钦佩地看着他。

挺举越背越慢："……第十三卦，天火同人，乾上离下……同人于野，亨，利涉大川……"

葛荔有节奏地晃动柳条，两眼扑朔迷离，眼珠子却是左右移动，余光射在挺举脸上。

挺举微微睁眼，斜睨葛荔，暗忖一念："百经之中，最难者为《易》。此女子竟然以此为戏，要么是奇女子，要么是充大的。待我故意错背一字，也试她一试？"于是故意诵道："……彖曰，同人，刚得位得中，而应乎乾，曰同人，同人曰，同人于野，亨……"

"停停停！"葛荔猛然大睁杏眼，脸上现出坏笑，"嘻嘻嘻，我的生员大人，"不无得意地扬扬柳条，"是'柔得位得中，而应乎乾，曰同人'，不是'刚'！"

见她竟有这般本领，众人皆是惊叹，人群不安地骚动。

挺举亦是惊愕，不可置信地望着她，连连拱手："是在下记错了，谢小姐斧正！"

"嘻嘻，本小姐候的就是这个。记错了就该受罚。伸手吧！"

挺举叹服地闭上眼去，伸出手来。

葛荔扬起柳条，正要打他掌心，远处有人大叫：“快来看呀，茂昌典当行有人打架喽！”

人群大乱，有人跑向茂昌行，有人仍旧围在这里。

听到“茂昌典当行”几字，挺举打个惊怔，猛地想起顺安，这也顾不上葛荔了，撒腿就朝那个方向飞跑。

葛荔反应过来：“死滑头，哪里逃去？”跟后紧追。

茂昌典当行前的街面上，阿黄几人早将顺安推倒在地，轮番踢打。顺安疯狂反抗，无奈是寡不敌众。

人们越围越多，里三层，外三层，将他们几人裹在街中心。

阿青站在旁边，一边指挥打人，一边招徕起哄：“兄弟们，打死这个狗杂种，让他记住他是哪儿贱！”朝众人挥胳膊大叫，“老少爷们，快来看哪，街西戏子家的狗杂种打人喽，快来看呀！”

看热闹的人纷纷起哄：“打呀，打呀，真就是戏子家的小杂种哩，打死他拉倒！”

阿黄等打得更起劲了。顺安吃不住，两手抱头，龟缩地上，只有招架之功，再无还手之力。

正在街上闲逛的碧瑶听到这边喧嚣，拉秋红飞跑过来，看一会儿，不明所以，挤到阿青跟前，问道：“喂，他们为啥打他？”

阿青瞥她一眼：“他是个贱人！”

“贱人？”碧瑶天真地问，“是小偷吗？”

“小偷？”阿青的眼睛眨巴几下，“对对对，此人正是小偷，是贱得不能再贱的小偷，竟然偷到鲁家当铺里，被我们几人抓个现行！小姐，你讲此人该打不？”

碧瑶恨恨地说：“该打，我恨的就是小偷！”

阿青转向众人，扯开嗓门子大嚷：“老少爷们，你们听见没？”指着碧瑶，“这位小姐讲了，这人该打，因为他是个下贱的小偷！打呀，打死这个下贱小偷！”

阿黄一脚踹在顺安腮帮上，当下就有鲜血沿顺安的嘴角流出。

顺安仇恨的目光射向碧瑶，攒足力气，呸地朝她猛吐一口。一团血污直直地落在碧瑶的一身新旗袍上。

碧瑶浑然不知，不无兴奋地对秋红道："秋红，听见没，这小偷生了豹子胆，竟然来偷咱家当铺。董掌柜哩？快叫他来！"

秋红正要走开，一眼看到血污，惊呆了："小姐，你的旗袍！"

碧瑶低头一看，花容失色："天哪，我的新旗袍！"

阿青幸灾乐祸道："小姐，这贱人是故意吐你的！"

碧瑶气得脸色煞白，跺脚大叫："这个死贱人，打！打！打死他！"

阿青大叫："你们几个愣啥哩？小姐讲了，打死他，打死这个贱小偷！"

阿黄几个又要开打，一声拖着长音的"住手——"如滚雷般响起，渐响渐近。

众人惊呆了，阿黄几个由不得住手。

众人纷纷扭头，看向声音源头。

挺举旋风般刮至。

人群让开一道缝，挺举飞步冲进。

不知谁高声叫道："咦，这不是方才背书的那个书呆子吗？"

有人应和："是呀，哪能没见到打他掌心的美小姐哩？"

说时迟，那时快，葛荔这也赶到，手中依旧拿着柳条子。

"呵呵呵，"有人大笑起来，"这下有的热闹看了！"

挺举扶起顺安："阿弟，要紧不？"

顺安满嘴是血，恨恨地盯向阿青、阿黄几人。

挺举的目光跟过去，扫向他们："你们凭什么打人？"

阿黄看一眼阿青，欺上来："你是啥人？"

挺举凛然不惧："你们凭什么打人？"

"凭什么？"阿黄挥挥拳头，"书呆子，我这告诉你，就凭他是个贱人！"

挺举二目逼视："你这讲讲，你凭什么说他是个贱人？"

阿黄显然没有料到这一问："他……他家是贱籍！他阿爸、姆妈是戏子！"

挺举逼进一句："还有吗？"

阿黄看向阿青，阿青回盯他一眼。

"他……"阿黄牙一咬，"他姆妈是婊子，还不够贱吗？"

"这位兄弟，"挺举逼前一步，盯住阿黄，义正词严，"能讲讲你阿爸、你姆妈是做什么的吗？"

"我……"阿黄后退了。

"你不必讲了。"挺举面向众人，四下抱拳，朗声说道，"诸位乡邻，请听在下讲几句。在下姓伍名挺举，街西老伍家的，是新科生员。"扶住顺安，"这位叫甫顺安，是街西甫班主家公子，也是在下朋友。"

一个功名在身、地位显赫的新科秀才竟然在大庭广众之下承认与贱民是朋友，真正是匪夷所思。

众人面面相觑，鸦雀无声。

"诸位乡邻，"挺举接道，"既然说到贱籍、贱人，在下这就向大家讲讲这个贱字。什么为贱？贱字左边是个'贝'，右边是个'戋'。贝为钱，戋为少，为小。贱字就是钱少，是论货物的。任何货物，钱多即贵，钱少即贱。诸位用这贱字论人，多有不妥。照字面意思，贱人，就是钱少之人。如果钱少为贱，钱多为贵，在下这想问问在场诸位，哪位钱多？"

众人何曾听过这般道理，个个傻了。

挺举再次抱拳："我相信没有钱多的人。大家钱都不多，所以，都是贱人。既然都是贱人，又为何这般贬损在下这位朋友呢？"

众人再次面面相觑。

葛荔也让他的这番逻辑搞晕了，两眼眨巴几下，紧盯住他。

碧瑶显然不服，面色不屑地哼出一声。

阿青听得分明，迅即找到说辞："喂喂喂，伍秀才，"指指身边的碧瑶，"要照你讲，这位小姐也是贱人了？"

碧瑶眼中射出两道冷蔑的光，直逼伍挺举。

挺举自也认出她了，朝她抱拳："我没有这么讲。我只是讲，贱是钱少之意。"

秋红愤愤接道："这家典当行就是我家老爷开的，我家小姐有的是钱！"

阿青如获至宝，欺上一步："伍秀才，不要以为读几年书就了不起了。你这讲讲，鲁老爷的千金小姐，钱够不够多呀？"

众人无不盯向挺举。

挺举直盯他："你讲讲，鲁老爷有多少钱？"

阿青看向碧瑶。

碧瑶将脸迈到一边，嘴角哼出一声。

秋红涨红起脸，冲挺举朗声应道："我家老爷在上海开有钱庄，做有大生意，大银库里银子成堆！"

"请问姑娘，"挺举看向她道，"大银库里能装多少？装一百万两吗？一百万没有一千万多。装一千万两吗？一千万没有一万万多。装一万万两吗？一万万没有十万万多。"朝众人再次拱手，"诸位乡亲，多与少是相对的。多少为多？知足为多。不知足，即使拥有整个天下，仍然觉得少。知足，一文钱就觉得多。"

众人再次震撼。

看到伍挺举如此气盛，连鲁小姐也没看在眼下，董掌柜的脸上挂不住了，上前一步，拱手道："伍生员，你讲得不错，可老朽听说，甫家的贱籍是万岁爷下旨贬封的，难道万岁爷也贬错了吗？"

董掌柜这一问近乎铁定，无数道目光一齐射向挺举，看他如何应答。

"老掌柜所言不错，"挺举回他一礼，"我这也讲讲贱籍。据我所考，贱籍确为万岁爷所贬，但那是宋、元、明等朝皇帝分别罚贬的。在被罚之前，被贬者非但不是贱人，且大多是贵族出身的有志之士，或为反叛元人，或为不肯归服的前朝遗臣，或为因言获罪，或因其他种种原因，被元代、明代不同的万岁爷贬为贱民，低人一等。所有这些，都是前朝旧事。大清皇帝没有贬过贱民不说，反而旨令削籍。早在大清初年，雍正爷多次削籍。雍正元年，削陕西、甘肃等地贱民籍，雍正八年，削常熟、绍兴等地贱民籍。我们宁波府的贱民籍，大多是从绍兴流浪过来的。我想问问诸位，难道雍正爷的旨意比不上前朝皇帝吗？难道我们不是大清国的子民吗？”

见他讲出这番有鼻子有眼的出处，众人无不惊愕。董掌柜心里叹服，脸上却是无光，朝他略略拱手：“老朽受教了！”悻悻然走回当铺。

“诸位乡邻，”挺举朝众人再一拱手，扶起顺安，“我再讲讲甫家戏班。甫家戏班唱的是宁波走书[1]，唱词优雅，曲调畅美，劝人向善，非寻常低俗乡俚可比，登的是大雅之堂，上门邀请甫家班子的多是德高望重、知书达理人家。我的这位兄弟更是不贱，聪明伶俐，好学勤肯，不偷不抢，不赌不淫，敢问诸位父老乡邻何以这般待他？”

见挺举这般有理有据地替他说话，为他洗涮，顺安悲从中生，靠在他身上失声痛哭：“阿哥——”

阿黄看向阿青，阿青的目光溜过人群，看向一个用斗笠遮了脸的人。那人朝他们摆下手，顾自扭身走去。阿青、阿黄等也都分头，悄无声息地溜走。

众人相跟着四散而去。

挺举扶着顺安，正走之间，后面传来一个声音：“伍生员留步！”

挺举扭头，见葛荔手拿柳条，歪头望着他，眼皮一挑：“嘿嘿，没想到你这酸秀才有几下子嘛！”

挺举这也想起方才之事，赶忙拱手：“谢小姐抬爱！”

葛荔扬扬柳条。

挺举老老实实地伸出手掌，闭上眼睛。

葛荔将枝条朝地上一扔：“冲你方才那席话，本小姐这一枝条今日免了！”

挺举拱手作揖：“谢小姐宽宏大量！”

---

① 宁波走书：原称“莲花文书”，又名犁铧文书，1956年定名宁波走书。起源于光绪年间，流行于宁波、舟山及台州一带。宁波走书唱词用宁波方言，说唱并重，富有生活气息。

“不过，”葛荔慢条斯理地补上一句，“今日免了，并不是这事体免了。这一枝条本小姐暂且记下，后会有期嘀！”

不及挺举反应，葛荔疾步而去，不一会儿，人已没有踪影。

碧瑶狠扫挺举、顺安一眼，转身走进店里。董掌柜亦步亦趋地跟在身后。挺举扶顺安缓步离开。顺安走几步，站住，扭头，目光定定地射向当铺的匾额：茂昌典当行。

挺举扶顺安朝西街走去，行至小河边，顺安不挪步了，歪靠在一棵柳树上，目光痴痴地望着河水。

“阿弟，”挺举不无关切地看着他，“打紧不？要不，咱这快点回去，让你伍叔搭搭脉？”

顺安一动不动。

“阿弟，究底是为啥事体，告诉阿哥！”

顺安缓缓扭过头，两眼痴呆般望着他。

“阿弟？”挺举惊愕了。

“阿哥，”顺安表情绝望，声音颤抖，悲泣道，“我……我哪能出生在这个家里啊，我的阿哥呀……”

“阿弟，甭乱讲，甭乱想！”

“阿哥，你……是不是也看不起我，也在心里鄙视我？”

“阿弟，”挺举厉声责道，“你哪能介想哩？没有人鄙视你，没有人看不起你！”

“阿哥，甭再骗我了。所有人都鄙视我，所有人都看不起我，我天生下贱，我天生低人一等，我……”顺安仰天悲鸣，“苍天哪……”

“阿弟，你抬起头来，看着阿哥，看着我的眼睛！”

顺安抬起泪眼，看向挺举。

挺举与他对视，有顷，字字如锤：“你记住，没有人天生下贱。太史公曰，王侯将相宁有种乎？沧海桑田，朝纲轮替，王侯将相尚且无种，何况阿弟你呢？阿弟，振作起来！没有人看不起你，除非你自己看不起自己。没有人击败你，除非你自己击败自己！”

顺安扑在挺举肩上，号啕大哭：“阿哥——”

# 第四章

# 抢劫鲁家不成，章虎火烧伍家

甫家院落里，甫家班子的九个乐手在院中各占位置坐下，各执一样乐器。中间两个位置空在那儿。

院中一棵大树下，甫光达靠在树干上吞云吐雾。甫韩氏气呼呼地走过来，尖起嗓子冲他吼道："甫光达，你抽够没？"

"够了，够了！"甫光达忙将烟枪扔在一边，一个鲤鱼打挺，精神抖擞地走过来，操起三弦居中坐下。

甫光达的三弦响过，甫韩氏的琵琶紧跟，其他丝竹随声应和，一时间，院子里吱吱咛咛，咿咿呀呀，顿时喧闹起来。

一阵叫板过后，音乐陡然顿住，甫韩氏朗声开唱："一本万利开典当，二龙抢珠卖衣庄，三鲜海味南北货，四季大发水果行，五颜六色绸缎庄，六六大顺珠宝行……"

开场白尚未落腔，院门砰的一声被人撞开。顺安脚步踉跄地走进来，面孔扭曲，手指众人，歇斯底里道："滚滚滚，都给我滚！"

众人惊愕，纷纷放下乐器。

甫韩氏回过神，干笑几声走过来，柔声道："安儿，好事体来了。鲁老爷衣锦还乡，要办堂会，齐伯上门，说是马老夫人点了咱家的戏班子，要十一人档，出十块洋钿，要是唱得好，另有赏钱哩！"

顺安两眼冒火，不认识似的射向她。

甫韩氏心里发毛："安儿，这……是桩好事体哩，介久没来生意了，一来就是大宗，阿拉这得练练，免得唱砸了。"

顺安指向她鼻子："唱唱唱，全都滚到野地里唱去！滚到姓鲁的大宅院里唱去！"

甫韩氏面上挂不住，却仍赔着笑，作势欲搭他的肩膀，语气稍稍加重："安儿？"

顺安一把拨开她的手，指向甫韩氏，然后是甫光达，再后挨个指向众人，吼道："你，你，你你你，你们这群没骨头的贱人，世上行业千千万，为啥偏选这个行当？当牛做马也比做这破戏子强！"重重跺下一脚，扭身走出院门。

甫韩氏搞不清来由，表情错愕。

众艺人被他这顿劈头盖脸的数落骂得兴致全无，各自耷拉脑袋，抱乐器逃离。

顺安一肚子火气没地方发作，由着性子走到镇外，没入一片杉木林里，想找个地方大哭一场。

合适地方尚未寻到，身后有嚓嚓的脚步声传来，接着是人声："兄弟，走介快做啥？"

是章虎。

"章哥？"顺安转过身，有点吃惊，"你哪能来这地方？"

"寻你呀！"章虎扬扬手，赶上来，"你这拉个马脸，啥事体想不开哩？"

顺安长叹一声，摇头。

"瞧你，不把大哥当大哥嘛！"章虎两手重重地拍在顺安肩上，"兄弟，街上的事体我全晓得了。听说兄弟遭人欺负，我立马赶去，本想为兄弟出口恶气，不想成了个马后炮。你这讲讲，那帮家伙都是啥人？"

顺安摇头。

"奶奶个熊，"章虎将火引向鲁家，"鲁家人不是东西，仗恃财大气粗，不把我们当人看。兄弟，这事体不能算完，这口气大哥帮你出！”

“大哥——”

“咦，兄弟，你信不过咋的？”章虎眼一瞪，“大哥答应为你出气，就必定为你出气，你只管把心放到肚里！”

“我……”顺安嗫嚅道，“我不是那意思。我……”泣出声来，“我……上辈子不知做下啥孽，竟然托生在这个卑贱之家！”

“哈哈哈，”章虎长笑几声，连连摇头，“兄弟此言差矣，托生哪儿不是个生？不瞒你讲，你这出身大哥早就晓得，可大哥啥辰光嫌弃过兄弟你了？”

“阿哥——”

“兄弟，”章虎拍几下他的肩，“你这净讲傻话来着。没有啥人生来贵贱，是不？大哥比你多吃两年白饭，也多见过两年世面。不瞒你讲，大哥啥也不信，只认一个字：钱。有钱，再贱也贵。没钱，再贵也贱。”

顺安睁大眼，显然听进去了。

“别的不讲，”章虎接道，“就说这姓鲁的吧，原本读书不成，穷困潦倒，在这街上摊个小鱼摊，卖些死鱼臭虾，放个屁都不敢出响，后来勾上马家小姐，弄大人家肚皮，得银二百两，混出人样来了。不想这人样混大了，摆起谱来，不把穷人当人看哩！兄弟，晓得阿哥为何要收拾他不？”

顺安摇头。

章虎恨道：“大哥此番到上海滩混枪势，时运不济，听闻此人有些豪气，往投他府，欲借几两银子暂时救急，不料姓鲁的狗眼看人低，不肯见面不说，又放看门狗羞辱大哥。那看门狗将一串铜钿掼在地上，就如打发叫花子一般。这且不说，那狗还要大哥为那一串铜钿磕头谢恩！”捏紧拳头，“小娘比，这口恶气尚且未出，今又摊在兄弟头上，好心帮他做事体，竟是无端蒙羞，阿哥这是——”紧握拳头，“旧恨新仇哪！”

顺安的火气完全被撩拨起来，牙齿咬紧，拳头捏起。

“兄弟，跟着大哥干吧！大哥有力气，兄弟脑子好使，你我合璧，没有做不成的事体！”

“我……”

“兄弟放心，出事体了，大哥顶着。事体成了，大哥与兄弟分成！”

“大哥，我……容我想想。”

“呵呵，”章虎忖出他的顾虑，“兄弟放心，大哥给你托个实底。这番游历上海滩，大哥感慨颇多，但真正让大哥开悟的只有两件东西，一是铜钿，二是这个！”掀开衣襟，露出短枪，摸出来，朝它呵出一口热气，“呵呵呵呵，兄弟呀，它比铜钿还管用哩，因为铜钿怕的是它！”

顺安吓得倒退数步。

入夜，离鲁宅不远的一家客栈里，二楼尽头的一间客房灯还亮着。申老爷子与苍柱各坐于蒲团，两只磨得铮亮、鸡蛋大小的铁蛋子在申老爷子的手心里滴溜溜翻转。

吱呀一声，葛荔推门而入。

“老阿公，”葛荔开门见山，一脸兴奋，“老阿公，小荔子全都打探清爽了，这老倌人是鲁老板的管家兼护院，在此地生活十多年，镇上不分老幼，人人管他叫齐伯。”

“今朝他都做些啥？”

葛荔清清嗓子：“老阿公听好。鸡鸣头遍，在门前打拳，天色大亮，打扫庭除，吆喝下人上工。吃过早饭，到街西预订堂会。然后出城，到刘庄寻到一个刘姓胖子，交给他一盒东西，返程时拐进城郊一个土地庙，在庙内待有半个时辰，想是给土地爷供香来着。错晌午时分回到镇上，再后——”顿住话头。

“讲呀，关键辰光，就卖关子。”

“嘻嘻，”葛荔一脸嬉笑，“老阿公，后面的事体，没啥可讲了。

老阿公，小荔子这想求问一桩事体。”

“问吧。”

“据我打探，这老倌人言语和气，未曾与人起过争执，不像坏人。老阿公，你是不是弄错了，愣说他是叛逆。咱不能放过坏人，可也不能冤枉好人哪。”

申老爷子笑眯眯地看着她：“好人坏人不会写在脸上，关键是看他做事体。记住，盯住他，看他究底做不做坏事体。”

“是哩。”葛荔恍然有悟，“坏事体见不得光，我该夜间盯他才是。老阿公，你们坐，我这就去。”话音落处，人已不见了。

听她走远，苍柱看向申老爷子：“五叔，看这样子，七叔似是没有帮手，也看不出发达迹象。那笔巨款会不会已经不在他手上了？”

申老爷子凝神端坐。

“依寻常处事，有此巨款在手，定然全力护卫，更不会寄身为奴，可七叔他……”

“苍柱，”申老爷子睁眼应道，“不可以寻常人忖度你七叔。”

“哦？”

“遥想当年，”申老爷子沉入追忆，缓缓说道，“我们兄弟皆为忠王侍卫，义结金兰。兄弟七人中，你七叔少言寡语，特立独行，武功也高，甚得忠王信任。天京突围辰光，忠王要我与你阿爸、二叔、六叔随他保护幼天王，将府上仅有的十万两现银交予你七叔，派你三叔、四叔护佑，图谋东山再起。我们乘夜突围，在方山遭遇湘军。为引开敌人，我与你六叔主动出击，与忠王、你阿爸等失散。我二人血战得脱，几日后得知，忠王将宝马让予幼天王，自己从容罹难，你阿爸、二叔等兄弟皆为保护忠王分别战死。”

“后来呢？”

“其他你已尽晓，就剩这笔巨款了。晓得此款下落的只有他们三人。十年之后，我们兄弟四人在丹阳会面，只你七叔杳无音信，那笔巨款亦无影踪。你三叔、四叔甚是自责，终其后半生只做一事，就是寻你七叔，追回天国遗款。你三叔、四叔你是晓得的，想必不会空口诬人吧。”

“依五叔之见，七叔会不会携款私逃呢？”

“依他为人，应该不会。但树倒猢狲散，危难见真章。天京失陷后，什么样的人物都出来了。再说，观物须观里。这笔巨款迄今下落不明，姓鲁的又是在得到你七叔之后才发家致富的，其中关联颇为耐人寻味。”

苍柱长吸一气，缓缓闭目，有顷：“我这就去拿他过来，五叔一审即知。”

“既然寻到他了，倒也不急。”

夜深。

齐伯最后一次巡视完院子，回到自己房里，开始入睡前的例行功课——打坐。

齐伯在蒲团上盘腿坐下，二目闭合，眼前不由浮出一连串的闪回场景：上海街道上，二人跟踪；去十六铺路上，身后紫衣少女紧跟；大街上，那少女如影随形。

齐伯正在盘思，一阵细微声音由远而近，停在自己窗下。这声音轻如飞蛾，寻常人根本听不见，却是难逃齐伯的耳朵。

齐伯两耳竖起。

齐伯猛然睁眼，犀利的目光直扫窗口。

夜色将一个淡淡的人影印在窗纸上。

齐伯双眉锁起，再次闭目。

一阵脚步声由远而近，从中院走过来。窗纸上人影消失。

一个仆役站在院中叫道：“齐伯，老爷叫你！”

“来了。”齐伯应一声，起身走到前院客堂，见俊逸仍旧坐在那儿，神情闷闷的。

“老爷，你还没睡？”齐伯招呼道。

俊逸指指对面：“齐伯，坐。”

“还是站着舒服。老爷，啥事体？”

“姆妈这番苦心让瑶儿搅黄了，伤感得紧。我想把堂会办得闹猛点，邀请亲朋好友及远近头面人物捧个场，让姆妈开开心。”

“好哩。”

“时间定在后日，来得及否？”

“来得及。”

“不过，有桩事体，倒是难办。”

“啥事体？”

“姆妈吩咐我务必请到伍生员一家，这——”

“去请就是了。”

俊逸苦笑一下，指着书案上摆着的一封信：“你看这个。”

齐伯看完信，怔了：“伍先生又与老爷打赌？”

“是哩。”

“呵呵呵，”齐伯笑起来，“没想到读书人也是一根筋哪。”

“齐伯，”俊逸却没笑起来，眉头横切，“看明白没，他让儿子送画，今朝又让一个小毛头捎来战书，是明欺我鲁俊逸膝下无子啊！”

“老爷，你……”见俊逸竟然朝这里想，齐伯觉得事情严重了，敛起笑，刚讲了个开头，就被俊逸摆手打断：“齐伯，你甭讲了，我应战就是。我要让他看个明白，钉是钉，铆是铆，喇叭是铜锅是铁，他伍中和想翻的不过是个过时历头。”

“老爷呀，”齐伯再次笑了，“他是一根筋，你这也是一根筋，难怪当年你俩赌得起来。”

“是哩，”俊逸气也缓解，“一个巴掌拍不响。只是……他这拗上劲了，必不肯赏脸，姆妈那儿哪能个交代哩？”

“老爷不必出面，我以老夫人名义送个请柬，想必伍生员肯给面子。”

“我也是这意思。你办去吧，务必请到。”

关爷庙的破院里有块石案，案上摆着树枝石块，搭作宅院的简易模型，乍眼望去，像是孩子在玩过家家。

章虎与阿青几个正围蹲在石案边，对着模型比比画画，七嘴八舌。章虎不住摇头，眉头凝滞。

院门传来敲击声。几人互望一眼。

章虎兴奋地朝院门努下嘴：“快，军师来了！”

“这……”阿青迟疑道，“要是他认出我们，岂不——”

“是着哩。”章虎一拍脑门，“去，你们几个这都躲进殿里。”

几人躲进大殿，闩上门。

章虎开门，果见顺安神色惶惑地站在门口：“阿哥……”

“兄弟，总算等到你了。来来来，里厢坐。”章虎扯住他手，不由分说，将他拉到石案边，按他坐在一只石凳上。

顺安看着石案上的摆设：“这是——”

“这是鲁家。”章虎一边指点，一边介绍，“你看，这是前院，这是中院，这是后院。前院是客堂，中院是姓鲁的与他女儿寝处，后院是库房。”

“大哥，”顺安迟疑一下，“我来是想告诉你，我前思后想，觉得这桩事体不可行。”

“为什么？”

“齐伯武功无人不晓，鲁家仆役也都身强力壮，会些拳脚。你我二人势单力薄，根本不是对手。再说，即使没人发现，单是搬运钱财，也非易事。”

“兄弟放心，没有金刚钻，大哥不会揽这瓷器活。我已想出办法对付齐伯，至于人手，多去了，粗活用不上兄弟。”

“有啥办法对付齐伯？”

“呵呵呵，你忘了阿哥这个玩意儿了！”章虎拍拍腰间，“齐伯武功再高，料也抵不过铁子儿。”

“阿哥，”顺安脸色变了，“这……这是要死人的！”

“呵呵呵，”章虎拍拍他肩，“大哥用尽心机拉拢兄弟入伙，为的就是不用这玩意儿。屈人之兵，不战为上。兄弟脑筋活，是智多星，这就动动脑筋，为大哥想出个兵不血刃之计。”

“若是此说，”顺安沉思有顷，小声道，“眼前倒是有个机会。”

“兄弟快讲。”

“齐伯到我家请唱堂戏，点了十一人档。”

“哦？”章虎眼睛圆睁，“在哪儿唱？”

“马家。听说马老夫人玉体欠安，开堂会是为她冲喜。”

“啥辰光？”

“明日后晌开唱，连唱三天，每天三个时辰。”

“太好了！”章虎一拳擂在石案上，忽身站起，兴奋地边踱步边自语，“姓鲁的此番回来，鸣锣开道，大甩红包，这又为丈母娘请唱堂会，点下十一人档，无非是图个显摆。既为显摆，姓鲁的必邀亲朋好友、达官显贵前往捧场，齐伯亦必前往护场。娘稀屁哩，天赐良机嘛！”拳头捏紧，冲顺安晃晃，“就在明天吧，人定辰光。兄弟也去搭把手，在外照高！”压低声，“兄弟务必到场哟，要不，分银子时，大哥就没个说辞了！记住，明晚迎黑，此地汇合。”

翌日后晌，伍中和正在书案前发闷，伍傅氏换好一身新衣服走进：“他爸，辰光到了。”

中和白她一眼。

伍傅氏压低声音：“他爸，不讲鲁老板了，你总得给马夫人留个面子，是不？齐伯哪能讲哩？要是你不去，马夫人就不看堂戏。介大个堂会，方圆头面人物都来为老夫人捧场，老夫人若是因为你而不看堂会，岂不闹成个话柄了？”

中和心里一颤，看伍傅氏一眼。

“鲁老板又不在家常住，过几日就走人了。待他一走，啥事体就都没了。他走他的阳关道，你过你的独木桥……”

中和瞪她一眼：“什么独木桥？我走的才是阳关道！”

“是着哩，”伍傅氏扑哧一笑，“我该掌嘴。走吧，家里有挺举照看。”

中和缓缓起身，不情愿地拿起请柬。

翌日苍黑，章虎约定的时刻到了。

关爷庙就在那片杉木林的尽头。顺安沿着林中小路，不无犹疑地走着，心里就如虫子咬似的。将出林子时，顺安的步子渐趋缓慢，继而完全站下。

顺安走到路边，靠在一棵杉树上，暗自忖道："此为打劫，事成倒好，万一事泄，岂不白搭一条性命？再说，章虎这人是出了名的三不惹，心狠手辣，声名狼藉，上到他这条贼船上，早晚要出事体。逃过这次，下次势必难保。是哩，我还是不蹚这池浑水为好。"

顺安主意打定，一忽身，沿来路匆匆逃回。眼见又要走出林子，顺安的步子再次慢下，再次自语："话说回来，马无夜草不肥，人无横财不富。似我这般卑微身世，天晓得何日翻身？眼前机会，这般坐失，岂不可惜？"

顺安缓缓蹲下，两手抱在头上："这一步当为人生大棋，万万错不得！去还是不去，这……我该哪能个办哩？对了，在这世上，对我最好的当是挺举阿哥，关键辰光，且向他讨个主意。"

主意打定，顺安忽地起身，脚步轻松地走回镇里，径直走向伍家，飘飘忽忽地晃进院中。略顿一下，缓步上楼，推开书房门，侧身倚在门框上。

"顺安？"挺举搁下书，"这两日没见你，忙活啥哩？"

"没忙啥。"顺安心不在焉地支应一句，"哪能没见伍叔、伍婶哩？"

"鲁家开堂会，送来请柬，他们后晌就去了。"

"你哪能不去哩？"

挺举苦笑一声，摊开两手："这都啥辰光了，哪有这份闲心呀！"

"阿哥——"顺安欲言又止。

"观你气色，似有事体？"

"我……我……"

"讲呀，"挺举扑哧笑道，"在阿哥跟前，有啥可支吾的？"

"我想问你，依照大清律条，如果有盗贼抢劫，单单照高（望风）

的人算不算犯科？”

挺举从书架上拿过一本书，朝桌上一摊：“这就是《大清律例》，你讲这条，待我细细翻看。”翻一会儿，寻到一页，“呵呵呵，寻到了。照高窝赃通风报信皆在律例，与盗寇同罪，轻则刑杖，重则流放。如果盗案重大，或伤及人命，还要杀头哩。”

顺安脸色煞白。

“咦，顺安，你哪能问起这事体来？”

顺安嗫嚅道：“没……没什么，随便问问。”转身走去，“我……走了。”

挺举苦笑一声，摇摇头，埋头攻读。

顺安走到院里，心里忖道：这事体不妥。我虽没去照高，仍旧脱不得干系。姓章的持枪抢劫，一切顺利倒好，万一闹出人命，被官府追拿，严刑之下，或会讲出实情，势必牵连到我。这……如何是好？嗯，有了，我且透给阿哥，让鲁家有个防备。只要齐伯有个防备，章哥就会无从下手，事体也就……

想到此处，顺安心里定下，复拐回来，言辞暧昧道：“阿哥，我……我想让你去趟马家。”

挺举摇头道：“已经告诉过你，我没这闲心看戏。”

“不是看戏，是望望齐伯。”

挺举奇怪地盯住他：“望他做啥？”

“都到马家看堂会了，鲁家没人，万一有人前去打劫，哪能办哩？”

“打劫？”挺举笑起来，“这……太平盛世，朗朗乾坤，啥人会上门打劫？”

“我是讲万一。世道乱哩，你不晓得，前阵子余姚县城就有一伙人趁大户人家开堂会时上门抢劫，还杀了人呢。”顺安信口胡诌。

挺举长吸一气：“阿弟，你讲实话，是否有人去鲁家打劫？”

“不晓得呀。我是讲万一。”

挺举两眼逼视他。

“阿哥，”顺安躲闪他的目光，“我……只能把话讲到此处。”

挺举收回目光，加重语气："阿弟，打家劫舍，人命关天哪！你必须告诉我实情！"

顺安哭丧起脸："阿哥，能讲的我全讲了。哪能做去，随阿哥你。我……走了。"扭身下楼，顺楼梯直走下去。

挺举略略一怔，带上房门，追下楼梯，见顺安已经拐出院门，朝自家方向快步走去。

挺举在门口又站一时，越想越觉得不对，走进房间，见淑贞已经睡熟，遂将房门关牢，挂上锁，沿门前巷子拐到大街上，快步朝东疾走，一边走，一边思忖："顺安今日怪怪的，跟往日大不一样。难道真的有人打劫鲁家？这些日来，镇上秩序井然，不曾听到哪儿有劫匪。鲁家刚从上海回来，难道是有仇家跟来了？若是仇家，顺安哪能晓得？会不会跟他……"

挺举放缓步子，苦笑一声，摇头，复又加快步子。

挺举连走带跑，不一会儿，远远望见马家的高大院门了。

院子里灯火辉煌，隐约可听出甫韩氏的说唱声。挺举放缓步子，正要走向大门，一条黑影冷不丁闪出，横在前面。

挺举吃惊不小，退后一步，喝道："啥人？"

"嗬，"那黑影逼上来，"真还是贵人多忘事哩。你好好瞧瞧我是啥人！"

黑影欺近，挺举定睛一看，是葛荔。

"是你？"挺举暗吃一惊。想到那日她在大街上的表现，想必是有武功，再想到顺安方才所讲的打劫，挺举脑海里轰的一声，汗毛倒竖，情不自禁地打个寒噤。

葛荔嘻嘻一笑，欺上来："是本小姐，咋的？"

"你在此地做啥？"

"咦，我倒要问你哩。"葛荔来劲了，"大比在即，你不在家对题念经，却来此地看堂会，真还有股大将风范嘛。"

挺举两眼聚起，目不转睛地盯视她。从她天真无邪的神态与语调看，把她与劫匪联系在一起显然有点荒诞。

然而，此时此刻，显然不宜饶舌。

“我……有急事体。”挺举应上一句，欲绕开她。

葛荔伸开两臂，左右拦住：“听你脚步，观你气色，倒是像个有事体的。伍生员，你这讲讲，是何事体？”

“这……”

“哟嗬，你这是不想讲呀。那笔旧账好像还没结哩，要不，我俩就在这儿扯扯清爽？”

“我……”挺举也是急了，“是这样，有人这要打劫鲁家！”

“啊？”葛荔吃一大惊，“啥人？”

挺举摇头。

葛荔略略一想：“伍生员，我这问你，你到此地，是不是要去通风报信啊？”

挺举再次怔住。转念一想，她问得这般直白，想也不是有鬼之人。但她究底是何来路，挺举实在没底，吞吐道：“我……”

“伍生员，”葛荔略一思忖，替他决断道，“报信是万万不可的。鲁家开堂会，二百多号人捧场。你讲有人打劫，万一没有，你作何交代？妄言事小，冲坏人家喜气，害得满城达官显贵虚惊一场，事体可就大喽！”

葛荔所言不无道理，挺举踌躇起来。望着这个思维缜密的女子，挺举觉得她简直有点不可思议，良久，方才回道：“好吧，我不说破，只去探看虚实如何？”

“好吧，小女子不误你的大事体嗬！”话音落处，葛荔身子一晃，人就不见了。

挺举一边思索一边走向马家大门，刚好看到齐伯与两个仆役站在门口。

挺举揖道：“晚生见过齐伯。”

“是伍公子呀，”齐伯回一礼，“哪能介晚才来？戏台上正热闹哩，进去看看。”

“齐伯，能否借一步说话？”

齐伯点点头，跟他走到一边。

挺举耳语，齐伯有点吃惊，怔了下，问道："挺举，你哪能晓得的？"

"我……"挺举迟疑一下，绕个弯道，"是听朋友讲的。他也是偷听来的，吃不准。我是怕万一有个啥事体。"

"是哩，"齐伯微微点头，"不瞒你讲，这几日我一直心神不宁，觉得有人监视我。我晓得要出事体，只不晓得事体出在哪儿。你这一讲，一切全亮堂了。"

"啥人？"挺举心里一寒。

"一个姑娘。"

挺举自然联想到葛荔，情不自禁地"啊"出一声。

"怎么了？"齐伯望过来。

"没……没什么。"挺举搪塞道，"要否对鲁叔讲一声？"

"几个毛贼，不必惊动老爷，我叫两个人回去看看就是。"齐伯折进院子，不消一时，带着两个仆役快步出来。

"齐伯，"挺举灵机一动，"我也跟你去吧，多个人多份胆气。"

齐伯上下打量他。

挺举活动一下腿脚，摆个姿势，笑道："你看，习过拳脚哩，大比也考六艺。"

齐伯笑了。

一行四人赶回鲁家，看到大门紧闭。一个仆役推了推，里面闩着。一个仆役正要大叫，齐伯轻嘘一声，压低声音叫道："小楚，开门！"

没有反应。

齐伯打个手势，指指一边的高墙。那仆役绕过去，翻过院墙，绕过来打开门，弄开门房，果见守门的小楚被两手反绑在门房里的一张椅子上，嘴里塞着一团棉花。

齐伯抽出双节棍，几人也都亮出家伙。挺举寻到一根顶门棍，拿在手中。

"挺举，"齐伯看他一眼，"你就守在此地！"

挺举焦心的是葛荔，摇头道："没事体的，我也过去看看热闹。"

齐伯没再讲话，率先走去，几人沿墙根摸向后院。

后院一团繁忙，章虎等人正从库房里朝外紧张搬运。齐伯观察一会儿，示意三个仆役藏在暗处，拉挺举径直走过去。

齐伯声若洪钟："大胆毛贼，放下赃物，束手就擒！"

几个阿飞吓傻了，手中包袋扑通掉地。

看到只有二人，章虎稳住心神："兄弟们，上！"

众阿飞纷纷抽出刀枪，围过来。

齐伯、挺举背依墙根，正面临敌，尽皆执棍。众阿飞忌惮齐伯，不敢上前。章虎持刀欺上，阿青、阿黄紧跟，三人逼近。

齐伯接住，只听乒乒几声，阿黄刀具飞落，哎哟几声，捂住手腕蹲在地上。阿青逼近挺举，挺举挥棍迎击，二人战作一团。

章虎迎住齐伯，二人激战。另外三个阿飞正要过来帮忙，三把刀尖顶在他们后心，只好扔下武器。

阿青看见，叫道："阿哥，中埋伏了！"

章虎示意，与阿青退后几步，猛地从腰中拔出洋枪，枪口对准齐伯。

"老倌人，"章虎故意沙哑起嗓子，"你看清爽，这是洋枪，不是土铳[①]。要是你能挡住这支枪筒里的洋枪子儿，我就真正服你！"

齐伯显然见过洋枪，也晓得它的厉害，一把扯住挺举，退后几步。

章虎欺上来："老倌人，哪能不逞强哩？刚才不是挺风光吗？"

齐伯、挺举两眼紧盯乌黑的枪口，退至墙角。

"老倌人，"章虎顿住步子，"我不喜欢杀人，也不想跟你过不去。姓鲁的为富不仁，我们只想借他一点小钱用用，替他消点孽障！识相的，放下棍子，互相绑起来。若不识相，休怪枪子儿不长眼！"

齐伯、挺举互望一眼。

"我数到三。一，二……"

齐伯看一眼挺举，扔下双节棍，挺举也扔下棍子。

---

① 土铳：用火药发射铁弹丸的管形土造火器。

章虎看向三个仆役："还有你们！"

三人迟疑，无不望向齐伯。

"扔下！"齐伯吩咐。

三个仆役扔下刀具。

"把他们全都绑起来！"章虎对三个得到解放的阿飞道。

几个阿飞随即绑起三个仆役，赶过来去绑齐伯与挺举，忽听嗖的一响，章虎哎哟一声，捂手腕蹲下，洋枪落地。紧接着，两条黑影从房顶上跳下，均着夜行衣，头上蒙面，落地时如两片飘叶，接触地面后又稳稳站住。

此等身手，莫说是章虎，就连齐伯也看呆了。

齐伯、挺举正自忖思二人是友是敌，一条黑影朝他们走来。三个小阿飞吓傻了，瘫软在地，动弹不得。那黑影走到近前，突然出手，左右开弓，啪啪两下，直击齐伯与挺举。二人猝不及防，皆被点中穴位，歪在地上。

那黑影又朝三个小阿飞各挑一脚，三人就如三只麻袋般被挑飞于空，扑扑通通地落在章虎身边。

那黑影转过身，朝章虎几人缓缓走来。

章虎这才恍过神来，跪地求饶："大……大侠饶……饶命！"

其他阿飞也都纷纷跪地，磕头如捣蒜。

那黑影中气十足，低声喝道："饶你可以，但必须滚出宁波地界！否则，让我撞见，身首异处！"

章虎几人磕头谢过，相互搀扶，跌跌撞撞地逃出鲁家院落。

那黑影弯腰负起齐伯，与另一黑影飘然而去。

两道黑影正是苍柱与葛荔。

苍柱将齐伯背至客栈，放在一把椅子上，动手脱去夜行衣。

葛荔一边脱衣，一边说道："啧啧啧，老阿公，真没想到齐伯武功一流，差点把我眼睛看花了。"

申老爷子依旧坐在蒲团上，朝她笑笑，把玩两个铁蛋。

“要不是小阿飞手中有枪，那场热闹有的看了。”

“葛荔，”苍柱将衣服挂在衣帽架上，接过话头，“我下手略重一些，你去看看那个小伙子要紧不。”

“好咧。”葛荔应一声，换上白纱衣，披上纱巾，出门去了。

支走葛荔，苍柱动手解开齐伯穴位。

齐伯活络开来，两眼紧盯申老爷子，似在费力辨认。

“七弟！”申老爷子笑吟吟地回望他。

“你……可是五哥？”齐伯目光狐疑。

“是哩。”申老爷子郑重点头。

齐伯吁出一气，眼中闪过一道亮光。

这亮光虽然转瞬即逝，却无法逃过申老爷子的法眼。

“七弟，”申老爷子审视他，“四十年没见了，你过得可好？”

“还好。你哩？”

“一言难尽。”申老爷子直奔主题，“七弟，我们寻你寻了三十多年。”

“我晓得。”

“你既晓得，哪能没个音讯呢？”

“我……”齐伯面现难色。

“七弟可有难言之隐？”

齐伯看向苍柱。

申老爷子指指苍柱：“他是苍柱，大哥的遗腹子，你们还没见过面哩。”

苍柱跪地，叩首道：“不肖侄叩见七叔！方才多有冲撞，不肖侄向七叔请罪！”

“快快请起。”齐伯起身，扶起他，拍拍他的肩道，“怪道功夫了得，原来是大哥的公子！呵呵呵，好好好，英雄虎子，真正好哇！”

申老爷子扯回话头：“苍柱不是外人，自大哥殉难后，一直跟着我，七弟尽可放心。”

“我相信五哥，”齐伯点点头，望向申老爷子，“三哥、四哥呢？

他们哪能没来？"

"他们……"申老爷子神色黯然，"没了。四哥是四年前才走的，临终前还在惦念七弟！"

齐伯却无丝毫悲伤，声音冷冷的："是吗？他怕不是惦念我，而是惦念那笔巨款吧？"

"正是。"申老爷子也敛起笑，目光逼视齐伯，"那是天国遗物，忠王命你三人守护，七弟与巨款一起失踪，三弟与四弟自认为失职，一直为此自责。"

齐伯鼻孔里哼出一声，一脸不屑之色。

"七弟？"申老爷子看出异样，声音放缓。

"五哥，"齐伯指着自己的空袖子和额上的疤痕，情绪激动，"你想不想晓得，这只空袖子和这道疤是如何来的？"

"七弟，我正要问你。"申老爷子微微倾身，手中的两只铁蛋停止转动。

齐伯的声音里不无悲愤："袖中的东西让三哥拿去了，此疤则是四哥的恩赐。"

申老爷子情不自禁地"哦"出一声，看向苍柱。

苍柱倒吸一气，微微闭目，似乎不可置信。

"七弟，"申老爷子缓过神来，"他……他们为何害你？"

"就为那笔钱，"齐伯应道，"忠王将钱埋于地下，只将埋宝地址讲给我一人。突围之后，三哥、四哥多次套问钱款下落，我心中起疑，不肯讲出。他们只好把话挑明，说天国已完，官家盘查又紧，我们兄弟三人不如携带此款南下香港或南洋谋生。我说，忠王没了，我只听命于大哥。你们去把大哥叫来。他们说，大哥、二哥、五哥、六哥全都没了，众兄弟们活着的只剩下我们三人。我依旧不信。他二人恼羞成怒，把我下在地牢里，迫害我，施尽各种酷刑，我……"悲从中来，泣不成声，"死里逃生，几经磨难，方才躲到这处地方……"

"七弟，"申老爷子误解尽去，老泪流出，缓缓起身，走到齐伯身边，双手紧紧握住他，"你……受苦了！"

两个老人相拥而泣。

“七弟，”申老爷子松开他，复坐于蒲团，“你既然躲于此处，何又涉险前去上海？”

“唉，”齐伯长叹一声，应道，“仍为那笔款子。我老了，精力不济了，不定哪天，我……五哥，我不能守着它死啊。我思来想去，方才决定去上海一趟，听听风声。没想到此行果然引出五哥来了。”

“这么说，那笔款子仍在？”

“是哩。”

“在哪儿？”申老爷子看一眼苍柱，吁出一气。

“就在此地。”齐伯压低声音，“共是两箱金砖，折合十万两规银，我分文未动，埋在镇西土地庙里，就在土地爷的泥塑座底，下挖五尺，五哥随时可取。”

“对这款子，你可有打算？”

齐伯摇头道：“忠王没了，大哥、二哥也没了，我相信五哥，此款听凭五哥处置。”

“谢七弟信任，”申老爷子缓缓说道，“埋在地下是死钱，我们都不能守着钱死。我想把此款起运上海，让它成为活钱，派上用场。天朝没了，天朝的弟兄们大多没了，复兴天朝已不现实，此款我们只能另作他用。至于用于何处，如何动用，就由你、我、六弟，还有苍柱，共同议决。”

“不必了。”齐伯再次摇头，“忠王让我保管，没说让我动用。此款既已交付五哥，如何动用，当由五哥决定。我……只想安稳几年，了此残生。”

“那……七弟可有去处？”

“我跟俊逸多年，此人待我不薄，我打算守着他，让他养老送终。”

“好吧。”申老爷子沉思许久，点头道，“七弟既有此愿，我就不勉强了。”转向苍柱，“苍柱，送你七叔回去！”

葛荔返回鲁家时，鲁宅后院仍旧一片狼藉，地上丢着洋枪、刀具等凶器及小阿飞们从库房里盗出的大大小小包囊。

三个仆役皆被双手反绑，口里塞着东西。挺举靠墙坐着，穴位已经自行解开了。

看到一道白影从屋顶飘落，在他几步远处站定，挺举本能地摸到棍子，忽地站起。

“嘻嘻，”葛荔歪头望着他，“这不是伍生员吗？看这架子，想打架嗬！”

“是你！”挺举这也看清爽了，表情愕然。

“摆摆头！”葛荔几乎是命令。

挺举摆头。

“动动胳膊！”

挺举活动胳膊。

“没啥事体呀。”葛荔乐了，“观你半天，你一动不动，还以为你装死哩。”

“方才那两个人，是不是你？”挺举目光如电，直射过来。

“两个啥人？”

“两个黑衣人。”

“咦，你这人还讲道理不？”葛荔劈头盖脸，一通奚落，“你睁眼看看清爽，我就是我，一个人，穿素衣，啥辰光变成两个穿黑衣哩？”

“这……”

“伍生员，”葛荔不容他多话，“大比在即，你不在家苦读圣贤，却在此地……”朝地上瞥一眼，“看这光景，像是打家劫舍哩，不会是你吧？哦，对了，想起来哩，你是讲过有人要来打劫鲁家，哪能没见劫匪哩？不会是那几个人吧？啥人把他们绑起来的……”

“小姐，”挺举打断她，不依不饶，“你……快把齐伯交出来！”

“哟嗬，”葛荔缠上了，“你倒是一口咬定了，我这跳进黄河也洗不清哩！好好好，我就跟你理论理论。我问你，你凭啥一口咬定是我掳走齐伯了？你们秀才就是这般断事么？”

“我……”

“好了，好了，”葛荔摆摆手，显出不耐烦状，“夜半三更，本小姐暂不与你纠缠这些，这要回家做个好梦哩。”话音落处，嗖一声飘然远去。

挺举认定是她了，追上几步，冲她背影大叫：“姑娘，不把齐伯送回来，我跟你没完！”

章虎等狼狈逃回关爷庙，个个沮丧。

“小娘比，”章虎坐在关公的大脚上呼哧喘气，“老棺人是哪能晓得的？又是从哪儿搬来的救兵？”

大家面面相觑。

“阿哥，”阿青应道，“怕是有人走风了。”

“啥人？”

“跟齐伯肩并肩的是伍家那个书呆子，想必是他告密的。”

章虎倒吸一气：“你敢肯定？”

“错不了。我跟他面对面交手，看得清爽哩。那天在典当行，也是他坏了事体。”

“嗯，明白了，定是那小子！”章虎思索有顷，恍然悟道，“怪道不肯来，原来他是心里有鬼呀！奶奶个熊，竟敢耍我！阿青，去，把姓甫的给我揪来！”

阿青带人闯到甫家，寻到顺安，不由分说，将他拿到庙里。

“兄弟，”章虎瞟他一眼，“跪下。”

“阿……阿哥……”顺安跪下，故作无辜地看向章虎。

“看我做啥？看着他，就是这尊泥像！”章虎指指关公泥塑。

阿青等人头戴面罩，一字儿列在身后，无不面带怒容，气势汹汹。

顺安心头一凛，抬眼看向关公。

“关帝爷是啥人，兄弟晓得不？”章虎冷冷问道。

顺安勾下头，不敢吱声。

“关帝爷是义字当头。你这讲讲，你是哪能出卖大哥还有诸位兄弟的？”

"我……我没……没有出卖兄弟们呀，阿哥！"

"对关帝爷讲！"

顺安转向关帝像，叩道："关帝爷，我甫顺安向你起誓……我没去鲁家告密！"

"没去鲁家，就是去别家了。"章虎应道，"讲吧，你去过啥人的家？"

"我……"顺安舌头打战了。

"嘿嘿，"章虎冷笑一声，"你我这场兄弟，看来做不成了。我可以放过你，可我这帮兄弟……姓甫的，只要我不拦挡，你就甭想囫囵身子走出这个殿门。"

"我……"顺安急了，"我在迎黑时，是到伍家来着。我……我对挺举阿哥讲过这事体，我……"

"为啥要对他讲？"

"我……不瞒阿哥，我从未干过这种事体，心里打鼓，就……就想找个人……商量商量。挺举是我阿哥，跟我最要好，我……我就去寻他了。"

"你是哪能对他讲的？"

"我也没讲啥，只是问问他大清律条。我……我啥也没讲呀，章哥！"

"哼！"章虎声色俱厉，"骗鬼呀，关帝爷在支耳朵听呢！"

"我……我是讲起这事体来，是他问我，我……"

"哪能讲的？"

"我……"顺安眼珠子急转两转，"我啥也没讲，只是讲了一个传闻，说是余姚那边有家大户在开堂会时让人上门抢了。"

章虎几人互望一眼。

"唉，"章虎长叹一声，"兄弟呀，我念你是个人才，好心邀你去做大事体，你却……打退堂鼓也就罢了，这又害我丢了刀枪，伤了兄弟。"

众阿飞齐道："大哥，不能便宜这个鸟人！"

"章哥，"顺安连连磕头，"我……我不是故意的，我没有对……

对不起你呀，章哥！”

“兄弟，”章虎应道，“对起对不起，就只有你自己晓得了。大哥是走江湖的，江湖自有江湖的规矩。你做下这桩肮脏事体，大哥包庇不得，只能予以惩戒。兄弟们，剁下他一根无名指！”黑起脸，背手走向一边。

顺安扑前一步，死死抱住他的一条腿，声泪俱下：“大哥，大哥，大哥啊——”

“唉，”章虎顿住脚，看他一眼，摇头长叹，“好吧，念起你我往昔交情，权且寄下这根指头。你是嘴上惹的祸，就自己掌掴三十下。兄弟们，数着！”

顺安松开章虎裤角，一边哭泣，一边掌嘴。

听说有人抢劫，戏台顿时乱了，看戏的人们一窝蜂地涌出马家，四散而去。鲁俊逸安顿好马家，带着众仆役急急返家。

伍中和夫妇与甫光达夫妇随着人流走在最后。

“哎哟哟，”甫韩氏对伍傅氏道，“是啥人胆大包天，竟敢抢劫鲁家？”

“鬼晓得哩。”伍傅氏应一句，转对中和，“他爸，不晓得伤到人没？你和光达走快点，到鲁家望望。”

不及中和应声，甫光达大叫：“快看，那厢起火喽！”

远处果然冒出火光，隐隐听到有人在喊：“失火喽，失火喽，快来救火哟。”

“天哪，”甫韩氏惊道，“是咱家方向！”

几人皆吃一惊，改往火光处跑去。

“他……他爸，”伍傅氏是小脚，跑不快，气喘吁吁道，“不……不会烧到咱……咱家吧？囡囡……天哪，囡囡还在家里！”

伍中和飞跑起来。

着火的正是伍家。在他们说话时，大火已经蔓延开去，整幢房子全部燃起。

火是章虎放的。

章虎引人扭开伍家门锁，亲手点燃西厢的柴垛。顷刻之间，火苗四下乱蹿，不一会儿就烧到主房。

主房是木结构，怕的就是火。

火光熊熊，映红半片天空。

屋里时断时续地传出淑贞的哭叫声："阿爸，姆妈，阿哥……"

门窗皆在燃烧，闻讯赶到的救火者望着大火，没有谁敢闯进屋里救人。

在伍中和、甫光达赶到时，淑贞的呼救声渐渐减弱，几乎听不到了："……阿爸……"

"囡囡——"伍中和不由分说，一头扎入火海。

甫光达没能扯住他，冲火海里大叫："伍老爷，使不得呀，伍老爷，你快出来！"

"囡囡……囡囡……"房子里传出伍中和的断续叫声。

时光凝滞。

所有目光尽皆盯向火海，众人甚至忘记了泼水。

终于，一个沙哑的声音从仍在燃烧的大门内侧飘出："光……达……"

一个火团被扔出来。

待甫光达反应过来，火团已经落地，没有一丝儿声音。光达扑进院子，抱起火团，急返回来，扑打她身上的火苗。伍傅氏、甫韩氏这也赶到了。

伍傅氏抱过淑贞，边哭边扑打："囡囡，囡囡，乖囡囡啊——"

甫韩氏端起一盆水，扑头浇在囡囡仍在冒烟的身子上。

甫光达挡下囡囡鼻孔，想起中和，冲火里大叫："伍老爷，快出来，伍老爷，囡囡活着哩，你快出来呀！"

没有应声。

越来越多的人赶过来，加入救火行列。

顺安也跑过来，但没有参与救火，只是孤零零地站在一边，傻傻地望着这场热闹，好像所有这一切与他无关似的。

“安儿，”甫光达瞥见是他，急道，“快，快泼水呀！”

顺安依旧状若痴呆。

火势更大，烤得人们向后退。

就在此时，挺举如飞般直奔过来。

“挺举，你……你阿爸……”甫光达一急，话也说不囫囵了。

“阿爸在哪儿？”挺举急问。

“火……火里……”

“阿爸，阿爸——”挺举朝火里大叫。

“怕……怕是……”甫光达指着火海，“他把囡囡扔……扔出来，没……没动静了。”

“他从哪儿扔出来的？”挺举急问。

“就那儿！”甫光达指着远处的堂门。

火势更大，屋顶发出嘎嘎声音，眼看就要塌下。房门大部分烧没了，是门框在烧，形成一个火圈。

一身素衣的葛荔也飘然赶至，站在远处审视熊熊烈焰。

挺举根本没有时间审视。他果断地夺过一大桶水，哗地浇在身上，又让顺安脱掉上衣，在水里浸了浸，包在头上，俯身冲向火里。

就在此时，顺安却如大醉中猛醒，箭一般冲上，死死抱住他，哭道：“阿哥，使不得呀，阿哥，使不得呀！”

话音落处，房顶轰地塌下一处。二楼的楼板早已烧空，大量瓦块直砸下来，堂间火势更猛，热浪烤人。

挺举猛力挣脱顺安，大叫一声“阿爸——”冲进院门。

三面皆是火焰，院子就如火海里的一条暗道，虽说明火不多，却就如火炉的中央，且地上满是飞蹦过来的带火木块儿，根本无法呆人。就在挺举冲进院门的一刹那间，葛荔如飞般箭步冲出，以巨大的惯力撞他身上。二人同倒于地，顺安这也发疯般跟进，死死抱住他的后腿。葛荔一个鲤鱼打挺站起，反手扭牢挺举，将他死拖出来。

几乎就在此时，轰隆一声，堂间屋顶整体倾塌。

望着轰塌后烧得更猛的火海，挺举撕心裂肺：“阿——爸——”

# 第五章

# 孤注一掷，伍挺举借贷赶考

这一夜，无论是鲁家还是伍家，都在煎熬与痛苦中度过。

翌日晨起，几个官差到鲁家查询案情。齐伯将经过一五一十讲述一遍，只隐去葛荔、苍柱两个关键人物。官差勘察过现场，取完证，见劫匪并未偷走什么，就让齐伯及在场仆役录下口供，画过押，回去交差了。

齐伯送走官差，略定下神，走进俊逸书房。

俊逸双眉锁结，动也不动地坐在那儿。

“老爷，你这是怎么了？从四更一直坐到这辰光，有两个时辰了。”齐伯关切地问。

“唉，”俊逸长长叹出一声，不无懊悔，“齐伯呀，这次事体，思来想去，真就是我一个人的错啊！”

“老爷，这……从何说起？”

俊逸苦笑一声，摇头：“是我一时脑涨，张扬炫富，方才招此祸端。”

“老爷，”齐伯点头认可，劝道，“事体既已过去，你就想开点。古人云，祸兮，福之所倚。老爷能够记住教训，也算是件好事体。”

“对我也许是福，可……对老伍家呢？老伍家这场灾，分明是……”俊逸两手抱头，说不下去了。

“唉！”齐伯亦出一声长叹。

“齐伯，你能确定是啥人干的？”俊逸抬头问道。

“几个泼皮！”

“这帮畜生！”俊逸握紧拳头，恨道，“哪能放他们走哩？该把他们全部扭送官府才是。”

“不是我放的，是那两个黑衣人。”

“他们为啥要放？”

“不晓得。他们放走泼皮，把我打晕了。待我醒来，发现躺在一块荒坡上，周围没人。我活动几下，见没受伤，觉得奇怪，回来路上，看到伍家着火，方才晓得是那帮泼皮报复。”

“哦？两个黑衣人功夫介深？”俊逸抬头望他。

“唉，”齐伯摇头，“是我老了，精力不济了。再说，他们打掉泼皮手中火枪，制服泼皮，我就把他们看作自己人，没有提防。”

“是哩。”俊逸起身打开书柜，拿出伍中和的那幅画轴，在几案上缓缓展开，望着画面发怔。

“老爷，”齐伯道，“要不，我们这去望望伍家？无论如何，老伍家这场大火跟我们有点关系。若不是挺举……”

“是哩。”俊逸慢慢卷起画轴，卷完，抬头道，“你觉得挺举这孩子如何？”

“德才兼具，智勇双全，是块璞玉。”齐伯脱口赞道。

“是吗？”俊逸心头反倒透过一道寒气，斜睨齐伯一眼，目光缓缓落在画轴上，“齐伯，我就不去了。你包三十块洋钿，表个心意。”

“好咧。”

夜深了。

甫家当院里摆着一只薄棺，棺前点着一盏长明灯。伍傅氏、甫韩氏跪在一边，挺举、顺安跪在另一边。

甫光达在棺材前面跪下，摆好果点，点火燃起放在一只大瓦盆里的冥钱，将一碗酒缓缓倒在火焰上，边倒边唠叨：“伍老爷，我是光达呀。

我跟你做了几十年邻居，一道长大，一道成家，一道……生娃子。你出身高贵，我不敢高攀。今朝你走了，这辰光也没外人，我……我想跟你套个近乎，不叫你老爷了，叫你一声中和兄弟。”

伍傅氏、甫韩氏二人听得伤感，呜呜咽咽，悲哭起来。

“中和兄弟，”甫光达哽咽着拨弄纸钱，“在这镇上，只有你一家看得起我，看得起阿拉甫家班子，也只有你一家真心帮补阿拉。你这走了，我……我心里难受哇。我本想为你置副柏木棺，可……我没钱哪，我只能置副薄棺，屈待兄弟你了。中和兄弟，你是贵人，你高贵一生，临终却躺在这副薄棺里，光达我……难心哪！”

光达说到此处，泣不成声，号啕大哭。甫韩氏本就是个演戏的，此时又让光达讲得伤感，哪里憋得住，放声悲歌：“伍老爷呀，既然中和叫你兄弟，我……我就跟着沾光，做你个阿妹了。阿妹晓得你爱听戏，这就为你唱一曲，就唱你平素爱听的《诸葛亮吊孝》。”

甫韩氏跪正身子，清清嗓子，声情并茂地唱起宁波走书：

> 呜呼公瑾，不幸夭亡！修短故天，人岂不伤？我心实痛，酹酒一觞；君其有灵，享我烝尝！吊君幼学，以交伯符；仗义疏财，让舍以居。吊君弱冠，万里鹏抟；定建霸业，割据江南。吊君壮力，远镇巴丘；景升怀虑，讨逆无忧。吊君丰度，佳配小乔；汉臣之婿，不愧当朝，吊君气概，谏阻纳质；始不垂翅，终能奋翼……

甫韩氏动了感情，抑扬顿挫，唱中有吟，吟中有唱，将个《诸葛亮吊孝》吟得如泣如诉，苍天为之动容。

顺安听得伤感，放声悲哭：“伍叔呀——啊哈哈——”

待甫家三口各自表白完毕，伍傅氏方才出声。

“他爸呀，”伍傅氏就像平时跟他唠家常，“既然老天实心收你，阿拉留也留不住，你就宽心上路吧。举儿和囡囡，不用你操心。秋闱到了，我一定安排举儿上路。还有囡囡，是你拿命换的，我一定把她拉扯成人，为她寻个好归宿。囡囡乖呀，他爸，囡囡念念不忘你，囡囡一直想着你呀，呜呜……”

伍傅氏越讲越伤心，呜呜咽咽，高一声低一声地悲哭。甫韩氏再度高调加入，两个女人生生把整个哀伤气氛烘托出来。

在场诸人，只有挺举没有哭，没有表述，眼里甚至没有泪。他只是端端正正地跪在那儿，两眼凝视父亲的薄棺，宛如一尊雕塑。

夜色苍茫。甫家院门外面，一身素衣的葛荔一动不动地站着，宛若另一尊雕塑，眼里盈着泪。

“小荔子，”苍柱走到她身后，低声道，“辰光不早了，老阿公在等你哩。”

葛荔长叹一声，再望院中一眼，抬手擦去泪花，回转身，跟在苍柱后面走了。

二人走到下榻的客栈处，见一辆四轮帐篷马车停在门外。车子很大，车厢甚阔。葛荔跳上车，见申老爷子早已坐在厢里，面前放着两只并不起眼的陈旧箱子。

苍柱跳到车头，对车夫道：“走吧。”

车夫扬鞭催马，马车辚辚而行。

见葛荔一直阴着脸，申老爷子笑道：“小荔子，看你泪汪汪的，别不是舍不得那个小子吧？”

“啥人才舍不得呢？”葛荔急了，“我……我只是可怜他这一家子。介和美的家，一场大火，啥都没了。”

“人各有劫。他在渡这一劫呢，你伤哪门子感？”

“老阿公，”葛荔辩道，“你没有听到那个声音呀，真可叫撕心裂肺哩。早晚回想起来，我的心就是一揪。”

“哪个声音？”

“就……就是他叫的那声‘阿爸——’你不晓得，只差那么一丁点儿，他……他就冲进火海里，这辰光跟他爸一样躺进棺材里了。”

“吉人自有天相，差一点儿，说明此人得贵人相助，命不该绝。”

听到贵人相助，葛荔脸色微红：“老阿公，我……我想晓得他……

往后哪能个办哩？他还会参加大比吗？如果参加，他能金榜题名吗？”

“你说呢？”

“这不是不晓得嘛。”

“呵呵呵，小荔子，你不会是想让老阿公为他起一卦吧？”

“真让你猜中了，老阿公，你这就占占。”

“回到上海再占吧。眼下心不净，卦不灵哺。”

显而易见，伍家的这把火烧得蹊跷。

灾难过后，顺安表现得极是仗义，不仅让家里腾出房间，安顿下挺举一家三口，且又全力张罗伍中和的丧事，为淑贞请医购药。

顺安跑前忙后，只不敢面对挺举，能躲则躲。

然而，躲是徒劳的。在中和入土后的第三日，挺举将他堵住，直接带到伍家祖地，拉他一道跪在伍中和的新坟前。

新坟上插着几只花圈及缠着白纸的柳枝，在晚风吹拂下，发出沙沙声响。

夕阳西下。挺举剑一样的目光直射顺安，似要把他穿透。

顺安无处闪避，只得把头扭到一边。

“顺安，”挺举声音沙哑，低沉，威严，“把头扭过来，看着我！”

“阿……阿哥，”顺安扭过头，声音嗫嚅，“啥……啥事体？”

“你早晓得啥人打劫鲁家，是不？”

“这……此话从何讲起？”

“讲吧，你一定晓得的！”

“我……”顺安显然也早备好了说辞，“我是晓得一点。出事体前一日，我路过关爷庙，听到庙里有人声。庙里早断香火了，我觉得奇怪，过去推门，门插着。隔门缝看，什么也看不到，但听到里面有人乒乒乓在练武。一人说，甭练了，听我安排事体。众人停下，那人就安排如何抢劫鲁家……”顿住话头，望向挺举，见他目光仍在紧逼，忙又避开，望向别处。

“后来呢？”

“我……我吓得发抖，正不知如何是好，庙里突然就没声响了。我又候一时，仍旧没声。我推门，门却是开着的，真是奇了怪。我忍不住好奇，试探进庙，里面却空寂无人。我揉揉眼，仍旧什么也没看到，就退出来了。回家路上，我越想越后怕。欲报官，又怕虚言获罪，欲不报，这又听得分明。迎黑辰光遇到你时，我心里仍在纠结，这才向你提起。原还以为是幻觉哩，谁想鲁家果……果真就遭劫了。”

挺举眯起眼睛，似在鉴定真伪。

“阿哥，我……我没有骗你。”

“照你所讲，”挺举抓到破绽，“你是在出事体前一日路过关爷庙，一路来到我家并告诉我的。可鲁家劫案是在你讲过之后立即发生了，你这讲讲，中间这一日哪儿去了？”

“这……”顺安心里咯噔一响，晓得讲漏了，急中生智，改口辩解，“是我讲得急了。中间是有一日，可这一日我度日如年，一直琢磨这事体。他们讲定要在唱堂会时动手，堂会开场后，我越想越不踏实，害怕万一有人抢劫，这才向你提起此事。”

“那……”挺举不依不饶，“照高的事体又作何解？”

“阿哥，”顺安几乎是脱口而出，“我没办法对你讲，总觉得这事体似幻非幻，似真非真，就跟聊斋似的，担心讲给你实情，你会嘲笑我，所……所以才编了个套。”

挺举直射他的眼睛：“阿弟，我和你从小玩到大，情同手足。我家这场火烧得蹊跷，肯定与鲁家那场劫案相关。我想知道，你跟这场劫案究底有何关联，望你晓我以实情。”

“阿哥，”顺安对坟起誓，“阿哥，我……我对伍叔在天之灵起誓，我与这起劫案没有直接关联。”

“好吧，”挺举见他这般起誓，不好再追下去，“这桩事体到此为止。”一把扯他起来，“不瞒阿弟，说心里话，我真的害怕你搅在里面，你是我最好的朋友啊！”

“阿哥，”顺安哽咽道，“我……真的没想到事体会是这样，真的没想到啊！”

时已立秋，天气没有先前热了。

挺举与顺安合住一间屋子。顺安坚持将铺位让给挺举，为他摆好桌椅，点盏油灯，让他安心念书，自己则抱来稻草，在地上随便铺条席子。

夜深了，一粒黄豆般大小的火苗在灯头上若明若灭。挺举既没有看书，也没有睡去，只是怔怔地端坐于凉席上。

顺安连翻两个身，忽地坐起。

“阿哥，”顺安半是关心半是责怪道，“再过半月就是大比，你哪能不看书哩？这些日来，你已误下不少功课，得抓紧补上才是。”

挺举眉头紧拧，长吸一气，又缓缓呼出。

“阿哥，”顺安爬起来，拿针拨亮油灯，“你只管念书，影响不到我。你这不念了，我反倒睡不去哩。”

挺举长叹一声，一口将灯吹熄。

“阿哥？”

“睡吧。”

甫家院中，一个人影静静地站在月光下。

是伍傅氏。

她在院里站些辰光了。这些日来，挺举的心思显然没在功课上，这让她极是焦心，却又无从劝起。望着他们房间漆黑一团的窗棂，伍傅氏长长地叹出一气，正要回到东厢房，乍然听到甫韩氏房间又有声音传来。

声音很小，几乎是哑着嗓子，但在这寂静无声的夜间，却分外清晰。

“他爸，”声音是甫韩氏的，“安儿蹭破点皮就会叫得满街响，囡囡换药，嘴唇都咬破了，一声也不叫，就跟个铁汉子似的。”

甫光达没有作声。

“你讲这老伍家，几代书香门第，两口子从没跟人红过脸，哪能就这般倒霉哩？囡囡烧成残废，当家的这又没了，一家三张口，往后这日子哪能过哩？还有，这阿嫂也真是的，吃没吃的，住没住的，今朝仍在对我算计儿子大比……”

“挺举苦读几年，好不容易才候到大比，哪能不算计哩？”

“大比得用盘费呀。咦，她……会不会仍要……”甫韩氏打住话头。

“看你净想些啥？”

“我啥也没想！”甫韩氏显然生气了，声音稍稍提高，“你一个，安儿一个，都是穷大方，没一个是过日子的角儿！我这先告诉你，盘费是没得一文了。这几日来，又是置棺，又是办丧，又是为囡囡请大夫，家里就攒那几枚铜钱，全都折腾光了！”

“我……明朝就把烟戒了，中不？”

“屁话，鬼才信你哩！”

“你……睡吧。”

“睡你个头。介久没来生意，好不容易接一宗，却又闹出一场大乱子，日子眼见没得过了！”

再后是甫光达刻意的呼噜声。

一切静寂。

不知过了多久，伍傅氏才蹑手蹑脚地回到东厢。

大半夜了，四周死一般的静。伍傅氏望着仍在亮着的洋油灯，怔怔地发呆。灯头很小，只有黄豆粒大，似乎一挥手就能扇灭。

伍傅氏怔了许久，陡然想起什么，忽身走到床前，在女儿淑贞的枕头下摸索一会儿，拿出一个小包。

伍傅氏拆开小包，现出一对玉手镯。

这是她白天刚从老伍家坍塌的灰土堆里扒出来的，上面沾满灰烬，脏兮兮的不成样子。伍傅氏擦拭一会儿，见仍无效果，起身端来一碗水，把镯子浸在里面，过一会儿，方才取出，用布擦拭。

效果出来了。

灯光下现出两只镯子，一红一绿，灿然生辉。

伍傅氏望着镯子，泪水流出。

“姆妈！”床上传来女儿淑贞的轻微叫声。

伍傅氏放下手镯，望向一脸绷带的女儿：“囡囡，疼吗？”

“不疼。”

“乖囡囡呀，姆妈晓得你疼，可姆妈没办法呀，姆妈不能替你疼，姆妈……”伍傅氏流出泪水，说不下去了。

“姆妈，”淑贞伸出一只能动的手，试图用手上的绷带擦去她脸上的泪珠，“囡囡真的不疼。囡囡只是……想阿爸了……”哽咽起来。

伍傅氏捉住她的手，轻轻抚弄：“囡囡甭哭，千万甭哭！大夫讲了，你不能动，你一哭，就会动，伤更难好哩！”

淑贞止住哭。

“囡囡，你阿爸最疼的是你。你阿爸打过你哥，骂过你哥，可你阿爸从未骂过你，也从未打过你，是不？你一出生，你阿爸就欢喜得不得了，把你抱在怀里，一直抱着。你长到五岁，你阿爸还是抱你。有次姆妈问他，说，你为啥偏爱囡囡，你阿爸讲，儿要穷养，女要富养。穷养出志气，富养出贵气。你阿爸为你取名淑贞，你晓得啥意思吗？”

“不晓得。”

“听你阿爸讲，淑是贤淑，贞是贞节。”

“啥叫贤淑？啥叫贞节？”

“贤淑就是知书达理，就是遵守三纲五常，勤俭持家，相夫教子，贞节就是不能轻浮，不能随便和陌生男人讲话，不能接受陌生男人的礼物。”

“囡囡晓得了。姆妈，囡囡……囡囡又想阿爸了！”淑贞又哭起来。

“囡囡甭哭！你阿爸就守在你身边，在看着你哩。囡囡一哭，他就听见了。他晓得你疼，就会伤心。囡囡不想让阿爸伤心，是不？”

“囡囡不哭！”淑贞再次憋住。

“睡吧，囡囡，你歇足精神，伤就好得快，你阿爸就开心。”

“嗯，囡囡这就睡。姆妈，你也睡吧。”

“姆妈也睡。”伍傅氏拉过一张席子，在床下面的地上摊开，和衣躺下。

第二日上午，见院中再无他人，伍傅氏走到堂间，掏出那对镯子，对甫韩氏道：“大妹子呀，我这给你看个东西。”

“哎哟哟，”甫韩氏走南闯北，是见过世面的人，看到镯子，惊道，“这不是玉手镯吗？天哪，介漂亮的宝贝，只有贵夫人才佩戴的嗬！”

“你晓得就好。”伍傅氏淡淡说道，“这两只镯子，一翡一翠，是一对。你戴上试试。”在甫韩氏的手脖上各套一只，“嗯，大小正合适呢。”

“真漂亮啊！”甫韩氏乐得合不拢口，“它们是你的？”

“是哩。我过门辰光，婆阿妈送的，说是伍家的祖传。大火把啥都烧没了，只有这对镯子耐火，让我从火灰堆里扒出来了。”

“阿嫂好福气嗬。”甫韩氏往下脱镯子，“你看我，自从嫁进他甫家，啥也没给不说，还让我一天到晚卖唱。”

“你唱得好哩。大妹子，甭脱了，要是欢喜，这对镯子就送给你了。”

“这……哪能成哩？”

“大妹子欢喜就成。阿拉住在你家，吃喝日用，要花不少铜钿。阿拉没啥谢礼，就剩下这对玉镯子，大妹子甭嫌弃嗬。”

甫韩氏脱掉翠的，作势去脱翡的：“哎哟哟，阿嫂哟，你哪能净说别家话哩？介许多年，都是你家帮衬我家，我家总算逮个机缘报答，阿嫂却……阿嫂甭多心，啥人没个三灾两难的，你一家只管在我家里踏实住着。”作势又脱几下，“看这只红不拉几的，哪能脱不掉哩？真是的，套上容易，取它却是难哩。”

“大妹子，你就收下吧，甭客套了。”

“好好好，”甫韩氏顺势不脱了，“阿嫂既有这话，阿拉这就收下，那只翠生生的阿嫂自个留着，将来送给儿媳妇，也好做个见面礼。”

老伍家的这对手镯世世代代都是由婆婆送给儿媳妇的，甫韩氏这句话无意中戳到了伍傅氏的痛处。伍傅氏心里一酸，泪水流出，不敢再待下去，颠起小脚，跌跌撞撞地走回东屋。

用祖传手镯封住甫韩氏的嘴后，伍傅氏就把全部精力投入到为挺举筹钱参加大比的壮举中。一连数日，伍傅氏早出晚归，一连串了十多家亲友，多是老伍家的，但每次都是快快而回。并不是这些人家没钱，是他们觉得这钱一旦借出，就如肉包子打狗，有去无回的。在他们眼里，老伍家祖宗几代的科举之路既迂腐可笑，又劝说不得。

每逢伍傅氏一无所获地回到家里，无论她如何小心翼翼地做出轻松举止掩饰，挺举都可感觉出她的窘态，心里就如让针扎了一般。

夜幕再次降临。伍傅氏把灯挑亮，拆去她不知从哪儿寻到的几件旧衣服，摆开桌案，又剪又裁，穿针引线。出行在即，她必须为挺举拼缝一套穿得出去的礼服。赶考之人不能没有礼服，原来的几套都在火中烧没了。

伍傅氏一边缝，一边想着筹钱的事。越想越难，越想越心伤，伍傅氏手中的针线不动了，抬起头，看向摆在案上的中和灵位，两行泪水无声地滚出。

房门悄无声息地开了。进门的是挺举。挺举怔怔地望着母亲。

"举儿，"伍傅氏赶忙拭去泪水，"快做功课去！当年你阿爸赶考前，念书要念到天亮，姆妈劝他歇会儿，他从来就作没听见。"

"姆妈！"挺举走到她跟前，扑通跪下。

"举儿？"

"姆妈，我……不想参加大比了！"

"啥？"伍傅氏惊得呆了，"你想做啥？"

"我想谋个事体做。"

"举儿？"伍傅氏手中的衣服掉在地上。

"姆妈，"挺举喃声解释，"眼下不比过去，国家破碎，朝纲混乱，洋人连北京城也敢占去，没人再管科举的事体了。再说，人生一世，也非只此科举一条路……"

伍傅氏反应过来，陡喝一声："伍挺举！"

"姆妈？"挺举打个惊战。

"你……"伍傅氏手指乱颤，"你哪能讲出介没出息的话来！要是让你阿爸听到，该……该作何想？"

挺举勾下头去，嗫嚅道："我……我……"

“举儿，”伍傅氏深吸一气，“抬起头，看着姆妈！”

挺举抬头，凝视伍傅氏。

“是哩，”伍傅氏字字珠玑，声声震撼，“家里啥都没了，我们只剩三个活人，有两个还是没用的。可这世上，究底啥子紧要？是房子，田产，银子，还是人？三岁小囡也晓得是人。人又活个啥？为这事体，姆妈想了大半辈子。你晓得，你阿爸也不是挣不来钱。他写得一手好字，画得一手好画，有钱人时常拿银子来求，可你阿爸一张不卖。这几年，你阿爸又学会把脉看诊，可你见他收过诊费么？”

挺举勾下头去，不敢与母亲对视。

“举儿，”伍傅氏缓和语气，“你阿爸为个啥？为个读书人的颜面，为个心性自在。这话不是姆妈讲的，是你阿爸讲给姆妈的。有天姆妈跟你阿爸急，你阿爸说，读书难道是为钱么？姆妈说，读书是为做官，做官难道不是为钱么？你阿爸劈头盖脸就把姆妈一通奚落，什么身哩家哩天下哩，把姆妈气得直哭。你阿爸走了，姆妈这也想透了。人活一张脸，树活一层皮，读书人该当有个读书人的活法。身为生员，你不去大比，反而去跟一帮大字不识的粗俗下人拼钱钻营，颜面何在？”

“姆妈，我晓得。可……家里这境况……”

“举儿，”伍傅氏打断他，“我晓得你在为盘费的事体揪心。你放心，盘费不用你操心，姆妈保证筹到。你只管念书，做足功课。没几天辰光了，你得把全部心思放到学业上……”

第二天上午，伍傅氏洗完锅灶，再次出门。这一次，她没有再去亲戚家，而是径直走到镇中心，在茂昌典当行的大门外徘徊一小会儿，咬牙走进。

“伙计，”伍傅氏掏出那只剩下的翠镯，“你审审看，这东西能不能典点铜钿？”

伙计接过镯子，仔细审视一会儿，眼珠子发亮：“夫人想典多少？”

“想典十块洋钿，成不？”

“十块？”伙计眉头微皱，挤出个笑，“夫人怕得等些辰光。介许多洋钿，阿拉不敢做主，须得拿给老掌柜过目。”搬个凳子，倒杯水，“夫人请坐。”

伍傅氏心里急切：“掌柜在不？”

“在是在，可这辰光……”

“要是在，麻烦伙计这去问问。我有急用，没心坐哩。”

伙计迟疑一下，拿起手镯，打开边门，走进后院，刚好在厅廊里撞到董掌柜陪送俊逸、齐伯、碧瑶三人出来，一时躲闪不及，愣在那里手足无措。

“啥事体？”董掌柜劈头问道。

“师……师父，”伙计嗫嚅道，“有人来典手镯，想要十块洋钿。我吃不准，客人又等不及，只好……”

“手镯呢？”

伙计双手捧上手镯。

看到手镯，碧瑶的眼珠子一下子亮了，不待董掌柜伸手，一把抢过，左看右看，乐不合口：“阿爸，这只镯子我要了！”顺手套在手腕里，“咦，大小刚好哩！”

俊逸问道：“啥人来典的？”

“街西老伍家，是秀才娘子拿来的，他家里遭灾了。”

鲁俊逸看一眼齐伯。

齐伯摸出钱袋，掏出十块洋钿：“拿去给她！”

“好咧。”伙计接过钱，快步跑去。

待伙计走后，碧瑶伸出手，朝董掌柜晃晃：“董掌柜，你还没断哩，这手镯咋样？”

“呵呵呵，”董掌柜竖拇指道，“小姐做了笔好生意呢。这个手镯，审成色，当是极品，论款式，当是古董。伍夫人要是行家，起码开价三百块洋钿！”

鲁碧瑶眉飞色舞：“真的呀，怪道好看哩！”

“唉，”董掌柜转对俊逸，长叹一声，“真是祸从天降。老伍家藏有不少宝物，可惜全让一把火烧喽。”

“是哩。”俊逸朝他拱拱手道，“董掌柜，我这要回上海去了，此地生意全都仰仗你哩。”

“老爷宽心，董某一定尽力。”

俊逸三人辞别董掌柜，又巡看过几个店铺，将近中午回到家里。

回到闺房后，碧瑶再次与秋红欣赏手镯，越赏越是兴奋，诗意大发，吩咐道：“秋红，快，纸笔侍候！”

秋红拿过文房四宝，碧瑶起笔写下一诗。

“小姐，”秋红歪头看一会儿，“你这写的是啥？”

碧瑶朗声吟道：“一道飞翠腕间飘，疑是琼琚下碧霄。悄上心头温旧绪，今朝涨落是新潮。”

“瑶儿吟得好诗！”俊逸不知何时已经站在门口，击掌叫道。

“阿爸，”碧瑶飞跑过去，搂住他的脖子，“不是诗好，是这镯子好！董掌柜讲得没错，此物当真是极品哩，半边墨绿，半边翠中泛紫。”将镯子脱下，放在透进窗内的阳光下照射几下，“阿爸你看，经这日光一照，浑体透透亮，戴在手上，就如一道飞翠飘在手腕间，越看心里越舒坦嘛。”

“啧啧啧，”俊逸接过，审视一会儿，夸道，“瑶儿好眼力嘛。”

“是哩。这镯子我是越看越喜欢呢。”

“瑶儿，你……能不能忍痛割爱，把这镯子送给阿爸呢？”

碧瑶惊讶地问：“阿爸，你要手镯做啥？”猛地意识到什么，不由打个寒战，脸色也涨红了，“你……你是不是又要送给那个——”生生憋住后半句，顺手从他手中夺过手镯，麻利地戴在手腕上。

“瑶儿，”俊逸大是尴尬，嗔怪道，“看你想到哪儿去了？阿爸是要归还老伍家，这只手镯我们不能要啊！”

碧瑶怔了。

“瑶儿，这是老伍家的传家之物，我们哪能夺人所爱哩？”

“阿爸，”碧瑶辩道，“是那个女人自己拿到当铺的，我们又没去抢她。”

“人家在难中，没办法呀。房子毁了，家业毁了，啥都没了，只有这只手镯是个存念，瑶儿，你能忍心要吗？”

碧瑶怔了下，点点头，忍住眼泪，把手镯慢慢脱掉，递给俊逸：“阿爸，给你。”

“瑶儿，”俊逸接过，拍拍她的头，“阿爸谢你了。你实在欢喜玉镯，一回到上海，阿爸就到珠宝店里，为你买一对比这只还漂亮的。”

碧瑶擦去泪，白他一眼：“谁才稀罕哩？买回来我也不要！”

俊逸拿上手镯，回到前院客堂，使人召来齐伯，道：“齐伯，我想跟你商量桩事体。”

“老爷请讲。”

“不怕贼偷，就怕贼惦记。这次劫案，你与那帮小阿飞结下梁子，家里不能再待了，这也跟我到上海去。”

“没事体的，”齐伯笑笑，“几个小毛贼奈何不得我！”

“齐伯，”俊逸换了个说法，“我叫你去，不仅仅是为这个。上海生意多，事体繁杂，瑶儿又是女流，帮不上忙，我一个人顾外不顾里。你过去了，就能省我许多心。”

“要是这说，”齐伯点头允道，“我就随你去。只是……家里这摊子？”

“我另外安排人打理。顺便问一下，伍家的事体办到啥地步了？”

“丧事差不多了，眼下正在筹备挺举大比。”

“听说丧事办得过于简朴，不是让你送去礼金了吗？”

“送过了，想是没有花吧。我悄悄塞给伍夫人了，没让挺举晓得，怕他生心。”

“哦？”俊逸略怔一下，从袋中摸出手镯，“麻烦你再去一趟，把这镯子还给他家。另外，再送他们几袋吃的。”

“好咧。”

一场大火把挺举烧大，烧成个当家人了。有父亲在，他什么也不用操心。父亲去了，遮风挡雨的大树没了，他必须独立面对命运带来的一切，没有退路了。

毫无疑问，横在他面前的是高不可攀的华山，而上山之路只有一条，就是赢得大比。这不仅是父亲的遗愿，不仅是他自出生之日起就已设定的追求，且是于他而言摆脱眼前困境最切实可行，亦势在必行的捷径。

他没有看书，因为身边无书可看，所有的藏书都在大火中化为灰烬，追随父亲远去了。母亲让他到别人家借点书读，他口头应允，却也没有付诸实施。

因为，他不需要再看书了。对于今年的大比，他早已胸有成竹。

所缺的只有一样，钱。不仅是盘费，根据父亲的经验，进场前他还得购买一些不可或缺的用品，以熬过三场共九天近似牢狱般的考场折磨，这需要一笔不菲的费用。阿妹的伤得看。家没了，家中一切都没了，且不讲油盐酱醋茶，即使活命的米粮都是问题。还有，一直住在甫家不是办法……

所有这些，挺举想了一天又一天，想了一夜又一夜。

挺举越来越笃定一个方案，也许是眼前唯一可行的一个，但他依旧吃不准。他需要向父亲诉说，他需要父亲的指点，他更需要父亲的谅解。

他早早起床，来到祖地，跪在中和坟前。

他在父亲坟头足足跪有两个时辰，五体投地，一动不动，只是用心与父亲交流。

就在他与父亲取得默契时，顺安小跑步赶到。

“阿哥，”顺安喘着气，“阿哥——”

挺举直起身子，抬头望向他。

顺安将一只钱袋啪地扔到地上，表情兴奋：“看，盘费有了！”

挺举看向丢在脚边的钱袋。

顺安蹲下，掂起袋子，朝地上一倒，现出五块银元及十多块铜板。

“阿弟，”挺举表情错愕，“你……这钱哪儿来的？”

“阿哥，”顺安顽皮一笑，“甭管哪儿来的，你只看看够不？我打听过了，去杭州的船票一人一块半，我俩是三块。还剩两块多，我俩不住店，睡到大街上，应该够用了。”

挺举沉下脸，提高声音：“这钱哪儿来的？”

“不是偷的，不是抢的，是正当来路。”

挺举目光逼视：“我在问你，这钱哪儿来的？”

“我……”顺安敛起笑，声音嗫嚅，“是我姆妈攒的。我晓得她放在哪儿，暂时……借用一下。”

挺举缓缓起身，睬也没睬地上的钱，大踏步走去。

顺安匆匆拣起钱，装进袋子，追上来：“阿哥——”

“阿弟，”挺举顿住步子，盯住顺安，“你把这些钱放回原处，一文都不可动。我晓得你想跟我去，你放心，无论阿哥走哪儿，一定带着你。至于盘费，阿哥自有办法。”

齐伯赶到米店，买过几袋大米，跟着送米的牛车铃儿叮当地赶往甫家。

甫家两口子张皇迎出。

齐伯吩咐随来的仆役将几袋米扛进院里，自提一些补品径进院门。

“哎哟哟，是齐伯呀，”甫韩氏见他提着礼包，还带来这么多大米，忙不迭地亲热道，“快快快，屋里坐！”

“伍夫人在不？”

“在哩。”甫韩氏朝东厢叫道，“阿嫂，快出来，齐伯看你来了！”

伍傅氏走出屋子。

“伍夫人，”齐伯深鞠一躬，“鲁老爷吩咐我送来几袋大米，礼薄情重，望夫人不弃。”

“这……”伍傅氏还过一揖，“谢谢他了。”

“听说囡囡烧伤了，我来望望她。”

伍傅氏揖让道：“劳你挂心，过意不去哩。齐伯，里厢请。”

齐伯提着礼包跟她进屋，径直走到床边，在一身绷带的小淑贞身边坐下来，将礼包放在床头。

“囡囡呀，”齐伯望着淑贞，“我是你齐伯，还记得不？这包零食是我送给你的，里面东西可多了，有核桃，有糖块，有花生，有瓜子，还有两个小糖人，可好吃哩！”

淑贞艰难地伸出手：“谢谢齐伯！”

齐伯掏出三块银元，放在枕边：“这三块银元，齐伯送给你看伤，等你的伤养好了，齐伯就来带你玩，好不？”

淑贞的眼里流出泪：“谢……齐伯……”

齐伯轻拍她几下，转过身，坐在伍傅氏为他备下的椅子上。

“齐伯，”伍傅氏早已倒好一碗热水，双手递上，“家里乱糟糟的，也没个茶叶，只好请你喝白水了。”

齐伯端起碗，连喝几口，放下，从袋里掏出镯子：“请问夫人，这只镯子是你的吧？”

伍傅氏惊道：“是……是哩。”

齐伯递给她：“老爷吩咐我送还夫人。老爷说，此物是伍家祖传之宝，多少钱都是买不来的，不要轻易典当。有啥难处，夫人只管讲出来就是。”

伍傅氏接过手镯，擦泪。

刚刚送走齐伯，挺举、顺安就双双回来了。

“举儿，”伍傅氏把挺举叫进屋里，关上房门，从床底摸出一个布包，摆在桌上，“你打开看看。”

挺举打开布包，里面是三十块银元。

“姆妈，”挺举目光错愕，“介许多钱，打哪儿来的？”

伍傅氏淡淡说道：“你阿爸入殓那日，齐伯送给姆妈的。”

“齐伯为啥送来？”

“齐伯讲，这是鲁家礼金。”

挺举长吸一气，眉头凝起。

“举儿，按照规矩，礼金不能当场退。可姆妈晓得，鲁家这份礼太大了，阿拉不敢受，不能受，也受不起。这些日来，无论姆妈多为难，也没动过一个子儿。”

挺举微微点头。

伍傅氏又从衣袋中摸出十块银元，摆在旁边："这十块洋钿，是姆妈从典当行里典来的。"

挺举急问："你典啥了？"

"就是它。"伍傅氏摆出手镯，"这是姆妈过门辰光，你奶奶送给姆妈的。"

"这……"挺举目光质询。

"齐伯方才送回来了，"伍傅氏解释道，"那家典当行是鲁家开的，是鲁老板让齐伯还回来的，说这是阿拉祖传，不是钱能买到的。鲁老板还让齐伯送来几袋大米，这都码在院子里，想必你也看到了。"

挺举再次长吸一气。

"儿呀，"伍傅氏面露难色，"这些钱全都是从鲁家来的。你知道，你阿爸至死都在跟鲁老板斗气，姆姆晓得不能花。可大比在即，你必须上路，盘费又无从筹起，姆妈……"

伍傅氏说不下去，掩面哽咽。

挺举的两眼一眨不眨地盯在那堆钱上。

"儿呀，"伍傅氏擦去泪，"你阿爸走了，姆妈一个妇道人家，一没见识，二也没个娘家可以仗恃，只能把事体搁在这儿了。"

挺举缓缓跪下，仰脸望着伍傅氏，伸手轻轻抚去她脸上的泪水："姆妈，你有儿子。儿子长大了，儿子晓得如何处置这事体。"

伍傅氏含泪点头："姆妈全听你的。"

碧瑶与秋红正在房间收拾行李，俊逸走进。

"阿爸，"碧瑶停住手，"我们啥辰光动身？"

"后晌五时前后，"俊逸看下表，"辰光还早，我们去望望你外婆，跟她道个别。"

"秋红，"碧瑶脸色一沉，冲秋红道，"你这出去一下！"

秋红朝俊逸打个拱，走出去。

"阿爸，"碧瑶直视俊逸的眼睛，"我问你句实心话，你真的不再想我阿姨了？”

“瑶儿，你哪能又提这事体哩？”

“我问你，是想还是不想？”

“不……不想了。”

“阿爸，”碧瑶甜甜地叫一声，扑进俊逸怀里，“你是我的好阿爸哩！你不能想她，你也不能想其他人，你只能想我，只能想我一个人！”

“好好好，”俊逸苦笑一声，拍拍她头，“阿爸只想你就是。走吧，你外婆正在巴望你哩！这一去，不晓得啥辰光才能回来。”

二人正要走出，齐伯匆匆进来。

“老爷，”齐伯道，“伍家的挺举来了，想见见你。我让他在客堂候着。”

“挺举？”俊逸眉头动了下，对碧瑶道，“瑶儿，你稍稍等会儿，想想给外婆送个啥子纪念。”

俊逸二人赶到客堂，挺举起身揖礼。

俊逸还过礼，伸手让道：“挺举，坐坐坐！”转对丫环，“看茶！”

“鲁叔，”挺举再次拱手，“我，我姆妈，还有我阿妹，谢你了。”

“呵呵呵，”俊逸摆手笑道，“要谢，也是我该谢你才是。”指座，“坐呀，甭客气！”

挺举坐下，从怀中摸出钱袋，摆在案上。

看到钱袋，俊逸打个惊怔：“贤侄，你这是——”

“鲁叔，”挺举指着钱袋，“这儿是三十块洋钿，是我阿爸大丧那日齐伯送去的礼金，我姆妈讲了，鲁叔的心意我们收了，至于礼金，要我如数奉还。”

“这……”俊逸看一眼齐伯，苦笑道，“这是礼金，又不是别的，你姆妈她……”

挺举淡淡一笑：“鲁叔大可不必放在心上。不是我姆妈不肯收，是她不能收。听姆妈讲，这笔钱她没地方放，就压在枕下，可早晚一合眼，就梦到我阿爸了。”

俊逸眉头凝起，还没续上话，挺举就又掏出十块银元，码在旁边。

莫说俊逸，即使齐伯也是怔了。

“鲁叔，”挺举指着这点钱，“我姆妈一时急切，把传家之物拿去典了，幸亏让鲁叔看到，得以及时返还。这十块是那手镯典来的，既然手镯不典了，此钱亦当奉还。”

俊逸倒吸一口寒气，不由自主地望向齐伯。

“挺举呀，”齐伯劝道，“你家里遭此大变，正需要钱。老爷是实心实意，并无其他意思，你这……何苦来着？”

“齐伯，鲁叔，”挺举拱手道，“我晓得你们是好意，可心意归心意，钱归钱，心意是不能用钱来计量的。”

齐伯又要说话，俊逸摆手止住。

“贤侄，”俊逸猛然有了主意，接过话头，“我明白你这意思，也理解你这心情。我们不谈心意了，做笔生意如何？”

“请问鲁叔，做何生意？”

“你姆妈去典手镯，说明家中缺钱。鲁叔开钱庄，则是把钱贷给紧缺之人，以解燃眉之需。我们一缺一贷，正可做成生意。鲁叔今朝放款予你，待你挣到钱时，连本计息，一并归还，如何？”

“不瞒鲁叔，晚辈正有此意，这正打算张口呢，鲁叔竟替晚辈讲了。”

“呵呵呵，”俊逸笑起来，“我们叔侄是心有灵犀啊！贤侄欲贷多少，说个数！”

挺举指指案上的四十块银元：“就是此数。”

“没问题。”俊逸当下允诺，“既为放贷，我们就依钱庄规矩，年息百分之十，贷期一年，何如？”

“悉听鲁叔。”

“齐伯，拿纸墨来，让贤侄书写凭据。”

齐伯拿出纸墨，挺举书写好凭证，双手呈给鲁俊逸。

“贤侄啊，”俊逸收好凭据，“钱庄做生意，都是有保的。要么是人保，要么是物保。鲁叔既不要你人保，也不要你物保，只要你一句话，一年之内，能否归还此款？”

“挺举如期奉还。”

“不怕一万，只怕万一。届时贤侄若是归还不上呢？”

“听凭鲁叔处置！”

“要是这说，”俊逸紧盯挺举，“鲁叔倒有一个处置！鲁叔在上海有些生意，眼下正缺人手。若是贤侄无钱可还，就须前往上海，从鲁叔学徒，以工值抵扣本息。”

“鲁叔，”挺举凛然正色，“晚辈贷的是钱，不是工。所欠本息，晚辈承诺如期归还。如果鲁叔信不过晚辈，晚辈可以不贷，请鲁叔将晚辈所写贷据归还。”

“呵呵呵，”俊逸换过脸色，连笑数声，“贤侄误会了。鲁叔一生都在和钱打交道，生意尽管不大，却也不差这几个小钱。只是此番回来，一连串事体让鲁叔看到了贤侄的为人，有意邀请贤侄帮忙。这笔款子不过是个由头。以贤侄的人品与才气，如果营商，前途无量呢。”

“多谢鲁叔美意。”挺举这也缓和颜色，拱手应道，“晚辈甚想跟从鲁叔，以效犬马之劳。只是，先父遗愿，晚辈不敢有拂。十数年寒窗苦读，亦不忍轻言放弃，眼下秋闱在即，晚辈决心已下，欲往一搏。人各有志，还望鲁叔谅解。”

“贤侄志在科场功名，鲁叔理解。鲁叔之意是，如果科举之路走不通呢？”

“只要用心去走，世上就没有走不通的路。”

“呵呵呵，谋事在人，成事却在天。如果上天不遂人愿，”鲁俊逸从袋中摸出一张名帖，摆在桌上，“此为鲁叔名帖，贤侄可随时持此帖到上海滩寻我。”

“谢鲁叔厚爱。”挺举收起名帖和钱褡子，起身揖道，“鲁叔，齐伯，晚辈告辞。”

俊逸起身，还一揖：“恕不远送。”

挺举大踏步走出，齐伯送行。

目送二人出门，俊逸摇头苦笑，心道："唉，今日看来，伍中和追加的这场赌，想不应战也不成了。"

回到甫家时，顺安一家三口都在院里。

挺举径走过去，在甫光达跟前站下。

"请问甫叔，"挺举问道，"搭三间棚屋需要多少洋钿？"

"那要看你搭个什么样的棚屋了。"光达应道。

挺举指着东厢房："就……就像甫叔家东厢这样的，能遮风挡雨就成。"

"这棚屋简单，用不了几个钱，十块八块也就够了。"

挺举从怀里掏出钱袋，点出十五块银元，递给光达，道："甫叔，这是十五块，拜托你在我家原宅地上暂起三间棚屋，搭个灶棚，再砌个院子。"

"你……"甫光达颇觉意外，"信得过甫叔？"

挺举郑重点头。

"你不怕甫叔拿去换大烟，或拿到赌场下注？"

"甫叔不会的。"

"好侄子！"甫光达将钱紧紧捏在手心里，情绪激动，"你等着，待你大比回来，看甫叔为你起的新房子吧！"

"谢甫叔了。"

"大侄子呀，"甫韩氏的眼睛一直没离开他手中的钱袋子，"这么多钱你是哪能弄来的？"

"向鲁老板贷的。"

"啧啧啧，"甫韩氏咋舌道，"大侄子真有魄力，一看就是做大事体的！"

挺举朝她笑笑，刚要与顺安讲话，东厢房传来伍傅氏的声音："举儿？"

"姆妈——"挺举走进东厢。

“这钱是……借的？”伍傅氏一脸茫然。

“不是，是贷的。”

“贷多少？”

“依然是那四十块。”挺举坦然应道，“我把钱还给鲁叔，又从鲁叔那里原数贷出，贷期一年。”

“这……介许多洋钿，你拿啥还人家哩？”

“姆妈放心，”挺举拍拍胸脯，“待榜上题名，就向同榜朋友挪借一点，先还鲁叔。至于朋友的钱，我用薪俸慢慢还。”

“嗯，”伍傅氏思虑一阵，“也好。人吃憋，有这一憋，没准儿就把你憋进榜里了。你阿爸没能入榜，缺的或许就是这股心劲儿。”

挺举笑笑，从袋里掏出十块：“姆妈，这点钱留给你，一来给阿妹看伤，二来置备些日用。待甫叔把房子盖好，我们家总不能徒有四壁呀。”

伍傅氏留下两块，将余钱递还：“举儿，出门在外，腰里无铜不行。再说，顺安也要跟你去，两个人，花销大哩。赶考的多是有钱人，太寒碜，就会让人低看了。姆妈留下这两块，加上齐伯给的三块，差不多够用了。”

“也好，一考完我就回来了。”

“啥辰光走？”

“我想明早就走。不坐船，步行去，能省不少钱哩。”

“还是坐船去吧。听说洋人的机船，一天一夜就到杭州了。早点到，早一点熟悉考场，免得到辰光手忙脚乱的。”

“好哩。”

盘费落定后，伍傅氏就催挺举他们早一日走，留下充裕时间，免得手忙脚乱。

从宁波到杭州共有三班洋火轮，一趟早上走，一趟中午走，另一趟是在晚上。挺举决定搭乘中午的班船，次晨可到宁波。

翌日晨起，出行时刻到了。挺举将一只纸折的风车插到淑贞床头，在她缠满绷带的额头亲一口，抚摸她一身的纱布。

淑贞轻轻吹气，见风车转动，笑了，转望挺举：“阿哥，你这赶考，就为囡囡进个榜回来，好么？只要阿哥进榜，咱家就是贵人了。”

挺举盈泪点头。

“姆妈，”淑贞转向伍周氏，“囡囡这还……缠脚吗？囡囡也是贵人了，不嫁贵人，中不？”

“乖囡囡呀，”伍周氏抚摸女儿的头，泪水哗哗流出，“阿拉不缠脚了，囡囡不想嫁给贵人，就跟姆妈过一辈子吧。”

淑贞笑了，眼里盈满泪水。

挺举抹去泪水，轻轻亲她，良久，转过身，朝母亲跪下，连磕三个响头，道：“姆妈，我这走了，家里全都留给你了，多保重！”

“举儿，”伍傅氏伸出手，抚摸在他的头顶，“放心进考场去吧，有菩萨护着哩，姆妈在家天天为你烧香。”

“姆妈，你不能求菩萨，他管不上科场大比。”

“那……”伍傅氏一脸错愕，“啥人能管上？”

“孔圣人。”

“啊？”伍傅氏大是惊怔，追悔不迭，“哎呀，怪道你阿爸考不中，敢情是怪我哩。每次他一走，我就为菩萨进香，想必是惹恼圣人了。”

“姆妈，”挺举笑了，“这次你可记牢点，只求孔圣人就成。”

“记牢了，姆妈只烧给孔圣人。明朝就去买幅圣人像，挂在这屋里。”

“孔圣人不收香，姆妈每天拜他几拜，他就开心了。”

“好好好，姆妈一定拜他。姆妈天天拜他。”

挺举辞别母亲，提上包袱出来，见甫光达站在院里，指指堂屋。挺举笑笑，将包袱放在长凳上，蹲在光达对面。

堂屋里，甫韩氏仍在忙不迭地朝顺安包袱里塞东西。

“够了，够了，”顺安急道，“这是去赶考，又不是去守边，过几天就赶回来了。”

“姆妈晓得，”甫韩氏又放一件衣服，“秋天到了，多备件衣服，免得着凉。”

“姆妈，”顺安扫一眼院里，压低声音，“那套长衫，甭忘带了。”

“早放妥了。”甫韩氏笑道，顺手把几块银元裹进一块红绸子里，塞进包裹，压低声音，“安儿，这几块洋钿是姆妈攒下来的，全给你。”瞟一眼挺举，“伍家这有钱了，你是书童，路上尽可吃他的，用他的。这点铜钿留着备急。”掏出伍傅氏送她的手镯，包裹几层，放进衣堆，“这件宝物你也带上，相中哪家小娘了，”指指手腕，“你就……懂不？”

“晓得了。”顺安不耐烦地提起包袱，“阿哥在候我哩。”

# 第六章

# 科举梦碎杭州，三兄弟共赴上海滩

挺举二人如愿搭上船，经过后晌和一夜的颠簸，太阳一竿子高时，在钱塘江边步下船舷。

挺举已随父亲赶过两次大比，可谓是熟门熟路，既不问人，也不搭车，一出码头就与顺安撩开长腿，径奔贡院。

顺安包了个大包袱。临出门时，甫韩氏恨不得把所有家当都塞进包袱里，其实许多东西根本用不上。坐船还好，这要走路了，加上天气闷热，包袱就成了累赘，走有二里多，顺安开始掏毛巾擦汗。

“阿弟，要不，我俩换换背？”挺举顿住步子。

“阿哥，你小瞧人哩！”顺安擦把汗，急赶几步，“是这天气太热了。鬼船舱里捂得憋气，好不容易熬出头，这还没有透好气哩，就又走在日头下。”

“呵呵呵，是哩。”挺举笑笑，指着前面一处荫凉，“这还早哩，不用赶路，我们就在那儿歇歇脚如何？”

“好哩。”

二人走到荫凉处，各自放下包袱。

“阿哥，离贡院还有多远？”顺安擦把汗，眺望前面的土路。

“顶多二十来里，不消两个时辰就到了。”

“太好了。”顺安显然心不在焉，支应一句，从土路上收回目光，望向挺举，“阿哥，”话刚出口，又戛然而止。

“啥事体？”挺举让他整懵了。

“我……这想跟你打个商量。”

“有话尽管说就是，客套个啥。”

“是这样，”顺安不再迟疑，“前几日，我姆妈闲得没事体，就仿照阿哥的衣服，为我也缝一件长衫，我……这想穿上试试。”

挺举扑哧笑了：“不就是件长衫吗，想穿你就穿呀！”

“我……”顺安牙关一咬，“还想求桩事体，就是……到贡院时，见到其他生员，甭说我是阿哥书童，就说我……也是赶考来的。”

“好哩。”

“谢谢阿哥！”顺安眉开眼笑，麻利地脱去短衫，打开包裹，取出长衫套在身上，整好衣襟，朝挺举深鞠一躬，“在下甫顺安，叩谢伍兄成全大恩！”

挺举还过一礼，半开玩笑地改了称呼：“甫兄不必客气！”

“阿哥，歇好了，这就上路吧。”顺安拿起包袱，精神抖擞地头前走去。

挺举背起包袱，跟在顺安身后。

没走几步，顺安似乎意识到什么，脚步慢下来，让挺举走在前面，自己跟后。走没几步，顺安又觉不妥，赶前两步，与挺举并肩而走。

“呵呵呵，”挺举瞧出他内心深处的焦虑，以笑化之，“常言道，人靠衣裳马靠鞍。阿弟一穿长衫，人就精神起来，蛮像个生员哩。”

“是阿哥恩赐。”顺安略显尴尬，转移话题，语气关切，“此番大比，阿哥……进榜不会有啥障碍吧？”

“哦？”挺举微微一笑，盯住他，“你是对阿哥没信心了？”

“哪里呀！我只是想，阿哥遭遇介大事体，书也烧没了，会不会……”猛然意识到什么，顺安忙又改过话头，自己掌嘴，“瞧我这乌鸦嘴！”

“阿弟多虑了。书一本没少，都还在呢。”

顺安吃一怔道："书在哪儿？"

"就在这儿。"挺举指指自己的胸部。

"呵呵呵，"顺安迭声笑道，"这下我放心了。阿哥这叫胸有成竹嘛！阿哥，要是你金榜题名，做上大官，阿弟我一定鞍前马后，做好阿哥的小跟班。"

挺举笑道："不做生意了？"

"不做了。"顺安慨然应道，"阿哥做了大官，置下巨业，总得有个靠得住的人料理不是。阿哥想想看，阿哥身边，有啥人能比阿弟用起来省心？"

"呵呵呵，"挺举笑了，"我这跟你讲个故事。"

"什么故事？"

"一桩科场旧事，是我亲眼所见。"

"阿哥快讲，我正要了解一下科场呢。我是冒牌生员，万一有人谈起科场，一问三不知，岂不难堪？"

"光绪二十三年（公元1897年），也就是丁酉科乡试，我第一次陪阿爸来此大比，亲眼看到一幕场景。排队进场的各府生员中，有十二人竟然是白发皓首。后来听阿爸讲，他们年纪最轻的八十一岁，九十岁以上的就有五人。"

"天哪，"顺安惊叹道，"九十多了还来赶考，能拿动纸笔否？"

"他们不但拿得动笔墨，而且还像年轻人一样在三尺见方的号舍里熬过了常人难挨的九天九夜，试卷更是干净整洁，文理明顺，功力丝毫不减年轻人哪。"

"啧啧啧，我是服了。"顺安连声赞叹，"阿哥，我想问问，他们这些人，有考中的没？"

"于他们而言，考中考不中并不重要。"

"那……啥子重要？"

"读书人的尊严。"

顺安恍然不解："啥叫读书人的尊严？"

挺举的眼前浮出伍傅氏，耳边响起她的声音："你阿爸为个啥？为个读书人的颜面，为个心性自在……你阿爸走了，姆妈这也想透了。人活一张脸，树活一层皮，读书人该当有个读书人的活法。身为生员，你不去大比，反而去跟一帮大字不识的粗俗下人拼钱钻营，颜面何在？”

“阿弟，”挺举顿住脚步，一本正经地看向顺安，“读书人的尊严就是活到老，学到老，考到老。”

“呵呵呵，”顺安一下子乐了，“阿哥，这话……听起来不像是阿哥该说的嘀。”

“为什么呢？”

“因为就我所知，阿哥从来就不是个书呆子啊。”

“这与书呆子什么关系？”

“哎呀，阿哥，”顺安有点急了，破解道，“这么说吧，书呆子就是读书读成个白痴了。读书为个啥？无非是为个功名。功名是个啥？功名是个天生尤物，花容美女，赏心悦目，人人都想得到。可是，此等尤物，只有抱在阿哥这样的年少英豪的怀里方才受用。对于耄耋老人来说，即使她们躺在眼前，花枝招展，伸手可触，又有何用呢？此时的功名，不过是个虚名而已。”

话到此处，许是觉得所打的比方实在天才，顺安止不住又笑起来。

挺举既没笑出来，也没有驳斥顺安，因为他无法驳斥。

是啊，青灯积学，皓首穷经，那些耄耋老人穷其一生，孜孜以求，不为功名，为的又是什么呢？父亲生前已从经卷中拔出，转而钻研医书，说明他是主动放弃，会不会是他已经悟出什么，却又不肯讲出呢？

挺举似乎明白了什么，又似乎什么也没明白。

因天色尚早，毋须赶路，挺举、顺安也就晃晃悠悠地走着，途中又饱餐一顿，抵达贡院街时已是后晌。

二人沿贡院街由东而西，边走边看，尤其是顺安，看不尽的稀奇，不住地问这问那。

贡院街是条老街，据传是宋代始建，前后历经八百余年，在明代有号舍近五千间。及至清代，号舍更是一增再增，康熙年间竟达一万二千余间，成为江南一带最大的乡试场所之一，规模上仅次于南京的江南贡院。

挺举、顺安走在一道高大的围墙外面。墙内就是号舍，也即生员的做题之处，高约六尺，深约四尺，宽约三尺，一个挨一个，就如鸽子笼相似。号舍之内，左右两壁皆是砖墙，离地面一二尺间各砌出上、下两道砖托，置两层木板，上层为桌案，下层为坐凳，考生白日伏案考试，夜晚困倦时，就把上层木板取下，拼入下层，蜷缩休息。三场大比，七夜九日，老少考生不得出这号舍一步，出去即为放弃。

走到贡院正门时，二人不约而同地停住脚步。

顺安的目光投在大门两侧的一副楹联上：

下笔千言正桂子香时槐花黄后

出门一笑看西湖月满东浙潮来

顺安吟咏一遍，问道："阿哥，这对联吟起来拗口，哪能和这考场不对题哩？"

"怎么个不对题了？"

"考场对联应该写神仙帮忙、上天助力、才比三江、百家争鸣之类，此地却写风花雪月，岂不是跑题了？"

"阿弟有所不知，"挺举应道，"考生数年苦读，在此一举，一进考场，莫不身心紧张，精神恍惚。此副楹联可让考生身心放松，正对题呢。"

"我哪能看不出有啥放松哩，阿哥这来解解。"

"考生是八月初九日入场，八月十七日夜出场。阿弟想想看，考生入场后，正值满院桂花生香，身心就会舒畅，才思就会如行云流水，下笔千言就如有神助一般。经过九日苦战，待出场之时，无不身心疲惫，抬头一看，中秋皓月当空，侧耳一听，钱塘江潮声起，顿时物我两忘，疲劳尽去矣。"

"呵呵呵，"顺安憨笑道，"经阿哥这一解，这副楹联真就对题了呢。"指着院门，"八月初九就要进场，今朝八月初五，照规矩此地应该有人打理才是。可你看看，大门里冷冷清清，哪能没见个人影哩？”

经顺安这么一讲，挺举这也意识到什么，情不自禁地“嗯”出一声，扭头四顾：“阿弟所言甚是。前两次随阿爸来，无论提前几日，此地也是人声鼎沸，长衫生员满街游荡。今朝倒是怪哩，满街冷冷清清，不见一个长衫之人。”眉头微锁，“会不会出啥大事体呢？”

“阿哥快看！”顺安猛地指着前面，不无兴奋地叫道。

挺举抬眼望去，前面不远处人头攒动，急与顺安跑去，原是一群人正围在贡院的龙虎墙上观看什么。二人挤进去看，上面竟然是一连几张告示，清一色与革党有关，其中排在第一的是缉拿在上海刺杀朝廷命官的革党要犯陈炯，上面赫然描着他的头像，凡密告此犯下落者，赏光洋一百元。

张贴榜单的贡院龙虎墙竟然贴起这玩意儿，挺举一下子懵了。待回过神来，挺举见身边站着一个戴斗笠的络腮汉子，抱拳问道：“请问先生，这堵墙上，哪能贴起这些来？”

络腮汉子瞄他一眼：“你说该贴什么？”

“是龙虎墙呀，该贴榜单才是！”

络腮汉子上下打量他几眼，给出一笑：“老黄历喽。”

“先生？”挺举目光征询。

那汉子朝告示努嘴：“你想看的，让这告示压上了！”

挺举盯向那张告示，果见下面压着一张，许是时日久了，已被雨水淋得不成样子。

挺举苦笑一声，再次抱拳：“敢问兄台，那上面所写何事？”

“上面写的是，自今年起，朝廷取缔科考！”

“啊！”挺举目瞪口呆。

“那……”顺安急问，“何时开考，上面说没？”

“是永远取缔。公告上说，朝廷自今年起，不再经由科举取士。”

“经由啥？”

络腮汉子耸耸肩，摊开两手。

“你……”顺安白他一眼，“别不是瞎讲吧？介重要的事体，我们哪能一点儿也不晓得哩？再说，这公告……”看一眼那墙，“你凭啥说它写的就是取缔科场哩？”

“仁兄若是不信，何不揭开这张看一看呢？”络腮汉子朝告示努下嘴。

这一努不打紧，汉子脸上的络腮胡子竟然掉落一角，虽在一瞬间被他转脸按住，掩饰过去，仍被顺安看个真切。

顺安心里打个横，再看眼前告示，将那脸庞与络腮汉子略一比照，不由打个惊战，待回过神，猛见挺举脸色惨白，呆若木鸡，一道血水正顺嘴角流出，惊道：“阿哥！”

挺举却如没有听见，两眼僵直，躯体就如僵尸一般，扭转身，拔腿竟去。刚走两步，脚底打个踉跄，跌倒在地，刚好跌在络腮汉子身边，被他弯腰扶起，挽起胳膊肘儿扬长而去。顺安大急，欲叫出来，却又不敢，欲脱开报官，又担心挺举，只好不远不近地跟在后面，看他们这往哪里去。

正行之间，前面又是一阵惊乱，锣响阵阵，行人避让。顺安躲到街侧，见是一队清兵押着三名死囚正在游街。顺安打问得知，三人皆是革党，因作乱罪被判斩刑，今日只是游街，明日才被押往刑场砍头。想到络腮胡子，顺安吓傻了，待回过神来，急寻二人，已不见踪影。

挺举梦游般随络腮汉子晃晃悠悠地来到西子湖边。络腮汉子松开挺举，在一棵垂柳下站定，静静地望着湖水。挺举站在另一棵树下，斜靠树身，望着湖水发闷。

闷有半个时辰，挺举显然回过神了，打眼四下一顾，看向对方，抱拳道：“在下伍挺举，宁波人氏，敢问兄台尊姓大名？”

络腮汉子略作迟疑，抱拳道：“在下陈炯，湖州人氏。”

“在下有位兄弟不见了，陈兄可知他去往何处？”

“可是与你同行的那位？”

“正是。”

“原本跟在身后的，路上遇到衙门游街示众，想是看热闹去了。”

“多谢陈兄，后会有期！”挺举再一抱拳，转身就走。

“伍兄留步！”陈炯叫道。

挺举顿住。

“天色已晚，”陈炯指指天道，“杭州又是省府，大街小巷不知千百，伍兄哪里寻去？依在下之见，莫如就近寻个歇处，及至明日，慢慢寻他不迟。”

“这……”挺举看看天色，也踟蹰了。

“前面有家客栈，就在这湖边，颇为雅致，伍兄若无别的去处，就随在下小酌一杯！”话音落处，陈炯人已抬步，头前走去。

挺举不好再说什么，跟他走有一时，果见一处雅所，面湖靠山，门面整洁，抬头望去，匾额上赫然写着“凤凰池”三字，再看楹联，上联是“出入凤凰池上客”，下联是“往来龙虎榜中人”，这也记起先父曾经向他提及这家客栈，说是每逢大比，此店总是客满，去晚了根本排不上号呢。

然而今年，店客寥寥可数。小二热切地导引二人入店，陈炯选出两个面湖雅间，付下定金，又叫小二置办几个下酒菜，在湖边石几上摆开，打开一坛绍兴陈酒，拿大碗斟满，推给挺举一碗，自己亦端起道：“科举既废，伍兄这得解放，可喜可贺。来来来，在下为伍兄道贺，干！”

一腔热望化作泡影，挺举正自没个排解，端起一饮而尽，而后斟满，与陈炯大碗对饮，不消一时，一坛老酒已去半坛，二人之间话也多起来，由不得再次扯到科举。见挺举愁肠百结，陈炯爆出一声长笑，把酒问道：“敢问伍兄，考举可为功名？”

挺举略一思索，道：“为功名，也为功名之外的东西。”

“爽快！”陈炯竖拇指赞道，“伍兄是我所问过的承认功名的第一个秀才。说说你功名之外的东西？”

“家国。”

“咦，为什么先家而后国？”

“没有家，就没有国。”

“伍兄错矣，”陈炯朗声纠正，“刚好相反，没有国，就没有家。

唉，你们这些秀才呀，都让八股文害苦了。”

“观陈兄也是饱学之士，难道就没有读过八股？”

“读过，读过，”陈炯哈哈笑道，“说来惭愧，为这八股生生把我老爸气死了。”

不待挺举追问，陈炯豪爽地讲起自己家世，讲父亲如何调教他，如何请先生教他读书，他如何厌文喜武，一连气跑几个先生，如何连考几次皆未冲过童生试这道大坎，父亲如何纳闷，如何在夜半查出他念的尽是旁门左道，武功秘笈，如何拿棍子满院子打他，如何一口气上不来倒地而去，无人管束的他又是如何把田地房产一点点儿卖光，从此后浪迹天涯，访师交友，以酬平生之志，等等，一桩一件，娓娓道来，听得挺举两眼发直，如闻江湖奇侠。

见陈炯顿住话头，挺举好奇问道：“陈兄方才讲到平生之志，敢问志在何处？”

“死国可乎？”陈炯眯眼望着他，端起酒碗，朝他举一下，半笑不笑道。

挺举震撼了。忠孝生死，在此人眼里竟然这般不堪，实出挺举意外。

“敢问伍兄所志何方？”陈炯反问。

挺举苦笑一下，转看湖水，良久叹道：“唉，除科场之外，在下真还……”又是一声苦笑，轻轻摇头。

“在下问的是志，不是科场！”

挺举吸口长气，扭过头来，复出一声长叹。

“在下可为伍兄作答？”

挺举看过来。

“在下死国，家国一体，伍兄所志当是，死家可乎？”陈炯一声朗笑，仰脖饮尽。

挺举正要接话，耳朵陡地竖起。

远处隐隐飘来一个声音：“挺举阿哥，伍挺举，你在哪儿？挺举阿哥——”

“阿弟，我在这里！”挺举忽地站起，迎声音跑去。

不一会儿，挺举携手顺安来到湖边，将他包袱放到一边，刚刚按他石几边坐定，陈炯拿着一只空碗从店中出来，坐在原位。

看到他的络腮胡子，顺安顿时魂飞魄散，一时僵在那儿。

“兄弟，”陈炯斜他一眼，双手抱坛将碗倒满，推碗过来，“你来迟了，当吃罚酒三碗！”

顺安依旧怔在那儿。

“阿弟！”挺举指碗努嘴。

“阿哥”，顺安乍然醒来，忽地起身，一手扯住挺举，一手拿起包袱，“快跟我走！”

“哦？”挺举怔了，“啥事体？”

“甭管啥事体了，只管跟我走就是！”

“天色黑定了，你要去哪儿？”

“去哪儿都成！”

“咦，为个啥哩？”

“哎呀，阿哥，叫你走，你就走，一时讲不清爽哩！”

挺举非但不走，反倒退回几步，一屁股又坐下来。

“阿哥！”顺安急得直跺脚。

“阿弟呀，我和陈兄讲好住在此店了，要是没有别的事体，”挺举指指石几，“坐下喝酒吧。”

陈炯也看过来，目光中带着冷蔑。

顺安打个寒噤，不敢再说什么，乖乖坐下。

挺举借酒浇愁，陈炯快意恩仇，顺安心神不定，假意应酬。一坛喝完，陈炯兴起，喝小二又拿一坛，开坛畅饮。

又过数巡，陈炯看样子实在喝高了，盯住挺举：“伍兄，交你这个朋友，值了。”

“在下也认你了！”挺举倒酒，各推一碗，“来来来，喝喝喝，不醉不休，醉死算数！”

“不不不，”陈炯推道，“陈某不能醉死，伍兄也不能醉死！”

“为何你我皆醉死不得？”

"因为陈某明日要做一桩大事体，不就还得麻烦伍兄哩！"

"小事体，让在下做什么，陈兄只管讲出！"

"就做这个，"陈炯指下自己的身体，"万一在下玩砸了，这一百多斤，还得麻烦伍兄寻个地方埋了，免得便宜野狗！"

"这个好说，"挺举显然完全喝高了，根本没明白陈炯说的是啥，只管接腔，"陈兄这想玩啥花样？"

"狗日的巡抚拿到在下几个兄弟，明日监斩，在下这去宰了那厮，救出兄弟！"

陈炯此言出口，唬得顺安一口菜卡在嗓眼里，噎得脸红脖子粗，两眼大睁着盯向陈炯。

"好好好！"挺举这却竖起拇指，端起酒碗，"来来来，祝兄台马到成功，干！"

"干！"二人对饮。

"壮哉伍兄，"陈炯放下酒碗，猛拍桌子，激昂慷慨，"我中华已到生死存亡之秋。列强肆虐，用鸦片毒品害我国人，在我国土上辟出租界，耀武扬威，视我华人为猪狗。更可恨八国联军，仗恃洋枪洋炮，袭我京城，杀我拳民，掠我国宝，奸我妻女，无所不行其极。火烧圆明园、甲午海战、庚子赔款[①]，朝廷视若无睹，歌舞升平依旧，上下挥霍无度，全然不恤民难，不念国耻，腐败无能，竟至于斯。"声音越发激昂，放出长腔，"叹我华夏泱泱大国，数亿汉民，内受制于鞑虏，外受欺于洋鬼，痛哉痛哉，呜呼哀哉！"最后一个"哉"字说完，抚胸号啕大哭。

"时也，运也，"挺举这也放下酒碗，慢条斯理地劝慰起来，"陈兄不必着急。想我华夏文明，上下数千年，绵绵无绝，流传至今，岂有一日断哉？无论是匈奴人，是金人，还是蒙古人，魑魅魍魉，虽可逞凶于一时，终归是过眼云烟，想那鞑虏，亦将是秋后蚱蜢，不久长矣！"

二人说话声音极高，全然忘乎所以了。

---

① 庚子赔款：即《辛丑条约》中规定中国赔偿八国联军的4亿5千万两白银，这笔钱西方人称为"拳乱赔款（Boxer Indemnity）"。

“阿哥，”顺安这也呕出卡嗓之物，狠扯挺举衣襟，压低嗓音，带着哭腔，“你这是要……”比个手势，“杀头哩！”

“哈哈哈哈，”陈炯猛然爆出一声长笑，顺手扯过头上辫子，眼珠子四下乱抡。

挺举盯住他问：“陈兄欲寻何物？”

“你的兄弟说的极是，”陈炯朗声应道，“在下就是革命党，奶奶个熊哩，今儿我姓陈的这先革他一命了！”看向顺安，“兄弟，寻把剪刀来，看在下把这狗日的辫子咔哒剪去！”

“陈兄爽快，”挺举应声附和，“剪剪剪，在下这也剪掉它狗日的！”

“阿哥！”顺安哑起嗓子，声音严厉。

“苍天在上，”陈炯将手中辫子连抖几抖，“在下当着两位兄台之面，对天起誓：陈炯此生，不仅要剪掉这根长辫子，还要剪掉千千万万大汉爷们的长辫子！”看向顺安，“兄弟，剪刀呢？不是让你去拿剪刀来吗？”摇摇晃晃地站起来，“好好好，兄弟不拿，在下自个寻去！”

陈炯刚走两步就扑通倒地，呼呼大睡起来。这边挺举也将下巴搁在桌上，沉沉睡去。远远候在边上的小二叫来掌柜，嘀嘀咕咕一阵，掌柜扫来一眼，与伙计将二人分别拖进房间。

顺安看得真切，迅即灵醒，假作醉酒，顺手提起包袱，脚步踉跄地跟到挺举房里，就地一躺，呼噜作响。有人关牢房门，脚步远去。

听到脚步声没有了，顺安忽身爬起，悄悄开门，跟到外面，果见掌柜与小二正在商讨是否报官的事。掌柜沉思良久，似是决心下定，对小二低语有顷，小二出门，一溜儿不见人影。紧接着，掌柜转向他们住的地方。顺安急急踅回，进门躺下装睡。掌柜果然开门查看，见三人皆已睡死，吁出一气，就在门外坐下。顺安又急又气，等有半个时辰，掌柜总算起身走了。

顺安忙叫挺举，可无论如何折腾，挺举只是不醒。顺安急了，拿到一只脸盆，悄悄开门，猫腰溜到湖边，舀来一盆凉水，照头浇上。经这一激，挺举总算醒了，不无懵懂地看着顺安。顺安扯他快走，挺举追问因由。顺安无奈，只得压低声音，将事体一五一十急讲一遍，再次扯他快走，不然就死定了。挺举的酒这也完全醒了，二话不说，急到陈炯房间，却也是死活扯他不起。顺安早已包袱在身，催他抛下这个祸事精，离开这个是非之地。挺举却似没有听见，又是捏，又是拧，费尽九牛二虎之力，总算把陈炯整醒了。陈炯还没明白怎么回事，远处响起脚步声，听声音，不知有多少兵勇奔客栈而来。显然，从大门出去已不可能，顺安急了，飞脚踹开窗户，扑通跳下，挺举一手扯起陈炯，将他拖到窗边，猛力推下，急又踅回门口，将门闩牢，返身跳窗，与顺安一道，将陈炯架起飞逃。

三人在夜幕掩护下由城墙的缺口处缒出，来到郊外乡下。翌日晨起，顺安外出打探，听闻清兵已在凌晨之时封住城门，正在城中四处搜捕。直到此时，陈炯方信昨夜是死里逃生，拱手谢过挺举和顺安。三人沿乡间小路又走半日，顺安向一家农户租到一只篷船，欲扯挺举悄悄溜走，挺举却又死活不顾地拖上陈炯，因昨夜惶急之中，陈炯的行囊全被丢在客栈，这辰光身无分文了。

三人由水路辗转来到湖州。顺安上岸，发现这里也在捉拿陈炯，且画像上竟然多出一副络腮胡子。看来，陈炯老家也不可待。听闻陈炯有意前往日本投孙中山，挺举说服顺安，三人弃船，沿乡路夜行晓宿，往奔上海。

从宁波回沪后，鲁俊逸动用所有资源，连续探测数日。无论是善义源还是润丰源，均未听到任何反馈。麦基洋行的那批货物也让老潘他们抖落得干干净净，倒手之间净赚三万余元。

俊逸长出一气，却也未觉出轻松，因为他的心头仍旧压着一桩大事，就是泰记何以突然在他钱庄里存放十万两银子。

俊逸从老潘口中得知，泰记把银子存入后，再无音信。老潘也有打问，但在钱庄存银取银是客户的权利，何况泰记存入的是三年期，茂升完全可以放心使用。

俊逸越发不敢掉以轻心。他深知，在这个只有真金实银才能说话的上海滩上，既没有无缘无故的爱，也没有无缘无故的恨。丁家拥有财大气粗的银行，却将银子莫明其妙地存入他的庄里，背后必定有个说辞。

俊逸与老潘议论良久，终也未能议出个所以然来。

这日晨起，俊逸在收拾从老家带回来的行李箱时，看到伍家的镜湖双叟字画，似是想到什么，叫来齐伯，叫他寻来工具，将字画挂上。

齐伯挂好画，俊逸站在几步开外，正在欣赏，电话铃响了。

“是合义兄呀。”俊逸拿起话机，眉开眼笑，“呵呵呵，电话一响，就想到是你……是哩，我回去看看老夫人，这刚回来，正说要去望望你哩。啥事体？……好哩，我这就去。”

俊逸放下电话，提起黑包，转对齐伯道：“齐伯，我这出去一下。啥辰光你得空，你在后院腾间屋子，备好床铺，近日或有客人。”

齐伯问道：“是男眷还是女眷？”

“男眷。”

“啥辰光到？”

“吃不准哩。如果不出意外，当在这几日。”

“好咧。”

祝合义与俊逸差不多年岁，是甬东定海人，子承父业，以经营五金为主，兼营或入股钢铁、纺织、自来水、面粉、水产等业，打的是裕字牌，麾下有裕慎、裕新、裕原等十几家店铺，在甬商中本来仅次于查家，只是近几年才被俊逸赶超。祝合义在甬商中相对开明，对后来居上的鲁俊逸非但没有嫉恨和排斥，反而引为知己，私底下往来不少。

俊逸被管家一路领到收藏室，见合义手拿放大镜，正在饶有兴趣地欣赏挂在墙上的三幅字画。

“啥宝物，惊惊乍乍的。”俊逸凑过去。

“俊逸，来来来，”合义递上镜子，“我刚搞到三幅字画，过过你这法眼。”

俊逸推过镜子，挨个欣赏，目光落在第三幅上，一看署名，眼睛睁大：“镜湖双叟？”

“怎么样？”合义颇为自得。

“哪儿搞来的？”

“不瞒你讲，我今朝才从一个摊贩手里淘来。”

“摊贩？”俊逸吃一怔，“几钿？”

“三百两。”

“三百两，”俊逸深吸一气，又审几眼，摇头，“上当矣，祝兄上当矣。这是个道地的赝品。双叟字画，没有万两银子，祝兄想也甭想。”

“啊？”合义急了，再次递上放大镜，“俊逸，你再看看。用镜子细审。瞧这功力，丝毫不逊于板桥哪。还有这印鉴，这签字，跟我在老爷子府上看到的双叟字画一丝儿不差。”

“就差在此处。”俊逸推开放大镜，指着签字，“镜湖双叟，一叟为字，一叟为画，字画合一，方为双叟。此幅只有画，没有字，落款却是双叟，在下是以认定它是赝品。”

“这……”合义听他讲得头头是道，泄气了，“唉，还以为淘了个宝物呢，不想却是让人蒙了。也罢，三百两银子权当买个教训，谁让在下孤陋寡闻哩。”

“呵呵呵，”俊逸笑道，“合义兄，便宜贪不得哟。哪天你有辰光，在下让你领教一下什么才叫双叟。”

“走走走，在下眼前就有辰光。”合义来劲了。

“祝兄，你要我来，不会只为欣赏一幅赝品吧？”

“呵呵呵，是哩，”合义亦笑起来，“差点忘了。”凑近他，“有个重要事体，工部左侍郎丁承恩大人此番回沪，要下一盘大棋。”

“什么大棋？”俊逸紧盯过来。

“成立商会。”

“商会？”俊逸打个愣怔，闷头想一会儿，挠头皮道，“没听说过这东西哩。这跟咱的四明公所有啥不同？”

“你呀，落伍喽！”合义笑笑，夸张地摇头，“英人的工部局你晓得不？商会就是那玩意儿！”

俊逸倒吸一气。

如夫人剧场遇刺后，夸张伤势本为邀宠，结果并未如愿。起初几日，丁大人日日探视，接后是隔日一次，再后隔三五日来一次，近些日完全不见踪影了。

如夫人渐渐郁闷起来。

让如夫人更郁闷的是，听车康语气，丁大人似是没再追究泰记业务下滑的事，对李氏放任几个公子竟也没置一词。

这还不是最郁闷的。

最郁闷的消息来自放学后赶来望她的女儿倩雯，说是老头子忙哩。倩雯十二岁了，开始长身子，小胸脯已经微微鼓起，与母亲一样，自幼就在教会学校念书，迄今保留天足，走路连蹦带跳，在丁家诸小姐中，颇受诟病，尤其不受李氏夫人待见，称她是野丫头，见面就皱眉头。

"忙什么呢？"如夫人笑着问她。

"跟一个女孩学唱戏文！"

"女孩？学唱戏文？"如夫人吃一大怔，略略思索，连声追问，"那女孩子啥样子？多大了？在哪儿唱？啥戏文？"

"比我没大多少，个头也差不多，模样俊哩，一天到晚待在老头子的书房里唱，唱啥戏文不晓得，我一点儿也不欢喜听！"

如夫人坐不住了，大眼睛忽闪几下，从床榻上坐起："雯儿，你这就回去告诉车总管，就说姆妈的伤口完全好了，今日出院，让他安排一下！"

倩雯应过，小跑出去。

"这老东西，年纪介大了，这还——"如夫人苦笑一下，摇摇头，溜下床寻大夫去了。

如夫人动用总管车康，大动干戈地来了个英雄凯旋，但出场迎接的并不见丁大人，问过仆从，方知大人后晌就与道台袁大人听戏文去了。

听到又是戏文，如夫人伤悲，掩门正哭时，报说丁大人回府。如夫人本欲出去迎接，听说与大人同行的还有那个梨园女孩，顿时火气上冒，黑脸躺到榻上，觉得头疼得厉害，就用一块湿毛巾搭在额头降火。

又候许久，丁大人仍旧没来。如夫人顿觉委屈，泪水涌出，正自伤心，一直候在床头的两只宠狗如飞般蹿出，不一会儿，忙前忙后地拥着丁大人走进。

丁大人一进来就撩拨衣襟审看伤情，见完全好了，方才捉住她的手，坐在榻沿，不无关切地望着她。

如夫人破涕为笑，话中有话地问道："老爷，好多日没见你了，这在忙啥哩？"

"唉，"丁大人长叹一声，"还不是那商会的事体。你回来得正好，老夫正要与你商量呢。"

"老爷请讲。"

"老佛爷恩准老夫奏请，在沪设立商务总会，圣谕已经传递道台，上海各大行帮这也晓谕过了。"

"太好了，"如夫人贺道，"有老佛爷做靠山，老爷就能高枕无忧了。"

"夫人有所不知，高处不胜寒哪！"

"哦？"

"辛丑之后，老佛爷痛定思痛，决定仿效西夷，推立新政，重工商，练新兵，兴学堂，办警政，裁冗衙，制宪章，表面上风生水起，欣欣向荣，实则是外忧内患愈甚，暗流涌动，险象环生。眼前有老佛爷在，尚能弹压。但老佛爷年事渐高，龙体不支。中国未来，局势堪忧啊！"

"老爷？"如夫人愕然。

"几年前，"丁大人面现忧容，"中堂大人临终之时，扯住老夫的手由衷慨叹，'大清这艘破船，就跟老朽之躯一般无二了。'当时老夫不以为然，眼下始信中堂所言哪。南北掣肘，满汉博弈，思潮混乱，官贪吏腐，国库虚空，地方坐大，更有袁氏坐拥天津，根本不以朝廷为念，顾自壮大羽翼，中饱私囊，看来此船真的行不远矣。"

"老爷，要是连老佛爷也靠不住，我们岂不……"

“夫人勿忧，”丁大人换过语气，“即使一艘朽船，也不是说沉就沉的。再说，他姓袁的只知其一，未知其二。他以为练好兵就可掌控一切，却不知兵是要吃饷的。我们只要守住银子，把握实业，就可立于不败之地。”

“老爷这是至理名言，我们得尽快壮大泰记。”

“壮大泰记固然重要，更重要的却是眼前这个商会。”

“哦？”如夫人不解地看着丁大人，“这东西没权没柄，又生不来钱，有啥可重要的？”

“夫人有所不知。”丁大人解释道，“上海滩华洋杂处，商帮行会多如牛毛，虽然繁华，却如一盘散沙。我们若是立个总会，就等于在这盘散沙里搅进水门汀（cement，水泥），使之结成一个硬块，坚如磐石。上海滩堪称中国钱都，既远离朝廷，又远离袁贼，原本就在我们泰记的掌握之中，倘若再有这块磐石做基……”顿住话头，意味深长地看着如夫人。

如夫人听得大张两口，好半天，方才吁出一气：“还是老爷想得远哪。老爷，既如此说，这个商会真正是个宝哩。”

“是哩。”丁大人点头，“商会一旦立下，就将影响上海未来的商务格局，是以由何人出面张罗，非同小可，迄今尚未定下。刘大人希望老夫定夺，依夫人之见，交由何人筹办为妥？”

“老爷可曾问过阿姐（夫人）？”

“问过了。她的意思是由泰记出面，我问过老车，老车提到士杰，你看士杰如何？”

如夫人沉思良久，抬头道：“老爷，贱妾以为不妥！”

“士杰不妥，何人为好？”

“贱妾以为，非士杰不妥，是泰记不妥。”

“哦？”

“贱妾以为，张罗商会一事，老爷大可交给四明和广肇！”

“讲讲理由。”

如夫人的目光落在榻下的两只宠狗身上：“要让这两个小东西俯首

听命，老爷可有办法？”

“扔骨头就是。”

如夫人拿出几根骨头，笑道：“请老爷赐赏！”

丁大人摸出两块骨头，扔下。二狗欢快地叫一声，各叼一块，蹲一边啃去了。

“老爷叫叫它们，看它们听话不？”

丁大人叫道：“春夏，秋冬，过来！”

春夏、秋冬抬头看看他，就又埋头啃去了。

丁大人苦笑一声，看向如夫人。

“老爷请看我的！”如夫人跳下床，走过去，将两块骨头收回来，放好。二狗啃得正在兴头上，哪里肯依，跑过来百般讨好。

如夫人拿出一块，在它们头上晃晃。二狗越发听话，让它们打滚，作揖，叼鞋，无不听从。如夫人显然觉得满意，扔下去。二狗咣咣汪汪，你龇牙，我咧嘴，你凶我，我瞪你，争抢一阵，终是春夏得去。秋冬追一阵子，无果而返，回到床边，可怜兮兮地望向如夫人，发出呜呜咽咽的求请声。

丁大人显然看明白了，捋须有顷，点头道：“看来，夫人驯狗确有一套，这根骨头，老夫就交由夫人扔吧。”抬腕看下手表，“夫人，辰光不早了，你刚出院，这要好好将养身子，老夫去书房了。”

“老爷？”如夫人扯住他的胳膊，两眼含情，紧盯住他。

丁大人扶她躺回床上，盖好被子，再次叮咛几句，径出门去。又过半个时辰，书房方向果然传来那女子的唱戏声，咿咿呀呀，听得如夫人捂住耳朵悲哭。

哭有一阵，如夫人擦干泪水，使丫环召来车康，吩咐他如此这般。车康应允，匆匆去了。

四明公所又叫宁波会馆，占地五十亩，原为老城厢北门外的一块荒地，早在嘉庆二年（公元1797年）即由在沪的宁波商人集资购买，作为宁波同乡会的永久会馆。

公所正门朝南，分为两个部分，进门为正殿，是一进大院，有议事厅、关帝殿等；正殿后面是寄柩处和义冢，也即公墓，为客死上海的宁波人暂时寄柩或葬身之用。

这日后晌，公所正殿议事厅里，现任同乡会长、润丰源钱庄的总董查敬轩正襟端坐，老眉紧锁，两手托着一管阿拉伯产水烟壶，烟嘴含在口里，看样子不像是吸，但壶里的水仍旧咕噜噜作响。旁边几案上摆着丁大人的信。

查敬轩年逾六旬，为胡雪岩把兄弟，与湖广总督张之洞、两江总督刘坤一等南洋派大员过往甚密，甲午战前又通过张之洞捐了个二品后补道，在官阶上跟上海道平起平坐。查敬轩是携官商于一体，屡经摔打而不倒，堪称混迹于上海滩的老江湖，其麾下的润丰源钱庄更是财大气粗，实力雄厚，与粤人彭伟伦主持的善义源并驾而驱，难分伯仲。

润丰源总理查锦莱站在他旁边，小心翼翼地侍候烟具。

“阿爸，”查锦莱小声说道，“丁大人让咱筹建商会，这是大好事体，阿爸何以不喜反忧？”

“唉，”查敬轩长叹一声，“你永远记住，天上不会凭空掉下馅饼。如果不出老爸所料，就这辰光，此信也必摆在广肇会馆。”

查锦莱震惊了，侍弄烟具的手僵在那儿。

“锦莱呀，”查敬轩的一双老眼紧紧盯在书信上，“这么多年，该看的你也看到了。姓丁的精于权谋，又仗了北洋李中堂的势，在官场、商场纵横驰骋，如鱼得水，莫说是老爸我，纵使你胡叔，也不曾是他对手。想当年，你胡叔左算右算，仅仅漏算一步，竟就让他抓了个准。可叹你胡叔辛苦半生，大风大浪不知经历多少，终了却栽在姓丁的手里。对于此人，我们是防不胜防，又不得不防啊！”

“阿爸，”查锦莱试探着说，“既然姓丁的是故意设套，让我们与善义源起争，我们不必睬他就是。要叫我说，商会什么的过于虚浮，在上海滩，永远是凭实力说话。”

“唉，锦莱呀，”查敬轩收回目光，看向锦莱，伸出水烟壶，示意他换锅新烟，半是开导，半是责怪道，“做生意，讲究的是规矩，是气势。商会正是订规矩、出气势的地方，你哪能讲它虚浮呢？”

“阿爸教训的是。”锦莱侍候换烟，小声认错。

“锦莱呀，”查敬轩咕噜又吸几口，吐出一团浓雾，“老爸在上海滩混了几十年，什么都看淡了，唯对洋人的生意经，老爸是敬畏三分哪。老爸琢磨来琢磨去，多少也算悟出些洋人做生意的道道，那就是，抱成团，拧成绳，结成势，共同挤对中国人。这些年来，老爸不惜一切，处心积虑地打造四明公所，接济甬人，为的就是让在沪甬人抱成一个团，结成一个势。也多少因了这个势，我们方能在上海滩打下方寸之地，不但令粤商刮目相看，纵使他姓丁的，也不能不对老爸有所倚重啊。”

见查敬轩讲出这等名堂，锦莱听得傻了，不由深吸一气，全神贯注。

“可是，”查敬轩接道，“这点势只能用来对付个行、帮，支应个官差，若是拿来应对洋人，就显得差强人意了。姓丁的发起这个商会，倒给老爸提个大醒。如果上海的所有行帮凝成一个团团，就会形成一只铁锤。如果这只铁锤的把柄掌握在我们四明手里，锦莱，你想想看，整个上海滩又将会是什么前景？”

“阿爸，”锦莱听得心花怒放，放轻声音，“莱儿……这就寻人谋议去。”

“事体倒也不急，”查敬轩缓缓吐出一口烟，“你可先给合义、俊逸透个气。合义平稳，俊逸灵敏。这群后生里，我看好的只此二人。尤其是俊逸，跟洋人打交道，少不得他呀。前几日，我听合义讲，俊逸的岳母病了，他回去尽孝，不知回来没？”

“他尽什么孝？”想起那宗生意，锦莱当即气炸了，“阿爸，他这是溜人！他把我们口中的鸭子夺去吃了，当然不能心安理得地守在此地！”

“呵呵呵，”查敬轩开导儿子，“锦莱，你要好好学学，这才是做生意啊！鸭子是摆在桌面上的，啥人筷子伸得快，啥人夹得牢，自然就该啥人来吃。俊逸能吃去，且又吃得干净利落，我们应该高兴才是。”

“阿爸，”锦莱急了，“你哪能总是替这人讲话哩？鲁俊逸最是靠不住，胳膊肘儿一直朝外拐，跟粤人——”打住话头，不解地盯住父亲。

“晓得，晓得，老爸啥都晓得！”查敬轩毋庸置疑道，“他的胳膊肘儿向外拐是不假，不过，眼下该是他拐回来的辰光了。”敛住笑，一字一顿，“莱儿，你记住，所有甬人都是你的兄弟，争东抢西，无非是窝里斗，对外，我们的对手只有一个，就是广肇会馆。”放缓语气，“你这就备份大礼，去俊逸府上，以我名义慰问老夫人。”

“阿爸教训的是，”锦莱大是叹服，“孩儿这就去。”

“还有，”查敬轩交代道，“商约及商会章程诸事，可以先让进卿他们议出个框框，再扔给俊逸，由他执笔为好。”

“好主意。”锦莱豁然开朗，“待框框议出，我再造出个势，让进卿他们在俊逸屁股下面烧几把火，免得他不识大体。”

查敬轩微微点头：“也好。办去吧。”

一切让查敬轩料到了。

几乎是在同一天的同一个时辰，广肇会馆总理室的几案上摆着同样的信。

室里只有两个人，一个是善义源总董彭伟伦，另一个是大英怡和洋行的总买办马克刘（Mark Liu）。彭伟伦朝那封信努下嘴，掂起开水壶开始冲泡功夫茶。

彭伟伦是个茶迷，绰号茶仙，沏茶是他永远的嗜好。

马克刘拿起信，看一会儿，神色敛起。

“老弟，”彭伟伦朝一只盖碗里倒水，“姓丁的这在给我们上道好菜呢！”

“彭哥，”马克刘放下信，眉头凝起，“小弟想不明白，筹建商务总会，这是一盘大菜，姓丁的为何不留给泰记？”

“呵呵呵，”彭伟伦将冲好的茶推过来，“泰记想吃，也得有这能耐才行。泰记仗的是朝廷，但在这上海滩，有哪个做实业的把朝廷放在眼里？洋人才是大树；商会不是官办，是民选，要服众才行。”

“那他——”马克刘深吸一气，“我是说丁大人，明知彭哥是袁大人的人，为何又要……”

“因为他想坐山观虎斗啊！”

“你是说——”马克刘惊愕，“这样的信，他也送给四明了？”

“呵呵呵，”彭伟伦的脸上浮出笑，“让你说对了。我们与四明这一仗，不打也得打哟！”

“打就打！”马克刘血气上来，“彭哥，就这几年，四明越来越不把我们广肇放在眼里了，是得给他们点color see see（颜色看看）！”

“Wrong，wrong，wrong（错错错），”彭伟伦连连摆手，“老弟仅仅盯住四明，就跟那姓查的老家伙没有二样，把这仗打小喽。”

“哦？”

“我们的对手不是姓查的，而是姓丁的。我请教穆先生了，先生要我们趁此良机，把握商会，说这是袁中堂之意。听先生讲，袁中堂在天津卫也要倒腾商会，先生要我们南北呼应，把住中国的银盘子。”

“好！”马克刘将拳头震在几案上，茶杯也让他震得弹起来，“要是这说，我们就当仁不让嘀。彭哥，我这就安排去！”

彭伟伦没有接腔，却换了话头：“听说鲁俊逸回来了，有这事不？”

“彭哥，你提那个小人做啥？”

“请他喝杯酒。”

“请他喝酒？”马克刘愤愤地说，“彭哥，你……哪能不长个记性哩？那小子能有今朝，能攀上洋大人，能挣上洋钿，还不是靠彭哥提拔引荐？彭哥把他养大了，他这辰光翅膀硬了，竟连彭哥的货也上手抢哩！”

“呵呵呵，生意场上，没有抢与不抢的。”

“彭哥？”

“甭提这事吧。”彭伟伦摆下手，“地方由你安排，人嘛，就我仨。”

# 第七章

# 投奔鲁家，甫顺安更名换姓隐身世

十六浦码头上，烟雨蒙蒙。

一班开往日本的客轮，最后一批客人正在上船，有人站在船舷入口处大叫："日本横滨，日本横滨，尚未登船的客人注意了，日本横滨，最后一刻钟，错过后悔莫及……"

陈炯眼里闪出一道亮光，但这亮光转瞬即逝。

挺举跑到售票窗口，问过价钱，急跑过来，将顺安扯到一边："阿弟，身上还有多少铜钿？"

"我……"顺安后退一步，"没多少了。"

"没多少，是多少？"

"也就……你晓得的，就是那几块铜钿，临走时我姆妈塞给我了！"

"你翻看一下。"

顺安极不情愿地解开包袱，翻一会儿，摸出五块银元，还有几十个铜板："雇船花去一块，路上又买些吃的，就剩这点儿了！"

"全都给我！"挺举伸手。

顺安迟疑一下，见挺举态度果决，只好递过去。

"刚刚好哩。"挺举略略一数，朝他笑笑，拿上洋钿，飞步跑到卖票窗口，不一会儿，拿着一张船票走过来。

“陈兄，快上船去！”挺举将票塞进陈炯手里。

“伍兄！”陈炯感动，紧握挺举之手，泪水出来，“我该哪能个谢你哩？”

“呵呵呵，”挺举抽出手，指向顺安，“你该谢我阿弟才是！”

陈炯扭过身，伸手：“甫兄，陈炯……谢你了！”

顺安心头五味杂陈，脸色泛青，出气甚粗，狠狠地白挺举一眼，呼哧呼哧地别过头去，不睬陈炯。

“甫兄，”陈炯略显尴尬，收回手，深深打一揖道，“请受陈炯一拜！甫兄赠银，陈炯记在心头，他日得志，陈炯必以十倍奉还！”

“受不起哩！”顺安这也扭过头来，略回一揖，冷冷说道，“你还是谢我阿哥吧！”

挺举笑笑，挽起陈炯之手，一直送他走到入口处，将所剩的最后几十块铜板一股脑儿塞他手中：“陈兄拿上，路上买只饼吃！”

陈炯接过铜板，泪水模糊。

汽笛鸣响。

“快上船吧！”挺举拍拍他的肩膀，将他用力一推，扬手道，“一路保重！”

陈炯一步三回头，登上舷梯。

不一会儿，舷梯收起，汽笛再次鸣响，火轮缓缓离岸。

望着江面上渐去渐远的客轮，挺举长长吁出一气。

毛毛雨依旧在下。

顺安黑沉着脸，一声不响地跟在挺举身后，走出码头，走在上海滩上处处陌生的烟雨里。见毛毛雨渐渐变成大雨点，挺举几步一蹿，躲进一处屋檐下。顺安亦跟过去。

在屋檐下站有多时，顺安终是憋不住了。

“唉，”顺安长叹一声，“我的好阿哥，人走了，总该阿弟说句话了吧？”

“你讲。”

“我晓得阿哥为人慷慨，可……你不该良莠不分，什么人都帮呀！

这姓陈的——”顺安顿住。

“姓陈的怎么了？”

“他……他是革命党，是逆贼，是要遭千刀剐的呀！”

“阿弟，”挺举笑笑，“在阿哥眼里，这人不错，只是眼下落难了。人活世上，总会有个落难的辰光，对不？杨志不也卖过刀吗？”

“好吧，不讲党不党了，咱们就讲落难，”顺安顺着话头，就势譬解，“对落难人，我们是该帮，可帮人得分个境遇，是不？记得伍叔讲过一个故事，叫什么中山狼来着，里面有句话，‘落井以救人’，后面还有一句，叫什么来着？”

“不是落井，是从井，”挺举笑着接道，“从井以救人，解衣以活友，于彼计则得，其如就死地何？”

“对对对，”顺安迭声应道，“就是这个。你这讲讲，啥叫‘于彼计则得，其如就死地何？’”

“你来讲吧。”

“好吧，我来讲。”顺安声音激昂，“这句是说，从井救人，解衣活友，于对方是好事体，却把自己置于绝境。我敢说，那厮就是一只中山狼，脑后还长着反骨，一看就不是好东西，这辰光混成瘪三了，当然要在阿哥面前装孙子。”

“呵呵呵，”挺举笑了，“阿弟呀，你这是小瞧阿哥了。阿哥虽说是书呆子，却也没有你想的那么傻。科场之路绝了，阿哥左思右想，只有一条路可走，就是实业济世！来到上海滩，为的就是学做生意。生意哪能个学起呢？资助此人就是个开始！呵呵呵，阿弟，这可是阿哥做的第一桩生意嘀！”

“生意？”顺安怔了，“你这讲讲，你是哪能做这桩生意的？”

“我这做的是长线生意，”挺举又笑几声，半真半谐道，“做生意得先下本，是不？我本钱不够，这得借你的金鸡生蛋，是不？方才你也听到了，陈兄怎么讲？他日得志，必以十倍相偿！我赌上此人了，不出五年，此人必得志，阿哥必获十倍之利，再以五倍之利偿还阿弟，呵呵，阿哥里外都赚钱呢！”

“就他？”顺安从鼻孔里哼出一声，语气不屑，“获利十倍？狗屁！我敢断定，我这点儿小本，是肉包子打狗，有去无回喽！”

“好好好，打狗就打狗吧，反正生意已经做实了。”挺举抬头看看天，“走吧，雨小了。天要黑哩，我们得抓紧赶路才是。”

“阿哥呀，”顺安揪牢刚才的话把子，“即使做生意，你也该量力而行吧。临出门时，姆妈也就塞给我这几块钱，说是防个万一。没想到，这个万一还没碰到，活命银子却让那浑小子坑去了。这不，天黑了，下着雨，你我这都身无分文，总不能……睡人家屋檐下吧。还有这肚子，咕咕咕咕，哪能叫得这般响哩？”

“呵呵呵，”挺举乐了，“阿弟呀，你只管放心，有阿哥一口吃的，就一定有阿弟半口。若是连阿哥也没得吃，阿弟随时可把阿哥咬碎吃了！”

“你……”顺安气得一跺脚，别过脸去。

“好了好了，阿弟少安毋躁，这就跟我去处地方，或可填饱肚子，睡张结实床哩。”

“去哪儿？”

挺举掏出一张名帖，顺安接过一看，问道：“西江路378号，这是啥地方？”

“街北鲁老板在上海的府宅。”

“啊？”顺安怔住，“你打算去他家？”

“是哩。”挺举苦笑一声，摊开两手，“阿哥欠他一屁股债呢。”

“你……这是去抵债？”顺安震惊了。

“不晓得呢，”挺举扯他一把，走出屋檐，“你想介许多做啥？常言道，车到山前必有路，何况我们这已进山了。”

顺安长吸一气，硬起头皮跟挺举走有半个时辰，一路问到鲁宅。就在望见大门时，顺安的步子慢下来，又走几步，说死不肯挪了。

“阿弟？”挺举顿住步子。

“阿哥，我……”顺安迟疑一下，“我思来想去，决定不去鲁家了。”

“不去鲁家，你去哪儿？”

“哪儿都成。介大个上海，还能没我去处？”

“阿弟？”挺举见他动真的，也急起来，回走几步，在他身边站定。

“阿哥，我……这就走了。”顺安转个身，沿来路缓缓走回。

“阿弟，”挺举追上两步，扯住他道，“你哪能说风就是雨哩？你看，天已黑定了，我们……先得有个容身之所啊。”

“阿哥，”顺安语气决绝，“我不想在鲁家容身。你去是为还账，我去为什么？我不欠他姓鲁的一文钱，我不想去看他姓鲁的脸色，我不想再看到那个小夜叉，我更不想去做他人的家奴。我是我，你是你。我晓得你已打定主意了，我不勉强你，也请你不要勉强我，你我兄弟……就此作别。”略一拱手，甩开大步扬长而去。

挺举追前几步，又喊几声，不料越喊顺安跑得越快，挺举追有两个街区，一不留神，人就整个儿不见了。挺举轻叹一声，只好返身走向鲁家。

天色昏黑，雨仍在下。

挺举走近大门，门房里露出一个光头圆脑袋：“寻啥人？”

挺举打一揖道：“鲁老板。”

“你是——”光头上的两只眼珠子上下打量他。

“我叫伍挺举，打宁波来，有事体寻鲁老板。”

两只眼珠子定在他的一身孝服上，眉头皱起：“是寻老爷呀，还没回来呢，你明天再来。”

“这……”挺举急了，“我有事体！”

光头一歪：“你和老爷——啥关系？”

“是我鲁叔。”

听到“叔”字，光头“哦”出一声，吱呀开门，走近挺举，将他又是一番打量。正审视间，碧瑶和秋红并膀从街上回来，秋红撑着一把洋伞，许是伞小的缘故，秋红的头发都淋湿了。

“小姐，”光头叫道，“这小伙子从老家来，说是要寻老爷，还管老爷叫鲁叔哩。”

碧瑶瞟挺举一眼，不由想到那只手镯，长头发一甩，哼出一声：“这个人呀，不认识哩！”一扭头，故意扭起腰肢，趾高气扬地与秋红走进院子。

“伍先生，”光头瞥一眼挺举，语气变了，“没什么好讲的，请走人吧。”拍打几下衣服，扭动矮胖身材回到门房，再次探出光头，“明朝若来，记住换身衣裳，免得我这地方晦气！”

吃顿闭门羹就不说了，光头这又羞辱他的孝服，挺举忍无可忍，本欲理论几句，话到口边又强自忍下，呼呼粗喘几声，一扭身，大踏步离去。

夜深了。

细雨仍在下，行人越来越少，街坊两边的灯光渐次熄灭，到处黑乎乎的，放眼望去，只有零星几家亮光。

顺安脚步匆匆，闷头直往前走。

顺安想到一个去处——四明公所。在老家时他听闯荡过上海滩的人讲过，上海有个四明公所，那是宁波人的家，无论是谁，只要日子混不下去，就可到此处寻求庇护。

顺安连问几人，顺着他们所指的方向一路走去。但上海的街道跟牛湾镇的大不相同，多数不是直的，走向也不正。顺安绕来绕去，绕有一个多时辰，仍然没见到四明公所的影子。

顺安渐渐感受到恐惧，开始后悔离开挺举。

“要是阿哥在就好了。”顺安自忖道，“唉，都怪我一时意气用事，非要跟姓鲁的争那口气做啥？”

衣服湿透了，肚子早先还在咕咕抗议，这阵儿似乎泄气了，什么声音也发不出。不知不觉中，顺安发现自己来到十字街口。正在徘徊，雨中一人披着蓑衣、戴着斗笠照头走来。

顺安凑过去，躬身揖道：“先生，请问四明公所哪能个走法？”

那人盯他一眼，向前指路：“向前走，见街道向右拐，再见街道向右拐，连拐三次，这就到了。”

顺安谢过，也没细想，沿着他指的方向大步走去。

望着顺安走远，那人急到街边，在一处屋檐下停下。

屋檐下候着的竟是章虎诸人。原来，抢劫鲁家不成，他们一把火烧掉伍家后，害怕官府追查，不敢再在宁波地界上混，就又跟章虎闯到这上海滩了。

章虎来过上海滩，晓得上海滩的厉害。因而，到上海后，章虎没让手下轻易出手，只让他们白天晚上散在各条街上转悠，弄清楚各街的情势。这日晚上，也是冤家路窄，他们偏就遇到了问路的顺安。

戴蓑衣的人是阿黄。

“章哥，”阿黄解下蓑衣和斗笠，交给章虎，低声道，“真是邪了，你猜那人是谁？是甫家那小子，阿哥的吴军师。”

“什么狗屁军师，”阿青恨道，“一见这小子我就来气。阿哥，就做他的活吧，他身上那个包袱不错，不定有啥宝物哩！”

章虎凝住眉头，动作缓缓地披上阿黄递过来的蓑衣和斗笠。

“阿哥，”阿青催道，“快点发话呀！再迟下去，那小子就走脱了！”

“他走不脱，”阿黄嘻嘻笑道，“我敢保证，过不了一刻，他就又乖乖地转回来了。”

“阿哥，”阿青这也定下心了，对章虎道，“我们来到此地，迄今未做一宗生意，坐吃山空了，就拿这家伙祭祭牙。”

“嗯，”阿黄附和道，“阿青哥讲的是，要让这小子晓得，上海滩不是谁想闯就能闯的。”

“好吧，”章虎这也作出决断，“既然你俩实意想做这小子，就遂你们的意。此地是洋泾浜，这两条街是斧头帮与镰刀帮的分界处，两个帮都是马蜂窝，谁家也惹不得。好歹此地是分界线，你们把活做利索些，想也不会出事。”

“阿哥放心，收拾这小子，没问题。”阿青答应一声，低声布置。

果然，顺安如阿黄所言又绕回来，站在十字路口挠头纳闷。

纳会儿闷，顺安沿住一条街径直走去。阿青几人猫起腰，小跑步跟上。顺安听到后面脚步声响，刚要回头，就被人扑倒在地。阿青撸掉他的包袱，返身就跑。

顺安懵了。待反应过来，阿青几人已经跑远。

顺安真正急了，在后狂追：“还我包袱！快来人哪！有人抢劫了！

快抓劫匪呀——”

见顺安追得急，阿青来气了，干脆与几人返身回来，将顺安按倒在地，一顿饱揍。正打得解劲，一条黑影飞至，一顿拳脚，将众阿飞打得东倒西歪，落荒而逃。

顺安翻身爬起：“我的包袱……”

那道黑影飞身追去，不一会儿，提个包袱回来，朝他身上一扔：“喂，愣小子，是这个不？”

顺安抱住包袱，不由分说，伏在地上连连磕头：“谢谢大恩人，谢谢大恩人了！”

大恩人竟是葛荔。

听到声音，葛荔觉得耳熟，凑近一看，认出来了：“咦，没想到是你嘀！”

顺安听她讲得这般亲热，也是怔了：“小……小姐？”

“嘿嘿，”葛荔叉起腰，“这个天下倒是小哩！”

“你是——”顺安爬起来，盯住她看。夜色苍茫，加之顺安对葛荔并不真熟，愣是没认出来。

“你的朋友哩？”葛荔歪着头问道。

“朋友？哪个朋友？”

“就是那个姓伍的，伍挺举。你俩不是形影不离吗？”

顺安这才想起来，惊喜道：“想起来了，你就是在失火辰光救我阿哥的那个人，他总是向我讲起你哩！”

“讲我啥了？”

“讲你是个奇女子，佩服得紧哩。”

“嘻嘻嘻，你这讲讲，他是哪能个佩服我的？”

“这个我就不晓得了，你得问我阿哥去。”

“他在哪儿？”

“我们一道来上海的，他……去鲁老板家了。”

“你为何不去？”

“我……”

“嘻嘻，”葛荔一拍脑门，“我晓得你为啥不去了。大半夜的，你在此地转悠啥哩？”

“我想去四明公所，问了人，说是没多远就到了。可转悠老半天，仍旧没到，想是迷路了，急死人哩。”

“好吧，你跟我走。”

葛荔引着顺安，连拐几个街道，在一片松柏葱郁的地方停下，指着紧闭的大门道：“此地就是。”

“小姐，”顺安住脚，“我该哪能称呼你哩？”

“在小姐前面加个大字即可。”

“大小姐？”顺安略是一怔，鞠躬道，“在下谢过大小姐！”

“告辞了！”葛荔回过一礼，飞身而去。

顺安望着她的背影感叹一番，返身敲门。

大门吱呀一声闪开一道细缝，一个老人揉眼嘟哝：“又来人呀，还让人睡不？”

“老阿叔，”顺安拱手打揖，“晚辈是宁波人，刚从老家来，没地方落脚了，这想寻个歇处。”

“晓得。”老人看他一眼，把门打开，“凡是到此地寻安身的，没有不是宁波人。进来吧。”顾自头前走去。

老人引顺安绕来弯去，走到一个大房子后面，指着一个门道：“小伙子，其他地方住满了，就剩这间屋子。靠墙有不少长箱子，睡到箱子上不潮。此地蚊子多，你得将就一下。”

“多谢老阿叔！”顺安深鞠一躬。

“做个好梦。”老人转过身，一摇一晃地原路返回。

顺安长吁一气，打量屋子。没有灯，黑乎乎的。顺安放下包袱，顺墙摸去，果然摸到一只大木箱子，遂放下包袱，顺箱摸去，真还挺长。

“嗬，真是好床啊！”顺安将包袱枕在头下，舒服地躺在上面。

屋子里漆黑而静寂，只有外面雨滴落在树叶上的声音。顺安躺下没多久，蚊子的嗡嗡声就过来了。顺安啪啪连打几下，蚊子却越打越多。

“娘稀屁，”顺安听得心里烦躁，骂道，“嗡嗡嗡，嗡嗡嗡，再嗡打你个啪啪啪，再拿艾草薰死你！”话音落处，啪啪啪啪又是几声脆响。

地下突然飘出一个嗡嗡的声音：“没有用的！”

声音过于陡然，似乎就在他身边。

顺安毛孔一紧，汗毛竖起。

声音没了。

四周静寂无声，连蚊子的嗡嗡声也似乎不见了。顺安压住心跳，又候一时，方才稳住心神，打眼望去，黑乎乎的什么也看不到。

“怪了，”顺安自语道，“不会是闹鬼吧？”

“不是鬼！”声音再次出来，好像就在他的身上。

顺安忽身坐起，厉声喝道：“啥人？”

“是我，你阿哥！”

“你……”顺安声音发颤了，“你……究底是……啥人？”

“是你阿哥呀！”

“你是……”顺安似乎听出来了，“伍挺举？”

“正是。”

顺安仍旧紧张：“你……在哪儿？”

“就在你身子下面。”

“啥？”顺安冷汗出来，舌头发僵了，“你……究底是啥人？”

“伍挺举，你阿哥！”

“那……你在哪儿？”

“就在你屁股下面，棺材里。”

听到棺材，顺安“啊”地发出一声尖叫，欲跑，脚底发软，歪倒在棺材边上。紧接着，只听噼噼扑扑一阵响动，棺材盖子被人掀起，一个黑乎乎的人形探出头来。

顺安看得目瞪口呆，吓得魂飞魄散，两手撑在地上，话也说不出来，拼命朝门口爬。

“阿弟呀，”挺举深呼吸一口，“你这是存心闷死我哩！”

顺安这也听清爽了：“你……真是挺举阿哥？”

“早就告诉你了呀，”挺举走到他身边，蹲下，“摸摸看，是我不？”

“天哪，”顺安摸到他的头，长吁一气，“真的是你，吓死我了！”气力上身，站起来，“阿哥，你不是去鲁家了吗？”

“鲁老板不在，门房要我改日再去。”

“阿哥——”顺安一连遭遇两场虚惊，不免悲从中来，伏在挺举肩头呜呜咽咽地哭起来，“真没想到，我们在此地又见面了。”

“这叫想分也分不开哩。”挺举轻轻拍他，苦笑道，“这屋子里都是空棺，正好睡人。躺在棺里，盖上盖子，蚊子就叮不上了”。转身折腾一会儿，打开又一个棺材，把自己的包袱拿出来，垫上，钻进去，“睡吧，快到子时了。盖棺时错道细缝，否则闷气。”

顺安答应一声，安心地钻进棺里，亦将包袱枕在头下，盖上棺盖。

葛荔几乎是一路蹦跳地回到家里的。

堂上亮着灯，申老爷子端坐于堂侧的木榻上。老爷子从不睡觉，一到夜里就打坐，一旦进入定境，比睡死还沉，喊他不应，摇他不动。

“老阿公，”葛荔一股风般旋进门里，搂住他脖子，“介晚了，你哪能还没入定呀？”

申老爷子没有睬他，但上眼皮稍稍动了动。

葛荔叫道：“甭装了，我晓得你灵着哩，也晓得你是在等人，人家这不是回来了嘛。”

“你呀，”申老爷子睁开眼睛，“我这就要入定呢。”

“嘻嘻，”葛荔笑道，“小荔子不回来，你这心哪能定得住哩？老阿公，你这算算看，小荔子今晚遇到个啥人？”

“去赶大比的那个小子。”

“咦，你哪能——”葛荔惊呆了，愣一会儿，回过神来，扑哧笑道，“老阿公，这次你可失算喽！”

“失算就失算吧，老阿公入定喽。”话音落处，申老爷子的眼睑完全闭上。

葛荔晃他几下，见他不理不睬，摇头叹道：“唉，跟你这根老木头，真就是没啥好讲哩。”嘟哝几句，松手走到院子里，舀水洗梳。

挺举是被不远处的几声马嘶惊醒的。

挺举顶开棺盖，起身走到门口，望一眼，折回来，掀开顺安的棺材，拍拍他的头："阿弟，起来吧，日头一竿子高了。"

顺安这也爬起，摸摸头皮："乖乖，瞧这一夜过的。"

二人走到外面，放眼望去，眼前全是坟堆和墓碑，又看到一个类似牌坊的东西，上面写着"义冢"二字，皆吃一惊，方知他们是在公所的公墓旁边过了一夜。

不远处，许多人聚作一堆，探头看向隔墙的院落，好像在议论什么，模样都很兴奋。

顺安急走过去，见他们全都躲在一个廊道口，头伸向院子里。顺安记起，远处的那座大门正是昨夜老人引他进来的地方。

顺安凑近一个年轻人，冲他笑笑，正要开口说话，年轻人朝他嘘一声："小声点。"

顺安点点头，嘴角努向那堆人，压低声："看啥稀奇哩？"

"大事体嘀！"

"什么大事体？"

"你是刚来的吧？"年轻人打量他一眼。

"是哩，昨晚刚到，这还没弄清爽南北东西哩。"

"晓得了。"年轻人指着院子两侧的雄伟建筑，"看到没，东殿是关爷殿，西殿是济元堂，今朝堂里要开公董会，阵势大哩！"

"公董会？"顺安愣了，"是些啥人？开啥公董会？"

"公董呀！就是咱这四明公所的所有公董，个个都是大阔佬呢！看，又来一个。"

话音落处，一身西装革履的鲁俊逸迈着大步从远处的大门口急走过来。有人迎上，将他让进旁边一座大殿。

"晓得这是啥人不？"年轻人小声问道。

顺安没有吱声。

"呵呵呵，"年轻人不无得意，介绍道，"我就晓得你不晓得。他就是茂升钱庄的鲁老爷，银子粗去了。再过几年，不定会超过查老爷子哩。"

“查老爷子是啥人？”顺安问道。

“哎呀，”年轻人急道，“你连查老爷子都不晓得，哪能在这上海滩混哩？这告诉你吧，查老爷子就是这公所的总理，润丰源总董，咱甬人里的老爷子，吐口唾沫就能把人淹死。这再告诉你，你在这公所里有吃有喝有住，全都是查老爷子恩赐的。”

“乖乖！”顺安咂巴一下嘴唇。

济元堂里，席次早已摆好。总理查敬轩缺席，主位空置，查锦莱坐在左侧上首，右侧上首又是空位，其他席位依次坐着祝合义、邱若雨、周进卿等十来个大佬。

鲁俊逸几步跨进殿门，站在那里看位置。

查锦莱起身迎上，拱手道：“俊逸呀，都到齐了，就等你哩！”

俊逸回过礼，朝众人连连抱拳：“俊逸迟来一步，抱歉，抱歉！”

周进卿等故意不给脸，把头扭向别处。

查锦莱扯他走到自己对面席位，指空位道：“俊逸，坐。”

俊逸见到是个首位，惶恐道：“锦莱兄，这……我坐此地不合适呀！”

查锦莱不由分说，强行按他坐下，自己走到对面，与俊逸相对而坐。

所有目光尽皆盯向俊逸。

俊逸如坐针毡，脸上一阵阵火辣，正不知如何是好，锦莱连出两声咳嗽，把场上注意力吸引过去。

“诸位仁兄，”查锦莱启开议题，“家父有事体，四明公董会由在下临时主持。人齐了，”看向祝合义，“合义，你来开场。”

“好吧，”祝合义扫视众人，“洋人修订《辛丑各国和约》，促进通商，工部左侍郎丁承恩大人奉旨与洋人约谈。洋人抱成团，早就拟好成规，我据何而谈，却是众说纷纭，难成公议。丁大人奏过朝廷，责成我等组织各商帮行会，成立一个统一的商会，形成合议，好据此与洋人商约……”

“祝合义，这事体大家全都晓得了，绕这么多弯弯做啥？”周进卿不耐烦地打断他，看向查锦莱，“锦莱兄，我喜欢开门见山，老爷子是何说辞？”

“家父吩咐，此番成立商会，关系到我宁波商帮的未来大计，不可等闲视之。”查锦莱拿出丁大人书信，“此为丁大人写给家父的亲笔密函，函中讲，设立上海商务总会是老佛爷懿旨，工部核准，上海道[①]监察，具体由家父统筹，总章程也由家父起草。家父要求我等议个大要，点名俊逸担任记录，形成文案。”

见查老爷子如此器重俊逸，众人再把目光射过来。

俊逸取过纸笔，笑道：“既是老爷子安排，在下也就献丑了。大家请动议吧，在下做临时书记。”

“我放头炮。”周进卿亮开大嗓门，“虚话少讲，老爷子既有交代，我们就要朝实处砸。以我浅见，可以仿照洋人模式，设总董、议员、会员三级，会员选议员，议员选总董，总董选总理。”

查锦莱问道：“总董设几人为好？”

周进卿应道：“五人足矣。”

“咦，”邱若雨怔了，“为啥是五人，不是六人？”

“你这呆子，”周进卿笑道，“如果投票，三人赞成，三人反对，岂不永远达不成决议了？”

众人皆笑起来。

“好吧，”查锦莱连连点头，“总董就定五人。议员几人合适？”

周进卿道：“不能超过十五人。”

“好，暂定十五人吧。”

“一个一个讲太费劲。”周进卿拿出一张纸，“该说的，我这都写在纸头上了，诸位慢慢看去。我这里只讲一句，在场诸位都是宁波人，我搁下一句话，过去的就算过去了，眼下是关键辰光，如果有啥人——”眼珠子瞥向俊逸，“胆敢吃里爬外，再跟其他商帮勾勾搭搭，坏掉老爷子大事，我周进卿跟他不共戴天！”

---

① 上海道：为清朝略高于上海县、松江府，低于江苏省的行政区划，其正式名称是“分巡苏松太常等地兵备道”。

邱若雨等就如事先商量好一般，一齐看向鲁俊逸。

显然，周进卿这些话是专门指向俊逸的。俊逸脸上一阵干辣，嘴唇连动几下，正要反击，坐在他下首的祝合义用脚尖踢他一下。

“呵呵呵，”祝合义拱手道，“进卿讲的是。关键辰光，我们四明一定要齐心协力，共成大业。不过，既然叫作上海商务总会，由我们独家拟定似是不妥。四明公所虽说在沪举足轻重，但在下以为，还是要广开言路为好。一些关键提案，尤其是名额确定，当由各商帮、各行会共同举人，集体议定才是。”

众人面面相觑。

“嗬，”周进卿眼珠暴起，“祝合义呀，我这话音还没落地，你这胳膊肘儿就要朝外拐哩！看来这四明公所里，存二心的人真还为数不少哩。我且问你，上海滩若是没有我们宁波商帮，还能叫作上海滩吗？丁大人凭什么让我们老爷子统筹，你这讲讲看！”

祝合义干着脸呵呵苦笑几声，看向门口。

“呵呵呵，”查锦莱赶忙摆手，“不瞒诸位，合义兄所言，也正是家父之意。不过，集体议定，也须有个依托才是。我们只是暂先议出公案，然后由家父召集各帮各会共同裁定，集体议决。”

中午到了，四明公所的膳食房开始供应午餐。午饭一荤一素，主食是米饭。荤菜是宁波人爱吃的咸黄鱼，素菜是清炒上海青，美味可口。

挺举、顺安各自领好饭、菜，走进所住的停棺房里，将饭菜盘摆在棺木上。

“阿哥，”顺安赞道，“没想到这午餐还不错哩。”

“是哩。”挺举应道。

“你晓得是啥人做的这桩好事体？”

挺举摇头。

“是查老爷子。我打探清爽了，在四明，查老爷子首屈一指，坐的是头把交椅。”

“我听说了。”

“那我问你，排在查老爷子身后的又是啥人？”

挺举摇头。

“就是那个姓鲁的。”

“呵呵呵，”挺举端起饭碗，将菜夹一些到碗里，“吃吧。”

“小娘比哩，方才饿极了，到膳食房摸了几块菜饼吃，这阵儿倒是不饿了。”

“那我就先吃了呀，”挺举说着吃起来，吃几口，放下筷子，“阿弟，你想好哪能办没？我们不会是一直留在此地吧？”

“啥人要留此地了？”顺安应道，“我又不是死人。”

“你这讲讲，是何打算？”

“方才有人给我介绍一个生活，我这还没回复哩。”

“什么生活？”

“到洋大人家里当佣人，月薪五块洋钿。”

“想去不？”

“不想。”

“为什么？”

“我打听了下，洋大人包吃不包住，如果租房住，这点钱就不宽松了，如果不租，我就得长期住到此地。这鬼地方实在……”

“哦。”

“再说，”顺安迟疑一下，“那生活也……太没意思了，听起来光鲜，实则是侍候人，另外，我听说那家洋大人的脾气不太好，没人肯去。”

“阿弟，”挺举笑笑，“甭多想了，还是跟我去鲁家吧。”

“我……”

“阿弟，”挺举劝道，“我晓得你聪明，眼界高，心劲大，莫说是侍候洋人，即使跟人学生意，也不会满足于当一辈子徒工。”

“是哩，”顺安应道，“在这世上，只有阿哥晓得我。”

“我晓得你，你却不晓得我。”

“阿哥，你讲，我哪儿不晓得你了？”

“就是去鲁家的事体。我这告诉你，我去鲁家，并不全为偿还那笔贷款。我的直觉是，鲁老板身上，有我们需要的东西。”

顺安长吸一气。

“阿弟，”挺举侃侃言道，“大丈夫立于世，既要天马行空，又要脚踏实地。行空可以看得远，踏地可以做事体。你这也看到了，鲁老板在沪经营多年，必定熟悉商情，精通商道，我们跟在他身边，就如天马行空啊。”

顺安不曾听过这个道理，完全被吸引住了。

“阿弟，”挺举接道，“出门在外，我们必须把过去的一切放下，我们也必须放下。科举之路既然不通，我们既然来到上海滩这个商埠之地，就当入乡随俗，踏踏实实学商营商，走经商济世之路。管子讲得好，仓廪实而知礼节，衣食足而知荣辱。实业报国，使民衣食无忧，亦不失我等此生所求啊。”

“阿哥，”顺安豁然开朗，两眼放光，旋即又黯淡下来，“我……不是放不下，是不能去鲁家。”

“为什么呢？”

“因为那个小夜叉！我和她……你晓得的，她一定记恨我。她骂我是小偷，我吐她一身血，算是结下血仇了，我这投奔她家，岂不是羊入虎口吗？”

“呵呵呵，”挺举笑起来，“阿弟想多了。那辰光场面混乱，小姐哪里记得清呢？再说，你眼下穿的是长衫，纵使小姐仍旧记着那事体，不也……”

经挺举这么一讲，顺安心里闪开一道亮缝，不再那么纠结，闷头思索起来。过有一时，顺安心头灵光闪过：“阿哥，我想到一个办法了。”

“讲讲。”

“阿哥讲得对，”顺安二目放光，“我眼下穿的是长衫，不是甫顺安了。我是另外一个人，我必须是。”

“另外一个人？啥人？”

“傅晓迪。”

“他……”挺举愕然，“他不是我……舅家表兄吗？”

“正是他。”

“可他……十多年前就夭亡了呀。”

“阿哥，”顺安的语气越发笃定，拳头捏起，给出一个全新的故事，“你记错了，傅晓迪没有夭亡。他大难未死，四处流浪，历尽千辛万苦，最终与阿哥同赴杭州贡院参加大比，这又一道来到上海滩，投奔鲁老板。”

挺举听明白了，长吸一气，缓缓吐出。

顺安神情紧张地盯住他：“阿哥，这事……成不？”

挺举眉头渐渐凝起。

顺安的新故事过于离奇，也过于大胆了。

“阿哥，”顺安急了，“我，傅晓迪，不做你表兄，只做你表弟。阿哥，我在此地向你保证，你永远是我阿哥，我永远是你表弟，我……这跟阿哥攀亲了。”

挺举的眉头仍旧挽着。

顺安扑通跪下：“阿哥——”

“唉，”挺举长叹一声，“阿弟呀，表兄表弟并不重要，没有人会去认这个真。我是在想，你这更名换姓，甫叔甫婶那里，哪能个交代哩？”

“阿哥，”顺安恨道，“你记住，从今往后，甭在我面前提到那个大烟鬼，也甭再提那个弹琵琶的娼伶，我跟他们二人不再有任何关系了。阿哥，我这再讲一遍，从今往后，我再也不是甫顺安了，我是傅晓迪，我世居宁波府余姚县傅庄村，我是阿哥娘舅的独养公子，历经劫难而未死。”

挺举倒吸一口冷气，由不得打个寒噤。百善孝为先，万恶淫为首。如此不孝之言，顺安竟然这般轻易地脱口而出，挺举惊呆了。

“阿哥，阿弟的命运这就捏在你的手心里，求你了！”顺安磕头。

挺举缓缓闭上眼去。对于从小就念“首孝悌，次谨信”的挺举来说，顺安的“灭亲”之求是不可接受的。然而，如果他不答应，顺安又该怎么办？挺举眼前浮出顺安在街上挨打的场景。是的，那个家庭给他的伤害实在太深，改换门庭不失为一条切实可行的摆脱之道。

顺安没再说话，只是不停磕头，一下，两下，三下……

“好吧，”挺举轻叹一声，“阿弟，我应下你了。”

## 第八章
# 筹建商会，甬粤两大商帮争雄

公董会上散发出来的别样气氛，俊逸自一进场就意识到了。俊逸甚至隐约觉出，这次会议在某种程度上是专门为他开的。

会议一直开到错晌午，大家总算就商会章程等基本条款达成共识，俊逸逐条记录，理出一个册子，在会议结束后呈送查锦莱。

众人纷纷走出。

俊逸最后一个出门，刚要跨出大殿门槛，身后传来一个声音："俊逸留步！"

俊逸回头，见是查锦莱招手。俊逸返回，跟随锦莱走进旁边查敬轩的总理室。

查锦莱让给俊逸一把椅子，自己在父亲的位置上坐下："俊逸兄，看你脸色，别不是还在生气吧？"

俊逸苦笑一声："没事体的，我有备而来。"

"这就好。"查锦莱也笑一下，"进卿这人，你晓得的，是个炮筒子，有口无心，肚子里存不住个屁，俊逸兄不可与他一般见识。"

"锦莱兄，"俊逸直入主题，"你这……可有事体？"

"是哩，有要事相托。"

"哦？"

"设立商会，旨在合议商约，应对洋人。家父已经定下了，由你起草一应文案。"

"我起草？"俊逸一下子紧张起来，"这能行吗？"

"呵呵呵，"查锦莱笑道，"你扳扳指头，在四明，你不行，啥人行？甭看进卿、若雨他们叽叽喳喳叫得欢，拿到场面上，还不都是土包子？"

俊逸笑笑。

查锦莱取出俊逸呈交的会议记录，又从抽屉里拿出一沓材料，一总儿推到俊逸跟前："这些你都拿去。"指着那叠子材料，"这是我近日理出的部分框框，供你参考，其中许多方才也都讨论过了。无论是商约还是章程，家父之意是，大处照顾全局，小处适当灵活，尤其是我画过圈圈的条款，你要酌情处置，甭让甬人吃亏就是。"

俊逸收起材料："我试试。"

"材料不足，你可另行查找。要参酌洋人商约，结合上海滩情势，理出具体措辞。丁大人说商约在即，总商会要尽快组建。时间紧迫，最好能于十日之内交付。"

"我尽力。"

俊逸怀揣一堆材料，满腹心事回到家里，屁股还没落座，齐伯拿着一张请帖过来："老爷，后晌有人寻你，说是洋行的江摆渡，这是他的名帖。"

俊逸拆开，溜过一眼，将名帖装起，拿起提包，对齐伯苦笑一声："是彭老板请客，我不得不去。待会儿吃饭，你对瑶儿解释一下，叫她不必等了。"

"好咧。"

齐伯安排好车马，送走俊逸，正要从大门口返回，遥遥望见两个人沿街边的梧桐树影缓缓走来。齐伯觉得一人面熟，就顿住步子，待他们走近，认出是挺举，亲热地迎上，亲手取下他背上的包袱。

见齐伯这么待见挺举，光头门房态度大变，殷勤地从齐伯手中接过挺举的包袱，又把顺安背上的包袱取下，一手一个，提往前院客厅。

齐伯礼让二人坐下，边沏茶水，边问挺举道："挺举，你去杭州大比，介快就考完了？"

"没有考成，朝廷取缔大比了。"挺举苦笑道。

"哦？"齐伯似吃一惊，"那你……哪能个打算哩？"

"我也不晓得，这来上海看看。"

齐伯点点头，忖道："怪道老爷要我收拾房子，说有客人来，想是他早就晓得大比取缔的事，客人必是挺举了。"

齐伯沏好茶，顺安眼快，起身端过，给挺举一杯，另一杯双手递给齐伯。

齐伯推道："这是给你俩喝的，我有水杯。"从几案上拿过一只紫砂壶，把壶嘴含进口里，望着顺安，"小伙子，你是——"

"我叫傅晓迪，"顺安自我介绍，指挺举，"挺举是我阿哥，挺举姆妈是我姨妈。"

"呵呵呵，"齐伯笑道，"这么说来，你俩是姨表了。"

"是是是，"顺安连说几个是字，猛一想不对，赶紧校正，"也不完全是。我阿爸是挺举阿哥的阿舅，我们该是舅表，嫡亲哩。"

"好好好，请喝茶！"齐伯让过茶，自己也喝一口，正要问挺举些事体，外面一阵脚步声响，碧瑶与秋红一前一后，风风火火地进来。

鲁家人中，顺安最怕的就是小姐。尽管来前已经做足准备，但在真正面对时，顺安心里仍旧发慌，强力使自己保持镇定。

见厅中坐着两个小伙子，碧瑶、秋红俱是一惊，圆睁杏眼盯住二人。

"小姐，"齐伯热情地介绍道，"来客人了，你认识的，是伍家的挺举。"

碧瑶不屑的目光直扫过来，掠过挺举，看向顺安。

碧瑶心里咯噔一声，两道目光紧逼过来，死死锁住他。

秋红也是一脸惊愕。

顺安晓得她认出了，如刺在背，极不自在，但此时顺安已无路可退，只有竭力保持镇定，把头略略转向一侧，给她半个脸。

"挺举，"齐伯转对挺举道，"这是碧瑶小姐。"

“在下见过小姐。”挺举起身，深揖。

碧瑶没有回揖，也没有睬他，又盯顺安一眼，想说什么，又吃不准，转向齐伯道：“齐伯，介晚了，我阿爸哪能还没回来哩？”

“小姐，”齐伯应道，“我正要讲给你哩。老爷后晌就回来了。屁股还没坐下，就有人下来请帖，说是有个彭老爷要请老爷商量事体。老爷要我转告小姐，晚上吃饭，不要等他。”

碧瑶点点头，拉上秋红，转身出门，到门口时扭过头，冲齐伯道：“齐伯，到我楼上来一趟，我有事体问你。”

“好咧！”齐伯抱歉地朝挺举二人笑笑，“挺举，晓迪，你们到这里就是到家了，自已招待自已，慢慢喝茶，我这去侍奉小姐了。”说完便跟在她们后面去了。

彭伟伦请客的地方是外滩黄浦公园旁边的一家西餐馆，叫西西弗斯。

餐馆是英国人开的。为体现档次，服务生包括门卫全是清一色的英人，没有印度阿三。客人多是洋人，莫说是寻常中国人，即使像俊逸这般有身份的，要想在门口看上一眼，也得看看门卫的脸色。

彭伟伦在此请客，可谓是给足了俊逸面子。

鲁俊逸、彭伟伦、马克刘呈品字形围坐在靠窗的一张圆餐桌边，桌上摆着西菜和洋酒，彭、刘轮番劝酒，不消半个时辰，鲁俊逸已经满面通红。

“老弟，”彭伟伦见酒差不多了，言归正传，“大哥请你来，一是喝酒，二是有一事相求。”

“彭哥呀，”俊逸舌头微微发僵，“没有你，就没有俊逸今日。彭哥有何差遣，尽管吩咐就是，何谈一个求字？”

“呵呵呵，”彭伟伦连连摆手，“老弟客套了。是这样，上海商界行将成立商务总会。承蒙丁大人抬爱，此会由大哥筹组。大哥虽通洋务，可笔头功夫差强人意，远不及老弟。商会一应章程，另有丁大人与洋人商约谈判的一应细要，大哥这想求请老弟主笔，不知老弟……”话头顿住，目光直盯俊逸。

见是这事体，俊逸由不得打个惊颤，酒也醒去大半，低头思忖应对。

“密司脱鲁，”马克刘脸色一沉，“连彭哥这张face（脸），你也不肯给么？”

“哪里哪里，”鲁俊逸连连拱手，“小弟拿德（no dare，不敢）。大哥欧德（order，吩咐），小弟欧比（obey，照办）！”

“俊逸，”彭伟伦从包中拿出一厚叠材料，“这是我拟定的部分条文，供老弟参考。”

鲁俊逸毫无退路，只好接过材料放进包里，算是正式应下了。

“OK，”马克刘举起酒杯，“good（好），come（来），drink（干杯）！”

“准克（drink）！”鲁俊逸举杯饮完，又倒三杯，起身道，“彭哥，马克兄，辰光不早了，在下不胜杯盏，今朝喝多了。”

彭伟伦、马克刘也不再多话，喝完杯中酒，送俊逸出来，目送他的车马渐去渐远。

“唉，”彭伟伦长叹一声，“我们这给俊逸出了一道难题啊。”

“彭哥，”马克刘有点惊愕，“我们这是抬举他，怎能说是出难题呢？”

“若是不出所料，查敬轩也该把这副担子压在他肩上了。”

马克刘先吃一惊，继而点头：“嗯，彭哥真是料事如神哪。方才观他face（表情），正是这般。”

彭伟伦道：“不是老哥料事如神，是那姓查的手下无人哪。”

“咦，”马克刘不解地望着彭伟伦，“彭哥既已料到，为何还让姓鲁的来写？天底下哪有一人支二差的理？”

“老弟呀，”彭伟伦脸色凝重，“我们与甬人这一搏，俊逸是凯曼（key man，关键人物）。俊逸一向与我们走得近，可身为甬人，俊逸又不能不为四明出力。姓查的如果得到俊逸助力，我们就无胜算了。”

“是哩，”马克刘连连点头，“彭哥算是把话头搁给他了。他那点儿洋行生意，多是彭哥引见的。要是此人不识相，他的生意也就come to end（做到头）了。”

“不瞒你说，我让他草拟这些东西，正是要他多个掂量。对了，你们怡和洋行不是有笔生意吗？”

“是笔大单子。彭哥放心，有小弟在，没有人敢与善义源争。”

“把这单子放给俊逸吧。”

“放给他？”马克刘张大了口，“彭哥，少说也有五万两啊！”

“你呀，”彭伟伦笑道，“舍不得娃子，套不住狼。似你这般小气，何能成就大事体？再说，给他也只是个意向嘛。能不能做成，还要看这姓鲁的有否诚心。”

“是是是，”马克刘心领意会，“听彭哥的。”

鲁俊逸确实喝高了。

晕晕乎乎地回到家里，下车时又经风一吹，俊逸陡觉一阵恶心，赶忙跑到花园边，蹲在地上干呕几下，什么也没吐出。俊逸晓得个中厉害，狠下心来，将指头伸进喉咙，倒腾没几下，呕出一堆秽物，顿觉畅快一些。

俊逸上楼，正在书房里闷坐，外面楼梯声响，有人走上来。

“老爷，”齐伯端着一碗凉开水，推门进来，“漱漱口。”

俊逸接过碗，漱几下，吐进废物桶里，将剩下半碗水咕嘟几声全部喝下，放下碗，长叹一声，再次闷在那儿。

“老爷，哪能喝介多哩？”齐伯轻声问道。

俊逸朝他苦笑一声，依旧闷坐。

“有啥事体不顺心了？”

“是哩，”俊逸长叹一声，“遇到大坎了。”

“多大个坎？”

“算是天大吧。”俊逸一脸苦相，“齐伯呀，不瞒你说，茂升钱庄是死是活，俊逸此生是荣是辱，全都堵在这道坎上了。”

“哦？”齐伯心里一揪，老眉结成两团。

俊逸再次苦笑：“不讲这个吧。瑶儿睡没？”

“怕是没呢。她一直守望着你，方才还听到她与秋红说话来着。”

“唉，这孩子！”鲁俊逸轻叹一声，缓缓起身。

二人下楼，走到院里时，齐伯压低声道：“老爷，迎黑辰光有客人来了。”

“哦？”俊逸略略一想，“是挺举吗？”

“是哩。和他同来的还有一人，差不多年岁，说是他舅表弟。”

“人呢？”

“没候到老爷，我安排他们先去歇了。”

“安置哪儿了？”

“后院里。”齐伯应道，“前几日你说有男眷来，要我腾个房间。我估摸这个男眷是挺举，就又加张床，让他俩暂去歇了。如果老爷另有安排，明朝再换。”

“没啥安排了，”俊逸的心思显然不在这里，有点不耐烦，“就让他俩住吧。”

在楼下别过齐伯，俊逸走上闺楼。

楼道里漆黑一团，没有一丝声响。俊逸以为碧瑶睡去了，长吁一气，正要拐向自己寝处，啪的一声，闺房的电灯亮了。紧接着，穿着睡衣、光着脚丫子的碧瑶欢快地大叫一声“阿爸——”，冲出房门，一头扑进他怀里，双手勾牢他的脖颈。

“瑶儿？”俊逸抱起她，半是嗔怪道，“介晚了，哪能还没睡呢？”

“阿爸，”碧瑶嗲道，“人家这不是在等你吗？阿爸，你哪能介晚才回来？想死瑶儿了。”

俊逸把她抱回房里，放到床上，盖上被单，坐在她的床沿，轻轻拍道：“阿爸有事体呀。”

碧瑶夸张地连嗅数下：“阿爸，你喝酒了！”

“是哩，威士忌。”

“啥是威士忌？”

“是种西洋酒，烈着哩。瑶儿，快睡吧，这都小半夜了。”

“哦，”碧瑶点头，“怪道酒味冲哩。”

“瑶儿，睡吧，这都大半夜了。”

“阿爸，我这求你个事体，你应下了，瑶儿立马就睡。”

“你讲。”

“天一黑，你就得回来，甭让瑶儿苦等。”

“这……”俊逸苦笑一声，“阿爸还有应酬呢，事体多呀。”

“不嘛。”碧瑶翻身坐起，勾牢他的脖子，嗲道，“瑶儿要你天一黑就赶回来，你得保证。”

“好好好，”俊逸没辙了，“阿爸保证。好了吧，乖乖躺下，快睡。”

碧瑶满足地躺下，不一会儿，就在俊逸的轻拍下打起甜蜜的鼾声。

望着女儿甜甜的脸蛋，俊逸轻叹一声，拉灭电灯，摸着黑，小心翼翼地走向前楼自己的房间。

翌日，早饭过后，齐伯领着挺举、顺安走进前院客堂。

早在等候的俊逸起身迎道：“不好意思，昨天回来得太晚，慢待二位了。”

“鲁叔客气了。”挺举拱手道，“是晚辈不期而至，冒昧打扰。”

“呵呵呵，”俊逸笑道，“一点也不冒昧。鲁叔算准你近日要来，两天前就把房舍为你备下了，不信你问齐伯。”

“咦，”挺举大是惊愕，“我来与不来，鲁叔哪能晓得哩？”

“实话告诉你吧，鲁叔早在两个月前就已晓得朝廷取消科举的事体了。科举的路既已堵死，来上海跟着鲁叔干是摆在贤侄前面的现实大道，贤侄是聪明人，不会看不明白。”

“鲁叔，”挺举仍旧没缓过来，“你既已知晓，为何没对我吐露半个字哩？”

“这个嘛，”俊逸呵呵又笑几声，“是我有意没讲。不是鲁叔存心要贤侄白走一趟，而是贤侄与常人不同，走一趟会有走一趟的益处。不见黄河心不死嘛。”

俊逸的言外之意显然是指挺举一家的科举情结，挺举听得明白，微微点头："是哩，晚辈走这一趟，确实见到黄河了。"

"见到就好。"俊逸笑了，"贤侄此来，可有事体要鲁叔帮忙？"

"晚辈是来还贷的。"

"哦？"俊逸身子倾前，"那点洋钿你没有花，这全带来了？"

"不是。我花光了。"

"哦。"俊逸吁出一气，朝他点下头，看向顺安，佯装不知，"客人是……"

"回禀老爷，"顺安深鞠一躬，拱手道，"晚辈傅晓迪，余姚人氏，挺举姆妈是我嫡亲姑妈，挺举是我嫡亲表兄。晚辈与表兄为同科生员，前几日共赴大比，本欲一展宏图，不想科场取缔，前路渺茫。闻表兄投奔老爷，晚辈相随而来，欲求老爷指引生路。"

俊逸眯起眼睛，将他上下一通打量。

顺安微笑以对。

"嗯，"俊逸点头道，"眼下倒是需要人手。你有何特长？"

"敢问老爷，你需要何种人手？"

"不拘一格，但凡人才，尽皆欢迎。"

"老爷既有此说，"顺安再次拱手，侃侃言道，"晚辈就毛遂自荐了。晚辈饱读诗书，精通算学，颇爱账务，记性超强，亦通权变，待人接物略知礼数，不知算不算人才？"

顺安如此言语托大，倒让俊逸吃一大惊，眯眼盯他一阵，爆出一声朗笑。

顺安晓得他笑的是什么，依然保持镇定。

"照你这讲，"俊逸敛起笑，言语揶揄，"当是难得一遇的大才喃。"转对齐伯，声音洪亮，"齐伯，给这位大才请只算盘！"

齐伯拿来算盘和一个账本，摆在顺安面前。

俊逸指给顺安道："你把账簿上的所有数字，从头至尾加一遍，打总儿报我。"

"好咧。"顺安双手接过账册与算盘，摆开姿势，两眼盯住账本，一手翻页，一手在算盘上翻飞，待页码翻完，合上账本道，"回禀老爷，账册上打总儿是四百五十七两七钱。”

俊逸震惊了，看向齐伯：“齐伯，对不？”

“一丝儿不差。”齐伯微微点头，看表情亦甚惊异。

俊逸不可置信地盯住顺安，良久，点头道：“嗯，果然是大才嘛。”

“雕虫小技而已，”顺安应道，“请老爷再试。”

“不必试了。”俊逸的心思不在这里，摆摆手道，“晓迪，你既是挺举嫡亲表弟，就不必叫我老爷了，也叫鲁叔吧。”

顺安跪地叩道：“晓迪叩拜鲁叔，谢鲁叔抬爱。”

“不必客气，起来说话。”

顺安起身。

“晓迪，”俊逸沉思有顷，问道，“鲁叔这里有行铺和钱庄，你想去何处学艺？”

“回鲁叔的话，”顺安不假思索道，“若是鲁叔不嫌弃，不肖侄愿去钱庄。”

“这……”鲁俊逸迟疑一下，“好是好，但钱庄有个规矩，凡是进庄当学徒者，须有保人担保。你可有保人？”

顺安拿眼角瞟向挺举，显然是向他求助。

“请问鲁叔，”挺举接道，“晚辈可否为顺……晓迪作保？”

俊逸笑笑，摇头道：“按照钱庄规矩，保人不仅要有声望，且得与钱庄有关联，或为大股东，或为大客户，与钱庄盛衰相依，荣辱与共。这且不说，如果被保人出现重大失误或卷款私逃，保人必须代为偿还所有亏欠。”

“这……”挺举面露难色，“鲁叔，我与表弟刚到上海，举目无亲，如何去寻保人？”

“这样吧，”俊逸略加思忖，“晓迪既是贤侄表弟，就由鲁叔作保。”

顺安绝处逢生，扑通跪下，连连磕头，泣不成声：“晓迪叩……叩谢……鲁叔成全！”

“起来吧，”俊逸朝他摆摆手，转向挺举，“晓迪欲至钱庄学艺，贤侄欲去何处？”

“晚辈未曾想过，”挺举应道，“晚辈既为还贷而来，晚辈之身，当由鲁叔支配，晚辈做何事体，亦当悉听鲁叔安排。”

“贤侄既如此说，”俊逸微微点头，“鲁叔也就不客气了。贤侄是大才，鲁叔不可小用。除钱庄之外，鲁叔这里另有两家绸缎庄、一家布行、两家当铺、一家谷行、一家颜料行、一家杂货铺、一家食品店和一家五金店。”略顿一下，加强语气，“这些行铺尽皆赢利，只有谷行亏损，眼前也最缺人。”

俊逸言外之意，挺举自然听得明白，当即应道：“如蒙鲁叔抬爱，晚辈愿去谷行。”

“其他行铺也都需要人手，贤侄大可不必勉强。”俊逸干脆把话头堵死。

“就谷行吧。”挺举语气坚定。

“贤侄可想清爽了？”

“晚辈想清爽了。”

“挺举，”齐伯长吸一气，老眉皱起，紧盯挺举，“你再想想，你是读书人，不懂五谷呀。”

“谢齐伯关切，”挺举朝他拱拱手，“晚辈此来本就是做徒工的，不懂正可习练。”

听挺举讲出这般硬气话，俊逸不由一震，冲他微微点头：“好吧，既然贤侄坚持，鲁叔就随你的意。”看下手表，转向齐伯，“齐伯，辰光不早了，你陪挺举去谷行，我带晓迪到钱庄去。”

一是离钱庄只隔几条街道，二是想给顺安留个深印象，俊逸就没叫车马，徒步而去。走过两个街道，俊逸心里有事，步子越迈越快。

“鲁叔……”顺安小跑几步，跟上去，仰脸望向俊逸，欲言又止。

“啥事体？”俊逸缓下步子，心不在焉。

“小侄真不晓得哪能个谢你哩。”

"为何谢我？"

"我……"顺安迟疑一下，"小侄初来乍到，跟鲁叔非亲非故，鲁叔一见面就……收留我，重用我，这又亲自为我作保，鲁叔这份大恩大德，我……"声音略略哽咽，"这辈子做牛做马，怕也报答不完了。"

"晓迪呀，"俊逸拍拍他的肩，"你想多了。你是人才，你来是帮鲁叔做事体的，要讲谢，是鲁叔该要谢你才是。"

"鲁叔，"顺安哽咽出声了，"你讲出这话，晓迪更是不敢当哩。鲁叔，晓迪没有别的本事，只有心诚。小侄既投鲁叔，这一百多斤打总儿就是鲁叔的。鲁叔指向哪儿，小侄打向哪儿。有成绩是鲁叔的，如果有啥过失，小侄一力担当，绝不会给鲁叔添麻烦。"

俊逸盯住他，见他这般表白，倒也感动，微微点头："难得你有这份心哪！晓迪，你放心，鲁叔心里有杆秤，只要你肯好好干，鲁叔是不会亏待你的。"

说着话，二人已到钱庄。

生意甚是闹猛，在柜台窗口前排队的客户足有五六十人。

顺安为钱庄大门的庄严气势所震撼，站在街上惊叹不已。

"晓迪，进来吧！"鲁俊逸向他招手。

茂升钱庄共分三进院子，靠街的是第一进，为大厅、柜台、客户接待等营业场所，中间一进是守护甚严的银库，后面一进是钱庄经理等的办公室，称为后堂。

听到他们进来，协理老潘迎上来，瞄顺安一眼，走到俊逸跟前，压住内心的兴奋，悄声道："老爷，大生意来了。"

"哦？"俊逸目光征询。

"是洋人的。"老潘接道，"大英怡和洋行江摆渡马克刘一大早就把庆泽叫走。方才庆泽捎来准信，说怡和洋行有心跟我们合作一宗大生意，估计不下五万块洋钿。庆泽粗算一下，我们少说可赚一万多。倘若五万洋钿再存入我们庄上，一年下来，又是不少息银。"

听到是马克刘，俊逸非但没见惊喜，眉头反而拧紧了。

老潘颇为诧异："老爷，你这是……"

“好好好，”俊逸摆摆手，勉强挤出个笑，“有生意是好事体。老潘，来，给你介绍个新人，是个才子。”冲顺安招手。

顺安近前一步，朝老潘深鞠一躬。

俊逸指着顺安对老潘道：“这是傅晓迪，余姚人，前科生员，本要进举的，科场取缔了。”转对顺安，“晓迪，这是潘协理。我不在时，钱庄大小事体皆由潘协理操持。”

顺安再次鞠躬：“晚生傅晓迪拜见前辈，敬请前辈多多指教！”

“嗯，”老潘审他几眼，点头道，“像个秀才。啥人是你保人？”

“就写我吧。”俊逸接道。

老潘不再问话，拿出一张白纸，递给顺安，指指旁边信房：“你先到信房，那里有纸墨，把你的身世、经历等写出来，写三代就行了，写好后过来寻我。”

顺安谢过，走进信房。

“老爷，”老潘压低声音，“你想让他从何处做起？”

“听你的。”

“洋行生意越来越多，庆泽忙不过来。老爷既然相中晓迪，就让他跟着庆泽做跟跑吧。”

“你安排就是。我有点事体，先走一步。”俊逸没有进屋，转身匆匆走了。

见俊逸此来仅为介绍顺安，且对五万洋钿的大单生意没有喜感，老潘甚是纳闷，正在房中眯眼琢磨，顺安拿着一张写满履历的纸头走出信房，双手呈送老潘。

“晓迪呀，”老潘看完履历，点点头，脸上眯起笑，“怪道老爷看中你哩，原来是世代书香，祖上还进过举哺！”

“回禀前辈，”顺安朗声说道，“祖上是祖上，晚辈是晚辈。到这钱庄里，晚辈是一无所知，一切都得从零做起，晚辈恳请前辈从严要求，多多指点。”

“好小伙子，”老潘冲他又点一下头，“你有这股心劲，我就放心了。不瞒你讲，我们钱庄在上海滩是数三数四的，不是谁想来就能来。

老爷亲自为你作保，在钱庄是头一桩。你是生员，起点高，我安排你跟着徐把头做跟跑。我们钱庄共有八大把头，徐把头是跑街把头。跑街是钱庄的对外门面，庄里大小生意，全仗跑街一力张罗哩。”

顺安深揖一礼：“晚辈叩谢前辈关照！”

“关照归关照，”老潘接道，“规矩还是要讲的。你在此地是徒工，须得拜师。如果你不介意，可以拜我门下，得空我们依照行规，过个拜师礼。徐把头也是我徒弟，行过礼，你们就是师兄弟了。”

见潘协理一开口就收留自己为徒，顺安既受宠若惊，又感激涕零，当下扑通跪地，连磕三个响头，声音哽咽：“师……父……”

茂平谷行位于老城厢偏西北的米粮街上。米粮街就是所谓的上海粮市行，满街都是做批发生意的大中型粮行，面街是正门，背后是河浜，岸上立有码头，方便粮船上下货。

跟其他米粮行相比，茂平的位置与门面不是最好，却也绝不算差，至少从外表看，店面相当阔绰，大门两侧还矗立一对壮硕的石猫，据说是俊逸让安的。

阔绰只是外观，任何破败总是在内的。齐伯与挺举一进店里，就被眼前的一幕震撼了。

柜台上摆着一只酒碗，一个掌柜打扮的中年人一身酒气，正将一个伙计模样的按在柜台上，扬起巴掌痛揍。大门口站着许多看热闹的人，一个劲起哄。

细看下去，这场景甚至带着几分幽默，因为掌柜的巴掌扬得极高，落下来却是不重，似乎带有表演性质，就好像家长在教训调皮的孩子一般。更有趣的是，那掌柜打一下，就会腾出手，慢悠悠地端起酒碗，仰脖子喝一口，放下碗，再打一下，再端酒碗，再喝。伴随打的动作是骂，每次只骂一句，骂得抑扬顿挫，富有乐感，且句与句并不重复，每三句构成一个循环，骂词是：第一句，“打死你个小赤佬！”第二句，“打死你个小娘比！”第三句，“打死你个小瘪三！”骂完一个循环，就又从头骂起，开始第二个循环。

每完成一个循环，看热闹的人就会哄笑一次，鼓励他再来。

被按在柜台上的小伙计既不还口，也不挣扎，只将两手抱牢一只小木箱子，把大半个箱子压在身下。

那掌柜的正打得起劲，齐伯黑着脸走过去，一把捉住他的手腕，用力一握，疼得他龇牙咧嘴，未及发作，齐伯朝前一拉，朝后又一推，摔他一个仰八叉。

看热闹的人再次发出哄笑。

齐伯回身，黑起脸，朝众人重重咳嗽一声。众人识趣，纷纷散去。

“小伙子，”齐伯回身拉起那个伙计，“你哪能不躲哩？”

“不能躲呀。”小伙子仍旧抱着怀里的小木箱，“店里就剩这点儿本钱了，我一走，马掌柜就都拿去赌了。”

“唉，”齐伯转向倒在地上的掌柜叹道，“振东呀，你这毛病哪能不改哩？多了多赌，少了少赌，一直赌下去，多少家业禁得住你折腾？”

马振东一骨碌爬起，梗起脖子指点齐伯：“鲁俊逸的家业大着哩。我赌这点儿只是小钱，于姓鲁的不过是九牛一毛！”

“振东，你晓不晓得，鲁老爷一天到晚为你头疼。”

“嘿，”马振东哼出一声，“他为我头疼，我为啥人头疼来着？齐老头，我这问你，姓鲁的家业是打哪儿来的？没有我马家，鲁俊逸这辰光不定在哪儿卖死蟹哩！我家对他恩大如山，他又是哪能个对待我家的？你问问他，我阿妹是哪能个没的？我……我婆娘又是哪能个没的？”越说越气，脸膛涨得紫红。

“振东，你……”

“你个什么？”马振东爆出一声狂笑，“我真不明白，连姓鲁的也睁只眼，闭只眼，不管不问，你个外来的老头子瞎起哄个啥。你算老几？不过是姓鲁的一条老狗，汪汪汪，汪汪汪，才来上海滩几日，就整天价日地叫唤，吵得我这耳朵疼！”

“你——”齐伯气得手指打哆嗦，冲上去就要揍他，吓得振东连退数步，逃到门外。

“老家伙，给钱！”见齐伯不追了，马振东欺进一步，一脚踏在门槛上，做出一副赖皮相，伸出手道，“我晓得今朝你带银子来了，不给钱就想打发老子，没门儿！”

齐伯全身发颤，伸进衣袋掏摸一会儿，掏出两块银元，啪地扔在地上。马振东弯腰拣起，放到口边吹几下，走到柜边拿起酒碗，得意地打出几声呼哨，扬长去了。

见他走远，齐伯这才回过神来，从伙计手里要过木箱，打开，见箱中只剩几块银元和一些零碎铜钿了，长叹一声，对挺举摇头苦笑道：“挺举呀，看到没，这就是你要来的谷行了。”

挺举显然没有预料到是这场面，一脸庄重。

“此地原有不少伙计，多让马掌柜赶跑了，眼下就剩这个小伙子了。”齐伯指小伙子道。

“兄弟，好样的！”挺举走到那伙计跟前，朝他深深一揖，“我叫伍挺举。”

伙计鞠躬还揖道：“我叫阿祥。”

# 第九章

# 伍挺举一语解开鲁俊逸心结

从钱庄里出来，俊逸要来马车，直驱祝合义家。上海滩上熟人虽多，但在关键辰光能够一吐心事的，他也只有这个朋友。

见俊逸脸色阴沉，合义扑哧笑了："瞧你这副脸色，不会是仍在为昨天的事体憋屈吧？"

昨天的事体，显然是指在四明公所召开的那个总董会。

俊逸苦笑一下："讲起那事体，真得谢谢你哩。"

"谢我做啥？"

"要不是你替我挡一枪，周进卿他们，还不把我……"俊逸止住了。

"呵呵呵，"合义笑道，"你也甭在意嘛。那人是个二脚踢，一点上就炸，一炸就蹿上天，你该晓得哩。"

"唉，"俊逸长叹一声，"祝兄哪，我不是在意他姓周的。我跟他一道玩尿泥长大，还能不晓得他有几斤几两？我在意的是，昨天那个局是有意设给我看的。老爷子对我横竖不放心哪。"

"是哩，"合义承认道，"你一直吃粤人的饭，大家都眼红哩。"

"唉，"俊逸又叹一声，"前些年，我也是穷怕了，只要是生意就做，从来没往别处想。没想到做生意做出麻烦来。在老爷子这里，我跟粤人走得近。在粤人那儿，我又是个甬商，靠不住弦。"苦笑，"我这是老鼠钻进风箱里，两头受气哩。”

“呵呵呵，”合义打趣道，“你两头受气，也两头得济呀。想想看，粤人的钱你能赚，甬人的钱你照样能赚，这叫什么？这叫左右逢源。这辰光不仅仅是左右了，连泰记也往你这庄里存钱哩，这说明啥？说明丁大人——”

“合义兄，”俊逸连连摆手，一脸苦相，“你就甭再挤对我了，眼下我就如一块咸鱼，这被架在火上，正面反面都在烤哩。”

“哦？看这样子，遇到难事体了？”

“是哩。不瞒你讲，昨日散场，锦莱留住我，要我草拟商会章程及商约细则，说是老爷子的吩咐。昨日傍黑，彭伟伦请我吃饭，交给我的是同一个活儿。”

合义不再打趣了，凝眉沉思许久：“嗯，还甭说，真就是步死棋哩。”

“说的就是这个。”俊逸摇头道，“合义兄，昨晚我是一宵没合眼，盘来算去，真正没招了，这来求你拿个主意。”

“俊逸呀，”合义安慰道，“说是死棋，也不是完全死。是屋就有门，是门就有锁，是锁就有钥匙，至于这钥匙究底在哪儿，我们这得慢慢寻，是不？”

俊逸晓得合义也拿不出好主意了，嘴巴连动几动，叹出一声：“是哩。”缓缓起身，“合义兄，你就帮我慢慢寻吧。我这也回去，求求观世音去。”

俊逸回到家里，走进香堂。

香堂在二楼，紧挨他的书房，是俊逸静修之处。香堂上供的是尊白玉观音，是他特地从普陀山请来的。香堂里点着长明灯，供香一支接一支，一年到头从未断过。

俊逸在香案前盘腿坐下，微微眯眼，看向观世音的玉像。案上香云缭绕，观世音手拿净瓶，慈悲地向他微笑。

说也奇怪，无论何时，只要看到观世音母亲般的微笑，俊逸的心神就会安顿下来。

此时此刻，俊逸需要的就是安神。俊逸一动不动，两眼眨也不眨地紧盯观世音的脸，纷乱的思绪也渐渐安顿。

俊逸在香堂里一直坐到天色将黑，仍旧没有理出头绪。

晚饭辰光，齐伯上楼，缓缓走进香堂。

“老爷，”齐伯小声道，“你这坐有大半天了，中饭没吃，晚饭也都凉了。”

“哦？”俊逸睁开眼，“啥辰光了？”

“黑定了。”齐伯试探着问，“看这样子，想必是老爷仍在愁苦那道坎吧？”

“是哩。”俊逸指着旁边的蒲团，“齐伯，坐。”

“还是站着畅气。”齐伯挪下脚，站到俊逸的正对面，“老爷，是道啥坎，能否讲讲？”

“工部左侍郎丁大人欲与洋人商约，责令上海工商各界成立商务总会，议定商约细则。查老爷子吩咐我拟出一个利于甬商的细则草案，作为甬人，我只有从命。让我为难的是，就在昨晚，善义源老板彭伟伦请我吃酒，同样要我拟出一个利于粤商的草案，你说这……”俊逸长叹一声，打住话头。

“自古迄今，”齐伯沉思一会儿，半是自语，半是点拨，“水来土掩，兵来将挡。破五关，斩六将，可用关公。谋划筹策，动笔弄笺，老爷何不问问孔明呢？”

“孔明？”俊逸陡然意识到他意有所指，心里一动，眼里闪出亮光，表面却显得漫不经心，“对了，挺举去谷行，有啥事体没？”

“还好吧。谷行只剩一个伙计了，挺举一去就开始忙活，与那伙计在打扫整理呢。”

“他……没讲什么吧？”

“没有。”齐伯心里也存一事，就势点白，“老爷，问句不该问的，你让挺举到谷行，却让晓迪进钱庄，是不是——有意为之？”

“这……”俊逸略略一怔，搪塞道，“你哪能这般想呢？不过，事体确实有点遗憾。我本想让他也到钱庄历练，还打算亲自收他为徒呢，不料他自己选中谷行，你讲这……”

显然，俊逸并没有讲出心里话。

齐伯听得明白，就坡下驴：“老爷，要是这讲，我再跟挺举谈谈。挺举是个大才，那处地方，不是他该待的。”

“这个，不急吧。”

“老爷？”

“齐伯，”俊逸摆摆手，把他的话头堵死，“这事体不必多讲了。既然是他自己选的，就该让他试试。大江大河也得从一眼泉水起步，连一桩小事体也做不好的人，如何能称大才？”

见俊逸铁定心了，齐伯不好再讲什么，只好说道：“若是老爷刻意历练，倒是另一说了。老爷，吃饭吧，小姐在下面等呢。”

“哎哟哟哟，”俊逸起身，龇牙咧嘴，“这腿……麻死了。”

挺举、顺安合住一房。房间不大，两侧靠墙处各摆一张小床，中间是个过道，两张床头之间，只能摆放一只书桌。顺安是加床，自也不好争，主动提出让给挺举，挺举笑笑，说是公用。

上工第一天，打烊之后，见谷行并没特别之事，挺举就提上一摞子账册回到鲁府，在书桌上坐下，将账册摆在桌上，点亮油灯，正要翻看，猛又想起什么，拿出齐伯备下的纸墨，提笔写起来。

挺举正在埋头书写，顺安挎着钱庄为他新制的跑街包回来，一到房中，就迫不及待地在挺举眼前左边挂挂，右边挂挂，浑身上下洋溢出一股说不出的兴奋。

挺举笑笑，扭过头继续写信。

“阿哥，”顺安猛然想起什么，嗵地扔下挂街包，走到挺举身后，“你在做啥？”

“写信。”

顺安打个愣怔：“是写给你姆妈的吗？”

“是哩。我得讲清爽科场取缔的事体，让她上坟告诉阿爸一声。”

“阿哥，你……讲到我没？”顺安急切问道。

“呵呵，正要讲呢，你姆妈一定会问的。”

“阿哥，你不能讲！”

“这……”挺举眯起眼睛，“你跟我一道出来，我这写信回家，你姆妈哪能不问呢？你姆妈问起，我姆妈哪能讲哩？”

“阿哥，你得这样讲！”顺安略略一想，“你就说，你不晓得我在哪儿。一到上海，你就与我走散了！”

“这哪能成呀！”挺举笑了，“要是你没个下落，你姆妈一定会寻到上海来。”

“这这这……”顺安这也急了，又想一时，“你这样讲，你就讲我跟着姓陈的到日本去了。姓陈的是啥人你晓得的。你就说你死活拦不住我，就说我被革命党迷住了，一定要去，打个转就寻不到人了！”

“这……”挺举现出难色。

“晓迪求你了！”顺安扑通又跪下来，“你一定得这样讲。你要让我姆妈死心，在这世上，就她烦人！”

挺举长叹一声，闭上眼去，良久说道：“阿弟，你这个话儿，恕阿哥不能传送。你实意想讲，就自己写封信吧，你阿爸、姆妈也都识字，看得懂！”

挺举将笔与墨水朝桌边一推，将写成一半的纸头放进抽屉，腾出位置，顺手拿出一本账册，躺在床上看起来。

顺安正在琢磨如何处置，外面传来脚步声，直冲他们的小门。顺安赶忙站起，刚刚在桌边坐定，半开半掩的房门已被推开，俊逸咳嗽一声，大步走进。

“鲁叔！”见是俊逸，顺安吃一大怔，迎上前去，哈腰深鞠一躬。

“呵呵呵，”俊逸将他上下一番打量，笑道，“挂上跑街包了！”

顺安这才意识到新包仍旧挎在胸前，稍显尴尬，赶忙取下挂在衣架上：“鲁叔，小侄这刚回来呢。”拉过椅子，“鲁叔，您请坐。”

“嗯，”俊逸坐下来，将他又是一番打量，“跑街是个门面活，仪表相当重要。你这套长衫有点土气了，赶明儿让你师父另置一件，从账房里支钱，人靠衣裳马靠鞍嘛。”

“谢鲁叔！”顺安连连拱手，有点受宠若惊，“鲁叔，我一定练好仪态，学会走路，学会说话。无论如何，我不能给鲁叔丢脸！”

“好好好，”俊逸转头看向挺举，“挺举，这在看啥哩？”

挺举朝他笑笑：“谷行里的账册，随便翻翻。”

“可否翻出个名堂？”

“我在琢磨这几句话！”挺举递过账册，翻到扉页。

俊逸接过来，见上面工工整整地写着几行楷字，“君子爱财，取之有道；利交天下，财通八方；买卖凭称，良心为砣；暴雨不可终日，暴利不可行久”，连连点头：“写得好哩。这是当年你马叔开谷行时写下的，你可慢慢领会。”

“鲁叔，”顺安凑到俊逸跟前，“晓迪和表兄都是书呆子，没历过事体，这来是向鲁叔学生意的，鲁叔啥辰光得空，当给我们多上几课才是！”

“呵呵呵，好呀，”俊逸顺势说道，“你们想听，鲁叔这就出道题嘀。”

“真的呀，”顺安兴奋道，“鲁叔快讲！”

“从前，”俊逸咳嗽一声，拉开架势，“某个地方有两个村落，一个是强村，一个是弱村。强村跟弱村做生意，弱村总是吃亏。弱村吃亏，是因为内部不和，总爱窝里斗，而强村却拧成一股绳。弱村的村长很生气，决定立个行会，统一管理对强村的贸易。村里能说上话的有三个家族，第一个姓张，是村长亲戚，管理村产，财大气粗，说一不二；第二个是王姓，开店放贷，人多势众；第三个是李姓，跟强村走得近，时常利用强村人强买强卖。”故意顿住话头，目光看过来，似在探询。

“鲁叔，”顺安急道，“题眼在哪儿？”

“题眼就在，”俊逸托出盘子，“村长委托张姓做这事体，张姓假作公道，不便自己出面，分别寻到王姓与李姓两家族长，要他们各自拟出商约协议。两家又不谋而合，将起草协议的事体放在一个秀才身上。”

“这题眼……”顺安故作夸张地抓耳挠腮，“我哪能听不明白哩？”

“这题眼是，”俊逸解释道，“王家与李家各有利益，是生意对头，关系一直不好。秀才姓王，与王家同族，王家族长要求他在写商约时偏向王家，可他又是李家女婿，老丈人也要求他有所偏袒。商约只有一个，秀才既要偏左，又要偏右。如果你们是秀才，该如何写这商约？”

“请问鲁叔，”顺安问道，“这个商约可是最终定稿？”

“当然不是。商约要交给全村人讨论，最终由张姓定板。”

“鲁叔呀，”顺安略一思忖，抢头功道，“要是这说，小侄可就破题了唡。那秀才眉头一皱，计上心来，当天晚上，一式写就两份商约，一份偏向王家，交给王姓族长；一份偏向李家，交给李姓族长。反正是要讨论的嘛。”

“挺举，”俊逸不置可否，转头看向挺举，“如果你是秀才，也这样写不？”

“请问鲁叔，”挺举问道，“该村是否只有这两个家族？”

“不是。家族多去了，大大小小几十个，还有众多散户，杂如牛毛哩。”

“这个商约规则，是否只需照顾这两家，罔顾其他家族及他方利益？”

“这么讲吧，”俊逸进一步明确题意，“打实里说，真正主宰这个商约的并不是王姓与李姓，而是另外两帮人，一是强村人，二是村长亲戚，那个姓张的。”

“既如此说，”挺举语气极是肯定，“秀才只需做到四字，可免烦恼。”

“哪四个字？”

“我心归一。”

“一在何处？”

“万众有私，众私则公，公心唯大，大为平，平为一。”

“你是讲，”俊逸沉思有顷，“秀才不可偏倚，只凭公心写出对外商约？”

“正是。”挺举点头。

“阿哥，”顺安反驳道，“是王家、李家让他写，不是强村、张家或别的家让他写，你得弄清爽这个。”

“嗯，”俊逸看向挺举，“挺举，晓迪所言，不无道理呀。”

“鲁叔，”挺举应道，“是村对村缔结商约，商约代表弱村，不是代表王家或李家，因而也就不存在王、李之争。自古迄今，缔约结盟，言大不言小，言全不言偏，言公不言私。”

俊逸长吸一气，缓缓起身，一声不响地走出屋去。

“阿哥呀，”顺安听见鲁俊逸走远，凑近挺举，低声责怪道，“你真就是个书呆子，信口瞎讲哩！看出来没，鲁叔出这道题是有特别用意的！”

“哦？”挺举看向他，“讲讲看，是何用意？”

“用意是明摆着的，”顺安声音更低，“就是探探我们的忠心。身为人臣，胳膊肘儿不能朝外弯，是不？吃啥人饭，为啥人出力，是不？要照阿哥所言，天下人都去为公，那我问你，啥人为东家出力？”

挺举笑笑，埋头于他的账册。

院子里，月光如注。

对于眼前的特大难题，苦思无解的鲁俊逸竟以考问的方式同时得到两个方案。然而，二者孰优孰劣，甚至可行与否，俊逸都需要进一步考量。

深秋的夜很是凉爽。俊逸不想再回书房，就在院子里来回踱步。俊逸耳边首先荡起顺安的声音：“一式写就两份商约，一份偏向王家，交给王姓族长，一份偏向李家，交给李姓族长。”

思考片刻，俊逸心道：“晓迪所言，虽说可行，却非良策。纸包不住火。两家既然都把这事体交付予我，想瞒也是瞒不住的。万一他们晓得真相，我就会落下表里不一的名声，反而里外不好做人，场面上难混。”

否决掉顺安的思路，俊逸开始琢磨挺举的：“我心归一……万众归公，公心唯大，大为平，平为一……自古迄今，缔约结盟，言大不言小，言全不言偏，言公不言私。”

“挺举之言，”俊逸忖道，“果是大气。言公不言私之断，更是引人深思。丁大人有私，老爷子有私，彭伟伦有私，我也有私。推而广之，上海滩各帮各行，各店各铺，无不有私。众私相加之和，其实就是公。商务公约和总会章程要想让所有的人满意，就只能满足所有人的私。要想满足所有人的私，就只剩下一条路可走，就是秉公。”

想到此处，俊逸感到一阵松快。正欲回房，一阵脚步声由远而近，一个人影走过来。

是巡夜的齐伯。

“老爷，”齐伯不无关切，“夜深了，你这还不睡呀？”

“睡睡睡，这就去睡。”

“老爷，那道坎——”齐伯欲言又止。

“过去了，”俊逸的神态极是轻松，摆个手势，“呵呵呵，得来全不费工夫嗬！”

齐伯陪同俊逸走向他的卧房。就在跨进房门时，俊逸猛地想起什么，对齐伯道：“对了，齐伯，明朝你去钱庄，叫老潘开张五百块的庄票，交给挺举。”

“五百？”齐伯略略一怔，“挺举这才刚去呢！”

“就五百吧。巧妇难为无米之炊嗬！”

茂平谷行里里外外，焕然一新。挺举与阿祥一前一后，将店前店后，包括各个角落，仔细巡视一遍，脸上各自挂着笑。

“阿哥，”阿祥乐不合口，“真没想到，我们这个破谷行能有这般看相！”

“呵呵呵，”挺举拿袖子抹一把脸上的汗，踌躇满志，“我们不但要让它有看相，还要让它成为上海滩上最大的谷行！”

“啊？”阿祥睁大眼睛。

"你信不过阿哥？"

"不……不是。我是讲，我们能超过仁谷堂？"

"什么仁谷堂？"挺举盯过来。

"就是上海滩的谷行老大呀！"阿祥朝左一指，"就在那边，十字路口，这条街上最好的位置。"

"阿弟，"挺举双手落在阿祥肩上，重重一按，"只要你我用心，没有什么超不过的。"

"阿哥呀，"阿祥连连摇头，"不是阿弟信不过你，是……是我们不能空口说大话。你看这店里，空空荡荡，要米没米，要钱没钱，只有我们三个活人，当家的还是败家子，只靠你和我，拿什么超人家哩？"

"就拿这个。"挺举捏紧拳头，有力地举起，"阿弟，会砌石头不？"

"差点就当泥瓦匠了。"

"太好了。"挺举指着河浜上破烂的埠头，"今朝我俩干个猛活，你当师傅，我当小工，我俩把这小埠头修好。"

"修它做啥？"阿祥鼻子一拧。

"进大米呀。谷仓整清爽了，没有埠头，大米哪能入仓哩？"

"阿哥呀，"阿祥苦笑一声，"你有所不知，自打我来到这谷行，那个大谷仓就是摆设。马掌柜每次进米，连马车都没装满过。不瞒你讲，这个埠头好几年都没派过用场了。"

"所以得修呀。"挺举拍拍他的肩，笑道，"你那宝贝箱子里还有几钿？"

"三块银元，外加几十个铜子儿。"

"都拿出来，你琢磨一下，缺啥买啥。"

申老爷子的老宅院里，那两只并不起眼的樟木箱子被码在中堂一角的靠墙处，旁边的木榻上正襟端坐的是申老爷子和阿弥公。

"老阿公，"葛荔打扮一新，飒爽英姿地从内室走出，"你看看，这身打扮如何？"

申老爷子眯开眼睛，瞄她一眼，微微摇头："好像还差个什么味儿。"

葛荔"嘻嘻"一声笑过，就如变戏法一般，噌地拉出一条紫罗兰披风，朝肩上一披，又一扭身，不知从何处扯出一个软边帽，唰地戴在头上，头左右一摆，帽檐下随即飘出一道黑纱，将面孔遮个严实，欺身上前，摆个姿势："老阿公，还差不？"

"呵呵呵，"申老爷子笑了，"去吧。"

葛荔噌的一声就到院里，正要出大门，又被申老爷子叫回。申老爷子从身边抓起一物："把这个拿上，免得他们说我老抠。"

葛荔接过一看，是幅字儿，略略一抖，嘻嘻笑道："老阿公，他们好歹也是在上海滩上混得有模有样的体面人，要送你也得送个稀罕物儿，哪能拿这东西搪塞人哩？"

申老爷子道："你再扯皮，我就收回了，看你两手空空去逞威风，羞也不羞！"

葛荔吐下舌头，赶忙折起字幅儿，塞进怀里，飞身而去。

葛荔走有半个时辰，大门再被推开，复又关上，一身道袍的苍柱走进来，不声不响地在一侧的蒲团上坐下。

"看来，你七叔是不肯来了。"申老爷子头也不抬，以答代问。

"是哩。"苍柱应道，"七叔讲，款子既已移交，他就不再过问了。七叔要我代问六叔安，七叔还讲，他想过几日安静日子，不想让人打扰。"

阿弥公双手合掌："阿弥陀佛。"

"唉，"申老爷子慨叹一声，"为这两只箱子，你七叔受累大半生，是该安享几年太平日子了。六弟，苍柱，下面的事体就不攀扯他了，我们接力吧。"

阿弥公面无表情，苍柱微微点头。

"想当年，"申老爷子接道，"我们兄弟七人生死与共，唯大哥之命是从。"看向苍柱，"大哥仙去，作为大哥唯一骨血，你就代表你阿爸，与我和你六叔共同掌管天国这笔遗产。"

“晚辈不敢。”苍柱拱手道，“遗产如何处置，皆由五叔、六叔定夺，晚辈唯命是从。”

“苍柱，”申老爷子坚定语气，“这两只箱子，是托付，更是责任，你就不必推辞了。我们这就议议如何处置它们。”转对阿弥公，“六弟，你先讲讲，是何意愿？”

阿弥公出声了：“可寻处佳境，起所寺院，普度众生，阿弥陀佛。”

申老爷子转向苍柱：“苍柱，你有何意愿？”

“若六叔之愿可行，”苍柱拱手道，“苍柱则想寻处胜地，起所道观，传扬天道，惠泽世人。”

“六弟，苍柱，”申老爷子笑道，“你二人皆抱美愿，只有一点略略不妥。此款为天国遗物，天国又以西域上帝为尊，如果我们用之起寺院，建道观，岂不有拂天王、忠王旨意？”

阿弥公双手合十：“阿弥陀佛。”

“五叔所言极是。”苍柱亦道，“敢问五叔，可有主意？”

“既为天国遗物，”申老爷子缓缓说道，“就当用之于天国，实践天国之志。天国之志，莫过于驱走鞑虏，恢复华夏正统，建立太平天下。今天国既覆，烈士既去，鞑虏依在，太平天下遥遥无望，我等力孤，徒有壮心而已。然而，泱泱中华，亿兆汉民，不乏有志之士，是以五叔存心将此款交付当今志士，助其成功，以慰先国烈士英灵！”

“谨听五叔！”苍柱应道。

“六弟意下如何？”申老爷子看向阿弥公。

阿弥公双手合十：“阿弥陀佛！”

“敢问五叔，天下反清志士众多，各地皆有帮会，此款交予何人为妥？”苍柱问道。

“交给能成事者。”

“以五叔法眼，何会能够成事？”

“纵观天下，会众纷纭，但能闹出景象的无外乎孙逸仙的同盟会和陶成章的光复会。此二会同根殊途，目标一致，孙逸仙得海外洪帮支持，陶成章得江浙沪工商学界支持，皆有成事气势。”

“可他们都在海外，如何转交他们呢？”

“天国之款，不可轻托，我当细致观察，谨慎托付才是。至于如何转交，交予何人，眼下不急。你可先将此款存入汇丰银行，以俟机缘！”

“苍柱谨听五叔！”

闸北一处深宅大院里，气势威严，青帮大字辈老大张老头子正在大摆香堂。

张老头子摆的是满堂香，也即青帮中规模最大的香堂。香堂正中壁面，挂着一幅禅宗首祖达摩的巨幅神像。香案上面，则依次摆着青帮前三祖（金祖、罗祖、陆祖）、后三祖（翁祖、钱祖、潘祖）共六位祖师的画像和牌位，每个牌位前各摆一只香炉，每只炉上各燃三柱长香。

香案前依序跪着四排帮众。跪在第一排的是张、曹、李、陈四个大字辈老头子（可带徒弟的青帮老大），第二排是任炳祺等十几个通字辈老头子，再后面是悟字辈和觉字辈老头子，各有几十人，堂中跪不下，全都跪在庭院里，密密麻麻，黑压压一团，就如开大会一般。

香堂上鸦雀无声，司仪站在香堂一角，两眼眨也不眨地盯住旁边一道小门。

小门帘子微动，司仪朗声唱道：“大小姐到！”

众老头子尽皆叩首。

一阵脚步声响，葛荔从角门里转出，英姿勃勃地走到香堂前面的一个高台上，从容站定。

众老头子叩拜：“参见大小姐，恭祝大小姐万安！”

葛荔双手一摆：“平身！”

众老头子：“谢大小姐！”

众老头子纷纷直身，仰望葛荔。

“诸位同参，”葛荔朗声说道，“本小姐代老阿公问话！”

大字辈齐拜：“徒孙叩见师太，恭祝师太万安，万万安！”

任炳祺等通字辈齐拜："徒玄孙叩见师太，恭祝师太万安，万万安！"

再后是悟字辈与觉字辈，依序问完安，葛荔模仿申老爷子的语气，缓缓问道："听闻你等有事体问我，讲吧。"

"回禀师太，"张老头子代表众徒朗声道，"自漕运关闸，我等奉师太之命，弃漕赴海，日渐壮大。今于海上（上海），本帮门庭若市，同锅吃饭者数以千计，事业方兴未艾，徒孙张英瑞携本门同参及法子法孙特此禀报师太。"

葛荔沉声道："我都看见了。还有何事？"

"徒孙有求。"

"讲。"

"本门同参、法子法孙皆存宏愿，恳求师太择吉日移驾海上，督导点拨，开悟愚昧，使我等徒辈有泰山可倚。"

"我金盆洗手已经多年，帮中事务早不过问，汝不可复言。我已老朽，正想清静几年，帮中诸务，望汝等谨守帮规，同心协力为之。"

"师太——"张老头子重重叩首。

"我送四字，中正和合，望汝等谨记。"葛荔掏出一张宣纸，轻轻一掷。那纸飘下去，不偏不倚，落在张老头子前面。

张老头子双手接过，叩拜："谢师太！"

香堂刚一拜完，葛荔就辞别众老头子，风尘仆仆地回到家里。

"老阿公，"葛荔神采飞扬道，"真没想到，你划拉的那张纸头，他们竟然当作宝贝，供在香案上，又是焚香又是磕头哩。张老头子还说，要把老阿公这几个字制成匾，悬挂于门下所有香堂，作为今后的行事准则。"

"呵呵呵，"申老爷子一迭声笑道，"他们这是相中老阿公的几个破字了。不瞒你讲，一字千金哪。"

"老阿公，你净骗人吧，"葛荔嘴巴一撇，"要是真的那么值钱，我这就把你写在墙上的字全都揭了，拿街上叫卖去！"

"要是你拿去卖，就不值钱喽。"申老爷子呵呵乐道，"小荔子，你这讲讲，跑这一趟合算不，想必是大大威风一把喽。”

葛荔笑了，搂住申老爷子的脖子：“老阿公，我这叫什么来着，对了，狐假虎威！”

“想不想做只真虎哟？”

“我？”葛荔指指自己，又伸手摸向他的额头，“老阿公，你这额头没发烫呀，哪能讲起胡话来？”

“唉，”申老爷子故意长叹一气，“看这样子，小荔子是不想做喽。”

“老阿公，”葛荔急了，“你这话……当真？”

“那还有假？”申老爷子一本正经，“老阿公老了，小荔子这也不小了，总不能一直守着老阿公吧？”

“是哩，是哩。”葛荔连连点头。

“只是，”申老爷子话锋一转，“要想做只真老虎，你就得学到真老虎的本领。譬如说景阳冈上的斑斓大虫，它就有三般本领，一扑二掀三剪，般般厉害哟。”

“是哩。”

“小荔子，这三般本领，老阿公一般不缺，你想习练哪一般，这就讲出来，趁老阿公尚能爬得动，一股脑儿传与你就是。”

葛荔眼珠儿连转几转：“我想学看相打卦。”

“讲讲看，为何想学这个？”

“我想晓得他……他人心里在想什么。”

“呵呵呵，”申老爷子笑道，“这叫作揣情摩意、洞悉人心，是门大学问。要是你真心想学，就得去下真功夫喽！”

“老阿公，”葛荔拿过签筒，一屁股坐下，“这就教吧，费那么多口舌做啥？”

“好好好，”申老爷子也坐下来，“老阿公这就教你。”

申老爷子的屁股刚一落地，葛荔猛地想起什么，一推签筒，忽地起来。

“咦，”申老爷子叫道，“你这屁股还没沾地哩，就又起来了？”

“嘻嘻，”葛荔做个怪脸，“葛荔想起一桩紧急差事，心里不踏实哟。”走到门外，回身扬手，“老阿公，你先忍上一时时儿，晚上再施教哺。”

葛荔想起来的这桩紧急差事是伍挺举。

自从遇到顺安，得知挺举赶赴鲁家之后，不知怎的，这几日来，葛荔几乎天天想到他，甚至有几次打定主意去鲁家寻他，但总是在关键辰光被不同因由岔开。

从家里出来，葛荔直趋鲁宅，守在大门外。

葛荔没守多久，见齐伯甩着一只空袖子走出大门，就远远跟在后面。

齐伯径直赶到茂平谷行，柜面上没人。齐伯正在纳闷，听到后院河浜上有响声，循声望去，见挺举二人正光着膀子在埠头上忙活。阿祥手拿瓦刀，指这要那。挺举褐衣粗装，搬石块，提泥灰，汗水淋淋。

乍然看到挺举，葛荔心里陡然一颤，生怕被他们发现，闪身隐入谷行，寻到一个窗子，远远探视。

见是齐伯，挺举停下活计，擦把汗道：“齐伯，这……也没个地方坐哺。”

“挺举呀，”齐伯甚是感动，“原还以为你是个书生，细皮嫩肉的，没想到你啥都能干哩，前后不过几天，就把这地方整得像个米行了。”

“呵呵呵，”挺举笑笑，指着埠头，“乡下都在收秋，我先把埠头修好，待新米下来，就可进米了。”

“是呀，”齐伯点头，“米店没米哪能成哩。只是，你要进米，没有本钱也不成呀。”从袋中摸出一张庄票，“这点儿本钱是老爷让我转交你的，仅供你暂时周转。待大量进米时，你再找我。”

挺举接过庄票：“谢齐伯了，真正是及时雨哩。”

“另有一事，”齐伯叮嘱道，“振东指望不得。老爷吩咐，此店掌柜明为振东，实际是你。你初来乍到，今年只要维持店面营运，就是大功。老爷特别吩咐，既然来到此店，你就放胆去做。即使赔钱也没关系，老爷不会怪你的。”

“转告鲁叔，我一定尽力。”

“你们忙吧，”齐伯扬扬手，“我在此地帮不上忙，反而碍事。”

挺举笑笑，与阿祥一道把齐伯送到店门外。

“阿弟，”返回来时，挺举顺手将庄票递给阿祥，“这点儿家底归你管了！”

“谢阿哥信任，”阿祥接过，展开一看，惊得合不拢嘴，“哇，五百块洋钿哪！”小心翼翼地收起来，叹服地看着挺举，“阿哥，看来老爷对你真正信任哩。阿哥，老爷既然吩咐你是实际掌柜，打今朝起，我就只听你的。这点儿家底，我一定管牢，马掌柜也好，驴掌柜也好，任他是谁，我一文不给！”

“阿弟呀，”挺举夸张地连摇几下头，“要是这般管法，我们就只能喝西北风喽。”

“咦，”阿祥怔了，“你让我哪能个管哩？”

“养过鸡没？”

“养过。”

“你如何养的？”

“早晨起来，就把鸡舍的小门打开，待到傍黑鸡上宿后，再把鸡笼的小门关上，就这么养来着。”

“这就是了，”挺举笑道，“我们开米行就如你养鸡。养鸡是为生蛋。对我们来说，啥是鸡？这五百块本钱就是鸡。你不能把鸡死死地抱在怀里，是不？你得打开鸡舍门，把鸡撒到野地里，让它四处觅食。它只有吃饱喝足，才能生出金蛋呀。”

阿祥眼睛大睁：“哪能个撒法？”

“先做两桩事体，一是聘人，二是进货。有人才能做事体，有货才能有进项。你负责聘人，要实诚可靠的。你可讲明，除正常工钱外，本店每月另加一块奖赏，勤勉者有，懒散者无。进货的事体，待谷仓修好后再讲。”

“阿哥，”阿祥凑近他，神秘兮兮地说，“人可招，工钱可加，只是米得少进点，能有个卖的即可。”

挺举愕然：“为什么呢？”

“规矩呀！”阿祥答道，“眼下正是秋收辰光，种粮的都在忙活收割。今年雨水好，大米丰收，所有米店都不进货，腾出大仓等着宰人哩。”

“宰人？宰啥人？”

“宰种粮的呀。”

“哦？”挺举越发吃惊，“哪能个宰法？”

“老套路了，”阿祥显得很是老道，“待粮食收后，粮农没大仓，又急用钱，只能开船来卖。这边所有米店都商量好了，一见他们来，就会合着劲儿压价。粮食越多，粮价就压得越低。所以说，种粮的既盼丰收，又怕丰收。”

挺举的眉头紧拧起来。

齐伯走后，葛荔一直守在空荡的谷行里，隔扇小窗偷窥挺举，中间有几次差点儿走出房门，现身埠头，都被她勉强忍住。眼见天色将黑，挺举二人已在准备收工，葛荔这才恋恋不舍地闪身离开。

回到家里，葛荔没有理睬仍在打坐的申老爷子，不声不响地一头扎进闺房，直到天色黑透，仍没露头。

“这个小荔子，”申老爷子睁开眼睛，半是自语，半是说给她听，“犯啥神经哩，介晚回来，饭也不做，水也不烧，成心饿死老阿公哩！”

没有回应。

申老爷子发出一声长长的“咦”字，缓缓起身，径直走进她的房间，见她一动不动地坐在自己的梳妆台前，神情闷闷的。

“小荔子呀，”申老爷子走到她身后，“你看看天色，老鸡小鸡这都进宿了。”

“老阿公？”葛荔将头歪在他身上。

“甭憋气了。”申老爷子拍拍她的小脑袋，“老阿公晓得你这为的是哪一宗。”

“哪一宗？”葛荔的眼睛睁大了。

“你后晌出去办差事，想必是把差事办砸了。”

“才不是呢！”葛荔把头一摆。

“差事既没办砸，你这怪兮兮的为哪般？”

“老阿公，我……看到他了。”

“可是那个书呆子？”

“是哩。他……真的就在上海哩。”

“呵呵呵，”申老爷子朗声笑道，“小荔子呀，你是不是对那小子动下那个……那个……凡心了嗬？”

“老阿公，”葛荔脸色红了，嗔怪道，“介老的人了，哪能不正经哩？我是在想，他一个生员，哪能……做起这个哩？”

“做什么了？”

“在谷行里做苦力。”

“哦？讲讲看，在哪家谷行做何苦力？”

“在姓鲁的那家茂平谷行，你晓得的，就在苍柱叔道观旁边的那条米市街。”

“呵呵呵，”申老爷子扯住她手，走到正堂，“一个五谷不分的秀才去谷行里做苦力，听起来倒是新鲜。来来来，老阿公饭也不吃了，这就听听葛荔是哪能办的这趟差事。”

夜深了。

书房里灯光明亮，书案上横七竖八地堆着各种资料，有英文的，有中文的，都是俊逸这几日从各个渠道搜集来的。

俊逸正在奋笔疾书，楼梯上一阵脚步声响，碧瑶推门走进。

“阿爸，”碧瑶跳到他身边，关切地说，“介晚了，你哪能不睡哩？”

“阿爸这在起草商约，忙哩。”俊逸手中的笔依旧未停。

“啧啧啧，”碧瑶看着他在宣纸上一笔一画地书写，“阿爸，我这给你磨墨，好不？”

“介晚了，你快睡去。”

“不嘛。”碧瑶拿起墨块，动手研磨，“阿爸，瑶儿这要看着你写。”

二人正在说话，齐伯走进：“老爷，你叫我？”

“是哩。”俊逸转对碧瑶，“瑶儿，你先睡去，阿爸这跟齐伯商量个事体。”

“好哩。”碧瑶不好再讲什么，朝齐伯笑笑，走下楼去。

听她走远，俊逸指着座位，对齐伯道：“齐伯，坐。”

齐伯笑笑，依旧站在那里。

俊逸起身，从书架上取下伍中和的那幅画，在案上缓缓展开，对画凝思。

“老爷？”齐伯小说叫道。

“在三国演义里，”俊逸目光没有离开画面，“曹操兵临濡须口，遥望东吴兵阵齐整，少年孙权稳坐中军，临危不惧，指他油然叹道，‘生子当如孙仲谋也！’”

“老爷，”齐伯已经晓得他在想什么了，笑道，“这与此画可有关联？”

“不瞒你讲，前天晚上的那几句话是挺举所讲，是他让我过了眼前这道大坎哪。”

“老爷，”齐伯赞道，“你没有错看这孩子！今朝我去送庄票，见他与阿祥自己动手砌码头。一个书生竟跟仆役一般，搬石块，和洋灰，这股心劲儿，能成大事呀！”

俊逸吸口长气，从抽屉里拉出伍中和的战书，放在那幅画面上。

“老爷，”齐伯打个愣怔，“你不会是仍在记挂那个赌吧？伍秀才人早不在了，那桩事体……”

“唉，齐伯呀，”俊逸长叹一声，“我不是记挂那桩事体，我是在想，要是挺举是我儿子该有多好！齐伯，你说，我……哪能偏偏就生了个女儿呢？”

齐伯扑哧笑了："老爷，生儿有生儿的好，生女有生女的好。小姐聪明伶俐，是个才女，不弱须眉哩！"

俊逸没能笑出来，一脸严肃地望着他："齐伯，我叫你来，是想托你一桩事体。"

"请老爷吩咐。"

俊逸拿出一把钥匙："我在大英租界里买了个小宅院，这是钥匙。我顾不过来，你安排人打理一下，看看缺啥，顺便添置些。"

"老爷想派啥用场？"

"再过几日，阿秀要来。"

"哦？"齐伯先是惊愕，继而咧嘴笑了，"好咧。我明朝就去安置。"

"阿秀身体弱，你得物色个能干点的保姆，年纪要大点。另外，尽量当心些，不可让瑶儿晓得。这孩子，唉，全让我宠坏了。"

"好咧。"

老潘做事爽快，从不拖沓，在顺安进钱庄的次日就为他举办了个拜师仪式。

老潘是正宗上海人，十三岁就入了这一行，虽然年不过五十，却在这行当里赫赫有名，俊逸也是在认识老潘后才起意兴办钱庄的。可以说，茂升钱庄能有今日，一半功劳是老潘的，因而老潘在茂升威望甚高，俊逸对他信任有加，几乎是全权委托他经营，并把两成利送给他。

老潘的家位于老城厢，是个两进院子，前面一进是三间，中间是正堂，两间是老潘的书房和客厅，算是老潘的私人空间。后面一进是他夫人与两个女儿的。两个女儿早已成家，另立门户，家中实际只有他老两口儿。

老潘没有儿子，特别喜欢招收弟子，前后累计不下三十个，茂升钱庄的八大把头里，有六个喊他师父。

老潘把顺安看得甚重，一则顺安是鲁俊逸特别保荐，二则他出身书香，是个秀才，而秀才是有功名的。单凭这一点，就足以让老潘自豪。

因而，老潘将顺安的入门仪式搞得极是隆重，将申城里能够叫得到的弟子辈全都叫来了。

堂案上供着一尊镀金的财神像，像前点着一对红蜡烛。

顺安依据事先吩咐，双手呈上拜帖，递给老潘。老潘接过，将拜帖郑重放在供案上的财神爷座前，朗声禀道："禀财神爷，今有浙江宁波府余姚县人氏傅晓迪甘愿拜在我潘冬雷门下为徒，特此奏明！财神爷在上，请受潘冬雷一门敬拜！"

言讫，老潘率先跪下。这日到场的老潘一门二十多位弟子也都纷纷跪地，跟着师父向财神爷连磕三个响头。

拜过财神，老潘拉过一把太师椅，居堂中坐下。门下弟子，按照入门次序，排列在大堂两侧。

主持仪式的大把头高声叫道："礼拜师父！"

顺安走至老潘前面，跪地，对老潘连拜三拜。

大把头又道："礼拜灶君！"

顺安起身，走到案上，就火点起一支香烛，在大把头陪同下走出客堂，径至灶房，将香烛插到灶君像前，跪地三拜，复回客堂。

大把头道："向诸位师兄见礼！"

顺安向在场的所有师兄一一鞠躬，大把头逐一介绍。

仪式很是琐碎。待全部完成，众人散去，老潘留下二把头庆泽，指顺安道："庆译，晓迪正式是你师弟了。我把晓迪交给你，让他随你做跟跑。"

"师父放心，"庆泽应道，"你是哪能个带我的，我就哪能个带师弟！"

沪上钱庄按照规模分为三种，最小的是零兑庄，其次是挑打庄，最大的是汇划庄。

跟多数汇划庄一样，茂升钱庄采用的是八把头分工制，即把钱庄的不同业务功能分为八块，分别为账房、跑街、钱行、汇划、洋房、银行、信房和客堂，每一块设置一个把头。

跑街是茂升钱庄里排在第二的把头，其重要性仅次于账房。

见师父如此器重顺安，庆泽自也不敢怠慢，第二天就把顺安带在身边，一路走，一路教他如何当个好跑街。

这日的业务是大英怡和洋行，马克刘与他约谈几次了，仍在商讨细节。

怡和洋行位于外滩的英租界，这里多是又高又大的四层洋楼，楼与楼几乎挨着。跟这些庞大的洋楼相比，即使茂升钱庄的辉煌门面，也根本不值一提了。

顺安正在望着一座座高楼发傻，庆泽指着一个宽约几十丈的壮观洋楼道："师弟，到了，这就是大英怡和洋行。"

顺安仰头一望，咂舌道："乖乖，介气势的大房子！"眉头微皱，"咦，哪能没看到个匾额哩？"

"那不是吗？"庆泽指向一处。

顺安抬眼望去，果然看到一行巨大的金字招牌：JARDINE MATHESON & CO.

"师兄，上面写的啥？"顺安问道。

"是洋文，意思就是怡和洋行。"

"哪能个念哩？"

"洋人的字，我哪能晓得？"庆泽白他一眼，"你在此地守着，我去跟洋大人谈生意。"

庆泽大摇大摆地走到大门处，守门的印度阿三似乎认识他了，毕恭毕敬地迎他进去。顺安看在眼里，对庆泽极是佩服。

候有大半个时辰，庆泽才走出来。庆泽一脸喜气，在洋行门外与送他出来的马克刘握手作别，大步走向顺安，扬手道："师弟，等急了吧？"

"不急，不急。"顺安迭声道。

"不急就好！"庆泽故意抬起手腕，朝腕上一块明晃晃的东西看一眼，又看看日头，道，"师弟，晓得啥辰光不？十点三刻。"

顺安的目光自然落在他腕上的那个亮东西上。

“看这个么？”庆泽候的就是这个，再次抬腕，“这叫我起（watch，手表）。”

“我奇？”顺安一脸惑然。

“不是我奇，是我起。”庆泽连连摇头，“是洋人看辰光用的。”解下表带，“来，师兄让你开开眼界。”

顺安小心翼翼地接过，观赏一阵，又在耳边听听，惊讶地说：“师兄，听，还有响声哩，滴答，滴答……”

“是哩。”庆泽不无得意道，“听江摆渡讲，只要晚上定好辰光，早上它就能催你起床，所以叫我起。”

“啧啧啧，真是好宝物呢。师兄，昨儿哪能没见你戴？”

“你倒是眼尖咧。不瞒你讲，这是江摆渡刚刚让给我的。”

“江摆渡？啥叫江摆渡？”

“就是……在洋行里帮洋人做事的中国人，洋人全靠他们与我们做生意哩。”

“哦，”顺安若有所悟，“他是卖我起的？”

“拿拿拿（No，no，no），”庆泽连连摆手，“你哪能听不明白哩？江摆渡不卖我起。他是帮洋人与我们做生意的。这个我起，是江摆渡的，他换新的，就把这旧的让给我了。”

“贵不？”

“不贵，也就五十块洋钿。”

“天哪，五十块！”顺安咂舌道。

“你不晓得，”庆泽压低声，“这东西人家是花一百块洋钿买来的，才戴三个月，打对折让给我，等于是半卖半送哩。”

顺安不无羡慕地又看一眼那东西，小心翼翼地双手奉还。

及至天黑，顺安跟随庆泽连跑五家生意，谈成三宗。迎黑时一个姓田的掌柜请庆泽吃饭，庆泽许是高兴，许是晓得顺安与鲁老爷的特殊关系，也就让他跟上。

顺安喝多了，回到家时已是夜深。

顺安迈着醉步，哼着小曲儿刚一打开房门，就见一股臭气扑鼻而来。

顺安捏住鼻子，点亮油灯，方才看到是挺举四脚朝天躺在铺上，睡得呼呼作响，一身被汗水打湿的粗布衣服及两只脏兮兮的大脚丫子，显然就是臭气之源。

“阿哥？阿哥——”顺安的酒气让他完全熏醒了，做个苦脸，捏住鼻子，用力摇他。

挺举竟如死猪一般。为砌埠头，挺举连干两天粗活，实在累趴下了。

看看自己一身干净的跑街服，又看看挺举汗水洗透的粗布衣，顺安轻叹一声，走出屋子，端回一盆温水，脱下挺举的臭袜子，忍臭为他洗脚。

“阿哥呀，”顺安一边洗，一边摇头，“原先是我臭，这辰光轮到你臭了。真不明白你这唱的是哪出戏。介许多行当，你哪能偏就选中这谷行哩？又不是不让你进钱庄，鲁叔早就把话搁明了。”拿毛巾为挺举擦脚，将他在床上摆正，盖上被子，望着他再次摇头，“什么叫自作自受？你这就是。”

顺安随庆泽奔波六七天，渐渐摸清了跑街的套路，越发喜欢这个职业，也越发意识到自己此番跟从挺举闯上海并在鲁家立足是走对路了。

这天早晨，顺安第一个赶到钱庄，先把里里外外打扫一遍，再把俊逸、老潘及几个把头的几案擦拭一新。在擦完庆泽的桌子后，他又把放得乱糟糟的东西整理一遍，这才坐在自己位上，翻开老潘、庆泽交给他的钱庄各项规定及相关客户资料，埋头翻看。

庆泽到后，见自己的桌子上整齐干净，极是满意，对他笑笑，竖下拇指，交给他一个地址，吩咐他去取一份文件。

直到错后晌，顺安才把文件取回。庆泽仔细审查一番，见没有大误，就提着文件袋走进协理室。

“师父，”庆泽从文件袋中抽出一份合同，摆到桌面上，“事体成了。经过几轮谈判，总算跟怡和洋行议定具体条款，达成合同，这是合同文本，请师父过目。”

合同上全是英文，老潘白他一眼：“都是洋文，这不是蒙我吗？”

“呵呵呵，”庆泽笑笑，从袋中抽出顺安取回来的材料，“师父莫急，你能看懂的在这里呢。洋人想蒙师父，没门儿！”

老潘也笑起来，将译文细审一遍，点头道：“嗯，看条款不错。庆泽呀，你努力一下，这笔生意无论如何都得做成。怡和洋行每年都要采购大量生丝和茶叶，是大主顾，老爷早想跟他们搭上线哩。”

“是哩。听江摆渡讲，只要我们签字画押，生意就算达成了。眼下生丝不缺，他们给的价格也还合适，稳赚呢。师父，要是你觉得没啥，就签字吧。”

老潘眯眼想一会儿，将合同及译文推给庆泽：“事体牵扯到洋行，得请老爷过目。”

“老爷有几日没来了。”

“是哩。老爷有事体，正在家里忙呢。你把合同送去。”

庆泽应过，走出协理室，正要前往鲁宅，有客户寻他谈事体。庆泽顺手将纸袋子递给顺安：“这是怡和洋行的合同，师父请老爷审阅，你拿去呈送老爷。”

“好咧。”顺安应过，将袋子小心翼翼地放进跑街包，快步出去。

# 第十章

# 博弈商会主导权，鲁俊逸再被推到浪尖

经过一周苦战，俊逸总算完成公约与章程的草案，美美地伸个懒腰。

"阿爸，"碧瑶看着一厚叠子纸头，"修改好没？"

"好了，好了，"俊逸呵呵笑一下，凑过半边脸，"来来来，奖赏阿爸一下。"

碧瑶"嗯呢"一声，欢快地跳过去，在他脸上亲一口。

父女俩正在轻松，齐伯引顺安上楼。

看到碧瑶也在，顺安的脑门子里一轰，遍体汗出，进也不是，逃也不是，弯腰站在那儿，只把头低垂下去。自进鲁府，顺安最担心的就是撞见碧瑶。他之所以早出晚归，一大半原因也在这里。

然而，怕处出鬼，痒处有虱，好不容易候到一次向老板献殷勤的机会，偏就遇到碧瑶这个克星，且还当着齐伯的面。顺安晓得，鲁俊逸不常回家，蒙他容易，而让十多年来一直生活在牛湾的齐伯不起疑心，他实在想不出更好的办法。他唯一的侥幸在于，齐伯与他的接触并不多，知人未必知面。

"哦，"俊逸看过来了，"是晓迪呀，啥事体？"

顺安再无退路，只好硬着头皮走进来，双手呈上协议："回禀鲁叔，怡和洋行的合同来了，师父吩咐我呈送鲁叔审阅。"顺安只提师父，故意不提师兄，这是路上考虑好了的。

“你……叫晓迪？”碧瑶果然不肯放过他了，两眼直盯过来，身子也欺前一步。自那次客厅里相遇后，碧瑶一直存谜，眼下正是揭开谜底的时候。

顺安挤出一个干笑，深鞠一躬：“傅晓迪见过小姐。”

碧瑶走过来，绕他连转两圈，问道：“你啥辰光更名了？”

“更名？”顺安故作不解，嗫嚅道，“小姐，晓……晓迪不晓得小姐所指何事？”

“如果我的眼睛没有看花，”碧瑶在他前面站定，杏眼瞪起，“你该姓甫，叫甫顺安，是街西甫家戏班主的儿子。那日在典当行，我亲眼看到你和他们打架来着！”

俊逸让她讲懵了，一脸惊愕地看向齐伯。

齐伯二目如炬，射向顺安。那日打架的事，显然他也听说了。见碧瑶的语气如此确定，他也试图把眼前之人与牛湾镇的老甫家联系起来。

“小姐，”顺安豁出去了，现出一脸委屈，朝她再鞠一躬，声音不再嗫嚅，“你再看看，是不是记错人了。小生姓傅，是个生员，不姓甫，也不晓得什么戏班子，更不曾在哪个典当行里跟人打架。”不无委屈地看向俊逸，带着哭腔，“鲁叔？”

“呵呵呵，”俊逸见他这般讲话，这也回过神来，朗声笑道，“瑶儿，你不会是看错了吧。晓迪是余姚人，书香门第，祖上还进过举哩。”

“咦，”碧瑶倒是吃不准了，纳闷道，“他们哪能长得一模一样哩？”

“小姐，”顺安顺势变作笑脸，“真有这般奇事，晓迪倒是想去会会那人。”伸出脸，左右扭扭，“小姐，你再审审，看看像不？”

“嗯，”碧瑶又审一会儿，“是有点不像，你比那人儒雅。那人一眼看去贼眉鼠眼的，听人说，还是个小偷呢，那天因为偷了我家店面，让人抓个现行，才遭众人暴打，要不是他朋友——”

“是吗？”顺安怕她扯出挺举，再生节枝，赶忙截住话头，“哈哈哈，没想到这世上竟有这般可恨的人，竟然敢偷鲁叔家东西！”

“是哩。”碧瑶恨道，“我骂他是贼，他……竟然吐我一身血，污了我的新旗袍，真是气杀我也！”

“啊？”顺安应声附和，“这也太可恶了。小姐，要是这说，我死也不去照会那人了，无论他跟我长得有多像！”目光瞄向书案的草稿，移开话题，“鲁叔这在写啥哩，介厚一叠纸头。”

“上海成立商务总会，与洋人商约，鲁叔这在起草规程哩。”

“啧啧啧，没想到鲁叔介厉害，连洋人的事体，也得鲁叔起草。”

“晓迪呀，”俊逸眉头展开，“你来得倒是巧哩。鲁叔连写几日，手腕酸痛，要是没有别的事体，你就在此地帮我誊抄，一式抄写两份。”

“鲁叔，”顺安受宠若惊，“我……能行么？”

“行行行，你是秀才嘛！”

“那……我就露丑了。真草隶篆，鲁叔想用哪一体？”

“哪一体也不好，就用小楷，工整为上。字体大小照我这上面写的。遇到不通处，你可顺便润饰一下。”

“小侄不敢。介大事体，鲁叔这让小侄誊抄，已是小侄的福分哩。”

“呵呵呵，服了你这张甜嘴。晓迪呀，鲁叔所写只是草稿，不方便为外人所知，你不可在外张扬哩。”

顺安油然升起神圣感：“谢鲁叔信任。小侄一定保密！”

“瑶儿，”俊逸对碧瑶道，“去吧，为晓迪阿哥研些墨去。”

碧瑶小嘴一噘：“他自个会研。”

“鲁叔呀，”顺安呵呵一笑，嘴里如同抹蜜，“小侄哪能敢让小姐研墨哩？小姐是金枝玉叶，天上仙女，地上金凤，即使研出墨来，小侄这凡俗之手也不敢擅用嘀！”

碧瑶听得心里美滋滋的，瞟他一眼，挽上鲁俊逸的胳膊：“阿爸，我想出去兜个圈。这几日一直陪你，憋屈死了。”

“好好好，”俊逸迭声说道，“阿爸也要出去透个气哩。你讲，想去哪儿？”

“阿爸去哪儿，瑶儿就去哪儿。”

“那就望望你阿舅去。”俊逸转向齐伯，“齐伯，让晓迪在这里抄写，我们出去转转。”

茂平谷行里热闹非凡，因为马掌柜又来了。

马掌柜不是每天都来，来也没有二事，只为讨钱，且在讨钱时必定先把老酒喝饱。这已形成定式，因而，早晚看到他来，早晚看到他喝饱老酒，头重脚轻，阿祥的第一反应就是四处藏匿钱袋子。

但马掌柜却非等闲人物，任阿祥把钱袋子藏到何处，不出一刻钟，他总能翻腾出来。阿祥也学聪明了，干脆哪儿也不藏，只抱在怀里跟他打转转。马掌柜喝多酒后，腿脚总是不便，在这个庞大、空荡的谷行里，有柜台、粮囤、桌椅板凳、几根柱子及三道门，阿祥有足够胜算。

这条街从早到晚只是买粮卖粮，并无多少乐趣，人们都把马掌柜看作活宝，早晚望见他，尤其是望见他醉醺醺地哼着曲儿一步三晃，就都兴奋起来。情形往往是，马掌柜在前面走，闲杂人等跟在后面，一路跟到茂平谷行，然后观他如何讨钱，再观阿祥如何守住那只早已瘪得所剩无几的钱袋子。

然而这一天，出乎意料的是，阿祥刚巧从钱庄里取回一百块洋钿，将个钱袋子装得鼓鼓的，稍一走动，里面的银元就叮当脆响，看得马掌柜的眼都直了。

马掌柜两眼紧紧盯在那个膨大许多的钱袋子上，手扬一根黑乎乎的司的克（文明棍），脚步趔趄地追在阿祥后面。阿祥左躲右闪，再次玩起躲猫猫。

一大群人在看热闹，正起哄中，挺举从外面飞跑回来。

阿祥一眼看到，大叫一声“阿哥——”，将钱袋子直抛过去。钱袋子“嗖”的一声从马掌柜头顶飞过，落到挺举怀里。马掌柜的眼珠子随着钱袋子翻转，身子也跟着扭过来，掂起司的克欺上。

出乎阿祥意料的是，挺举非但没有跑开，反而迎他走来。

马掌柜倒是怔了，顿住步子，把司的克拄在地上，稳住身子，朝挺举喝道：“小子，我是此地掌柜，你算啥人？快把钱袋子扔过来，否则，看我打死你！”

见挺举没有睬他，马掌柜二话不说，抢上就是一棍子。挺举闪过，马掌柜一下子抡空，失去重心，由不得打个趔趄，歪倒在挺举脚下。挺举弯腰扶他，不想被马掌柜又一棍子打在小腿的干骨上，疼得他哎哟一声，扔下钱袋，两手抱腿，蹲在地上龇牙咧嘴。

马掌柜扑上去，还没摸到钱袋，又被阿祥抢先，拿起来就跑。

众人看得紧张，大声喝彩。

马掌柜拄杖站起，追在后面扑打。阿祥腿脚灵敏，马掌柜连追数圈，司的克不知抡空几次，气得脸色涨紫，累得气喘吁吁。

挺举咬牙站起，待阿祥跑过他身边，马掌柜追过来时，出手握牢他的棍子。马掌柜动弹不得，气呼呼地叫道：“姓伍的，你快撒手，看我打死这个小瘪三！”

挺举只不松开。

马掌柜正要发作，俊逸三人从外面走进。

“阿舅！”碧瑶挤过人群，飞跑进来，抓住马掌柜的另一只胳膊。

“瑶儿，”马掌柜惊讶道，“你哪能过来哩？”

“看看看，”碧瑶晃着他的胳膊，“你又喝多了！”

“不多，不多，”马掌柜摇着脑袋，“瑶儿，你松手，阿舅再喝三大碗给你看！”

马掌柜挣脱碧瑶，但另一手的文明棍仍被挺举牢牢握着。马掌柜连抽几下，均未抽出，又用力抽时，不料挺举松开了，马掌柜失去重心，屁股蹲个结实，惹得众人又是一阵哄笑。

马掌柜翻身爬起，恼羞成怒，指挺举骂道：“你……你小子算什么东西，竟敢在老子的店里撒野？看我揍死你！”

马掌柜抡起棍子，正要打下去，看到齐伯、俊逸已到眼前，遂把脸转到一侧，不再作声。

齐伯黑起脸，转对看热闹的人扬扬手道：“走吧走吧，有啥好看的？”

众人散去。

齐伯掏出三块银元，塞进马掌柜手里。马掌柜掂几掂，斜睨俊逸一眼，拄起棍子，跌跌撞撞地走了。

“贤侄，”俊逸走到挺举跟前，按在他肩上，“鲁叔让你受委屈了。”

挺举苦笑一声：“没什么，已经习惯了。”

“贤侄，”俊逸这也觉得安排他到此地有点过分了，诚挚说道，“你转到别的店里去吧。南京路上有个丝绸店，生意不错，位置也好。”

“谢鲁叔了，”挺举却似飙上了，淡淡一笑，“既来之，则安之。再说，谷行里眼下缺人，我走不开哩。”

“好吧，”俊逸轻叹一声，“既然你坚持，鲁叔只好再委屈你些辰光。”略顿一下，“其实，她阿舅也是好人，原本正干来着。后来家里一连出了几桩事体，他想不通，对鲁叔起下误解，鲁叔无论如何劝解，也劝不进他的心。唉，鲁叔拿他没办法哩。”

挺举什么也没说，再出一笑。他的笑中既没有抱怨，也没有奉迎，安定而淡然。

这种不卑不亢的态度让俊逸不快，甚至在心头隐隐掠过一股寒意。他拉着碧瑶的手随齐伯到店里各处巡察一遍，由不得褒扬几句，临出门时对挺举道：“这个店，鲁叔也就托付贤侄了。能撑你就撑起来，撑不动，鲁叔不怪你。”

“谢鲁叔信任，我一定尽力。”挺举礼节性地拱手谢过，脸上保持同样的笑，将他们送至店外。

挺举躺在床上，辗转反侧，直到交二更，仍未入眠。

他的脑子里很乱。诚然，命运既已将他扔进上海滩，扔进鲁家，扔进这个最为不堪的破谷行，他就必须接受这个谷行，并从此处起步。

要想从此处起步，他就必须面对马掌柜这个障碍。

挺举盘腿坐起，冷静地思索起马掌柜来。马掌柜是个细致的人，几乎保留了他自到上海学徒以来的所有账册。从那些账册来看，马掌柜断非等闲之辈，尤其是他早年经营的那些账册，简直就是……

马掌柜是从何时变化的？又是为何变化了？他对鲁叔为何持这般态度？是偏见、嫉妒，还是仇恨？

挺举的耳边渐渐响起俊逸的声音："原本正干来着。后来家里一连出了几桩事体，他想不通，对鲁叔起下误解，鲁叔无论如何劝解，也劝不进他的心……"

家里出了什么事体？马掌柜为什么想不通？鲁叔为什么劝不进他的心？

挺举正自胡思乱想，外面一阵脚步声响，顺安回来了。

顺安打开房门，似是不想惊动挺举，蹑手蹑脚地走进房间，在床上躺下。

躺一小会儿，顺安朝挺举床头一望，见他竟然盘腿坐着，忽身坐起，惊乍道："阿哥，你没睡呀？"

挺举"嗯"出一声。

"阿哥，你……是不是在等我？"顺安嚓一声划亮火柴，点燃油灯。

挺举没有理睬，仍旧盘腿坐着。

"阿哥，原以为你睡死了，没想到你还没睡。"顺安兴奋起来，伸个懒腰，活动几下胳膊，"累死我了！没想到抄写竟然是介苦的差事！"

"累了就睡吧。"挺举歪头倒在床上，拉被子盖上肚皮。

"阿哥？"顺安却在亢奋中，"你难道不想听听阿弟是为啥累的么？"

挺举一动不动："讲吧。"

"你得坐起来听。"

挺举坐起来。

"阿哥，讲起这事体，我……我无论如何都要谢谢你。"

"咦，"挺举纳闷了，"你谢我做啥？"

“谢你把我引荐给鲁叔。”

“看样子，你是遇到好事体了。”

“是哩！”顺安眉飞色舞，“你可晓得鲁叔这人有多厉害吗？”

挺举摇头。

“告诉你个秘密，但你必须保证对啥人也不能讲。”

“那你最好甭讲。”

“阿哥，我可以瞒天下所有人，只不可以瞒你。在这世上，只有你对我好，是真好。”

挺举笑笑。

顺安压低声音：“上海就要成立商务总会了。什么叫商务总会，你晓得不？”

挺举摇头。

“就是所有商人抱成一个团，拧成一股绳，在生意场上与洋人讨价还价。”

“哦？”挺举为之一振，“这是好事体呀。”

“是哩。中国人一盘散沙，所以才受欺侮。要是大家伙儿抱成一个团，几亿人，吓也能把洋人吓晕。”

挺举点头。

“你猜猜看，与洋人讨价还价的商约，还有成立这个商会的章程，都是啥人写的？”

挺举摇头。

“是鲁叔！”顺安声音激动。

“你是哪能晓得的？”

“所有这些全是由阿弟我一人誊抄的。”顺安不无自豪，但声音被他压得很低，“鲁叔叮嘱我务必保密。我从后晌抄起，一直抄到方才，总算抄好了，一式两份，抄了整整几十页，清一色小楷，抄到后来，我是腰酸背疼，手指都直不起来了。”

挺举“哦”出一声，复又躺下。

“阿哥，”顺安的声音更低了，“这桩事体，整个上海滩，除鲁叔之外，也就我一人晓得。不过，眼下又多一个人，就是你，我的大恩人，我的好阿哥！”

挺举的眼睛完全闭上。

翌日晨起，俊逸将顺安誊清的两份商约和章程分装入两个纸袋，一式一份，亲自送往四明和广肇。

“啧啧啧，好文笔嘀！”查敬轩一边阅读，一边叠声夸道，“你看，俊逸拟出的这六条，明宗旨、通上下、联群情、陈利弊、定规则、追逋负，都很好嘛。单是这第一条，就很了不起。”他清下嗓子，继续朗声诵读，“第一条，明宗旨：本公所之设，为集思广益，讲求商务起见。上海西商各有总会，日本通商大埠，皆设立商业会议所，益以公余之暇，随时聚会，凡商务切己利害之事，无不考求详审，是以日见进步，年盛一年。我华商则和而不同，涣而不聚，商务利害，未能专意讲求……”放下稿子，啧啧又是几声，“这些话，真正讲到妙处了。我晓得俊逸是个才子，没想到他介有能耐！”

“阿爸，”查锦莱皱起眉头，“你不要一味夸他。这些东西都是大家伙儿共同讨论出来的，搁在啥人头上都写得出来。阿爸让他写，是白送他个脸。”

“呵呵呵，”查敬轩边笑边摇头，“锦莱呀，能写出这些不容易啊。你再看，‘华商心志不齐，意见各殊，视同业肥瘠，漠不相关，自私自利，彼争此夺，或高抬价值，或倾轧市情，卒至两败俱伤而后已。此皆失于见小欲速，亦由同业不肯齐心，以致利权操纵尽入洋商之手，最为商务之害……’俊逸可谓是点到实处了呀。”

“阿爸，”锦莱力陈道，“此人文笔虽然不错，能力也有，只是无法指靠。”将商约拿起，双手奉上，“你看看这商约，我把详细条款都列给他了，可关键地方，尤其是关于我们甬商切身利益的几条，他无一列入，胳膊肘儿明显朝外拐，把进卿他们都惹生气了。”

“这个好呀，”查敬轩接过商约，两眼却没离开章程，边看边为俊逸开脱，“这事体多少眼睛都在盯着，俊逸的胳膊肘儿多少朝外拐一点很好呢，免得有人对我们说三道四。不管怎么讲，这个商务总会是属于沪上各业各帮的，姓丁的让老爸主持，老爸在面上得一碗水端平才是，不能过分呢。俊逸这样写，基本对路，你要告诉进卿他们，不能鼠目寸光，只盯住眼前一个小芝麻籽儿。”

“阿爸教训的是。”

“至于这份商约，”查敬轩将商约啪的一声置于案上，“不过是写给洋人看的。在洋人眼里，它们重要，我们也得较真，但在国人眼里，它们并不重要。跟洋人不同，国人重的是天理，重的是人情。法网恢恢，全在人为啊。”

“是哩，是哩。”对于父亲这番高论，查锦莱由衷佩服，连连点头。

“锦莱呀，”查敬轩的眼睛从章程里抬开，望向儿子，“老爸这也给你托个实底，此番筹建商会，与洋人商约倒不紧要，紧要的是这商会章程，是这规矩的制订，是选举，是总理、总董和议董的人选。”目光再次转向章程，“所有这些，俊逸这都写进第五条里了。看得出来，俊逸动了脑筋，基本典用英租界工部局范式。这些规则大多不错，可以摆到桌面上，只有两条略显不妥，一个是会员资质，只提会费，不提品行，不妥。”

“是哩，”锦莱应道，“交点钱就能入会，商会里势必鱼龙混杂，尤其是那些帮派中人也会趁机搅和进来，坏了阿爸名声。”

“坏了老爸名声倒在其次，坏了商会名声问题可就大了。商会是个新事体，要想在上海滩立足站稳，有个长远，就必须以正为本，行得直，立得端。会员必须得有配额，要按行帮配比，不能是啥人交钱啥人入会。”

“是哩。阿爸，另一个不妥呢？”

“就是这选举方式。”查敬轩放下章程，“啥都搁明了，只有票箱是在暗处，这就不妥。啥人投啥人的票，应该清清爽爽才是，要让人看得见，辨得清。照眼前这个设计，把不记名的选票往暗箱子里一塞，要是有人吃里爬外，啥人晓得？”

“是哩。依阿爸之见，如何投票方为妥当？”

"要叫我说，就照四明的老规矩，丢豆子。尤其是选总董，一定要明选，一个候选人一只碗，选啥人就丢啥人的豆子。啥人丢了，啥人没丢，亮光头上查虱子，一清二楚。"

"好哩，莱儿这就去找俊逸，让他改一改。"

广肇会馆里，彭伟伦把俊逸起草的商约朝几案上轻轻一放，不无叹服道："从商约上看，俊逸兼顾了各业各行各公所的利益，倒也不失公允。我们给他出难题，想不到他来个不偏不倚，啥人也不去得罪，是个能人哪。"

"可是，"马克刘一脸怨怼，眼睛盯住商约中重重圈起来的地方，"彭哥给他拟好的十二条中，这三条，也是我们最关心的三条，他一个也没列入。彭哥，我们要不要再附上？"

"不必了。"彭伟伦摇头道，"细审这条款，俊逸没有使用分别心，很不得了。如果推断不误，鲁俊逸必是一式二份，一份给我们，一份给了姓查的。商约草稿本无偏倚，如果我们额外添加，且添加的是对我们有利的，就会给那姓查的留下口实，他要四处张扬，选举中就会于我不利。"

"彭哥说的是。我这就让人抄录一份。"

"不用另外抄录。"彭伟伦略略一想，扑哧笑道，"姓丁的让我们两家各拟商约，原本就是心怀叵测。我们就将这原稿交给他，如果姓查的也是这般想法，两份稿子就会一模一样，齐摆在老家伙面前，也让他多个掂量！"

"呵呵呵，彭哥高见！"马克刘竖拇指赞道，"彭哥，我已照您吩咐，把那笔业务交予茂升了。"

"倒也不必性急。好事体要慢慢做才是。"

"哦？"

"不瞒你说，与洋人商约倒在其次，商会选举才见真章，尤其是总理、议董人选，我们广肇一定要拔得头筹，不能输给四明！"

"彭哥说的是，"马克刘应道，"无论如何，商会总理，必须是彭哥！”

“有难度呀，”彭伟伦凝起眉头，拿起章程，“从字面上看，在第五条里的所有规则中，基本照搬西式，貌似合理，但在关键处，俊逸是有偏心的。”

“哪一处？”马克刘急问。

“就是这个会员资质。”彭伟伦指着章程道，“你看，各行帮年捐公费一百两者，得荐一名会员，二百两者得荐两名，三百两以上者得荐三名，普通会员年交公费十两。这是显明的偏袒呀！”

“这……”马克刘挠下头皮，“偏在何处，我哪能没看出来呢？”

“甬人多是小商小贩，门槛越低，他们的人数越多。此为一。甬人主要经营商品批零，包括南北货，控制不少小行小帮，每个行帮都来推荐会员，与我们更是不利，此为二。”

“彭哥讲的是。哪能个办哩？”

“你去找俊逸，让他把入会门槛增高就是。商会是何等神圣地方，交十两银子就能入会，只怕连街头瘪三也有资格进门。”

“增高多少为宜？”

彭伟伦略一思索，断然说道：“在原来数字上乘以三。”

“好咧。”

车康、士杰将广肇、四明的商会筹办材料分别交给如大人，如夫人匆匆览毕，头有点儿大，皱起眉头转呈丁大人。

作为与洋人谈判的首席代表，丁大人首先要看的是商约草案。他看完一份，急不可待地去看另一份，先是惊讶，接着是惊叹，再后脸上现出微笑。

“老爷，您不觉得奇怪吗？”如夫人指着两份材料，“两份草案一模一样，连纸张、墨水都是相同的，笔迹也似出自同一个人。”

丁大人微微点头。

“老爷再看！”如夫人指向两份商会的筹建章程。

丁大人一一看过，放在桌上。

“纸张、墨水、字迹，也是完全相同，两份草案都是六条，且每一条的标题也都一样。”

“是哩。”丁大人呵呵笑出几声，夸赞道，“看来这两家坐到一起了。能坐到一起，是好事体哩。老夫立此商会，为的就是这个！还有这商约，清爽多了，统一多了，且无明显偏袒，大小行帮皆有关照，基本合乎范式，有建设性，不似前番各执己端，互相否定，乱七八糟，简直不知所云！”

“老爷，贱妾觉得事体蹊跷！”

“哦？”

“就贱妾所知，再要好的狗也会为骨头争抢，何况广肇、四明原本势如水火，查敬轩、彭伟伦心不和，面也不和，不可能坐到同一条凳上！”

丁大人吸一口气，再次看向两份章程草案，逐行核对，有顷，目光落在一处，急看另一份，仔细比照。

“老爷？”

“传士杰、车康！”

如夫人走出，过有小半个时辰，车康、士杰双双走进，拱手见礼。

“二位请看，”丁大人摆摆手，算是回礼，指向商约和章程，“两份材料一模一样，显然出自同一人。老夫想知道，它们出自何人之手？”

“回禀老爷，”士杰应道，“士杰核实过了，两份材料均出自茂升钱庄鲁俊逸之手！”

“难道是——”如夫人似是意识到什么，顿住话头。

“鲁俊逸？”丁大人闭目思索，有顷，微微睁开，看向车康，“记得你好像提起过此人总想试试牙口，试过了吗？”

“回禀老爷，”车康拱手应道，“试过了。不久前，小的依照老爷吩咐，在他钱庄里存银十万两。此人果然未负老爷所望，痛下狠心，从善义源、润丰源口中夺到一口美食，前后不过二十日，净赚四万洋钿。”

“后来呢？”

“为求稳妥，此人以尽孝名义返乡探母，避让风头，回来后，非但未遭责难，反受两家之托起草了商约与章程。”

“嗯，是块料子。这笔款子呢？”

“小的只是暂存，正打算从他庄里提回来呢。”

丁大人略略摆手：“区区十万两，放他庄上吧。有这点银子在，他说话做事底气更足些。”

“是。”

“士杰，”丁大人指着章程，“这个章程你都看过没？”

“看过了。他们在两个地方分歧较大。”

“我注意到了。对这两处分歧，你是何建议？”

“士杰以为，各有不妥。”

“你这说说，何处不妥？”

“一是四明公所拟出的选举方式，二是广肇会馆拟出的入会资质。商会既是仿照西式设立，亦当奉行西人选举之法。四明公所提议丢豆子，不合西人程式。商会既然涉及沪上所有商帮，门槛就该降低，广肇定下的行帮三百两银子、店铺三十两银子起步交费，必将弱势行帮及店家排斥在外。再说，商会又不是官府衙门，花不了多少钱，收那么多银子做什么？”

“呵呵呵，”丁大人摆手笑道，“士杰呀，你讲的并不完全是。先说这选举，西人是西人，我们是我们。查敬轩提议丢豆子，就是个创新之举，既能表达民意，又简便易行，堪为中西结合的典范，依我看可行。至于这个入会门槛，广肇的提议颇有道理。商会是大雅之堂，不是啥人想进就能进的。但门槛提高了，弱势行帮也当照顾，四明提出的审核、配额制很是不错，不妨试用。”

“老爷讲的极是，”如夫人会心一笑，低声问道，“只是，请问老爷，会员资质当由何人审核、配额又当由何人来裁定呢？”

“你看呢？”

“老爷，”如夫人笑道，“要叫我说，介大个事体，泰记不能置身于外。章程既为两家所拟，这资质审核、配额裁定就该当交由泰记才是。”

“是哩是哩，夫人说的是哩！”车康连声附和。

丁大人沉思一时，转头看向士杰，将商会章程草案推过去："士杰，你把这个拿去，就按方才所议，取两家之长，综合出一份定稿，直接发送道台，就说我已看过了，让他斟酌一下，如果可行，就此照办。会员资质，可由泰记审核，至于配额，交由道台府拟定为妥。"

"老爷？"如夫人不满地盯过来。

"夫人哪，"丁大人笑着解释，"配额事体，泰记不出面为好。不过，道台那里我会交代的。我的意思是，可由各帮各行依据章程自行申报，报道台府汇总，由道台府拟定配额底本，交由泰记复审。至于如何复审，就由车总管与士杰操劳，夫人把关。"

见丁大人如此安排，三人尽皆叹服。

"还有，"丁大人闷头又想一时，"就是总理人选。"看向士杰，"士杰，依老朽所见，那个姓鲁的蛮有意思，就选他吧！"

如夫人、士杰、车康三人面面相觑。

"老爷，"如夫人最先回过神来，"选姓鲁的当总理，这……未免离谱了吧？"

"是哩，"士杰附和道，"老爷，无论是资产、德望、人脉，都还排不上这人。若是举他当总理，沪上商界难免……"

车康亦道："请老爷三思！"

"呵呵呵，"丁大人连连摆手，"商会总理是为商民跑腿的，不能只论钱多钱少。至于德望什么的，这个必须有。什么叫德望呢？公选出来就是德望。只要姓鲁的碗中豆子足够多，啥人能说二话？"

"啧啧啧，"如夫人突然明白了丁大人的意思，竖拇指道，"老爷远见卓识啊。若是让这姓鲁的当上总理，料他不敢不识相嘀！"

"好哩。"士杰这也明白了，拿过章程，目光落在商约上，小声问道，"老爷，这商约——"

"待商会立好，再议商约吧。"言讫，丁大人闭上眼去。

丁府因势利导，从四明与广肇提交的两份相似拟案中找到突破，将两家彻底逼入相互搏杀的死胡同里，而进入这个胡同的唯一入口——配额，却又不动声色地牢牢握在泰记手里。

当上海道将官方的章程定案正式颁发至四明时，查老爷子细细看过，闷头许久，接连嗟叹几声，摇头苦笑。

“阿爸，”查锦莱急道，“要不，我去请求一下袁道台，看能否再把入会的门槛降低点。”

“关键还不是入会门槛，是这配额。”

“配额？”查锦莱颇觉诧异，“配额不是阿爸您提拟的吗？”

查敬轩摸出一封信，递过来：“你看看这个，是袁道台写来的。”

查锦莱看会儿信，惊道：“这不是让泰记卡住脖子了吗？”

“唉，”查敬轩又是一声苦笑，“是呀，我们跟姓彭的争来斗去，结果仍旧落在姓丁的套子里。”

“这可哪能办哩？”

“有啥办法呢？”查敬轩吸一口烟，一点点呼出，“胳膊拗不过大腿，我们斗不过这姓丁的。”把章程推给锦莱，“召集四明的所有公董，具体商榷选举事体。我就不去了，让合义招呼。”

“好咧。”

“另外，”查敬轩补充，“照眼下章程，零售货店都不在列，全部去除后，形势就不乐观了。我初步推算下来，俊逸那儿是关键，他的茂字号十几家店铺都有批售业务，本金也都不下万两，在各行业里虽然不是龙头，却也享有地位。他这人，举足轻重啊！”

“阿爸放心，我这就敲打他一下，让他有个掂量。只要是丢豆子，他就赖不过去。”

次日上午，十几个四明公董再聚济元堂。

“诸位仁兄，”主持会议的祝合义一脸严肃，“在下奉老爷子之命，讲下有关商会的事体。朝廷批下来了，正式将名称定为上海商务总会。章程草案是俊逸拟出的，俊逸是由老爷子特别指定的，草案依据就是我们上次所讨论过的会议记录。这份草案由老爷子审定后，提交丁大人审阅，报奏朝廷，由上海道正式颁发。”将上海道颁发并由四明公所大量印制的正式商会章程发给众人，“这就是商务总会的章程草案，请大家过目。”

祝合义刻意避开广肇会馆的版本，以显出丁大人对甬商的看重及查老爷子的分量。

大家纷纷低头看章程。这章程他们此前都是看过的，因而众人的目光很快溜到丁大人修改过的部分，面色各现诧异。

“诸位仁兄，”祝合义补充道，“你们也都看到了，章程的定稿有几处小小修改。老爷子有话，这些修改，无不是丁大人在征求老爷子的意见后增补的，主要是照顾其他行帮，尤其是弱势行帮。老爷子仁德厚重，在商会问题上一贯主张不偏不倚，让新商会真正服务于所有商民。老爷子已经会商各处行会，各家商帮，定于后日辰时进行会员登记，登记后的第三日辰时，普选议董、总董，择吉日举办立会大典。”

“诸位，诸位，”周进卿将章程啪地搁在案上，“为筹划商会，老爷子可谓是呕心沥血。别的不讲，我只讲两桩事体，一是由润丰源一力垫付先期所有会务支出，二是老爷子专门让出南京路一处馆舍，作为商会永久之府邸。”

众佬面面相觑。

“诸位，”周进卿的大嗓门儿越发加大了，“老爷子如此看重商会，为什么？还不是为了我们大家？大家想想，没有老爷子这把伞，在座所有人都得淋雨！老爷子如此庇护我们，我等何以为报？报答只有一个，拥戴老爷子！如何拥戴？看清爽第五条第五款，丢豆子！”将声音加至最大，几乎是吼，拳头震几，“我周进卿这就搁下一句话，请诸位听个清爽：商务总会首任总理，应当是，也必须是，我家老爷子！在座诸位，喝的都是甬江水，流的都是甬人血，”瞥了坐在次位的鲁俊逸一眼，“要是有哪个人胆敢吃里爬外，丢他人的豆子，我周进卿与他势不两立！”

众佬纷纷点头。

俊逸长吸一气，眉头凝重。

彭伟伦端坐几前，面前摆着道台府直接下发的商会章程，第五条下画着一条重重的红线。

马克刘大声嚷嚷："没吃过猪肉，难道也没见过猪走路吗？丢豆子选举，这是小孩子玩过家家，也不看看什么场合？什么年代？"

众大佬七嘴八舌：

"是呀，查敬轩老糊涂了。"

"哈哈哈，像是在选山大王呀！"

"什么狗屁东西！四明公所没长大也就算了，竟然又把儿戏玩进商会大堂，这不是贻笑大方吗？"

"叫我看，这个儿戏蛮好嘛！查敬轩返老还童，想玩玩，我们总不能扫他老人家的兴吧？"

……

彭伟伦眉头紧锁。

"彭哥，"马克刘摆手止住众人，转对彭伟伦道，"四明原本胜在人多，但门槛高了，人多派不上用场。小行帮配额也于我有利，尤其是那些靠洋人吃饭的小行帮，不敢不投我们的票。我初步估算，按照眼下实力，我们和四明不相上下，关键在鲁俊逸身上。我查过配额了，单是他那里，正式会员就有十五个。"

"是哩，"彭伟伦重重点头，"我忧心的正是这个。查老头子弄出这个丢豆子，为的就是俊逸，防止他起外心。"

"彭哥，此事断不可听任。丢豆子不合西人程式，我们可以堂而皇之地抵制此条。既然是公选，就当选个公正才是。"

"丢豆子哪儿不公正了？"彭伟伦两手一摊，苦笑一声，"不过是土了点，仅此而已。再说，丁大人照准了，上海道也批复了，现在已成定案，怎么改？"

马克刘将几案一擂："他奶奶的！"

"丢就丢吧。"彭伟伦又是一声苦笑，"诗曰，他人之心，我忖度之。可人心隔肚皮，如何忖度呢？用查敬轩这个办法倒是可以忖出了。"

"是哩，"马克刘点头，"倒是正可验验那个姓鲁的，我一直觉得此人不靠谱。要是暗箱投票，他没投我们，愣说投了，我们真也没个办法验正。"

“是哩。不过，”彭伟伦叮嘱一句，“我们也不能躺倒挨锤。俊逸那里，我不便多讲了，你透个话，让他有个掂量。”

“彭哥放心，鲁俊逸是个见钱眼开的人，有那笔生意在，我看他敢不咬钩？No tickets，no business（不给选票，没有生意）！”

“嗯。老弟可以暗示一下俊逸，免得他像上次吃我们那批货一样再寻说辞，耍滑头。”

“好咧。”

齐伯提着一壶开水走进俊逸书房。

“齐伯，”正埋头于材料的俊逸抬头问道，“那个院子收拾好没？”

“收拾好了。”齐伯将开水倒进一个暖水壶里，给俊逸泡茶，“老爷啥辰光得空，过去看看。”

“不用了。阿姨寻到没？”

“物色一个，是老家来的，老公没了，也没孩子，只想混口饭吃，月钱要得不贵。只是模样儿粗俗，做事体大手大脚的，我担心她细活做不来，就没给她囫囵话。”

“就她吧，细活阿秀会做。主要是给她寻个伴，免得我不在时她寂寞。”

“好哩。阿秀啥辰光到？”

“说是后天上午，依旧是那趟班船。只是后天商会里有事体，我顾不上她，你去接船，接到后直接送过去。”

“好哩。”

说话间，楼梯上传来脚步声。齐伯迎出去，见是老潘，引他进来。

老潘一头是汗，气喘吁吁，哈腰站定：“老爷，临时有点事体，来迟了。”

俊逸指指对面座位：“老潘，坐。”

老潘擦把汗，坐下：“老爷，啥事体？”

“明日申报会员，老爷子给我们茂字号分配十五个名额。我们合计一下，看看哪些人去为好。”

"老爷吩咐就是。"

"我的意思是，"俊逸目光瞄在面前的材料上，"钱庄去三人，你，我，加上老袁（大把头）。余下十二人，茂记十二家店铺一家一个。你意下如何？"

"老爷分配甚当。"老潘应道，"我只提一个建议，把老袁换作齐伯。上下里外皆是齐伯操持，齐伯不去说不通。"

"使不得，使不得。"齐伯连连摆手，"我是给老爷看家护院的，上不得大堂。再说了，我这把年纪，还是待在家里安生。"

俊逸笑笑，摆手道："老潘，算了，我晓得齐伯，甭攀扯他。"

"老爷，"齐伯想了下，看向俊逸，"我插一句，谷行里让啥人去？"

"我也在琢磨这事体。齐伯，依你看，啥人去合适？"

"要叫我说，让挺举去。"齐伯荐道。

俊逸皱下眉头。让一个刚到上海、上工没几天的徒工去做会员，且代表茂记参加如此重要的选举，在形式上说不过去。这些只是台面上的理由。搁在台面下的是，挺举是老伍家的传人，俊逸刻意将他放到谷行里，并不是让他这么早就出头露面的。

然而，俊逸晓得，齐伯提及谷行，存的就是这个心。他深知齐伯，轻易不开口，一旦开口，那是金言。再说，不让挺举去，又能让谁去呢？振东去倒是合适，但那里是商会，不是酒馆和赌场。若是让他去，不定会闹出什么笑话来。

"你哪能看哩？"俊逸左右是难，将头转向老潘。

"老爷，"老潘打个迟疑，"茂字号上上下下无不晓得掌柜是振东，挺举只是伙计。不让掌柜去，却让一个新来的伙计去，怕是不妥。"

"哪儿不妥了？"

"别的倒也没啥，我只担心其他掌柜会有别个想法。他们很是在意名分，挺举去，毕竟不合名分。"

"好吧，"俊逸就坡下驴，"既然你坚持名分，就定下振东。振东那里我插不上话，你关照下，甭让他闹出笑话。"

"好咧。"

# 第十一章

## 商会选举一波三折，鲁俊逸成黑马

又到跑街时间了。

顺安跟在庆泽后面，走到柜台处，看到一个存钱的客人正与柜台伙计争执。那客人操外地口音，柜台上摆着一个钱褡子，旁边是一堆碎银。

“伙计爷，”那客人道，“帮个忙吧，我这实在没办法了。”

那伙计扫他一眼，两手一摊：“我已经跟你说过一百遍，你哪能偏就不听哩？不是阿拉不收，是庄里的规矩。”

那客人正自无奈，刚巧庆泽、顺安从旁走过，一把扯住顺安衣角，泣道：“这位爷呀，求你说个情吧！”

顺安转对庆泽，小声道：“师兄？”

庆泽白他一眼，头前走去。顺安脱开那客人，匆匆跟在后面。

走到大街上，庆泽见周围没人，这才顿住脚步，责怪道：“你是跟跑，柜上事体，用得上你掺和？”

“我是可怜那人……”顺安嗫嚅。

见顺安顶嘴，庆泽火了，将手伸进顺安包里，掏出一册钱庄规则，啪一声扔在他怀里：“今朝不必跟着我了，自己寻个地方，就学这个，背下来，看透！”屁股一扭，大踏步走去。

顺安吃此一噎，想想生气。欲回钱庄，觉得不妥，毕竟刚跟师兄出来，这又莫明其妙地回去，别人会起想法。欲回鲁宅，也觉得不妥。上工辰光守在家里，万一让齐伯看到，再讲给鲁叔，只会更糟。

顺安正在郁闷，那客人垂头丧气地从钱庄出来，怀里掖着他的钱袋子。顺安将一肚子火气撒他头上，恨恨地剜他一眼，骂道："老倌人，真是没事体找事体，好端端的扯住我胳膊做啥？"

当然，顺安没有大声骂出来，只是在嗓子眼里咕噜几下。那客人见状，以为有个通融，趋步过来，再次拱手相求："伙计爷呀，求您帮个忙，我打听过了，在你们庄上存钱，只需有个推荐就成。"

顺安心里一动："你是啥人？就这点小钱，为啥不放在自己家里呢？"

那客人急道："不行呀，我是打安徽乡下来的，想在此地谋营生，身上只有这点碎银子，打算做个本钱，谁想却让小偷惦记上了，几番来抢呀，吓得我夜里都不敢睡觉。"

顺安打个激灵，忖道："开钱庄重在钱字，有进有出方是生意之道。送上门的钞票竟然不收，这规矩……"闷头思索有顷，目光落在手中的册子上，"这些陈腐规矩，因为约定俗成，所以没人敢破。如果我向鲁叔提出来，岂不是……"又沉思一阵，"修改规矩是特大事体，万不能鲁莽。我且去问问阿哥，听听他是何论断。"

想到此处，顺安敷衍那人几句，扭转身，大步走向茂平谷行。

一到谷行，顺安就被吓人的场景惊呆了：阿祥抱着钱箱躲在柜里，马掌柜高举文明棍，棍子一端却被挺举握牢。

"姓伍的，"马掌柜腾出一只手，拿起酒葫芦灌一口，"我这给你挑明，不给下酒钱，我就一天来三趟，搅得你啥生意也做不成！"

看到顺安，挺举松开手，转对阿祥道："阿弟，支给马掌柜三块洋钿！"

阿祥从袋中摸出三块银元，啪地扔到地上。

马掌柜放下酒葫芦，弯腰拾起三块银元，逐个吹口气，放在耳边听过，朝挺举竖起大拇指："好小子，你比姓鲁的强！本掌柜走了，好好做生意吧，为本掌柜多赚点酒钱！"拄起文明棍，哼着小曲儿，摇摇晃晃地出门而去。

望着马掌柜的背影，顺安轻叹一声，踱步过来。

“阿哥……”顺安摇头道，“这哪儿能是做大事体的地方？真不晓得你为啥鬼迷心窍，非要选上这谷行不可？”

挺举心情郁闷至极，沉脸应道：“阿弟，有啥事体没？”

“唉，”顺安再叹一声，摇头道，“算了，我这点事体，就不对你讲了。”

“没别的事体，我就不奉陪了。”挺举转对阿祥，“我出去一趟，你守店。”

话音落处，挺举没别顺安，大步出店，扬长而去。顺安知他心里难受，跟出来，望着他的背影，又出一声长叹，摇头去了。

挺举勾着头，漫无目的地沿街走路，听到旁边一阵沙沙声，抬头一看，是道人在扫街。挺举住步，方才看清是家道观，门楣上写着“清虚观”三字。

挺举心里一动，二目凝视观门。

清虚观的正门开在谷粮一条街上，近半香客是谷粮行里的掌柜与伙计。挺举听阿祥讲起过，早说进个香的，一直未能抽出闲暇。今日倒巧，烦闷中竟然到这观门口了。

道人看他一身伙计装，遂放下扫把，朝他揖道：“施主，要进香吗？”

挺举在袋中摸索一会儿，刚巧有两只银角子，掏出奉上：“进香。”

道人收起钱，走进观门旁的门房，拿起三炷香，伸手礼让：“施主，殿中请！”

清虚观不大，里面很是幽静，在这老城厢里甚不起眼。走进观门即是一殿，供的是神农像，因而也叫神农殿。做谷物的人多拜神农。

挺举拜毕，道人看他一眼，小声建言：“后面还有一殿，施主有何愿心，可到那里求祈。”

挺举随他走至后殿，果是别有洞天。里面是个更大的院落，也更幽静。院中清爽整洁，一条九级石阶直通大殿，殿门匾额上赫然写着“三清殿”三个金字。台阶两侧各长一棵合抱粗的古树，每棵树下盘坐一位老人。左侧一人，面前摆一相摊；右侧一人，面前放一食钵。

是申老爷子和阿弥公，在此坐有五天了。

挺举被这二人吸引住了，顿下步子，凝视他们。二人盘腿打坐，二目闭合，纹丝不动，显然已入定境。

道人候一会儿，伸手礼让：“施主，请！”

挺举跟他走上台阶，进殿门后小声问道：“请问道爷，那两位长者可是观里的法师？”

“回施主的话，”那道人压低声音，“我们这里是道观，没有法师。两位长者是本观道长的道友，时常在此修炼，此番已在树下连坐五天了，不吃不喝不说话，功夫深哩。”

“哦？”挺举长吸一气，“道长何在？”

“在里厢闭关。”道人做过仪式，在每尊清像前点燃一根香烛和三炷香，转对挺举，“施主，你可以许愿了。”

三清又叫太清、玉清、上清，全称是“虚无自然大罗三清三境三宝天尊”，其中玉清为元始天尊，上清为灵宝天尊，太清为道德天尊。三清中，玉清元始天尊居中，是三清殿主神。

挺举逐个拜毕，回到玉清像前跪下，抬头凝望有顷，合目斋心，许愿道：“三清在上，浙江宁波府牛湾镇人氏伍挺举诚敬祈诉。挺举由甬至沪，弃文从商，个人福祉实非本愿，经世济民方为真心。方今时世，列强张狂，鲸吞蚕食，朝廷无道，百官偷生，吏治腐败，诸业凋败，民众苦不堪言，华夏诸民已臻水深火热之绝境。挺举愿尽毕生所学，竭股肱之力，在此世界商埠，由茂平谷行起步，探求为商之道，守卫人格尊严，开启民生福祉，使我华夏之民饥有食，寒有衣，居有所，行有尊，幼有抚，老有养。如此奢求实非庸俗愚痴可以达成，挺举笨拙，是以恳求三位清爷加持神力智慧，挺举诚愿粉身碎骨以报。”

挺举祈毕，再次斋心，逐个拜过三清，缓缓起身，走出殿门，见那道人仍然候在门外，歉意地笑笑，随他走下台阶。

回到阶下，挺举再次顿步，逐个看向两位长者。

申老爷子没睁眼，嘴不见动，声音似从腹中发出："年轻人！"

挺举打个惊怔，凝视他。

陪同他的道人也是一怔。

挺举的目光不由自主地落在申老爷子前面的相摊上，下意识地摸摸口袋，竟是一文钱也没有了。

"前辈，"挺举面现难色，"晚辈没带相资。"

申老爷子缓缓睁眼，瞥他一眼，复又闭上眼去："老朽不收你的钱。老朽只想告诉你一个喜信，你富贵在册，鸿运当头，不久将有财神临门。"

"谢前辈吉言。"挺举抱拳道，"果有此运，晚辈一定厚谢前辈。"

见申老爷子再没睁眼，复入定中，挺举不好再讲什么，拱手谢过，与道人一道出殿去了。

听到二人走远，阿弥公出声了："你我讲好禅定十日，今日不过是第五日，五哥缘何守不住心神，对此人动念了。"

申老爷子应道："我约六弟至此，半为禅坐，半为此人。"

"哦？"

"此人仪态轩昂，正气贯空，观其骨相，上至百会，下至中正，为朝天伏犀骨。此乃刚正奇骨，做官，可治国安邦；经商，可大富大贵。"

"五哥好眼力，一瞥之间，一览无余矣。只是……乱世出英豪，国人浩浩，能成就大业、具富贵之相者多矣，五哥何以只对此人生心？"

"因为此人与我等有缘。"

"哦？"

"此人姓伍名挺举，宁波人氏，书香门第，家道中落，科举无路，眼下寄身于鲁俊逸门下，在茂平谷行学伙计。前番宁波一行，葛荔与他一见钟情，久未释怀。"

"五哥讲的有缘，不单是这个吧？"

“是哩。听苍柱讲，此人亦得七弟器重。七弟历尽沧桑，阅人无数，能得七弟看重之人，定非凡俗之辈。今日观之，此人身上果现浩然之气，实乃大器材质，小荔子可托终身矣。”

“阿弥陀佛！”

不无郁闷地从茂平谷行里出来，顺安无处可去，只好返回钱庄。

顺安的屁股尚未落座，老潘冲他叫道：“是晓迪回来了吧？过来一下！”

“师父！”顺安小跑过去。

“我这问你个事体。”

“师父请讲。”

“听说伍挺举是与你一道来的，你俩这又同住一室，你可晓得此人？”

“师父，”顺安心里一紧，“挺举他……出啥事体了？”

“呵呵呵，”老潘淡淡笑道，“没有出啥事体，师父不知他是何来路，这想问你个底细。”

“师父，”顺安吃不透老潘究底想了解什么，但略一盘算，觉得告诉他与挺举的关系也好，遂压低声音，“是这样，我和挺举真还有点关系。他是我阿哥，我问他姆妈叫姑妈。我听挺举说起过他家的事体，他阿爸，也就是我姑父，跟老爷是世交，打小玩大的朋友，与齐伯关系也不错。别的没啥了。”

“哦！”老潘恍然悟道。

“师父，”顺安小心地赔出个笑，“你忽然问起这个，想必有啥事体，能不能……给弟子稍稍透点儿？”

“真的没什么。”老潘轻松地笑笑，“昨日推举商务总会的会员人选，议到茂平谷行时，齐伯推荐挺举，老爷竟也同意，只有师父觉得不妥。挺举无论是何来路，名分上不过是个初来乍到的伙计。商会是何等雅致地方，推个伙计去登大堂，师父担心让人把茂字号看扁了，就没有同意。”

从老潘的协理室出来，顺安心里愈发沉重，闷声不响地坐在自己案前，两手抱头，暗自忖道：阿哥呀阿哥，怪道你铆足劲儿朝那处破地方钻，原来是另有机巧哩。

顺安坐不住了，站起来，走到院子里，一边踱步，一边闷头思索：同样是生员，同时进鲁家，若论起步，我比他高出不知多少，岂料这情势突变，此人突然唱出一曲叫板，我该哪能个应腔哩？

正思忖间，一个声音冲他叫道："晓迪，师父在不？"

顺安打个惊怔，抬头见是庆泽急急惶惶地走进来，忙道："在在在，刚刚还在和我谈事体哩！"

庆泽没再说话，一头钻进房里。顺安心里挂牵，紧步跟在后面。

庆泽敲门："师父？"

"啥事体？"老潘也早听到声音了，打开门道。

"老爷在不？"

老潘皱下眉头，看向庆泽。

"师父，出事体了。"庆泽急切地说，"是怡和洋行那笔生意，怕是……黄了！马克刘要我传话给……老爷！"

老潘长吸一气，略一思考，扯上庆泽径到经理房门，连敲两下，问道："老爷？"

"进来。"

老潘推门，二人走进。

顺安迟疑一下，也跟进去。

"老爷，"庆泽一脸苦相，声音急切，"马克刘今朝寻我，说是上次与我们签的那份合同有点儿小麻烦，那笔生意恐怕得……候些辰光。"

"咦？"老潘惊愕道，"洋人一向尊重合约。合约这都签了，哪能又出此话哩？"

"我问这话了，"庆泽应道，"马克刘说，合约上只有洋行盖章，没有洋总理签名，做不得数的。这事体怪他一时疏忽，没有细审。洋总理今朝复查合约，过问此事，马克刘才注意到这一疏忽。洋总理生气，将他呵斥一通，合同也就压下了。不过，马克刘说，这笔生意没问题，一定能做成。马克刘还说，只要老爷识大体，眼光放远，怡和洋行有的是生意。不仅是怡和，其他洋行，他也能通，这笔生意不过是个开场。”

俊逸凝起眉头，朝他摆下手：“晓得了，你们去吧。”

庆泽看下顺安，二人一道退出。

俊逸对老潘道：“看明白没？”

老潘迟疑道：“他放出此话，难道是为商会选举的事体？”

“是哩。”俊逸点头。

“这这这……”老潘急了，“这可如何是好？牵扯的不止是这几万两啊！”

俊逸眉头拧紧。

“老爷，明朝就要丢豆子，我们哪能办哩？”

“你是啥想法？”

“老爷，”老潘脖子一硬，“我就说句大不敬的话，生意场上无父子，在上海滩做生意离不开洋行，跟洋行做生意离不开买办，广肇的人多是买办哪！”

“晓得了。”俊逸点下头。

“那……我这就通知大家，投广肇？”

“甭急，我再想想。”

“好咧。”

投广肇还是投四明，俊逸陷入苦思，一口接一口地抽闷烟。他原先的如意算盘是，将旗下人马兵分两路，一路投四明，一路投广肇。两股人马中，略略倾向于四明。他设计的是票箱暗投，面上很难看出，实际也不太好查，无论是见到哪一方，面上都好说，毕竟投了，心里就有底气。

然而，查敬轩的一招丢豆子，让他的所有算计无从施展。

摆在面前的只有三条路可走，一是为生意计全投广肇；二是为乡帮计全投四明；三是依旧兵分两路，四明、广肇各投一半。若走第一条路，生意倒是顾住了，后果却十分可怕，不仅保不住四明的公董席位，且也必将受到在沪甬人的唾弃。从长远来看，广肇气势渐衰，四明气势正炽，此路显然不智。若走第二条，就等于公开与广肇决裂，依彭伟伦为人，必竭全力致自己于死地。在上海滩混枪势，失去洋人这个根基，等于是自断气脉，此路亦为不智。

显而易见，三条路中，切实可行也较理性的办法仍旧是第三条。

“奶奶的，反正两厢都晓得我鲁俊逸是脚踏两只船，我干脆就踏在明处！”俊逸一发狠，将烟斗在烟灰缸上敲得梆梆直响，尚未吸完的烟丝让他尽数磕出。

俊逸刚刚盘定应策，楼下传来说话声，接着是一阵脚步声上楼。不一会儿，齐伯陪着查锦莱、祝合义直走进来。

“俊逸兄，有稀客来了，快备好茶！”合义走在前面，老远就叫。

“不是稀客，是贵客哩！”俊逸赶忙出来，堆出笑脸，躬身揖迎。

“呵呵呵，什么贵客呀，你这门槛我哪一年不踩个十趟八趟的。主要是怕你烦，不然的话，看我非把你这门槛磨光不可！”锦莱一边还礼，一边打趣。

“好好好，我一定备下好酒好菜，好烟好茶，就等你来磨门槛！”俊逸将他们迎进书房，指着座位，“二位仁兄，坐坐坐，我这里真有一盒好茶哩！”

见俊逸准备茶具，查锦莱伸手拦道：“俊逸兄，茶先不急，快把你的好宝贝拿出来，让我哥俩开开眼界！”

“好宝贝？啥个好宝贝？”俊逸有点怔了，看向合义。

“镜湖双叟呀！”合义微笑道。

“呵呵呵，”俊逸转向锦莱，“啥人不晓得锦莱兄是上海滩上赫赫有名的俊学雅士，府上还能缺这个？”

“俊逸兄，甭笑我了。一听合义讲起你有双叟真迹，我这心里就痒痒起来了。”

“这不，在墙上呢！”俊逸朝墙上一指。

锦莱、合义这也看到了，围着字画品鉴、颂扬一会儿，复又坐下。齐伯也在这当儿沏好茶水，每人面前搁一杯。

“俊逸兄，”锦莱品一口茶，挑明来意，“实话说吧，我与合义来，一是为看画，二是我仨得商议一下明日选举的事体。明日一战，至关紧要，我们四明不能接受败选这一结局。你晓得老爷子这人，铁心要干的事体，必须做成。四明后生中，老爷子最是看中二人，一个是你，另一个是合义。大战在即，老爷子特别要我与你俩合议此事，确保完胜。”

俊逸长吸一口冷气。

“俊逸兄，合义兄，”查锦莱从袋中掏出一个本子，放在膝上，“我们这就合计一下各帮各行的有效选人。孙子曰，知己知彼，百战不殆。我们先算四明的，润丰源有会员三十七人，俊逸兄的茂记一十五人，合义兄的裕记一十三人，进卿那里八人，若雨那里八人……”

俊逸心里就如猫抓一般，根本没听进一句。显然，查老爷子已经算准他的心思，将其他所有的棋路都给堵死了。

送走锦莱，俊逸仰头望天，发出一声长叹。

“老爷因何长叹？”齐伯问道。

“老爷子算是把我彻底逼上梁山了。得罪广肇，就等于是前功尽弃，从此后，茂记将会步步艰难哪！”

“老爷，要叫我看，老爷子此举未必不是好事体。”

“哦？”

“鱼与熊掌不可兼得。老爷脚踏两只船，早晚都有踏空的一天。”

“是哩，”俊逸苦笑一下，“早晚都得踏空，只是眼下……”无奈地摇头，“好了，不扯这个吧。齐伯，明日你接到阿秀后，对她讲一声，我可能晚点过去，让她甭急。”

“好哩。”

自挺举从清虚观回来之后，一向冷清的茂平谷行陡然闹猛起来，不到一天，就有不下二十人登门，或询价，或购买，其中一个客户出口就是两石，急得阿祥把仓底都扫起来了。

“阿哥呀，”阿祥心里乐颠颠的，却又故意做出苦相，“你以后还是少去清虚观吧。”

“为个啥哩？”挺举不解了。

“你看看，”阿祥指着店铺里的几个零售谷仓，“你才去一趟，这不，我就得扫仓底。要是你天天去，这这这……我这怕得挖地三尺哩！”

“呵呵呵，”挺举这也乐了，故意压低声音，神秘兮兮道，“三清爷显灵说，咱这谷行时来运转了！”

“啊？”阿祥显然不信。

“不瞒你讲，阿哥拜过三清爷，一出来就被一个观相的老者叫住，说阿哥要交红运哩。在这谷行里，阿哥还能交啥红运？不就是有人来买大米么！”

“太好了，”阿祥兴奋道，“怪道阿哥讲话粗哩，原来是有三清爷罩着！照这势头，我敢说，不出十年，咱不定真能赶上仁谷堂哩！”

“呵呵呵，”挺举笑着朝仓里撇下嘴，“这得进新米了呢。”

话音落处，茂平谷行后面的河浜上，传来卖粮人一阵又一阵的叫卖声：“收大米不？今年的新米嘀，粒粒饱满，四块八一石！”

挺举听得真切，拔腿就要过去，阿祥飞步拦住：“阿哥，你不能去！”

“这不是没米了么？”

“没米也不能去！”

“咦，不进米，卖啥？”

“我这就寻仁谷堂，先从他们那儿周转点。”

“嘿，你这是做的哪门子生意？我不是没地方进米，干吗向他周借？”挺举袖子一摆，“去去去，我这过去看看，要是米好，这就进货了。”

“阿哥呀，你万不能去看。”阿祥扯住他衣服，指下整条街道，语气坚定起来，“这条街上介多米行，你看到有哪家应声的？新米刚收下来，粮农们心里有数，你一过去就让粘上了，脱不开身哩。”

“听见没？四块八一石，比去年新谷下来时便宜三角哩。”

“这只是个开始。仁谷堂不动，所有价钿都不作数。”阿祥悄声交底。

“仁谷堂，仁谷堂，你一口一个仁谷堂！仁谷堂不就是转角那家大米行吗，有啥大惊小怪的？”

“阿哥呀，”阿祥声音不大，语气却是老道，“你有所不知，这条街上有规矩，每年新粮下来，价钿得由仁谷堂定。仁谷堂不动，哪家收粮哪家倒霉！”

“咦，新米上市，米行收米，这是天经地义的事体，哪能是倒霉呢？”

“看来阿哥是真的不懂呀，”阿祥苦笑一声，“比如我们吧，现在收，一石四块八，收一百石，四百八十块。可仁谷堂一直压价，过上一月半月的，定价在四块以下，譬如说三块八，我们每收一石，就得整赔一块。”

“他们凭啥一直压价？”挺举不解了。

“财大气粗呗！”阿祥压低声音，“仁谷堂的大股东是善义源的彭老爷，钱多去了，连我们老爷见他都得哈腰说话，这是我亲眼看到的！”

“哦。”挺举若有所思。

二人正说话间，马掌柜一手提个酒葫芦，一手柱个司的克，摇摇晃晃地走进门来。后面照例跟着几个看热闹的人。

一见是马掌柜，阿祥几乎是条件反射般扑到钱袋子前，一把抢在手里，两眼紧紧盯在他身上。

挺举迎上：“马叔，里厢坐。”搬过一只凳子，伸手礼让。

“嗯，好小子，算你有眼色！”马掌柜朝他嘿嘿一笑，一屁股坐在凳子上，将葫芦塞进嘴里，连灌两口，朝阿祥道，“你小子不用发抖，本掌柜今朝不是拿你钱来的！”

“鬼才信哩！”阿祥仍旧护牢钱袋子，不信任地望着他。

“呵呵呵，”马掌柜摇摇头，“我说不拿就不拿，信不信在你。”

“为啥不拿了？”阿祥问道。

“因为今朝另外有人送本掌柜下酒钱呀。”马掌柜洋洋得意。

“啥人？”阿祥两眼大睁，追上一句。

“这不，送钱的人来了！”马掌柜朝门外努嘴。

果然，一辆马车急驶过来，在门前停下，老潘匆匆走进谷行，冲他嚷道：“振德，辰光到了，大家都在等你哩，你哪能跑这里来了？”

“去哪儿？”马掌柜白他一眼，朝嘴里送葫芦。

“去商会呀。”老潘急道。

“去商会做啥？”马掌柜不急不躁，又是一口。

“丢豆子呀！不是早就跟你讲清爽了吗？”

“我晓得是去丢豆子。有啥好处没？”

“要啥好处？”

“下酒钱呀。”

“没问题，只要你去丢豆子，下酒钱包在我身上！”老潘笑了。

“小子，你也来，这跟马叔走一趟！”马掌柜看向挺举。

“振德，”老潘皱眉，“是去商会丢豆子，名额只有一个，只能是你一个人去。”

“我晓得。”马掌柜白他一眼，“这小子不去，啥人替我拿葫芦？”将葫芦一把塞给挺举，“替马叔拿上！对了，小子，马叔这酒是有数的，你小子不得偷喝！”

众人皆笑起来。

马掌柜把文明棍一扔，朝挺举伸出胳膊：“小子，来，扶上！”

挺举扶起他。

马掌柜朝老潘瞪一眼：“走不？”

“走走走！”老潘迭声说道，跟在马掌柜后面，扶马掌柜跳上马车。

马车一溜烟尘儿刚刚离开，乐不合口的葛荔就从茂平谷行附近的一棵高大的梧桐树上跳下，哼着小曲儿，径投店门而来。

“小姐，是来买米的么？”守店的阿祥乐呵呵地迎上来。

“废话，到你店里，不买米还能做啥？”葛荔大摇大摆地走进，逐一看向几个谷仓。

“小姐要买多少？”阿祥跟过来，笑脸问道。

葛荔把谷仓挨个扫视一遍：“嘿，你个头不大，话倒讲得大哩！我要一石，你这有没？”

“有哩有哩，”阿祥赶忙应腔，“小姐只消略候半个时辰，小的保管大米进仓！”

“鬼才有辰光候你哩！”葛荔朝柜台上搁下六块银元，“米到后，给本小姐送到这个地址！”一个转身，大步离去。

阿祥收好地址，拱手送出：“小姐放心，今朝保证送到！小姐慢走嗬！”

查老爷子腾出来的房舍位于南京路与九江路之间，里面有个大院子，门楼甚是气势，主楼是个庞大的洋式三层建筑，三年前因债务落到润丰源手里。由于正门设在九江路，不临正街，查老爷子一直没有想好如何用它，刚巧这商会来了，就让人装饰一新，改作会馆。

主楼底层是个庞大的厅堂，足能容下三百人。尽管是白天，厅堂里依旧灯火辉煌。所有登过记、交过会费的会员按照行帮，每人一把小木凳子，齐刷刷地坐在干净整洁的大理石地板上。

主席台前摆着一条长长的几案，案上摆着三十个白色瓷碗（由各帮推出的三十个候选人），碗口尽皆向上。每个碗的后面各插一块牌子，上面写着候选人的姓名、职位及其所在的行、帮等。

主持会议的是上海道派来的主司工商的从四品张姓襄办。张襄办与查敬轩是儿女亲家，上海商界无人不知。张襄办亲自坐镇，点名让查敬轩陪坐，甬商在气势上已是先赢一着。

各方关注的投豆选举开始了。诸行帮共同推出三人做监事，分别是泰记的张士杰、四明的祝合义和广肇的马克刘。有投豆资格的会员胸前各带一块特制的牌牌，按行帮次序，挨个走到长案的左边开端处，现场领取十五粒黑豆（十五名议董），在众目睽睽之下，有选择地丢入所中意的候选人前面的白瓷碗里。一时间，叮叮当当的落豆子声不绝于耳，有专人跟在丢豆人身后，若有蹦出碗的豆子，拣回丢入。张士杰、祝合义、马克刘三人分开坐在长案后面，每人监管十只白碗。

茂字号十五人坐成一个竖排。排在开头的俊逸二目微闭，谁也不看。排在最后的马掌柜眯缝两眼，伸手从挺举手中拿过葫芦，旁若无人地仰脖子喝一口，再递给挺举，然后再伸手讨葫芦，再喝一口。

该到茂字号了。

甬商、粤商的无数道目光聚焦在鲁俊逸身上。坐在太师椅上、穿着大清二品官服的查老爷子，鹰一样的目光直射过来。

"老爷，广肇，还是四明？"紧挨俊逸坐着的老潘低声问道。

俊逸伸出四个手指，晃一下，忽身站起，走到长案前，领取十五只豆子，逐个丢下。老潘朝身后的人也摆出个手势，跟着站起，走上去，领豆子，丢豆子。

查敬轩的一双老眼紧紧盯住茂字号的每一个人及其丢下的每一粒豆子。见茂字号里有十四人都已丢过，查敬轩这才长出一气，朝坐在身边的查锦莱微微点头，现出笑脸。

彭伟伦则脸色铁青，将脸别向一边。监投的马克刘面孔扭曲，呼呼直喘粗气。

茂字号里，排在最后一个的是马掌柜。但他似乎没有看见，依旧坐在地上，仰脖子将酒葫芦一下接一下地灌进口里，喝得咕嘟嘟直响。

俊逸皱下眉头，看向老潘。

老潘急跑回去。

所有目光齐射过来。

马掌柜将葫芦越发扬得高，咕嘟得越发响亮。他胸前戴着的浅黄色会员牌子被他夸张地甩在左边肩上。

老潘不由分说，夺下他的葫芦，递给挺举，一把扯他起来。

马掌柜两腿发软，连试几下，却是站不稳。所有人的目光都在望着这场热闹，尤其是粤商那帮人，恨得牙根痒痒的，开始故意放出嘘声。

老潘这才急了，看向挺举："挺举，要不，你过去，代你马叔投！”

“这……”挺举接道，“怕是不合适吧？”

“没事体的，我这就跟监投的人讲一声，说你是代投。无论如何，你是茂平谷行的人，也能代表谷行。”

“可……上面的人我一个都不认识，投给啥人？”

“我们方才投的那些碗，你都看清爽没？”

“看清爽了。”

“就投我们投过的那些碗里！”

“好吧。”

然而，挺举刚站起来，马掌柜却眼珠一瞪，指着他喝道：“你……小子，想……做啥？给我坐……坐……坐下！”

挺举看下老潘，不无尴尬地坐下。

“起来！”马掌柜又冲他叫道。

挺举不知所措，见众人连嘘声也没了，全都望着他们，越发紧张。

马掌柜猛一挥手，推开老潘，冲挺举叫道：“过来，扶住本掌柜！”

挺举迟疑一下，只好扶住他。

马掌柜站稳脚跟，看向老潘，声音很大：“你再讲一遍，这让我来，是要做啥哩？”

“丢豆子呀！不是跟你早就讲好了嘛。”老潘的声音近乎哭了。此时的他，真正后悔当初没听齐伯的话。

“豆子哩？”马掌柜向他伸手。

“要到那边去领。”老潘指一下案子左端。

马掌柜一步三摇，在挺举搀扶下去领豆子。老潘生怕闹出事体，小心翼翼地跟在身后。

场上所有目光尽皆盯在这场闹剧上，众人无不憋住笑，全场反而安静。

俊逸脸色紫胀，恨不能寻个地缝钻进去。

“丢哪儿？”马掌柜领到豆子，故意转向老潘问道。

“丢进前面这排碗里，一只碗只能丢一粒！”老潘的脸涨得通红。

“给钱！讲好了的！”马掌柜甩开挺举，向他伸出另一只手。

老潘从袋中摸出五块银元，递给他。

马掌柜一粒一粒地数豆子，数过一遍，再伸手道：“不对，是十五粒！一粒一块！”

老潘头上的汗水直流下来，在口袋里摸半天，却只掏出八块，只好跑回来，从大把头那儿拿过七块，回来递给他。

众人无不屏住呼吸，伸长脖子，紧盯马掌柜。

马掌柜将十五粒豆子挨碗丢下，丢一粒，说一句：“只能丢一粒。”丢到一半，手中没豆子了，转对老潘，做个怪脸，两手一摊，“老潘，没豆子了！”

众人再也憋不住，哄场大笑，嘘声一片。

老潘哭笑不得，众目睽睽之下，却也奈何他不得。鲁俊逸两手抱脸，不无痛苦地蹲在地上，面孔扭曲，脸色变成猪肝。查敬轩老眉拧起，脸色阴沉，两眼紧紧闭合。只有彭伟伦冷蔑地看着这场热闹，嘴角上挂起阴狠的嘲讽。

至关重要的总董选战开始了。

按照章程，五名总董由当选的十五名议董选举，候选对象也是这十五名议董。长案上摆着十五只碗，每个碗上照例写着当选的十五名议董的名号。

选举场所也换过了，在布置一新的三楼会议室。刚刚当选的十五名议董排成一个纵队，排在首位的是普选时得豆最多的查老爷子，第二位是彭伟伦，第三位是张士杰，俊逸排在第十二位，后面是马克刘。

查老爷子领到五粒豆子，当众丢进所选中的碗里。他丢的第一只碗是自己的，另外三粒是祝合义、鲁俊逸和周进卿三名甬商议董，还余一粒，顺手丢给了张士杰。彭伟伦上场，丢三粒给粤商（包括他自己），另外两粒给了他选中的苏商和徽商。张士杰则分出其中一粒，丢在鲁俊逸的碗里。

接下来，写有鲁俊逸牌子的白碗里，不停有黑色豆子叮当作响丢进。

丢完豆子的查敬轩和彭伟伦，尽皆睁大眼睛，望着丢进鲁俊逸碗中的人和手，听着里面豆子的叮当响声，脸色各现诧异之色。

鲁俊逸的表情由错愕变作惊惧。

豆子丢完了，所有的白碗尽被封住，张士杰、祝合义、马克刘三人共同数豆子，张襄办出面，将豆粒数最多的五只碗推到最前面，按序排好。

所有的人无不惊呆，因为白碗的排序竟然是：鲁俊逸，11粒；查敬轩，10粒；彭伟伦，9粒；张士杰，8粒；詹启来、祝合义，各8粒。

查敬轩老脸涨成紫茄子，鹰一样的目光盯向鲁俊逸。

彭伟伦也盯过来。

所有目光皆盯过来。

鲁俊逸傻了，好半天，方才回过神来，连声叫道："这不可能，这不可能，你们再数数！"

不待有人念出名次，查敬轩狠盯俊逸一眼，鼻孔里重重地"哼"出一声，一拂袖子，大步走出选举室。

望着查敬轩的背影，彭伟伦陡然爆出一声长笑，亦大踏步走出。甬商、粤商议员的所有目光，无不异样地盯向鲁俊逸，有跟着走出的，有留下看热闹的。

"苍天哪！"鲁俊逸欲哭无泪，两手捂脸，不无痛苦地蹲在地上。

入夜，在位于大英租界靠近四马路的一处西式小宅院里，环境雅致，打扫一新，新来上海的阿秀在同乡阿姨服侍下，坐在新置的柏木大浴桶里洗去一身尘垢与疲惫，美如出水芙蓉，换上俊逸专门为她购置的西式真丝内衣，轻柔如绵，滑腻如脂，坐在镜前，精心地为心上人粉黛梳妆。

楼下客堂，一张小方桌上摆着几碟子饭菜。

院门半掩，齐伯静静地坐在院中一把竹椅上，倾听着外边巷子里传来的任何响动。

人定了。入更了。俊逸没有回来。

交二更了，饭菜早凉了。俊逸仍旧没有回来。

阿秀守不住了，不无焦心地走下楼梯，问齐伯道："齐伯，我阿哥他……不会出啥事体吧？"

"不会的。"齐伯冲她笑笑，"今朝商会选举，事体多，老爷讲好晚点来呢。"

"嗯，晓得了。"阿秀回个笑，转身上楼。

就在阿秀苦苦等待的同时，查家深宅大院里，静寂如死。

烟房里，查敬轩躺在榻上，一口接一口地抽闷烟，水烟枪发出有节奏的咕噜咕噜声。查锦莱小心翼翼地跪在一边亲自侍奉。

二人的脸尽皆黑丧着。

秋已深，秋凉如万道薄刃刺透窗纸，阵阵袭来。查敬轩情不自禁地打个寒噤。查锦莱赶忙起身，拿起一条外袍，披在查敬轩身上。

查敬轩微微睁眼，朝门口努下嘴。

查锦莱悄悄起身，走到门口，将门启开一道缝，透缝看去。烟房外面的空旷砖地上，一团黑影跪在地上，就如一尊雕像。

查锦莱合上门，返回查敬轩身边，席地坐下，点下头。

查敬轩放下烟枪，斜躺下来，闭上眼。

不知过有多久，一声嘹亮的鸡啼传来。

查敬轩打个惊愣，身子动一下，睁开眼睛。

查锦莱也被鸡啼声吵醒，揉眼道："阿爸？"

查老爷子指着门口："快，看看那人，还在不？"

查锦莱走到门口，再次开道小缝，而后关上门，回到查敬轩身边，坐下，点头。

"哦？"查老爷子忽地坐直，"快，快请俊逸进来！"

"阿爸，"查锦莱恨恨地咬牙道，"让他跪去，跪死他！"

查老爷子白他一眼，站起来，匆匆穿上鞋子，颤巍巍地走向门口。查锦莱也忙站起，紧跟几步，扶住他。

查老爷子打开烟房的门。

门外，俊逸依旧当院跪在硬地板上，头上、身上结了一层白雾。

“俊逸，俊逸！”查敬轩急赶过去。

没有应声。

查家父子真正急了，合力将俊逸抬进烟房。

“快，快叫丫环，”查敬轩急急吩咐查锦莱，“用温水给俊逸敷擦身子，灌姜汤！”

大选之后的第三日，商务总会依程序召开首届总董会。

五名总董络绎走入会议室，鲁俊逸走到查敬轩特别购置的总理位上，但没有坐，只是站在椅子右边。

其他四位总董各依席次就座。左上首，查敬轩；右上首，彭伟伦。挨住他们的是张士杰与祝合义。

见俊逸迟迟没有落座，士杰笑道：“鲁总理，你不落座，我们都得站起来了。”

“诸位总董，”俊逸咳嗽一声，清下嗓子，缓缓说道，“这个座俊逸不能落。今天是首次总董会，俊逸郑重宣告，俊逸请辞上海商务总会总理之职！”

几人面面相觑。尤其是彭伟伦和张士杰，各睁大眼盯向俊逸。

“查总董，彭总董，张总董，还有祝总董，”俊逸逐个看过去，言辞诚恳，“俊逸请辞总理，非一时冲动，是深思三日之后作出的郑重决定，没有通融空间，望诸位理解并成全。至于新总理人选，作为临时执事，也作为总董之一，俊逸提议两个候选人，一是查敬轩总董，二是彭伟伦总董，由五位总董丢豆子决定。”

言讫，俊逸从随身所带的袋子里取出两只白碗和牌子，摆在面前，又拿出五粒豆子。

诸人尽皆傻了。

俊逸将五粒豆子一人一个，摆在众人前面：“现在开始投豆子，碗中豆粒数多者即为上海商务总会首任总理。俊逸不才，先投为敬。”在查敬轩的碗中丢下一粒豆子。

其他几人谁也没有动手。

俊逸看向查敬轩："查总董，该你投了。"

"俊逸，这……"查敬轩面色略显尴尬，"别是不合程式吧？"

"凡事不可勉强，"俊逸执意请道，"俊逸实意请辞，敬请查总董尊重俊逸意愿。就章程而论，虽然是会员普选议董，议董普选总董，票数最多者为总理，然而，如果当选总理请辞或出其他意外，就当由全体总董举选新总理，俊逸请辞，由诸位总董举选新总理，理所当然！"

"既是此说，敬轩就不勉强了。"查敬轩站起来，将豆粒投在自己碗里。

俊逸看向彭伟伦道："彭总董，该你了。"

"嘿，嘿嘿，嘿嘿嘿，"彭伟伦连出几声怪怪的冷笑，"这桩事体真还是一波三折啊！"拿起豆粒，顺手放进口里，咯嘣两声咬碎，"在下这也算是投了！"

俊逸看向士杰："张总董，请！"

"唉，"士杰摇头，长叹一声，"这是唱的哪一出哩！"站起身，将豆粒投进查敬轩碗里。

不待俊逸叫名，祝合义已将豆粒丢给查敬轩。

"诸位总董，"俊逸将查敬轩的白碗拿在手里，"上海商务总会五名总董全员出席首届总董会，原总理鲁俊逸请辞，五位总董公选新总理，四名总董投豆，一名总董弃权，合乎商会章程，选举有效。作为临时执事，俊逸宣布公选结果：总董查敬轩独得四豆，当选为上海商务总会首任总理！"退后一步，将座位摆正，向查敬轩伸手，"查总理，请入主席！"

商会二次选举，总理选给查敬轩，大出丁大人意外，惊怔良久，方才继续转起他的佛珠子。

"不仅如此，"如夫人轻轻地为丁大人敲背，小声道，"鲁俊逸这还在查门外面跪一宵呢！"

"是跪在查敬轩烟房外面，"车康补充说，"听说半个身子都冻僵了。”

“这人真就是一摊烂泥，扶不上墙哩！”如夫人柔软的小手游走到丁大人脑后，两个拇指同时按住风府穴边的两个风池穴，稍稍加力。

“是哩，”车康应和道，“他这是不识抬举。照理说，老爷成全他介大一桩事体，他该跪在老爷书房外面才是。”

“你是哪能晓得的？”丁大人看向车康。

“是查家传出来的。姓鲁的这般表忠心，查家上下四处嚷嚷，上海滩怕是无人不晓了。”

“老爷，”如夫人顿住手，恨道，“妾身养狗多年，真还没见过养不住的狗哩！”看向车康，“老车，你说是不？”

“是是是，”车康连连点头，腰哈得更低了，“十万两银子也收不住他的心！”

“是条好狗呀！”丁大人总算接上一句，转对如夫人，“养不住，就撒手吧。”

“老车，”如夫人转对车康，“这就过去，把存他庄上的银子全取出来！”

“好咧。”

商会刚立起来，北京急电丁大人进京。丁大人无奈，只好留下襄办，让他等候商会拿出商约后，邀英人赴京签约。临行前夜，丁大人歇在如夫人房里。

鸡叫头遍，丁大人匆匆起床。

“老爷呀，”如夫人一只肘弯子撑在枕上，一手揉搓睡眼，“鸡才叫呢，你起介早做啥？”

“得去书房，有些材料需要整理。”

“再睡会儿吧，贱妾帮你去整。”

“不用了。”丁大人顾自穿衣，“你管好自己事体就成。”

“我晓得有人帮你！”如夫人嘟哝一句，语气不无哀怨，“听说你还要把那个小妮子带进京城，老爷呀，不是贱妾吃醋，是妾身担心你呀。毕竟上年岁了，身子骨打紧，对不？”

“瞧你想到哪儿去了？”丁大人给她个白眼，半是嗔怪，半是斥责，“这孩子是老夫特意寻来调教的，这要带她敬献老佛爷。前次觐见老佛爷，她一直在叨叨曲戏，还向老夫抱怨身边没个能对腔的！”

“真没想到哩，”如夫人变过脸色，翻身下床，赤脚过来，伏他肩头发嗲道，“是妾身想多了！”抚他前胸，“老爷这里顺顺气，甭跟贱妾一般见识！”

“好了好了，”丁大人挪开她手，“对了，老夫走后，你要多多关注商会。有它在身后，老夫在京里底气就会足些。”

“查敬轩他……向来与咱泰记不合谱，不肯听话咋办？”

“查敬轩落势了，你须当心的是彭伟伦，他是袁世凯的人，姓袁的近来有点见不得老夫了！”

“要是这说，贱妾就放心了，”如夫人笑应道，“妾身这把姓彭的交给姓查的就是。广肇与四明，水火不容哩，让这两条狗自个撕咬去。老爷——”如夫人眼巴巴地望着他，似有要事。

“还有什么，你这讲吧。”

“是泰记！”如夫人决定把话挑明，“听车康讲——”

“泰记是夫人的，你不可惦记！”丁大人脸色一沉，扔下一句，大踏步而去。

如夫人吃此一噎，一时愣了，许久，方才反应过来，缓缓挪回榻上，扯被子蒙头，呜呜啜泣起来。

# 第十二章

# 上海滩流氓艰难起步

黄昏时分，顺安胸前挂着跑街包，脚步匆匆地穿过中院长廊，走向后院宿舍。路过中院时，隐约听到小姐的闺院里传出女人啜泣声。

顺安吃一大惊，顿住步子，循声走到小院的圆拱门边。

小姐的闺院是禁区。他与挺举住进鲁宅的第二日，齐伯就晓谕二人，没有老爷特许，不得入内。然而，此时的顺安，心里就如猫抓一般，莫名涌出一股冲动，四顾无人，一闪而进，隐身于假山后的竹丛中，偷眼望去，见竹影掩映的亭子上只有小姐一人，正凭栏抽动双肩，哭得伤悲。夕阳余晖反射在她的漂亮旗袍上，映出一轮错落有致的背影曲线，在轻微的抽动中楚楚动人。

顺安被这场美景吸引住了，屏住呼吸，一动不动地伏在那儿。

碧瑶仍旧沉浸于莫名的伤感中，兀自啜泣。

“咦，旁无一人，不似有谁招惹，小姐哭得介伤心做啥？”顺安忖道。

“小姐，快到前院来，齐伯叫你！”秋红的声音从前院飘来。

碧瑶打个惊怔，答应一声，擦去泪水，将一物啪地搁在栏杆上，拔腿跑去。

顺安听她走远，晓得院中再无他人，怦然心动，蹑手蹑脚走进亭里，见栏杆上放着一书，打眼一看，是《西厢记》。

书中透出一股浓浓的香水味。

顺安深吸几下那味道，目光落在翻开的书页上，见上面满是泪水。细看下去，竟是长亭送别一段。

这是顺安从小就听姆妈唱过来的，此时得见，竟是忘了环境，情不自禁地学起姆妈的腔调，轻声唱道："碧云天，黄花地，西风紧，北雁南飞。晓来谁染霜林醉？总是离人泪。恨相见得迟，怨归去得疾……听得道一声去也，松了金钏；遥望见十里长亭，减了玉肌。此恨谁知……"

顺安顾自唱得投入，不提防小姐惦念此书，一阵风似的跑回来。待他听到脚步声时，小姐已到院门外。顺安来不及将书原样摆回，纵身闪进竹丛。

碧瑶直奔亭子，见书没了，纳闷道："咦，这书哪儿去了？"又寻一会儿，朝远处大叫，"秋红，快过来，我的书哪能寻不见哩？"

秋红急跑过来，问道："小姐，你放哪儿了？"

"就这儿。"碧瑶指指栏杆，"我才放下一时时儿，竟就不见了，难道是闹鬼不成？"。

听到鬼字，秋红打个哆嗦，镇住胆子道："小姐，怕是让风刮到下面了，我去寻寻。"秋红绕到栏杆下面，遍寻不见，见风吹竹林，发出沙沙声，遂看向竹林，"小姐，会不会让风刮进竹林子里去了？"

顺安打个惊战，面无血色。

碧瑶看下林子，嗔怪道："厚厚一本书，介小的风，哪能刮得动哩？"

"不定来股旋风呢？"

"旋你个头！"碧瑶白她一眼，"你就想着闹鬼！"

旋风与鬼本是连在一起的，听碧瑶这么一说，秋红再次打个惊战，不由自主地望向竹林。太阳落山，最后一抹红光已经淡去，竹林里真还有种阴森森的感觉。

秋红吐下舌头，颤声道："小姐，我……这去拿个灯笼。"

"算了，"碧瑶皱起眉头，"一本破书，没啥稀罕的！哪个鬼欢喜，就让它拿去就是。”扭过身，快步走向闺楼。

小姐句句离不开鬼，秋红吓得花容失色，紧跟于后。二人打开楼梯上的电灯开关，快步上楼去了。

顺安吁出一气，闪出竹林，顺阴影溜出院门，踅进后院，将自己关进房里，心里扑通扑通地紧跳一阵子，方才缓过气来。

直到此时，顺安才惊愕地发现，他的手中依然拿着小姐的香书。

“天哪，这可哪能办哩？”顺安在屋子里走来走去，“不行，我得送回去。小姐寻不到，真会以为是闹鬼，也必告诉鲁叔。鲁叔必定让齐伯追查，齐伯那人……”

顺安想到此处，由不得打个惊战。

顺安拿起书，拉开房门，走向中院，正欲还书，远远听到脚步声和齐伯的咳嗽声，赶忙退回，再次闪进屋里，喘会儿气，心道：“也罢，既然是闹鬼，就让它闹去。要是小姐不闹，啥人也不会晓得此事。要是小姐闹了，鲁叔追查，我就把书毁掉。查无实据，也不会有人怀疑到我。”

这样想定，顺安心里踏实下来，开始翻看小姐的香书。

翻着翻着，顺安眼前渐渐浮出一幕幕场景。

大街上，碧瑶鄙夷地骂他是小偷，他把一口鲜血准确地射在她的新旗袍上。

鲁家客堂里，碧瑶向他投来质疑的目光。

碧瑶的声音也在耳边响起：“记得你好像不叫晓迪吧。你姓甫，叫甫顺安，是街西甫家戏班主的儿子。那日在典当行，我亲眼看到你跟人打架哩……”

接着是老潘的声音：“昨日推举商务总会的会员人选，议到茂平谷行时，齐伯推荐的是挺举，老爷竟也同意。师父思虑许久，觉得不太妥。挺举无论是何来路，名分上不过是个初来乍到的伙计。商会是何等雅致地方，推个伙计去登大堂，师父担心让人把我们茂字号看扁了……”

顺安眼前，耳边，一会儿这个，一会儿那个，越想越是烦闷，呼吸也渐渐加重，自语道："眼下与我扯不断、理还乱的只这两个人，一个是鲁小姐，一个是挺举阿哥。鲁小姐让我头大，挺举阿哥让我……"

顺安折腾得头大，长叹一声，将书重重合上，正打算去洗澡，听到外面脚步声近，是挺举回来了。

顺安打个惊愣，忙将香书压在枕下，顺身一躺，歪在床上，装模作样地打起鼾声。

翌日晨起，顺安故意磨蹭，见挺举出去，方才麻利地从枕下取出书，塞进跑街包，走到门外，想想不妥，返身复取出来，在屋内寻处安全地方藏起，刚要出门，又觉不妥，将书再拿出来，干脆擦燃火柴，在地上点了。

眼见香书焚为一炬，顺安这才长出一气，扫去灰烬，一身轻松地走出门去。

然而，烧没的是书，不是顺安的心。一整天里，昨夜枕下那册让他嗅了一夜香气的《西厢记》在他心里始终挥之不去。

大街上，顺安一路走，一路琢磨："那书为风花雪月之最，长亭送别为莺莺小姐与张生难舍难分之最。鲁小姐在那书上特别喷洒香水，足见珍视之重，又在长亭送别处伤感洒泪，足见用情之深。小姐如此这般，又是为何？难道是……小姐思春了不成？"

想到思春二字，顺安心里一颤，耳边不由荡起章虎的声音："就说这姓鲁的吧，原本读书不成，穷困潦倒，在这街上摊个小鱼摊，卖些死鱼臭虾，狗屁不是，后来勾上马家小姐，弄大人家肚皮，得银二百两，方才混出个人样来。不想这人样混大了，反倒摆起谱来，不把穷人当人看哩！兄弟，晓得阿哥为何要收拾他不？"

"我哪能净往这方面想呢？"顺安暗骂自己一声，大步走去，没走几步，再次忖道，"咦？我为什么不能这般想呢？鲁叔既能这般，我凭啥不能？何况鲁叔膝下无子，只此一个女儿。天底下哪来介好的事体，打灯笼也难寻哩。"

顺安闭上眼睛，良久方才睁开，脸上浮出一层浅笑，抬头一望，刚好看到一家门面，匾额上写着"瀚海书局"四字，灵机一动，抬腿走去。

一个穿长衫、秀才模样的店主看到顺安一身光鲜打扮，又见他背着一只跑街包，知是个有钱的主儿，堆起笑脸迎上，深鞠一躬："先生，进来看看吧，本店种类齐全，价钱便宜，保管先生满意！"

"有曲子戏没？"顺安劈头问道。

"有有有。"

"讲讲看，都是哪些曲子？"

"什么曲子都有。先生想看哪一类？"

"《西厢记》。"

"呵呵呵，是艳曲呀，"长衫店主压低声音，"本局多的是，清一色公子小姐谈情说爱的。先生请随我来。"引顺安走到最里厢，从架上拿出一套，"请看这一套，天一阁刻本，有《西厢记》《拜月亭》《墙头马上》和《倩女离魂》，一总儿四本，号称元代四大名曲，艳而不淫，堪称上品嘀。"

"几钿？"顺安接过来，一本一本地翻看。

"三块五角。"店主脱口说道。

"介许多！"顺安皱下眉头，将手伸进袋里，摸一会儿，扭身走出。

"先生，你……能出几钿？"店主追出来。

"我身上只有三块！"顺安如实说道。甫韩氏塞给他五块，让挺举摸走两块，身上只剩这点了。

"看你实意想买，三块就三块吧。"

苏州河北岸的棚户区里，家家户户飘出饭菜香。

几个孩子在脏乱狭窄的巷道里端着饭碗边吃边闹，一个小男孩一头撞在匆匆走路的章虎身上，饭碗掉落在地，章虎的裤子、鞋上溅满稀粥。

"小赤佬，找死呀你！"章虎瞪他一眼，弯腰拍打裤子。

孩子用的是木碗，饭洒了，碗却没破。不知是吓呆了，还是想拿回他的碗，那孩子动也不动，依旧像个木桩一样竖在那儿。

"小赤佬！"章虎跺下脚，把鞋上的米饭震掉，抬腿又走，因眼睛仍旧盯在那孩子身上，刚巧踩到洒满一地的稀粥上，打个趔趄，幸好伸手撑住墙，没有滑倒。

“你个小赤佬，看我揍死你！”章虎稳住身子，扬起拳头，朝他龇龇牙。

“姆妈——”孩子回过神了，顾不上拿碗，撒腿逃开。

“小娘比，人走倒运，撒泡尿都有野蜂叮住鸟！”章虎苦笑一声，拍拍手，继续走去。

走过几道门，章虎推开一扇，走进一个简陋的棚户。屋里没有像样的家具，也没有床铺，只有一溜儿草席子挨排摊在地上。一个兄弟头上、胳膊上、腿上各缠几条绷带，躺在一条破席子上，几个小阿飞在他身边或坐或躺，无不面色沮丧。

看到章虎，所有目光皆望过来。

“看我做啥？饭哩？大中午了，一个个就跟死鱼一样躺在床上，等我喂呀！”章虎白众人一眼。

几人面面相觑。

“阿哥，没……没米了。”阿青嗫嚅道。

“啊？”章虎惊愕了，“阿青，你……哪能瞎讲哩？昨晚不是还有菜粥吗？”

众人把头扭向他处，似是不忍看他。

“阿哥，昨晚就剩小半碗米，我拼凑几把捡回来的烂菜叶子，方才做出三碗菜粥，全都……盛给四弟和阿哥了。”阿青勾下头，扫众人一眼，低声喃道，“阿拉……”顿住没再讲下去。

“你……哪能不早讲哩？”章虎蹲在地上，两手抱头，许久，抬起头，嗔怪他道。

“阿拉……阿拉哪能再给阿哥添堵哩？”

章虎的手指用力戳在地上，好像这地下埋着大米似的。

“不瞒阿哥，这些日来，啥人也没寻到生活，就身上那点钱，早折腾光了。”阿青半是自语，半是说给章虎，眼睛望向受伤的阿飞，“四弟昨日就该换药，可那大夫死也不肯来，说是前两次换药的钱还没付哩。”

“娘稀屁，”章虎恨道，“小小郎中也敢耍横！”转对阿黄，“阿黄，你这再去请他！传我的话，再敢不来为四弟换药，我就叫他永远关门！”

“好咧！”阿黄应过，开门出去。

“阿青，你去弄些吃的，让兄弟们全都填饱肚皮！”章虎在袋中掏摸一阵，寻到一个银角子儿，递给阿青。

“阿哥，你哩？”

“我有点事体，外面吃去！”

大街上，章虎越走越慢，肚子饿得咕咕响，身上一个铜子也没有了。

一群麻雀在街面上疯狂啄食，待章虎走近，忽地飞起，却又不肯飞远，只在旁边的梧桐树上喳喳地聒噪，叫得他心烦。章虎走到麻雀啄食的地方，见是有人扔掉的一块碎面包，快被路人踩成粉末了。

肚子又叫起来。不知怎的，章虎突然羡慕起这些麻雀来，心中泛起说不出的失落与沮丧，甚至隐隐感到某种莫名的恐惧。

人说上海滩遍地黄金，章虎在这里苦撑月余，却连一块土疙瘩也没捞到。显然，上海滩在刻意与他作对。可以说，此生迄今，他还从未有今天这般感到挫败。这帮兄弟懒散惯了，苦力做不来，讨饭舍不下脸，打工没手艺，唯一能做的就是耍横捞财。但上海滩不比牛湾镇，没过几日，他们就可怕地领教一个事实，莫说是黑道街帮，即使乞丐也都是严格划分过地盘的。他们初来乍到，人生地不熟，就如几条乡下稻田里的小泥鳅突然闯入大池塘，一时无所适从，偷偷摸摸出手几次，钱没捞到几钿，人却被盯上，一帮人堵住四弟，将他打个头破血流，几处骨折，且又留下狠话，断去他们报复的念头。对此窘境，弟兄们谁也没说二话，然而，即使章虎自己，也觉得这个大哥当得窝囊。

眼见断粮，兄弟几人也都泄气，没人再出门，章虎真正着急了。

“小娘比，我就不信，介大的上海滩竟就容不下我一个章虎！”章虎飞起一脚，将那块烂面包一脚踢飞，而后迈开大步，熟门熟路地拐过两条街道，径直走向一处高大门楼，在门口头停下，抬眼望向当头高悬的“鸿运赌局”四字。

显然，章虎并非初次上门了。

站一会儿，章虎摘下毡帽，细审一遍，复又戴上，将手伸向挂在脖颈上的一根红线，嚓一下扯它出来，现出一个拇指般大小的金锁。

这是把长命锁，自幼就戴在他的脖子上，不曾有须臾离开。章虎轻轻抚摸几下，狠下心，用牙齿扯断红丝绳，将金锁攥在手心，昂首挺胸地跨入赌场。

赌场内人来人往，设着多个赌局。

章虎走向赌台，将手中金锁摆在柜上。

庄家拿过金锁，眯眼审看。

“不用看，足金货，你过下秤，看看能抵多少银子？”章虎泰然说道。

庄家这也审看过了，朝他笑一下，把金锁递给一个人，让他过秤。那人秤完，伸出十根指头。

庄家伸出手掌，也对章虎比出一个十字。

“换筹码来。”章虎朗声说道。

庄家示意，早有人拿过十个筹码，双手递给章虎。

章虎径直走到赌骰子的赌案上，将筹码摆在眼前，神态轻松自然，看不出任何异常。

赌局开始了。

章虎每次只押一个筹码，且只押在一个点上，连押两次，全输。

章虎做出诧异神情，将剩余八个全部押上，仍旧押在那个点上。开盘前，章虎低下头去，仔细查看盘子，似乎要看看这个骰子里是否有鬼。

确认无误，章虎方才直起身子：“开盘吧。”

庄家开盘，果然是章虎所押的那个点。

庄家大是诧异，几个看客不无惊愕。

章虎将十六个筹码依旧押在那个点上，如法炮制。再次开盘，章虎又赢。

众看客发声喊，齐围过来。

章虎连赢数次，面前筹码越堆越多。

庄家显然吃不消了，停住赌盘，朝章虎拱拱手："客人稍候，容在下方便一下，去去就来！"言讫，径直走向附近一处茅厕。

几分钟后，庄家走出茅厕，神态安闲地坐在赌局前，笑问："先生，还要赌不？"

章虎迟疑一下，点头。

"先生，还押这个点吗？"庄家再问。

"是。"

"押多少？"

"全押上！"章虎牙关一咬，将所有筹码尽数推去。

庄家开盘，输的却是章虎。

全场惊诧。

章虎面无血色，一屁股跌坐于地。

"先生，还要押吗？"庄家微微一笑。

章虎话也说不出来，只能摇头。

庄家没说什么，朝他微微一笑，两手拍打几下，朝众人略拱一拱，起身走向后院。

章虎跌跌撞撞地走出大门，一脸沮丧和懊悔。

章虎走有十几步，后面传出一个声音："先生留步！"

章虎站住，见后面快步跟来两个汉子。

二人一左一右，将他夹在中间。

一人拱手道："先生，我家老头子有请！"

章虎心里一震，晓得麻烦来了，想来硬的，估量一下对方实力，自己并无把握，只得硬起头皮，跟他们走进旁边一个并不起眼的小门，来到一处雅室。

雅室里坐着一个年逾五旬的老者。庄家站在一边，身边各立一个汉子。

章虎脸色变了。

"年轻人，晓得输在哪儿吗？"老者望着章虎，缓缓问道。

“晚辈不晓得，敬请前辈指点！”章虎拱手。

“我不晓得你输在哪儿，但我晓得你赢在哪儿！”老者的声音稍稍阴冷。

章虎不由自主地“哦”出一声。

“摘下他的帽子！”老者虎起脸，吩咐一人。

章虎打个惊战，身子晃了晃，勉强稳住。

那汉子走过去，摘下章虎帽子，双手呈给老人。老人从帽子里取出一块磁铁，啪地扔到章虎脚下。

“年轻人，敢在我老千庞的眼皮底下耍这个，你小子胆子倒是不小嘀！”老千庞手指轻扣椅子扶手，发出嘭嘭闷响，转向庄家，“阿根，按照家法，此类行为该是哪能个惩戒？”

“回禀师父，轻则杖责二十，重则断其三指！”

“年轻人，可听清爽否？”老千庞看向章虎。

“听清爽了。”章虎横下心来，朗声应道，“晚辈有眼无珠，既犯虎威，悉听前辈处置！”

“哦？”老千庞倒是惊愕了，盯他许久，微微点头，“嗯，年轻人，你有此等胆识，倒叫老朽刮目相看。好了，老朽也不再问你姓啥名谁，今日饶你一次。记住，下不为例。”转对庄家，“阿根，送客！”

“晚辈章虎叩谢前辈不罚之恩！”章虎扑地跪下，向老千庞连磕三个响头。

阿根努下嘴，几个汉子护送他出去。

“师父，这就放他走了？差点让他——”阿根不解地看向老千庞。

“你小子，难道想把事体闹大么？”老千庞白他一眼，“去，马上换掉那副骰子，三个月内不可再用！”

“是！”庄家转身走出。

侧室门帘掀起，一个身穿租界巡捕警装的汉子走出来。汉子年不足四十，中等身材，一身结实的肌腱一看就知是练过功夫、混过道上的。

这汉子姓王名鑫，十年前就在大英租界巡捕房的华探所里当差，做了三年包打听，六年前就被提升为探员，负责维护附近几条街道的治安，鸿运赌局刚好就在他的辖区。

大英租界甚大，华人探员不下十个，探长却只一名，是一个姓张的资深探员。近日张探长生病住院，听说是死症病，巡捕房有心在众探员中物色新探长，资历足厚的王鑫动心了，这来与老千庞谋划此事，偏巧撞到章虎。

老者朝他抱拳道：“今朝大意，差点失荆州，让大人见笑了！”

“呵呵呵，还是你这老姜辣嘀。”王鑫在椅子上坐下，“不过，那小子倒也是个人物，让在下看了一出好戏呢。”

“大人好眼力嘀，”老千庞微微点头，“此人是个干家子！”

“老庞呀，”王鑫歪头看着他，“看到此人，在下倒是想到一步妙棋，或能破局！”

“哦？”老千庞眼睛眯过来。

王鑫招手，老千庞凑过头。

二人耳语，老千庞连连点头。

天色昏黑，苏州河边的白渡桥上，过往行人稀疏下来。

从赌场里逃过一劫的章虎不无沮丧地沿着苏州河的土堤岸走到白渡桥下，在一块方方正正的石头上一屁股坐下，百无聊赖地望着黄黄的河水发呆。是哩，他得好好思索一下今后的棋路，何去何从，每一着都是关键。

肚皮却不争气地响起来。饭还是昨晚上吃的，从早上到后晌他几乎水米未沾牙，这阵子定神了，胃肠终于发作，叽叽咕咕地响个不住。

“小娘比，咕咕个屁！就为填饱你，老子把姆妈送我的长命锁也搭进去了！”章虎恨恨地捶打肚皮，正自着恼，桥上响起一阵骚动和奔跑的脚步声，有女人的尖叫声跟着传来：“抢劫了，抓歹徒啊——”

紧接着，是巡捕的警哨声、众人的奔跑声和其他骚乱声。

章虎搭眼望去，刚好看到一个抢包的瘪三正在撒丫子跑向桥北。两个巡捕追到桥的中间，不约而同地停住步子。

“快追呀，就是那个歹人，这就下桥了！”女人大声叫道。

"对不起，夫人，我们只能追到桥中间，桥那边不归我们管！"

"那……归啥人管？"

"归美国巡捕房。我们是大英巡捕房的！"

章虎眼睁睁地看着那个瘪三提着个包包在夜色下走下桥头，几乎是不慌不忙地与守在桥柱下的另外一人会合，悄无声息地绕过桥柱，眨眼间消失在一片苍茫中。

章虎灵光闪动，精神陡来，将饥肠抛在一边，一口气跑向他们租住的小窝棚，气喘吁吁地掩上院门。

几个兄弟早已听到声音，纷纷迎出。

"有米饭没？"章虎跟他们走进屋里，兴致勃勃地问。

"有有有，"阿黄迭声应道，转向阿青，"快给阿哥盛去！"

阿青端来满满一碗米饭，上面还搭一层油油的炒青菜。章虎蹲在地上狼吞虎咽几口，看向受伤的阿飞，见伤口都已包扎过，腾出口问："郎中来过了？"

"是哩！"阿黄兴奋地说，"阿哥，你这办法管用哩。我撂下两句话，狗屁郎中再不敢接腔了，提上医箱屁颠屁颠地跟着我一路跑来！"

"呵呵呵，"章虎乐不合口，"是哩，运道来了，想挡也挡不住！"

"阿哥，看你这神气，可有好事体了？"阿青急问。

"诸位兄弟，你们这都过来！"章虎搁下饭碗，向众人招手。

众阿飞齐围过来。

章虎如此这般附耳低语，群情亢奋。

由于在商会选战中完全站到四明一侧，鲁俊逸的茂记系列商号彻底被广肇卡断了财路。丢豆子事件过后三日，与茂记合作的六家洋行有五家以各种理由中止业务，又过几日，最后一家也来函中止。

茂记的十二家店面，有八家与洋行合作，直接从洋行批货，或代洋行购货，往来业务均经由茂升钱庄与洋行结汇，里里外外，数目甚巨，占茂记业务总量的百分之六十。这些业务突然中断，对茂记上下无疑是个沉重压力。

尤其是对鲁俊逸。

这日早上，俊逸在家里闷坐一时，千头万绪，竟无一个解招。

马车像往常一样停在门口。听到齐伯在叫，俊逸想也不想就拿起提包，径直走出大门。快到钱庄时，俊逸吩咐车夫回头直驱商会。快到商会时，俊逸再次吩咐回头，直驱阿秀处。

得知俊逸要一直待在这里，阿秀受宠若惊。她亲自下厨，亲自侍候，连二楼的卫生都是她亲自做的，只让阿姨在楼下打转，做粗活，打下手，购东置西。

看着阿秀把亲手做下的佳肴一盘一盘地端到楼上，看着阿秀把偌大一个桌面摆得满满当当，再看着她一件接一件地搁齐酒具，斟满酒，把酒杯端到他面前，俊逸似乎一下子把外界的所有不快尽皆抛掉了。

"阿秀，你……真漂亮！"俊逸两眼眨也不眨地落在她身上。年仅二十余、从未生育过的阿秀真就宛如一个少女。

"阿哥？"阿秀放松开来，俏脸红到耳根。

是的，站在面前的是她魂牵梦萦的男人，是她从少女时代就一直爱着的男人。这些年来阴差阳错，阿秀没有开心过。然而今天，她如一朵鲜花，艳艳地开了。

俊逸接过酒杯放在桌上，无视这酒这菜，只将她一把揽在怀里，紧紧拥住。

"阿哥，酒菜都要凉了。"阿秀偎依一阵，作势挣脱。

"我不饿，我不要吃菜，"俊逸将她抱到床上，动手解开她的衣服，"阿秀，我要吃你。我这就要你为我生一个儿子！"

阿秀不无羞涩，欲推还迎，配合他脱去自己身上最后的褂兜。

"不不不，阿秀，"俊逸三下五除二地解去自己衣服，将她压在身下，"不是只生一个，我要你生两个，生三个，生出一窝儿子！"

"阿哥……"阿秀的身体酥软了。

一连数日，俊逸像是醉了酒似的泡在阿秀房间里，直到小半夜才赶回家，更有两日，直到天亮依然不见踪影。

春江水暖鸭先知。鲁宅上下，感受深刻的莫过于碧瑶。

第五日晚上，眼见天色将要黑透，碧瑶、秋红仍旧一边一个守在鲁宅的大门外面，眼巴巴地望着大街。

齐伯走过来，冲碧瑶扬下独臂，笑道：“小姐，你俩站在此地做啥？当门神哪！”

“没啥事体，随便看看街景。”碧瑶冲他淡淡一笑。

“晚饭凉了，郑姨让我请你俩吃饭呢。”

碧瑶略显失望地又看大街一眼，朝齐伯点下头，与秋红一道随他走向餐厅。

满满一桌都是她平素爱吃的菜肴，但此时的碧瑶胃口全无，在餐桌边闷闷地坐一会儿，看向陪在一边的齐伯：“齐伯，我想问你个事体。”

“小姐请讲。”

“我阿爸他……这几日哪能不见个影哩？”

“哦，”齐伯晓得她有这一问，早就备好了，“老爷新近当选商务总会的总董，增添许多事体，忙不过来哩。”

“忙得连家也不回了？”碧瑶直盯住他。

“回了呀。”齐伯挠挠头皮，“昨晚老爷还回来了呢。”

“我哪能没看见？”

“呵呵呵，老爷回来得太晚，想必小姐睡熟了。”

“你骗人！”碧瑶忽地站起，将筷子啪地朝桌子上一摔，“我到鸡叫都没睡！”两手捂脸，哭着跑向后院。

齐伯倒是傻了，干脸坐在那儿。秋红怔一下，放下筷子，紧追出去。

碧瑶一气跑进自己闺院，坐在亭子里正自伤心，隐约传来顺安的朗朗吟咏声。声音来自后院，由小到大，略带一丝他从甫韩氏那儿耳濡目染的南词腔调：“碧云天，黄花地，西风紧，北雁南飞。晓来谁染霜林醉？总是离人泪。恨相见得迟，怨归去得疾……马儿迍迍的行，车儿快快的随……听得道一声去也，松了金钏；遥望见十里长亭，减了玉肌。此恨谁知……”

碧瑶心里烦透了，拼命捂住耳朵，可那声音犹如一把钻，隔着房子和围墙，一字接一字地直钻过来。

碧瑶越听越火，猛然擦干泪水，冷笑一声，跳下亭子，黑起脸走过去。

后院正中，顺安坐在一个矮凳上，跟前摆着一摞书，就着从西天边一层厚厚黑云的缝隙里钻过来的最后一抹辉光，正拉开长腔，抑扬顿挫地吟咏。

碧瑶越走越近。

“见安排着车儿、马儿，不由人熬熬煎煎的气；有甚么心情花儿、靥儿，打扮得娇娇滴滴的媚；准备着被儿、枕儿，则索昏昏沉沉地睡；从今后衫儿、袖儿，都揾帮重重叠叠的泪……”顺安感受到是小姐来了，且越离越近，吟得越发起劲。

“哟嗬，啥人在此吟唱古韵哪，介好听哩！”碧瑶在离他十几步处站定，压住火气，半带嘲弄道。

“小姐……我……”顺安稍显尴尬，起身揖道，“刚买回几本书，见天色尚早，就在此处品读，谁想看得入迷，吟唱出声，有扰小姐了！”

“嗬，没想到大男人也欢喜小女人的书哩！”碧瑶的语气越发嘲弄。

“莫非小姐也欢喜这些书？”顺安故作惊愕。

“欢喜，欢喜，欢喜死了！”碧瑶黑沉起脸。

“敢问小姐欢喜的是哪一本？”顺安拿过几册书，殷勤地介绍，“我这里有《西厢记》《拜月亭》《墙头马上》和《倩女离魂》，一总儿四本，号称元代四大名曲，清一色天一阁读本，堪称上品哩。”

“这几本我都欢喜。”

“太好了。小姐若是欢喜，小生双手奉送。”

“这就奉送吗？”

顺安双手捧书，走到碧瑶跟前，弯腰揖个大礼，模仿戏台上的小生做派，拉开长腔道：“些微薄礼，不成敬意，望小姐笑纳，玉览！”

碧瑶一把接过，冷笑一声，噌噌噌噌，一本接一本撕作两半，啪地摔在地上，猛踏几脚，咚咚咚咚大步离去。

“小姐，你……”顺安没想到是这结局，结巴道。

“叫丧呀你！”碧瑶顿住步，叉开腰，恶狠狠地回他一眼，“难道本小姐不能撕掉属于本小姐的书么？”扭个身，扬长去了。

顺安呆了。

鸿运赌场的雅院子里，阿根脚步匆匆地打外面进来，见老千庞正与王探员在聚精会神地下棋，躬身候在一边。

“讲吧。”老千庞的眼睛仍旧盯在棋盘上，声音却冲他飞来。

“回禀师父，”阿根哈腰道，“小的查清爽了，姓章的原有六人，新近又收容两个小瘪三，一道住在棚区里，连续数日在白渡桥上作案，专门选择黄昏之后、夜色降临之际出手，北边巡捕来了，朝南跑，南边巡捕来了，朝北跑，就跟耗子似的，这几日捞到不少，还没有失过手哩！”

老千庞缓缓看向王鑫。

“嗯，该将军了！”王鑫摸起一马，啪地落下。

见阿根仍在发愣，老千庞白他一眼：“王大人发话了，你还傻愣什么？快去，照我讲定的，逮上几个，扭送巡捕房！”

“是。”阿根转身去了。

是夜九时左右，一个黑影飞也似的跑进棚户区，推开房门，靠在门框上，呼呼喘气，带着哭腔道：“阿哥，阿哥——”

正在与养伤的四弟清点战利品的章虎急走过来，见是阿青，心里一沉，急道：“出啥事体了？”

“阿哥，我……”阿青上气不接下气，“我跟阿黄、阿波去做……做生意，没提防巡捕房的人换成便装，在桥两边伏着，把阿黄、阿波几个全抓走了，只……只我一人逃出来！”

章虎倒吸一气，愣怔许久方才回过神来，走到一个大坛子前，抱起坛子，倒出里面的所有银子，装进一只钱褡子里，对阿青道：“走，跟我去趟巡捕房！”

二人赶到巡捕房，见不下五六人候在大厅里，或愁眉苦脸，或怒骂不止。不用问就晓得他们是等候报案的受害人。

看到他来，一个包打听模样的走过来："是来报案的吗？"

"是是是！"章虎连连揖礼。

那人打量他一眼："叫何名字？"

"在下姓章，叫章虎！"

"哦？"包打听没有再问，拿眼扫他一阵，招手道，"你跟我来！"

章虎略怔一下，让阿青候在厅里，抬腿跟他走去。

二人绕过几个廊，来到边角一个房间。

包打听敲门道："王巡捕，你要的人到了！"

屋里传出一个声音："让他进来！"

包打听打开门，推章虎一把："进去吧！"复又关上房门，回身去了。

一张大几案后面，王鑫用指节轻扣桌面，两眼不住地上下打量章虎。章虎二话不说，扑通跪地，倒头就拜。

王鑫悠悠问道："你叫章虎？"

章虎叩道："小的章虎叩见大人！"

"你来此地，可是要报案的？"

"小的不敢。"

"哦？"王鑫再次轻扣案面，"你非来报案，又有何事？"

"小的是特意来孝敬大人的！"章虎从腰中掏出钱袋，双手捧过头顶，跪前几步，将钱袋恭恭敬敬地摆放在案上，复又跪着退至原处，叩拜于地。

"呵呵呵，"王鑫笑过几声，提起袋子，哗啦一声倒在案面上，神态悠然地码起银元来，一边码，一边看向章虎，"小伙子，讲讲看，你我素不相识，这半夜三更的赶来孝敬，总该有个讲法吧！"

"大人，小的有眼不识泰山……"章虎连连磕头，痛哭失声。

"你这哭的是哪般呀！"王鑫将那堆银元码成三个高摞，伸指一弹，三摞银元哗啦一声全部塌倒，撒得满案子都是，还有不少蹦落到地上，发出一声声脆响。王鑫不慌不忙地一个个拣起，重新再码，就如在玩一场游戏。

“大人，”章虎忖出什么，越发哭得伤心，“小的此来，是特意求您高抬贵手。小的有几个兄弟，近日在白渡桥上拣了几个包包，给大人您添麻烦了。”

“是哪能个拣的？”王大人呵呵笑着问道。

“这……大人明察秋毫，小的就不多讲了，只请大人宽宏大量，放几个兄弟一马。他们几人，一是苦于生计所迫，二是小的疏于管教，只要大人高抬贵手，小的保证……”

“呵呵呵，”王鑫抬手打断他的话，“不瞒你讲，你们几个小阿飞，本大人早就盯上了。之所以放你们几日，是本大人一时性起，想跟你们玩一场猫捉耗子的游戏！”

“是是是，大人虎威，小的将铭心刻骨，再不敢冒犯了！”

王鑫将案上银元全部码完，这又绕过案台，弯腰捡起地上的银元，再次回到案后，码齐，看向章虎：“喏，小伙子，你这孝敬倒是不少哩，怕是不下一百块喏！”

“些许薄礼，难成敬意，望大人笑纳！”

王鑫爆出一声长笑。

“大人，小的手头不济，只……只有这点了！”章虎以为他嫌礼小，苦丧起脸道。

“礼是心意，不在多寡，是不？”王鑫止住笑道。

“谢大人了。小的还求大人高抬贵手，宽谅他们一次，也算是赏小的一个薄脸，给他们一次改过自新的机会。”

“要我赏你个脸倒是不难，”王鑫弯出指节，跟始见面时一样，缓缓敲起案面来，“可你也得赏本大人个薄脸才是！”

“小的乐意为大人效劳，请大人吩咐！”

“本大人还想再玩这猫捉耗子的游戏，你得奉陪。”

章虎打个寒噤，重重叩地：“大人明鉴，小的再也不敢了！”

“这么说，你是不赏本大人这个薄脸了？”

章虎嗫嚅道："小的不敢，真的不敢了！"

"本大人让你玩，你玩就是，有何不敢？"王鑫把话点明道。

"这……"章虎抬起头，一脸茫然地看向王鑫。

"你过来。"王鑫招手。

章虎起身，凑到他跟前。王侦探对他耳语一阵，章虎连连点头，喜形于色。

"小子，既然你赏了本大人这个面子，那几个小兄弟你可以领回去了。"王鑫将三摞银元啪地按倒，推到他前面。"至于这几摞银角子，你也拿回去吧。"

"这是小的孝敬大人的，哪能收哩？"章虎复推回去。

"做生意得有本钱，是不？这点银子，你且拿去做个本钱，待生意做大了，你再来孝敬本大人不迟。"

"谢大人恩赐！"章虎收起银子，复退几步，跪在地上叩道，"大人，小的还有一求，再请大人恩赐！"

"讲吧。"

"小的来到上海，举日无亲，想认大人为干爹，不知大人……"

"这……"王鑫迟疑一下，"难得你有这份心意。只是，我没比你大多少，认干爹不妥，就认你做个弟子吧！师徒无大小，在个辈分而已。"

章虎正正衣襟，朝王鑫拱手道："师父在上，请受弟子一拜！"跪地连磕三个响头。

接后几日，大英租界风声乍起，一出又一出猫捉耗子的大戏轮番上演。商店遭抢，路人被劫，一连串阿飞骚乱事件接连发生，并在"金凤银楼大劫案"中达到峰值。

金凤银楼位于南京路邻近外滩处，是申城名门淑女购买金银玉饰的不二之地，一向守护甚严，从未有过劫案发生。这日中午，一个不下五人的蒙面劫匪持枪登门，绑起两个守卫，抢走饰品后大摇大摆地走出店门。老板闻讯，急带几个伙计远远追在劫匪后面，边追边叫："抢银子喽！""快来人哪！"闹得租界里惊天动地。巡捕房闻声而动，警哨迭起，待十几个巡警飞奔过来时，劫匪踪影皆无。众巡警表情沮丧，无功而返。

“偏巧”的是，这日有两名记者在附近楼上用餐，“及时”伸出相机，居高临下，将这“壮观场面”连拍几张照片，然后又“顾不上吃饭”，于“第一时间”走访银楼，接连写出数篇精彩文章，闹得申城上下沸沸扬扬，“银楼劫案”成为上海滩第一大案。

银楼劫案没过两日，一洋人的手提箱在大街上公然遭抢。警哨响起，王鑫一马当先，如飞般追上抢匪，“孤身”与两名“凶狠阿飞”经过近一刻钟的“贴身肉搏”，将二人“捉拿归案”，手提箱物归原主，洋人冲王巡捕竖大拇指的照片赫然报端。

数日过后，上海滩第一大案“告破”，破案的仍是“神探王鑫”，说是王神探在“巡夜时”发现一人形迹可疑，跟踪而去，意外“巧遇”六名劫匪“坐地分赃”。也是“艺高人胆大”，王鑫不及回去叫人，当即掏枪堵在门口，放声大喝：“劫匪休走，我是巡捕房的，你们被包围了！”六名劫匪吓得“屁滚尿流”，情急之下，吹灭灯，从后墙“破窗而逃”。王神探截获部分赃物，经“金凤银楼确认”后，“物归原主”。“金凤银楼”特别赠送巡捕房华探所一块镀金匾额，上面题写四字：“神探王鑫”。

一时间，神探王鑫威名大振，没过几日就被巡捕房“破格”提升为华探所探长。

没几日折腾，章虎等人无不鸟枪换炮了，不但个个衣着体面，住家也从棚户区搬出，租在附近一条颇为体面的弄堂里，房间宽绰，有个大院子，院门处还有个小门楼，门楼前还有棵又高又大的香樟树，浓荫把大半个院子遮了个严实。

在王鑫荣升探长的当日，章虎使人从餐馆里叫来两桌丰盛的佳肴，搬来几坛老酒，与众兄弟在新宅院里捧杯把盏，吆五喝六，庆祝师父高迁。

“小娘比，我们这苦日子总算熬到头了。”阿青兴奋地举杯。

“是哩，”新加入的阿黑讨好他道，“阿青哥，你不晓得，我让王探长抓到那阵儿，当真吓得不轻。王探长的功夫，真正神哩，那双手就跟铁钳子似的。”

“阿黑兄弟，”章虎听到，举杯过来，“大哥让你受苦了。大哥敬你，还有阿亮，没有你俩加入，就没有大哥的今天，也没有众兄弟们的兴盛喃！来，大哥先干为敬！”一饮而尽。

阿黑、阿亮受宠若惊，各自举杯饮下。

“阿黄，”章虎的目光扫向阿黄，“那桩事体，打探出来没？”

“打探清爽了。”阿黄应道，“除去茂升钱庄，鲁家另有十二家铺面，生意做得大哩。”

“阿哥，”阿青恨道，“不能放过姓鲁的了！早晚想起那桩事体，我就憋屈！”

章虎眉头凝起。

“阿哥，”阿黄凑近他，“我还打听出一桩事体。这十二家店中有一家叫茂平谷行，掌柜姓马，是姓鲁的大舅子，也是个远近知名的老瘪三。这老瘪三有两大嗜好，一是酒，二是赌。赌输了喝酒，酒醒了再赌，专跟姓鲁的过不去，听说亏去姓鲁的不少银子，姓鲁的却拿他无计可施哩。”

“哦？”章虎眯起眼睛，“此店生意如何？”

“一塌糊涂。不过，近日姓鲁的起用一个新手，图谋振作。阿哥，你猜猜，这个新手又是啥人？”

“啥人？”章虎看向他。

“就是当初到鲁家告密、坏掉我们事体的伍挺举。听说是朝廷取缔科举，他拉上姓甫的一道来闯上海滩，就是我们上次碰到姓甫的那天。姓鲁的安排姓甫的到茂升钱庄当跑街，将伍挺举放到这个谷行里实际掌盘。”

“小娘比，那场大火哪能没把他也烧死哩？”阿青咬牙道。

“那桩事体谁也不许再提！”章虎白他一眼，低头思索一会儿，摇头苦笑，“娘稀屁，这可真叫冤家路窄哩。”

“阿哥，这就收拾他去！”

“明朝吧。”

# 第十三章

# 天使花园，伍挺举的心灵震撼

茂平谷行背后的河浜上，卖粮的船只越来越多，成群结队地在水面上来回晃荡。沿河浜一长排米店，仍旧没有一家出来收粮。

一只粮船渐渐停靠在茂平的小码头上。看到撑船的是个老人，船上还有一个孩子，挺举不顾阿祥的阻拦，急步走过去。

老人跳上码头，朝挺举打拱道："掌柜的，请你看看我这船粮食，全是自家产的，一等一的好米哩！"

老人堆出笑脸，但挺举看出，他的笑容显然是挤出来的。

挺举还过一揖，问道："老伯，你打哪儿来？"

"昆山。"

"老伯想讨个啥价钿？"

老人长叹一声，流泪道："看你是个好心人，老伯就不瞒你了。这船米无论如何得卖掉，啥价钿就……不讲究了。掌柜开个价吧，给多给少都成。"

"为什么呢？"挺举惊愕。

"没法子呀。"老人泣道，"儿子得下难缠病，折腾一年多，于年前走了，留下儿媳和两个孙子，全靠我这老头子撑着。为治儿子的病，我在年前借点债，说好收秋就还。秋是收了，可没人收米。我先到昆山，再到苏州，又到金山卫，这又赶到此地，三天三夜没合过眼。可没有一家肯收粮，连个价也不肯开。掌柜的，老……老伯拖不起了呀，老伯急等钱用，因为那债是高利贷，拖一日，就多一日的利钱……掌柜的，你行行好，帮老伯个忙，多少价钿都成，老伯求……求你了！”

话音落处，老人就要跪下，被挺举死死扯住。

“老伯，你这船有多少米？”

“不多不少，刚好二十五石，全是我这双老手种出来的。”

“你这船米，我全收下。既然你不开价，我就替你开了。五块一石，成不？”

“五块？”老人两眼大睁，不相信地望着他。

“是的，我给你五块一石。”挺举肯定一句，“不过，老伯，我也得求你一事。眼下我只能收你这一船，对啥人老伯也不能讲。你把船开走，待黑定时再来下货，我给你结账。”

“好好好，好孩子呀，”老人连连打拱，哽咽道，“老伯听你的，这就把船开走。”

老人跳上船，还没撑走，阿祥神色惊慌地跑过来，边跑边叫：“阿哥，快，快过来！”

“啥事体？”挺举回身问道。

阿祥跑到跟前，附耳低语：“一帮小阿飞来了，看行头就不是好鸟！”

挺举向老人扬下手别过，与阿祥匆匆回到店里，果见当店站着阿青、阿黄等阿飞，个个如凶神恶煞。章虎站在不起眼处，拉下毡帽，帽檐半掩面。

挺举大步走进，扫一眼，赔笑，抱拳道：“在下伍挺举慢待诸位了！”

“你就是伍挺举？”阿青假作不认识，目光逼视过来。

“正是。”挺举却是一眼认出他来，心中有数了，再次拱手，“诸位此来，可有在下帮忙之处？”

“不敢劳动大驾。”阿青象征性地拱下手，算作回礼，“我们是来帮你忙的。”

“哦？”挺举眼睛直射他，揭他身份，“听声音像是宁波人，看起来也挺面熟的，好像我们在哪儿见过面哪。”

“是宁波人又怎么了？”阿青略略怔了下，眼睛一横。

“呵呵呵，”挺举干脆把话点破，“想起来了，我们是在牛湾镇的大街上见过。”

“见过又怎么了？”阿青眼睛又是一横，气势却明显弱下去了。

“呵呵呵，”挺举又是一通笑，“不怎么呢，也就是认个同乡呀。在家是乡邻，在外是乡亲。你我皆是出门在外，人生地不熟，万一有个啥事体，总得依靠乡亲帮衬，你说是不？”

“这……”阿青支吾起来，正不晓得如何应对，听到章虎咳嗽一声，朝地上吐一口，语气再次横起，“姓伍的，甭套这些近乎，我们此来，是要跟你谈宗生意的！”

“谈生意好呀，”挺举指着店里的各类米粮，“我们开店，本就为的是生意，老乡这把生意送上门，这是天大的好事体呢。请问老乡，你是买米还是卖米？”

“我们……我们是来帮你忙的。”

“太好了。敢问老乡是哪能个帮法？”

“我们保证贵店平安无事，无人上门骚扰！”

“我们谷行自开业迄今，没有人上门骚扰。”阿祥半是嘟哝。

“那是过去。从今朝开始，什么事体都可发生。我们看在同乡的情分上，这才上门跟你们费这口舌，莫要不识好歹！”阿黄冷笑一声。

阿祥不作声了。

“请问老乡，凭什么让在下相信诸位能够保证我店平安无祸？”挺举歪头问道。

“就凭这个！”阿青抬出巡捕房，“我们受租界巡捕房委托，专门负责维持市面秩序。有我们维护市面秩序，当然可以保证你这小店平安无祸！”

“哦，原来如此。”挺举点点头，想了会儿，又道，“上海滩上有多家租界，请问老乡是受哪家租界的委托？”

“大英租界，晓得不？”

“晓得，晓得，”挺举连连点头，“只是在下有一事不明，请老乡解释。”

“讲！”阿青神气十足。

“我们是在老城厢区，归上海县衙管辖，大英租界属于公共租界，远在外滩那边，中间还隔了个大法租界。老乡越过大法租界，直接管到老城厢处，这个未免——”挺举顿住话头。

阿青哪里晓得这个理，脸上正自憋得红。章虎碰一下阿黄，阿黄跳过来，厉声喝道：“伍挺举，我晓得你这人能言善辩，不与你多啰唆。什么老城厢新城厢，在这上海滩，莫说是这条街，就是道台衙门府里，还不是洋大人说了算？巡捕房要我们几个保护你们，你莫要狗咬吕洞宾，不识好人心！”

“这……”阿祥急了，刚要理论，挺举一把扯住，拱手笑道：“呵呵呵，这么说来，在下多谢老乡成全喽。既然诸位老乡出力保护，我店也该适当表示感谢才是。敢问老乡，这份谢金以多少为佳？”

“月付五块洋钿，年底加付一成利银！”

“你……你们这是抢劫！”阿祥急眼了，顿脚叫道。

“乱插话，掌嘴！”阿青掏出短刀，猛然插在柜台上，朝一边的两个阿飞努下嘴。两个阿飞扑向阿祥，一边一个，扭住他两只胳膊，又一个阿飞走过去，伸手就要掌掴。

“诸位且慢！”挺举敛起笑，扬起手，凛然说道。

阿青摆下手，二阿飞放开阿祥。

“诸位老乡，”挺举朝几人再次拱手，换作笑脸，“常言道，盗亦有道，何况是诸位侠士兼老乡。诸位出人出力，维护我店的店面秩序，理该收取辛苦费。只是，若要收取我店的利银，就当有个说辞。众所周知，利银由本金生出，诸位并无一两本金投入，利从何来？如果诸位一定要收利银，我店只能按照诸位投入本金计算，一成利银即算一成本金。”

“好好好，就算是我们投入本金好了！”阿青急道。

“老乡你可想好了，”挺举看向阿青，“既为本金，分享利银只为其一，若有亏损，老乡作为股东，也是必须承担的。不知诸位愿承担我店亏损否？”

挺举言之成理，众阿飞尽皆语塞。

“这……”阿青看向章虎。

章虎长吸一气，目光直射过来，刚好撞见挺举的目光。

显然，挺举已经看出真章了。这伙人中，真正的对手是这个。

二人对视。

“阿青哥，”阿黄凑近阿青，却是说给章虎听，“此店年年亏损，是个大窟窿，本金早让姓马的赌光了，我们不能听他的。”

阿青再次看向章虎，见章虎仍在与挺举对视。

“诸位要算利银否？”挺举从章虎身上移过目光，射向阿青。

“利银不要了，我们只收谢金！”阿青牙关一咬。

“五块太多，我们只出三块！”阿祥再次插嘴，讨价还价。

阿黄白他一眼，厉声骂道：“小赤佬，我们不收你的利银，给五块谢礼还不成哩！”

“这位老乡，你想多少？”挺举看向阿黄。

“起码六块！”阿黄脖子一拧，伸手比出个六字。

“如此辛苦的事体，六块谢金太少了，”挺举扫众人一眼，呵呵笑道，“我给诸位出十块如何？”

阿青大是意外，看向章虎。

章虎也是诧异，愣怔有顷，点下头。

“好好好，既然老乡爽气，就十块吧！”阿青这也缓过脸色，挤出个笑。

“阿哥？”阿祥急切说道。

“空口无凭，请立保据为证。”挺举没睬阿祥，到柜台里摸出纸笔，摆在案上。

“我……”阿青看下纸笔，嗫嚅道。

“诸位老乡，你们哪位来写？”挺举挨个看去。

众阿飞面面相觑。

“诸位客套，在下就代劳了。”挺举伏案写好保据，拿在手中，“在下念一遍，诸位请听。保据：自即日起，我等诸人保证维护茂平谷行店面秩序。茂平谷行月支保金十块洋钿，于当月末日交付。立保期间，无论何种人为因素扰乱店面，影响该行生意，危及该行职员人身安全，茂平谷行即从此月起拒付谢银，同时保留追究损失权利。如果该店因店面秩序错乱而蒙受重大损失，则其损失由我等赔偿一半。特此立据。立据人：签字画押。保据念完了。”

众人面面相觑。

“诸位老乡，”挺举有意打消他们的顾虑，“我这保据不是随便编写的，这是定式。从明朝到大清朝，从江南到塞北，所有保据皆是这么写的。保金与责任是对等的。保金越高，责任越大。请问诸位，对此保据可有什么要补充的？”

众人全都傻了。

“好好好，”阿青让挺举绕晕了，摆手道，“既然是定式，就这样吧。”

“没有异议了，你们哪位兄弟签字画押吧！”挺举拿出印泥，挨个看去。

阿青接过笔，正要画押，章虎重重咳嗽一声。

阿青止住，不解地看向章虎。

众阿飞也都看去。

“这位老乡，有何异议，不妨讲出！”挺举看过来。

章虎推开帽檐，露出全脸，目光直逼挺举。挺举也不示弱，目光直迎上去。

二人正在对峙，门外传来脚步声，一个洋姑娘款款走进店门。

洋美女不期而至，众人无不惊愕，所有目光全扭过来。

洋姑娘毫无怯意，大大方方地走到柜台前面，扫一眼码成堆的米袋，伸手摸出几个米槽里的样米，放在手掌里细审，一副很专业的样子。

“本店来生意了，诸位老乡是想现在立据呢，还是另择吉日？”挺举抓住时机，扫向众阿飞。

“阿哥？”阿青看向章虎。

“走！”章虎从牙缝里挤出一声，扭转身，大踏步走出店门。

众阿飞们纷纷跟出。

走到店外，阿青紧追几步，小声问道：“阿哥，哪能不签哩？一月十块，一年就是一百二，这是煮熟的鸭子呀！”

“鸭你个头！”章虎白他一眼，“敢跟秀才玩文字，你阿青倒是有能耐嘀！”

“阿哥，我……你……哪能……”阿青语无伦次了。

“我问你，你能保证店面不出乱子吗？”

“只要我们放出风声，啥人敢到此地捣乱？”阿青辩道。

“你能天天守在此地不？我们前脚走，他后脚就说出事体了，你哪能办哩？我们在外滩，离此地少说毛十里，啥人能顾到此地？随便一个借口，他都可不给你这十块洋钿。这且不说，闹饥荒哪能办哩？若有饥民来抢米店，啥人拦得住？店让人抢了，你拿什么来赔？”章虎一发而不可收，问出一大堆问题。

阿青吐吐舌头：“阿哥，你也太……较真了吧。真要闹饥荒，属于天灾，他不能怪我们。”

“是不是天灾，合同上写没？”

“这……让他加上这条就是了。”

“你凭啥让他加上？我们收的是保金，照理是得保证人家店面秩序的。”

“阿哥，你哪能……”阿青急了，“一到上海滩，就变得斯文了？立保不过是个收钱的托辞，即使闹出啥事体，啥人敢来……”

“阿青，”章虎一字一顿，教训起他来，“我这告诉你，此地是上海滩，不是你的小牛湾。那小子方才讲的是，盗亦有道。什么叫道？道就是去干大事体！我们已是王探长的人了，不再是小混混，不能再想那些偷鸡摸狗的小事体！”

“这……难道今朝白跑一趟不成？”

“什么白跑一趟！”章虎火了，大声责道，“你哪能死不开窍哩？你以为我来此地，就是为这区区十块洋钿吗？”

“大……大哥？”阿青让他骂糊涂了。

“小娘比，真还低估此人了！”章虎回头望一会儿谷行，转对众阿飞，“记住，打今朝起，这个人，还有这个店，你们都给我放只眼！”

送走章虎他们，挺举返身回到洋姑娘跟前，拱手揖礼。

洋姑娘朝他微笑一下，指着一只米槽，用半生半熟的汉语道：“先生，我要这只缸里的大米。”

“阿哥，她不但会挑米，还会说我们的话哩！”阿祥小声道，神色大是惊异。

“请问小姐，想要多少？”挺举松出一口气。

“三石。”洋姑娘把“石”读成shí，见挺举目光诧异，显然没听明白，又在柜台上歪歪斜斜地写出一个“石”字，掏出十八块银元，摆在柜上，“钱……够不够？”

“刚好。”挺举笑笑，冲她点头。

“谢谢！”姑娘也朝他甜甜一笑。

三石米就是六七百斤。阿祥雇来一辆马车，将米装好，吩咐新聘的两个伙计跟车送米。洋姑娘连连摇头，指着挺举道：“我要你送米！”

阿祥怔了。在他眼里，挺举是掌柜，送米是不能让掌柜去的。但洋小姐这是点将，阿祥正自为难，挺举已将衣服换过，让两个伙计退下，冲洋姑娘笑笑，吩咐马车夫上路，他与洋姑娘不急不缓地跟在后面。

途中，洋姑娘问道：“你叫什么名字？”

“在下伍挺举。”

洋姑娘想了一会儿，凝起眉头，不解地自语：“在下伍挺举？”

“不不不，”挺举晓得她是理解错了，解释道，“是伍挺举，我姓伍，名叫挺举，在下就是我自己。”

洋姑娘笑了：“哦，明白了，你叫伍挺举，在下就是我，”指指自己，“在下麦嘉丽。”

“卖家梨？”

“是哩，”麦嘉丽又是一阵笑，“麦是麦子的麦，好吃，嘉是美好，丽是漂亮，我这名字好不？”

“好好好，”挺举竖拇指赞道，“请问麦小姐，方才为何一定要在下来送？”

“你看上去善良。”麦嘉丽笑道。

“谢谢夸奖。”挺举朝她拱拱手。

二人有说有笑，不消一时，马车走到清虚观附近。麦嘉丽让车夫拐进一条巷子，在巷子尽头停下。挺举望到一个院子，见门楣上写着“天使花园”四字，下面是一行英文。

洋姑娘不由分说，上前抱起一袋大米，挺起身子，吃力地走向大门。

挺举惊呆了，跨前两步，从她手中拿过米袋，用力一顶，扛在肩上。洋姑娘冲他笑笑，竖拇指赞他一下，引他走进院子。

一群儿童望到她，欢叫一声，纷纷扑到她身上。洋姑娘蹲下来，这个拍拍，那个抱抱，然后起身，一手拉一个，对挺举指下旁边一个房门。

挺举惊傻了，扛着米袋立在院中，呆呆地盯着这群孩子。他们清一色全是残障，或没腿，或少胳膊，或聋哑，或瞎眼，或智障，残障程度五花八门，但穿戴都很整洁，体面，与麦小姐亲密无间。

“伍先生？”洋姑娘顿住步，冲他叫道。

挺举惊醒过来，哦哦连声应过，进门放米。

挺举将车上米袋卸完，打发走车夫，顺手拿起扫把扫起院子来。扫完院子，挺举看到水缸的水不多了，欲去挑水，见天色苍黑，猛地想起晚上要来卖米的老伯，只好放下水桶，向麦小姐告别。

麦小姐正在为孩子们烧饭，一群孩子七手八脚地帮忙。

“伍先生，谢……谢谢你。”麦小姐抱起一个孩子，将他送至大门处，微笑着挥手道别。

“我可以问个问题吗？”挺举朝她拱手道。

“请问。”

“他们……”挺举指着院里的儿童，“这些孩子，是从哪儿来的？”

“是上帝送来的。”麦嘉丽指着那些孩子，“他们都是天使，我是他们的天使长。”

挺举晓得什么是天使。宁波市有个大教堂，为让挺举切身了解西洋文化，伍中和带他去过两次，参加过一次礼拜体验，神父还送给他一本圣经，他略略翻过，未及细读，竟让大火烧了。想到麦小姐能为这些连中国人自己见了也要绕着走的残障孩子挑选最贵最好的大米，连送米的人也要认真择选，挺举内心油然生出一股强烈的感动。

一个小姑娘跑过来，站在麦小姐身边。她的脸上有几块疤痕，像是开水烫过的。她的一只手萎缩了，另一只好手紧紧扯住麦小姐的衣角。

看到她这副模样，挺举眼前立即浮出妹妹淑贞，浮出他们分手的一幕：一身绷带的妹妹伸出一只伤得略轻的手，接过他精心制作的风车，吃力地吹气，风车转动，妹妹艰难地笑了，“阿哥，你去赶考，要为囡囡进个榜回来，好么……”

挺举的眼睛湿润了。他蹲下来，朝她伸开两手。那姑娘看一眼麦小姐，见她点头，这才温顺地走过来，偎到他怀里。

挺举抱起孩子，看向麦小姐，问道：“请问麦小姐，这个花园是你的吗？”

“不是我的，是这些天使的。”

“我是讲，这个地方，就是这个院子。”

“是我出钱买的，但不是我的。”

挺举明白了，声音中几乎带着恳求：“麦小姐，花园里需要人手吗？”

“人手？”麦嘉丽伸出一只手，“是这个吗？”

“不不不，”挺举连连摆手，“人手就是帮忙做事体的人。”

“太太需要！”麦嘉丽点点头，连翻几下手掌，“天使花园刚开张，我太太需要人手！”

太就是大。挺举听明白了，指指自己鼻子：“我……可以吗？”

“太太可以！”麦嘉丽放下孩子，热切地望着他，“我没有太多的工钱，你愿意吗？”

“我不要工钱。”

“太好了！”麦嘉丽兴奋地伸出手，“伍先生，天使花园欢迎你！”

挺举晓得是洋人的握手礼节，但对方是个女人，他退后一步，拱手道：“谢麦小姐不弃，从明日开始，在下，就是我，下工后就来上工。”

夜里下米时，由于天色昏黑，老人看不清，靠岸不慎，船又载得重，把挺举、阿祥不久前新砌的埠头撞坏了。幸好木船未受大损，大米悉数入仓。

见埠头如此不经撞，手头又有钱了，挺举就与阿祥商议，决定靠河砌一排抗撞的石条。

说干就干。

翌日晨起，阿祥带着伙计赶到附近一家石厂，买来十二根石条，每根长约三尺，宽约一尺半，厚过半尺，如果沿埠砌出上下两层，肯定可以经得起任何粮船的冲撞。

石条运到，挺举与阿祥等随即忙活起来，正干得欢时，顺安气喘吁吁地赶到，挥汗叫道：“阿哥，快，鲁叔叫你！”

“啥事体？”挺举看他一眼，擦把汗道。

“我也不晓得。”顺安摇头道，“鲁叔要我通知你，马上去钱庄，这就跟我走！”

见顺安这么着急，挺举以为出啥大事了，未及多想，抬腿就与顺安赶到茂升，见齐伯守在门外，远远向他招手。

“齐伯，听说鲁叔叫我？”挺举赶到跟前，擦把汗道。

“快，”齐伯急道，“人都到齐了，就差你哩。”

齐伯引领挺举直至议事房，推开房门，让进挺举，将一路跟来的顺安搁在堂外。

顺安脸上一阵火辣，快快不乐地回到跑街室，不见庆泽，问信房伙计方才得知，所有把头及各个店铺的掌柜都到议事房去了，说是老爷与他们商议大事呢。

顺安搞明白原委，一股寒意直透背脊。

果如那伙计所言，客堂里依序就座的是钱庄八大把头及各大店铺的十一个掌柜。俊逸坐在主位，老潘坐在左侧上首。

见到在场的都是掌柜级人物，挺举吃一大惊，回望齐伯。齐伯不由分说，扯住他胳膊走向一个空位，按他坐下。

挺举如坐针毡。因为未及换装，穿的仍是干粗活穿的粗布短褂，在一大帮穿长衫的掌柜、把头群里，挺举就显得分外扎眼。

所有目光聚拢过来。

干活干出一身臭汗，外加一路跑来，这又紧张，挺举身上汗淋淋的，额头更是流下几道汗污。挨在他两边的掌柜各自皱眉，向外挪挪凳子。

挺举更觉尴尬，却也无计可施，只好坐得直直的，二目闭起。

俊逸咳嗽一声，将众人的目光吸引过来。

"人齐了，就开始吧。"俊逸扬起一张报纸，"我请诸位来，主要是通报两桩事体。其一是这张报纸，想必大家都看到了，近日有阿飞在市面滋事生非，闹得鸡犬不宁。前日有人前往茂平谷行骚扰，收取保护费，茂平谷行新来的伙计伍挺举应对有度，举止得体，智退众阿飞，未使谷行遭受任何损失，值得大家效仿！"

众人纷纷小声议论，不自觉地看向挺举。

"伍挺举，请你站起！"鲁俊逸也看过来。

挺举诚惶诚恐地站起。

"我决定，"俊逸郑重说道，"从今朝起，晋升伍挺举为茂平谷行执事掌柜，辅助掌柜马振东。茂平事务，只要振东不在店中，悉由挺举主持，望诸位予以协助。"

所有眼睛直盯挺举，多人冲他点头致意。

挺举一下子怔了，连作揖答谢也是忘了，呆呆地站在那儿。

"伍掌柜，请坐。"俊逸微微一笑，摆手示意他坐下。

挺举忙乱地坐下。

"下面我讲第二桩，"俊逸敛起笑，"想必诸位也都晓得了。由于某些不便启齿的原因，我们的洋行生意全部终止。与这些洋行相关的其他生意，也都深受影响。"

众人面面相觑。

“众所周知，”俊逸语气沉重，“对于我们茂字号来说，洋行往来总额每年不下百万两，占六成赢利。这意味着，从现在开始，我们将不得不面临困境。我召请诸位掌柜、诸位把头，到这里开个诸葛亮会，恳请诸位各献良策，另辟蹊径，共渡难关……”

在广肇来势汹汹、兵临城下之际，茂记的诸葛亮会由前半晌开到后半晌，中间不少人因不停喝水而连去几趟茅房，结果却连个情急之下的空城计也没议出。诸大把头、诸大掌柜各出奇招，无外乎是些雕虫小技，赚点小钱尚可，应对眼前困局却是不足。眼见天色晚了，众人饿得眼花，俊逸只好沉脸宣布散会。

从钱庄出来，挺举经凉风一吹，猛然想起昨天的承诺，撩开大腿奔向天使花园，果见麦小姐早在忙活。挺举朝她抱歉地笑笑，提水桶挑水。就眼下来看，这个活是花园里最重的，原来是由附近水房派水工送的，这几日运水工病了，麦小姐正在发愁此事。

灌满水缸，天色完全黑定了。麦嘉丽带着三个能干活的聋哑孩子烧好晚饭，指挥他们把饭菜盛到碗里，再分成份儿，端到简易的木案上。

看到麦小姐坐在那里不动，而那三个孩子做起来甚是吃力，挺举下意识地就要上去帮忙，不想却被麦小姐拦住：“不不不，伍先生，你不能做！”

“为什么？”挺举不解地看向她。

麦小姐指着几个大孩子：“烧火，盛饭，分饭，洗碗，是他们的工作。”指自己，“烧饭，炒菜，是我的工作，”指挺举，“挑水，劈柴，搬物，是你的工作。”

“可……他们还是孩子，人还小呢！”挺举抗辩。

“他们不小，他们能做。”麦小姐固执地说，“他们每一个人都有工作，这是我的安排。大家各做各的工作，你不能让他们去做你的工作，你也不能去做他们的工作。”

挺举向餐厅里望去，果见许多孩子都在忙活，有的擦桌子，有的摆凳子，有的放筷子。三个盛饭的聋哑孩子听不见他们的对话，吃力但认真地把饭菜全部盛好，端到饭厅，有条不紊地摆在桌上。

孩子们都在桌前坐好了，却没有谁动筷子，全都眼巴巴地看着麦嘉丽，显然是在等她下达最后的命令。

挺举佩服地望着麦嘉丽。

“伍先生，开饭了，我们过去吃饭。”麦嘉丽冲他甜甜一笑。

挺举不可置信地望着她：“麦小姐，你……跟他们一起吃饭？”

“为什么不呢？”麦小姐笑道。

麦小姐朝他扬下手，起身走到餐桌边，在她的专用凳子上坐下。

挺举傻了，待愣过神，挪身过去，见麦小姐身边早已为他留了位置，略一踌躇，动手把凳子挪到她对面，饭菜也拿过来，略显歉意地冲她笑笑。

麦嘉丽拿起筷子，在碗上敲敲：“开饭！”

孩子们也都纷纷拿起筷子，伏在桌上吃饭。

挺举早就饿了，没几下就把他的一碗米饭吃完。欲待添饭，还没动身，早有一个聋哑女孩子守在身边，默默地看着他。挺举冲她笑笑，晓得是她的工作，就将碗递给她。那孩子走过饭锅边，仅为他盛了大半碗，端过来。

经过这一顿饭，挺举对眼前这个洋小姐又添一分敬服。

吃过晚饭，麦嘉丽热情地带挺举把天使花园的角角落落参观一遍。看到一排干净整洁的小床中间摆着一张成人睡的大床，挺举略显惊讶，问道：“这是谁的？”

“这是我的。”麦小姐应道。

“啊？”挺举再次傻了，“你……也睡在这里？”

“为什么不呢？”麦小姐笑道，“他们是天使，我是天使长，天使离不开天使长，天使长离不开天使。”

挺举眼睛潮湿了，冲她连连抱拳，问道：“麦小姐，我敬佩你。能问你个事体吗？”

“伍先生，请问。”

“你是尊贵的洋小姐，为什么要放下小姐的尊贵，到这里照料这些……地位卑贱的残疾孩子？”

“伍先生，你不能这么说！”麦嘉丽生气了，小嘴噘起，“我们都是人，我不尊贵，他们不卑贱。他们是天使。在上帝面前，我们平等，我们都是兄弟，都是姐妹。”

万未料到麦小姐会这般回答，挺举大是震撼，同时也为自己的存见深感羞愧，勾头良久，朝她再次抱拳，喃声道：“小姐，你是个天使。”

“我是天使长。”麦嘉丽自豪地应道。

“请问小姐，”挺举想了一下，又问，“这个工作……是你自己想要做的吗？”

“是的，是我自己乐意做的。上帝启示我，这些孩子没有父母，身体残疾，是断了翅膀的天使，我是天使长，我必须照顾他们。”

“你……认为上帝存在吗？”

“伍先生，我很惊讶，你为什么会有这个想法？上帝是神，是所有人的神。他无处不在。”麦嘉丽表情惊愕，指向自己已经成熟的高耸胸脯，“你看，他就在这里。”

挺举脸上一阵火辣，同时再次震撼，欲再问什么，两个孩子领着一个瘸腿女人走进院里，她的怀里抱着一个三四岁的男孩子。

“有人吗？”那女人问道。

麦嘉丽、挺举听到声音，迎出来。

“听说你们这里养……这种孩子，我……”那女人欲言又止。

挺举看过去。

孩子又脏又臭，衣不蔽体，身上、腿上长着好几处疮，许是恐惧和不舒服，在那女人的怀抱里浑身发抖，两只眼睛充满惊惧。

“这孩子是你的吗？”挺举问道。

“不……不是的。”妇女迟疑一下，摇头道，“他倒在路边，快……快要死了。我看他可怜，抱了他，可我没钱，我养不活他，听说你们这里收人，就……送过来看看。”

挺举还要再问，麦嘉丽已经走过去，不嫌脏臭地从她怀里接过孩子，摸摸额头，抱回屋里，放在一张小床上，从热水瓶里倒来半盆热水，用毛巾为他擦洗身子。

“伍先生，”麦嘉丽一边洗，一边冲他叫道，“这孩子病了，快去请医生。”

两相对比，挺举心里又是一番羞愧，再无二话，扭身跑出，约过小半个时辰，领着一个大夫匆匆进来。

那孩子已经焕然一新，穿着与其他天使同样的衣服。大夫看完病，收好费，背起药箱子走人。挺举、麦嘉丽送走大夫，回身一看，那个瘸腿的女人仍旧没走，倚在门上眼巴巴地看着他们。

“这孩子我们已经收下了。你还有事情吗？”麦嘉丽望着她。

“我……我想问问，”那女人嗫嚅道，“你们能收……收留我吗？”

麦嘉丽脸上现出为难的样子，看向挺举。

“大姐，我们只收残疾孩子。”挺举解释。

“我会做饭，会扫地，我什么都会做。我只要口饭吃，我……没地方去了。”那女人泪下如雨。

不待挺举说话，麦嘉丽朝她点头道：“好的，我收下你了。”

那女人笑逐颜开，瘸进厨房，眼睛四下乱转，显然是要找活儿做。

“不不不，”麦嘉丽拦住她，“你，洗澡，换衣服。在这里，要讲卫生。”

“我……”那女人为难了，“就身上的，没有衣服。”

“伍先生，”麦嘉丽掏出一块钱递给挺举，“你去为她买身衣服。”

挺举接过钱，正要走出，麦嘉丽又道：“伍先生，天黑了，你明天买吧。我有旧衣服，先让她穿。”

从天使花园回到宿舍，顺安已经睡熟了。

挺举悄悄躺下，辗转反侧，久未眠去。是的，这一日，挺举身上，由外至内，经历了一番前所未有的震颤。在钱庄里召开的诸葛亮会让他首次感受了商场相互倾轧的可怕，也深深理解了鲁俊逸的焦虑。由茂平谷行的主管伙计一跃而为执事掌柜，身份于一夜之间发生质变，这让他的目光由谷行扩大到钱庄，开始为整个茂记的未来担起忧来。

茂记的压力是外在的，天使花园给他的则是内心的震颤，也让他于陡然间明白了生活的目标和生命的意义，似乎他在这些日来的所有迷茫和困惑，都是为了这一天而预设的。

挺举让自己缓缓静下，逐条梳理起结识麦小姐的过程，觉得前前后后真就密如一张网，错而不乱，疏而不漏，甚至在某种程度上是天意安排。茂平理出头绪，泼皮上门，麦小姐及时登场，做下第一单也是阿祥入店后经手的最大一单生意。麦小姐点将送米，更让他目睹了一种全新的生活现实。

挺举的耳边渐渐回荡起麦小姐的声音："我们都是人，我不尊贵，他们不卑贱。他们是天使。在上帝面前，我们平等，我们都是兄弟，都是姐妹……是我乐意做的。上帝启示我，这些孩子没有父母，身体残疾，是断了翅膀的天使，我是天使长，我必须照顾他们……我很惊讶，你为什么会有这个想法？上帝是神，是所有人的神。他无处不在。你看，他就在这里……"

是的，这个麦小姐的确是个天使长，小小年纪竟有这般心劲，把一切安排得井井有条不说，身上也似乎散发出一股不可抵御的感染力。

挺举正在浮想洋小姐及她如何接待那个抱孩子的女人时，院里传来由远而近然后是由近而远的脚步声。

是齐伯最后一次巡夜。

挺举的心绪让齐伯拉回，眼前不知怎么的竟然浮出马掌柜来，耳边也回荡起齐伯的声音："唉，振东呀，多少年了，你……你这毛病哪能一直不改呢？多了多赌，少了少赌，一直赌下去，多少家业禁得住你这般折腾？"

俊逸的声音也加入进来："瑶儿她娘舅也是好人，原本正干来着……"

挺举打个惊怔，忽地坐起，悄悄下床，拉开房门，尾追齐伯而去。

齐伯住在中院楼下，旁边是库房，二楼是小姐闺房。刚刚跟到门口，齐伯就察觉了，开门见是挺举，惊愕道：“挺举，是你？哪能没睡哩？”

“睡不着。”

“进屋坐会儿。”

挺举进屋，坐在齐伯拉过的凳子上。

“为啥事体？”齐伯笑道，“是不是临时让你做掌柜，有点……”

“不是，”挺举摇头道，“是马叔。我想问你，马叔他是哪能变成这个样子的？”

“唉，说来话长。”齐伯轻叹一声，“这事体好多年了。当时老爷与他阿妹相好，马夫人不同意。后来，他阿妹怀上老爷骨血，就是小姐。马夫人觉得丢人，可又心疼女儿，就送给他俩两百块洋钿，要他们离开老家。小两口举目无亲，只好来上海投奔振东。”

“这事体我听说来着。”

“是哩，”齐伯接道，“前面的事体，镇子里无人不晓。关键是后面，振东与人合开一家米行，就是现在的茂平。那人家里出事体，急需用钱，想把他的米行股份出让给振东。振东东挪西借，仍差一百多两，晓得阿妹手中有钱，就求阿妹帮忙。他阿妹和老爷商量，此时刚好有人介绍老爷一笔生意，老爷不顾夫人苦求，悄悄拿上这两百块洋钿下广东去了。振东想不通，他阿妹也动下胎气，小姐早产了。不想小姐是难产，振东亲耳听着他阿妹在一声声惨叫中气绝身亡……”

挺举听得心惊，长吸一气。

“两个月后，老爷从广东回来，赚下几倍的钱。看到家中是这般光景，老爷万分痛苦。然而，苦果已经酿成。尽管老爷亡羊补牢，为振东盘下整个铺子，又将挣来的钱分出一半给振东，振东仍旧未能原谅老爷，将老爷送他的钱全部拿到赌场赌掉不说，又将自己的米行也搭进去了。”

“马叔真是个有血性的人哪！”挺举由衷叹道。

“是哩，”齐伯接道，“这股心性也害了他。老爷的生意越做越大，振东却染上毒瘾，越混越差。振东娘子气病了，卧床不起，老爷前去探望，振东硬将他轰出门去。振东娘子过世后，振东彻底消沉，渐渐沦落成街头瘪三了。”

“这是哪年的事体？”

“怕有十来年了吧。老爷看不下去，又不敢见他，就以各种方式周济他。但他得钱就下酒馆，泡赌场，老爷拿他没办法，就又送他一个营生，五年前花五千两银子盘回他原来的米行，改名茂平，不说是给他，只说聘他做掌柜，交给他一千两银子做本。老爷原以为振东不会干，没料他一口应下。然而，没过多久，他就又把这点本钱赌光了。后来的事体，你全看见了。”

挺举大是唏嘘，点点头道：“真没想到是这样。”

一家小酒馆里，一脸沮丧的马振东拄着司的克，没精打采地走进。一个伙计倚在柱上，冲他嘿嘿发笑。

“老马呀，”站在柜台后面的掌柜嗑着瓜子，抬头瞟他一眼，“看你耷拉个头，黑丧个脸，想必是又赌输了吧。”

马掌柜一屁股坐在他前面的凳子上，拳头一砸：“小娘比，马某原是要赢的，”看向那个伙计，“都怪这小子，乌鸦嘴，总是咒我输。小子，快点，给爷打三碗酒补偿一下，记清，老绍兴！”

伙计一动没动，只是冲他嘿嘿又是一笑。

“咦，你小子，敢不侍奉爷了？”马掌柜冲他龇龇牙，扬起司的克。

“老马，先付酒钱吧！”掌柜又磕一个瓜子，慢条斯理道。

“不是讲好了吗，打总儿算。”

“你这总儿大去了。”

“我马某又不是不还钱，有多少，你算算！”

店掌柜呸地吐去一个瓜子皮儿，拿出账本，在算盘上噼里啪啦拨打一会儿：“老马，打去年到眼下，你这总儿一共是七千八百三十五文，三十五文算是我送你的人情，六块洋钿是不能再少的了。”

“介许多了？”马掌柜似是不相信，吐下舌头。

“一笔一笔这都是记着的，你要不信，自己算算！”掌柜将账本和算盘推过来。

“算了算了，”马掌柜连摆几下手，“啥人有这闲心，快叫伙计拿酒来！”

“酒钱呢？”

“不是讲过了吗？打总儿还，近日手气不好，没赢。”马掌柜急了。

“老马呀，要是指你赢钱，我这馆子早关门了。”掌柜一点不给通融了，“去吧，这就到钱庄向鲁老爷讨去，讨不到，我这酒是一碗也没！”

“啥个鲁老爷？”马振东生气了，朝地上连吐几口，“我呸，我呸呸呸！”

掌柜脸色一黑，甩手走进里面。

“哼，狗眼看人低！”马掌柜斜一眼仍在嘿嘿发笑的伙计，朝他扬扬司的克，嘟哝几句，悻悻地走出。

马掌柜没有房子，租住在一个小弄堂里。房子上下三层，上面是个小阁楼，马掌柜就住在其中一个阁楼里。当他一路骂骂咧咧地走到楼顶，推开房门时，一眼看到明窗净几，焕然一新，吐下舌头，忙又退回，咚咚咚地走下楼，刚好遇到女房东。

“喂，我说东家，马某再穷也不曾欠过你一文房钱，你把我的房子弄到哪儿去了？”

房东白他一眼：“你没喝酒，发啥酒疯哩？你那个烂窝，啥人会抢？”

马振东摸摸头皮，踅回楼上，再次推门，这才看清屋子里赫然坐着一人——伍挺举。一张小方桌上摆好几盘下酒的凉菜，旁边放着一坛老绍兴，摆着两只大酒碗。

“马叔，”挺举站起来，冲他笑道，“小侄这来陪你喝几盅。”

马振东走近桌子，两眼紧紧地盯牢他。挺举朝他又是一笑，搬起酒坛倒满酒，推给他一碗。

“没想到是你小子，嘿！”马振东在对面夸张地一屁股坐下，伸手端过倒满的酒碗，“来来来，喝！”

“喝！”挺举也端起来。

# 第十四章

# 印度饥荒，伍挺举看准大米商机

广肇会馆，林掌柜小声问道："老爷，您召小的？"

林掌柜叫林同发，是江苏扬州人，绰号"米虫"，在这圈里是个有名的人精。眼下是仁谷堂掌柜，上海米粮公所总理。

"是哩，"彭伟伦缓缓地敲着几案，"听说有人收米了？"

"老爷消息灵哩！是茂平谷行！"

"晓得了。收价几钿？"

"四块八！"

"四块八？"彭伟伦眼睛闭起，只露出一丝儿细缝，斜过来，"有人来坏规矩，你这米粮公所总理就不该过问一下吗？"

"这……"林掌柜苦笑一声，"茂平不在公所里，我前年就把它除名了！"

"除名就没办法了吗？"

"老爷，"林掌柜打个惊怔，献媚地凑上，"小的打探过了，茂平不过只收一船，也就五十石。在此之前，茂平就断仓了，接二连三地到咱仁谷堂进货！"

"这是说，茂平生意好哩！"

"是哩。米价没定，米市整体萧条，只有茂平门前人来人往，每天都能走个三石五石。”

“这倒怪哩。你可查过？”

“查是查过了，可这……南来北往客，一时之间，难查清爽哩。老爷若是对此上心，小的这就派人去盯，或能查出个大要。”

“不必查了。”彭伟伦摆下手，“其他事体我不管，米市规矩不能坏。不过，既然茂平已经退出公所，这又生意兴隆，人家要收，那就让他收吧！”

既不能坏规矩，又让茂平收米，彭伟伦竟然给出两个彼此悖逆的指令，林掌柜懵了。

“老林呀，”彭伟伦皱下眉头，指指自己脑袋，“你也算是老江湖了，动动这个，去吧。”

茂平谷行里，生意依旧闹猛，时不时就有青壮汉子进店买米。从昆山老汉那儿进到的五十石，不消几日就已下去大半。

阿祥将算盘拨拉得噼里啪啦直响，乐呵呵地向挺举报出一个吉利数字：“阿哥，刨除成本，到月底或可赚到六十光洋，打我进店以来，生意从没有介好过！”

话音落处，一个头戴毡帽的魁伟汉子走进店铺，挺举迎上，揖道：“先生，在下伍挺举欢迎光临！”

“有新米吗？”那汉子回个揖，直奔主题。

“有有有，我们全是新米，不信你来看看！”亦赶过来的阿祥急不可待道。

那人走到米仓边，摸一把，嗅嗅，咬开一粒，点点头：“嗯，好米，几钿？”

挺举看向阿祥。

“老价钿，一石六块！”阿祥比个指头。

“我要的多，能否便宜点？”那人商量道。

“能要多少？”

“这个数！”那人伸出一个指头。

“十石？”阿祥问道。

那人摇头。

“一百石？”阿祥牙一咬，给出一个狠数字。

那人再次摇头。

“总不会是——”阿祥屏住呼吸，“一千石吧？”

那人微微点头。

“天哪！”阿祥一脸惊诧，转向挺举，“阿哥，他要的是一千石！”

“先生能出何价？”挺举长吸一气，转问毡帽人。

“五块八！”

“敢问先生，”挺举沉思一时，抬头问道，“介大的批量，为啥不到仁谷堂？”

“去过了，”那人两手一摊，“整条街上，卖新米的只有你们茂平一家！”掏出一张一千元的润丰源庄票，“这是预付款，余款在提货时一次性付清。”

挺举正要去接庄票，阿祥似是觉出什么，急将挺举拉到一边，压低声音：“阿哥，这单怕是接不得呀！”

“为啥？”

“听出那人的话音没？整条街上，卖新米的只咱一家！”

“这又怎么了？”

“人家要的是新米。我们要卖新米，就得先收，是不？所有米行都没收，只咱一家收，这这这……”

“晓得了。”挺举转身，对毡帽人揖道，“这一千石大米，在下明日答复如何？”

那人显然觉出失望，作出无可奈何之状：“算了，你们这般为难，在下——”摇头苦笑一声，转身走出店门，脚步沉重。

“先生，”挺举略顿一下，追出，“几时要货？”

“哦？”那人停住脚步，“在下是急需，自然是越快越好！”

“在下答应你，后日中午提货，如何？”

“太好了！”毡帽人一揖至地，将庄票双手递上。

是夜，挺举再次置办几盘好菜，打成包，又到一家店里买坛女儿红，一路提到振东住处。

马振东已经坐在椅子上，显然是在恭候挺举。

挺举怔了下，将酒坛放到地上，呵呵笑道：“马叔，今朝这酒还没喝，你就醉了？”

“没醉。”振东没笑，淡淡应道。

“呵呵呵，”挺举朝桌上摆菜，“那就是赢钱了！”

“没去。”振东又道。

“咦，你哪能不去哩？昨晚我不是给你两块去翻本吗？”

“不想去了。”

“那……”挺举有点惊愕，“你在这屋里闷一整天？”

“等你。”

“等我做啥？”

“等你拿酒来呀。我晓得你不会不来。”

挺举已把菜肴摆好，拿过两只空碗倒好酒，端起一碗推给振东，自己也端一碗，举一下，笑笑：“马叔，喝。”

二人碰碗，各自饮下。

“马叔，说说看，你哪能不去赌场了？听人讲你没钱都去，何况有钱哩！”

“心里堵桩事体，没赌兴了。”

“啥事体，讲给小侄听听。”

“马叔算是服你了。”振东放下酒碗，竖下大拇指，“我这问你，无事不登三宝殿，你削尖脑袋朝我这个破屋子里钻，这又买菜买酒，还给赌钱，讲实话吧，究竟是想做啥？”

“呵呵呵，”挺举又倒酒道，“到马叔屋里还能做啥？陪马叔喝酒呗。”

“你处心积虑来，就为陪个酒鬼喝酒？”

“酒鬼？”挺举大笑起来，“哈哈哈，有啥人敢说马叔是酒鬼，那他就是个睁眼瞎。如果小侄没有看错，马叔这酒，全是喝给外人看的，表面上醉，心里却如明镜一般。”

“咦，”振东来劲了，“你小子哪能晓得马叔是表面上醉？”

“就是丢豆子那天。你根本就是装醉！”

“你……”振东倒吸一气，“这讲讲，哪能看出来的？”

“呵呵呵，”挺举和盘托出，“那天你不是让我帮提那个酒葫芦么？那个葫芦顶多也就装个二斤酒，你一气喝下也不会醉。可那天，你从进店就开始喝，一直喝到丢豆子辰光，葫芦里还剩一小半。依你酒量，仅喝半葫芦，哪能会醉哩？”

“哟嗬，”振东朝他再竖一下拇指，“你小子，行啊！讲下去！”

“马叔是想故意玩鲁叔难堪！”

“哈哈哈，你小子，马叔服你了！”振东举碗，“来来来，喝。”

二人饮尽。

“不瞒你讲，”振东搬过酒坛，亲自倒酒了，“我这酒真就是喝给姓鲁的看的，我那赌，也是赌给姓鲁的看的。忘恩负义，口蜜腹剑，他姓鲁的算个什么东西！不过是个卖死鱼死蟹的瘪三而已！拐了我大妹，骗了我小妹，这连阿拉姆妈也让他蒙了，处处讲他好话。挺举呀，马叔我……我一想到介许多事体，气就不打一处来！”

“呵呵呵，”挺举端酒碗，“马叔，喝酒！”

“先甭急，”振东把酒碗推到一边，“趁马叔没醉，先问清爽，今朝我俩得喝个明白酒。”

“马叔请问。”

“讲吧，你和姓鲁的是啥关系？他为啥把你弄到这个破店里来？”

“我和鲁叔没啥关系。我去贡院大比，朝廷取缔科举，我走投无路，只好投奔鲁叔。至于到这谷行，是我自己求来的。”

“骗鬼去吧，想蒙马叔！”

“马叔，我句句实言！”

“好吧，你不想讲，我这就把老底端出来，你这听好。你来此地，不是你想来，是姓鲁的发配你来。姓鲁的为何发配你到此地呢？因为二十年前，姓鲁的与你阿爸伍中和有过一场豪赌。你阿爸赌输了，憋下一口气，让你到此地随他学徒，一是你确实无路可走，二也是行的洋务派之计，叫什么师夷长技以制夷，好雪他二十年来之耻。姓鲁的是何等人物，还能看不出这个？他是心知肚明，却又不好点破，这才把你……”振东顿住，目光如炬地看向挺举。

“马叔，你……”挺举长吸一气，苦笑道，“哪能啥都晓得哩？”

“马叔人能醉，心不会醉。就姓鲁的那些破事体，哪一桩能瞒过马叔？就姓鲁的那点儿小肚鸡肠，又哪能蒙得了你马叔？贤侄，马叔这把话儿搁明了，你这讲讲，是也不是？”

“是，也不是。”

“咦，你这讲的是啥话？”

“马叔，不瞒你讲，这事体都有，”挺举表情沉郁，“可……所有事体都过去了。我阿爸他……人已不在了。”

“哦？”振东惊愕，凝眉，“他……啥辰光不在的？”

“在赶大比之前。家里无端遭场火灾，阿爸救出我阿妹，自己却被埋在火里。鲁叔他是成心帮我，并无他意。”

“怪道你戴这个。”振东看向挺举袖子上一条已经淡下去的黑纱，点点头，端酒道，“来，贤侄，这一碗喝给你阿爸，干！”

二人干了。

“好吧，贤侄，旧账不说了，”振东再次倒酒，“我们叔侄讲点实的。你求到我这店里，这又请我喝酒，如果不为拉盟军报仇雪耻，又是为个啥事体？”

“想求马叔教做生意。”

“啥？”振东大睁两眼，指自己鼻子，又指挺举，“我？教你？做生意？哈哈哈，你这戆大[①]，真就是读书读傻了，投师这也投错门哩。告诉你吧，学做生意，你该去寻那姓鲁的，不该来找我这个醉鬼。那人

---

① 戆大（gàng dà）：上海话、宁波话，傻瓜的意思，也可以写成“戆徒”。

才是个生意精哩！”

“马叔，”挺举拿起筷子，夹肉，“我选的是谷行，学的是谷粮，不是开钱庄。”

“嗯，此说倒是成理。”振东略略点头，也拿起筷子夹菜，“不过，马叔并无生意经教你，只能教你喝喝老酒，输输小钱。”

“不瞒马叔，你已经教过了。”挺举边吃边说，“小侄把马叔记下的所有账册全部翻看过了，每册扉页上都有几行楷字，写的全是生意经，都让小侄记下来了，马叔不信，可以随便考，马叔只说出是第几册，小侄保管倒背如流！”

“哟嗬！”振东仰脖灌下一碗，一脸不屑，“那些句子是马叔听来的，抄来的，你也敢信？贤侄听说过纸上谈兵没？”

“不说那些句子，单是里面的学问，也是不得了。如果小侄所料不差，在上海滩能比马叔更懂米粮的，怕是没有几人哩。”

“咦，你小子哪能看出来的？”振东惊讶了。

“呵呵呵，马叔呀，做生意小侄不行，看书却是内行。至于是哪能看出来的，马叔就甭问了。”

“好好好，马叔服你。”振东放下筷子，举酒道，“来，喝酒！”

二人再饮。

“马叔，”挺举倒好酒，按住酒碗，“不瞒你说，今朝寻你，倒不是全为喝酒。”

“讲吧，你想听啥？是产地、品种、收歉、价钿，还是其他？”

挺举从袋里摸出那张庄票，将事体大略讲了。

振乐眯缝起眼，越听眼缝眯得越小，到后来完全眯没了。

“马叔，”挺举问道，“你觉得这桩生意靠谱否？”

“靠谱靠谱，”振东活泛开来，两眼笑成两道缝，迭声道，“贤侄呀，你真是个大贵人哩，这初来乍到，生意就介火爆哩。快点做去，不就是一千石吗？想当年，你马叔……好了，好了，好汉不提当年勇，贤侄这是出门见喜，大吉大利呀。”

“敢问吉利何在？”

“吉利这都摆明了呀，大米满河浜都是，莫说是一千石，纵使一万石，也不过是举手之劳。他这儿五块八要，你这儿只要出到四块二，那些米船就会抢破头！一来一往，两日之间，贤侄就可入账一千六百大洋，哈哈哈，你马叔再也不愁下酒钱了，来来来，马叔为你贺喜！”

“马叔这般讲，小侄就踏实了。不过，小侄不打算四块二收，小侄仍打算以去年的新米价，四块八收！”

“咦？这是为啥呀？嫌钱扎手，是不？”

“不是，是为那些种粮的，丰收了，哪一家都指望多卖点，给少了，谁还种粮呀！”

“哈哈哈哈，”振东竖起大拇指，迭声笑道，“书呆子做生意，就是与众不同。来来来，马叔为这些种粮的，敬小侄一碗，干！”

初来乍到就接千石大单，挺举心中确实忐忑，但马振东的这席话让他吃个定心丸，翌日晨起，就让阿祥在河浜上吆喝购米。正在河浜上来回游荡的米船大喜过望，一忽拉全围上来，将这段河浜堵了个严实。粮农已经主动把米价降到四块五，挺举却宣布以四块八收购，只收一千石，条件是米钱赊账，三日后打总儿兑付。见米价这般高，又只收一千石，且赊账不过三日，众船家就如疯了般争抢上位，两只小船差点被撞翻在水中。

由于人手过少，挺举与阿祥由上午忙活到天黑，才将一千石大米悉数入仓。然而，次日中午，并不见那个毡帽人前来提货。挺举他们候至晚上，那人仍旧没来。又次日，尽管河浜米价跌至四块三，依然不见店家收米。将近昏黑时，毡帽人来了，与他同来的还有一个兵勇，看打扮，是清军巡防营的。二人进店，非但不提大米，反要挺举归还预付款，毡帽人一脸苦丧，将挺举拉到一边，说那一千块是军饷，眼下米价走低，而他出的价格过高，长官怀疑他从中使钱，他浑身是口解释不清，只得退米。长官放心不下，这又派兵勇跟来，这一千石大米买不成了，他只能抱歉，云云。

挺举傻了，好久方才恍悟过来，吩咐阿祥将那张庄票原封不动还给他们，闩上店门，闷头久坐不语。

“阿哥，”阿祥见他难受，承担责任，“这事体怪我哩。我只晓得收米不对，咋就没想到是仁谷堂故意使坏哩？我……”拿拳狠劲打头，“真是该死呀！”

挺举一动不动。

“阿哥呀，”阿祥愁苦满面，“这一仓米全是赊来的，明朝就得兑现，哪能办哩？”

挺举缓缓站起，拖着沉重的步子离开店面，走向鲁宅。

显然，这里的事情俊逸全都晓得了。挺举一到门口，就被候在门房的齐伯带到客堂。

“挺举呀，”俊逸开门见山，轻松一笑，安抚他道，“米店不能无米，一千石，不是大事体。”摸出一张庄票，搁在几案上，“明天你到庄上兑现，把这点米吃下来就是。另余一千块，放在你店里流通！”

“鲁叔，我……”挺举感动，声音几乎是啜泣。

“呵呵呵，挺举呀，学做生意，不交学费哪能成哩？鲁叔当年，学费交过不只一次哟！去吧，我还有些事体。”俊逸起身，走到挺举跟前，在他肩上重重一按，步履沉重地拐上楼梯，到他书房去了。

齐伯将庄票拿起，放到挺举手里，轻声说道：“挺举，听齐伯的，这米烂不了，这钱也赔不了，你只管放手做去！”

时已秋末。

秋收过后也有个把月了，上海米市仍如死水一潭。买卖两大阵营长期干耗在一条长约七八里的运粮河浜里。

局势显然越来越不利于卖方。

挤进这条河道的卖粮船只越来越多，眼见就要掉不开头了。船上随处可见粮农那一张张焦灼的面孔和无助的眼神。

沿河有上百家谷粮行，依然没有一家出面收粮。

一切正如阿祥所说，不是这些米行不愿收米，而是因为上海米业的老大——仁谷堂，迄今仍未“发话”。

统帅上海米粮界的共是两大家，一是萃秀堂豆业，二是仁谷堂米业。萃秀堂是老行，主要经营北方五谷豆类，原本在上海滩说一不二。然而，随着江浙米市的崛起，仁谷堂扶摇直上，气势远远盖过萃秀堂了。尤其是近十年来，仁谷堂得到善义源钱庄的鼎力扶持，渐渐一统沪上米市，成为华东诸省的“发米行”。上海乃至江浙两省，凡是与米字搭界的，无不唯仁谷堂马首是瞻。

眼见一天熬过一天，许多米行的库存已经见底，掌柜们纷纷坐不住了，这都赶到仁谷堂米业公所，向仁谷堂老板林掌柜催问消息。

看到林同发大步流星地从外面走进，急不可待的掌柜们纷纷迎上，七嘴八舌：

“老林呀，实在顶不住，我这仓里两天前就没货了！”

“我这里也是呀，没米下锅了！”

“是呀，是呀，老林哪，火候到哩！”

……

林同发朝众人摆摆手，示意安静，正要发话，有人从河浜那边急急跑来，压低声音，不无激动地叫道：“诸位，诸位，好消息来了，粮农们憋不住，愿意降到四块三哩！”

众皆雀跃，无数道目光齐聚林同发身上。

“呵呵呵，瞧你们急的，”林掌柜脸上堆起笑，“常言道，‘紧张庄稼，消停买卖’好事不在忙中起嘀。”

“老大，你就来句干脆的，彭老爷是哪能讲哩？”有人大叫。

“在下这不是正要讲吗？”林掌柜又是一声笑，“不瞒诸位，方才在下面陈彭老爷，老爷发话，要我们少安忽躁，再候三日！”

在场诸人，谁也没有再多的话了，面面相觑一阵，各自散去。

葛荔坐在镜前，一边细心打扮，一边想着心事，没提防老阿公站在背后了。

“小荔子呀，你这是做啥哩？”申老爷子突然出声。

“老阿公，”葛荔打个哆嗦，“吓死我了！啥辰光躲我后面的？”

“呵呵呵，”申老爷子乐了，“我在这里都快入定了！”

“啥？”葛荔小嘴一撇，“鬼才信哩！”

“你这讲讲，想啥心事哩？”

“想出去兜个圈。”

“兜圈就兜圈，粉黛描眉为哪般？”

“老阿公！”葛荔撒娇了，将头歪在他身上，“你总说我是野小子，我这不是……改邪归正了么？”

“呵呵呵，你到外面蒙那只瞎猫去吧。老阿公方才占过卦了，你这是出去寻人来着。”

“我寻啥人，你讲？”

“寻啥人你自个晓得。”

“偏不是呢。”葛荔头一迈，小嘴又是一撇，“我这要去绣店，凤阿姨答应为我绣个飞天。”

“呵呵呵，小荔子，你撒谎了哟。”

“咦，老阿公，你哪能看出小荔子撒谎了呢？”

“这是秘密。”

“老阿公，你敢不讲，看我揪断你耳朵！”葛荔跳起来，作势揪他耳朵。

“好好好，老阿公讲给你听。是这双大眼睛把你卖了。你一说谎，两只眼珠子就会贼溜溜打转。以后说谎，可要当心哟。眼是心之窗，眼珠子贼转，表明你心神不定。心神不定，表明你没讲实话。”

“唉，”葛荔发出一声怪叹，“老阿公呀，小荔子算是服了，我这眼珠子方才是在转哩。打实说吧，我这是想……看看那个小子。”

“还要帮他卖米？”老爷子指指米缸，“咱家米缸这都装不下了，你的那帮小兄弟，总不能让人家一天吃五顿大米吧。天气潮，当心长虫子哟！”

“谁才帮他卖米哩，”小荔子嘴一撅，“我……是要去抱打不平！”

“哦？有人欺负那小子了？”

“是哩，有人订米一千石，待米收进，又出尔反尔。我全都打探清爽了，那个戴毡帽的与巡防营八竿子打不着，是仁谷堂派来使坏的，看我这就收拾死他！”

“你呀，”申老爷子的头摇得就像货郎鼓，“净会帮倒忙，这不是成心坏那小子的事体吗？”

“咦？我替他打抱不平，哪能是坏他事体哩？”

“小荔子呀，我问你，你是想让他灰溜溜地滚出上海滩呢，还是想让他在这上海滩上叱咤风云？”

“这还用问？当然是想让他叱咤风云来着！”

“那就听听老阿公的，他的生意事体你少掺和！”

“我……”小荔子的大眼珠儿滴溜溜几转，竖拇指道，“明白了，老阿公别不是担心那小子成个刘阿斗吧？”

“错了错了。那小子成不成个刘阿斗关老阿公啥事体哩。老阿公担心的是，将来某一天，某个人会让某个人避之不及哟！那辰光，某个人怕是哭三天鼻子也不管用喽。”

“老阿公，你——”小荔子又羞又气，眼珠子滴溜溜一转，瞬间变作笑脸，“嘻嘻，小荔子这听老阿公的，老阿公你讲，小荔子哪能办哩？”

“替老阿公出趟差事。”

“请讲。”

“盯住那小子。”

“盯他？”葛荔惊愕了，“为什么呀？”

“天机不可泄露。”

“嘻嘻，老阿公呀，”葛荔搂住他的脖子，“这是老差事哩。”

“是去盯人，可不是花前月下哟！”

“我……”葛荔略怔一下，下意识地走到镜前，打量自己梳妆一新的俏脸。

“若是不去，老阿公这就换人喽！”

“啥人不去了？”话音落处，葛荔已经戴上斗笠，身子一晃，不见踪影了。

葛荔一身轻装，赶至茂平谷行，转到店外那棵合抱粗的梧桐树下，四顾无人，噌噌几下爬上树去，透过梧桐叶子鸟瞰，整个谷行尽收眼底。

谷行没有生意。两个伙计在院子里慢悠悠地铲草，挺举坐在柜台后面，眼睛瞄在账册上，不住嘴地念，阿祥在一边拨打算盘，似在核对账务。

葛荔百无聊赖地候有一时，一辆黄包车飞跑过来，在店门口停下。一个洋美女从车上忽身跳下，匆匆走进店里。

看到洋美女进来，挺举立马站起，亲热地向她打招呼。二人嘀嘀咕咕，状甚亲密。

葛荔心里一揪，如临大敌，侧耳倾听，但距离太远，根本听不清二人嘀咕什么，只得睁大两眼，眨也不眨地盯住门市。

洋美女正是麦嘉丽，从包里摸出一张汇丰支票，递给挺举。

“伍先生，”麦嘉丽神色急切，“三百块，全买大米。”

“太好了，五十石哩！”阿祥咂咂舌头，一脸兴奋。

“麦小姐，”挺举接过支票，迟疑一下，“你要想清爽，一次性买这么多米——”两眼紧盯住她。

“唉，”麦嘉丽现出一脸苦相，“伍先生，这才是一点点儿，哪儿够呀。可我身上只有这点钱了。”

“出啥事体了？”挺举关切地问。

“印度闹灾荒，饿死太太多人。”麦嘉丽连比带划讲，“我在印度有天使，许多许多天使，都没粮食吃了。我收到电报，这要赶去印度，给他们送大米。要送许多许多大米。”

挺举怔道：“印度？”

“对的，是印度，”麦嘉丽忖下方位，指指西南，“就是那儿，一个很大很大的国家，很多很多的人，跟你们中国一样。”

挺举当然知道印度。之所以惊怔，是因为他实在没想到她在那儿也有花园。

挺举再次震撼。是的，站在他跟前的是个真正的天使，在她这里，没有国家，没有种族，没有智愚健残，只有人，在上帝面前完全平等的人。

挺举握住支票，冲她郑重点头。

“伍先生，”麦嘉丽叮嘱道，“天黑之前，你要把大米运到十六浦码头，有人在那儿等你。今晚有船，我就乘这条船走。我必须早一天赶到。”

挺举再次点头。

“还有，”麦嘉丽直盯住他，“我想求你答应我。”

“你讲。”

“我想把这个天使花园的所有天使交托给你，请你代我照看，好不？”麦嘉丽的两眼带着恳求。

“我答应你，谢谢你的信任。”挺举冲她拱手，郑重承诺。

“太太太太谢谢你了！”麦嘉丽张开两臂，上前一把抱住他，兴奋得像个孩子。

在这大庭广众之下，麦嘉丽这般动作夸张地将他一把搂住，挺举猝不及防，羞得满脸通红，赶忙脱身，连退两步，冲她连连拱手。

这一幕结结实实地让葛荔逮个正着。葛荔随申老爷子修炼多年，也算是有定力的人。然而，无论她的定力是多大，这酝子醋是从底儿漏的。葛荔怒不可遏地溜下树，本欲冲过去痛骂挺举一顿，扇那洋女三记耳光，却又想想没个来由，只得跺几下脚，朝店门狠吐几口，将斗篷盖在脸上，一溜烟地冲回家去。

见她噔噔噔地阴脸回来，一言不发，直奔闺房，申老爷子老眉一拧：“怎么了？”

葛荔坐在床沿上，呼呼喘气。

“呵呵呵，”申老爷子跟进屋来，瞄她一眼，“别不是爬人家屋顶，让人给抓个现行吧？”

“才不是呢！”葛荔白他一眼，眼圈儿红了。

“那是怎么了？讲讲看。”

“老阿公，”葛荔揉下眼，将两只脚轮番跺在地上，“我……再也不睬那个浑小子了，我不值你那个公差了！”

“哦，明白了。”申老爷子恍悟道，“必是那小子欺负你了。”

“是哩！”葛荔忽地站起，声音尖厉、气结，“他……他跟那个洋女人……勾勾搭搭！”

“哦？”申老爷子凝紧眉头，“洋女人？哪个洋女人？”

“就是天使花园里的那个小洋妞！”

“呵呵呵，这就好玩了！”申老爷子弄明白她在吃醋，反而笑起来，“她一定很漂亮吧？”

“老阿公，你——”葛荔急了，跳起来叫道，“她漂亮个屁！头发是黄的，脸上白得没血，眼珠子是蓝的，活像个妖精！”

“呵呵呵，小荔子天不怕，地不怕，原来是怕妖精嗬！”申老爷子越发开心了。

“啥人怕她了？”葛荔飙上劲了。

“你不怕她，这是发啥神经哩？发神经没啥，白白错过一场好戏，倒是可惜了哟！”申老爷子故意气人地连连摇头。

“什么好戏？”葛荔急了。

“就是那两个人的勾勾搭搭呀！葛荔难道就不想晓得他们两个因何勾搭，又是哪能个勾搭的吗？”

葛荔一听，撒腿就往外走，走到门口，又拐回来，鼻孔里哼道：“我……我才不看呢，想想都恶心！”

“要看，要看，再恶心你都要看！”申老爷子来劲了，“无论那小子和那洋妞儿做下啥事体，你都要看个清爽，回来讲予老阿公听。去吧，这是老阿公交代你的正经事体，是公差！”

“好好好，我这就为你看去！”葛荔黑起脸，再次出去。

葛荔急急惶惶地赶到茂平，店面里没人了，也不见挺举与麦小姐。葛荔听到后面河浜上有声音，压上斗篷，赶过去一看，但见埠头旁的仓库里，阿祥正指挥人在朝一条空船上装米。

见挺举不在，葛荔大胆现身，径直走到阿祥跟前，抱拳问道：“你家掌柜哩？”

阿祥只顾忙活，顺口说道："和麦小姐到天使花园去了。"

葛荔二话不说，飞身径去天使花园，见院中人声鼎沸，闪到一边，四下一瞄，爬上一棵大树，骑在一根枝丫上，隔树叶望去。

葛荔被眼前的一幕震惊了。

院子里，十几个衣着整洁的残障儿童抱住麦嘉丽的双腿，哭作一团。麦嘉丽把孩子们抱起一个，亲一口，放下，再抱另一个。站在一边的挺举也揉眼。

麦嘉丽亲完所有孩子，从袋中掏出钱袋子，双手递给挺举。挺举接过，退后一步，朝她鞠躬。麦嘉丽不再抱他了，学中国礼节回鞠一躬。

二人礼毕，麦嘉丽在孩子们的簇拥下走到院门外面，跳上一辆候在边上的黄包车，再次与挺举和孩子们告别。

挺举突然想起什么，上前与麦嘉丽说话。麦嘉丽从包里掏出一张纸头，递给挺举。

黄包车渐去渐远。

挺举手捧那张纸头，眉头凝作一团。

葛荔惶惑了。

挺举回到茂平时，五十石大米已装上小船。然而，河浜埠头全被卖粮的船只堵上了，阿祥干着急却出不去。

"阿祥，怎么回事儿？"

"阿哥呀，"阿祥跳下小船，苦丧起脸，"看这样子，怕是天黑也撑不出去，麦小姐那里七点开船，我们必须在五点之前送到，哪能办哩？"

"这这这……"挺举指向河浜，"方才还有水路呢，哪能说堵就堵上了？"

"仁谷堂今朝收米，原本散在河浜其他地方的粮船全都拥过来，一下子堵上了。"

"仁谷堂收米了？多少洋钿？"

"三块八。"

“啊！”挺举震惊了。

“我们仓里这一千石，直赔一千块了。”

一石米仅卖三块八，比去年同期直落一块，而市场零售价高达七块，这条街的所有米行对外批售依旧六块，挺举长吸一气，不无痛苦地在河浜边蹲下，望着一条条船上的一张张充满无奈、愤怒、焦急的脸庞，不由想到第一次卖给他五十石的昆山老人，又想到自己在老家亲眼看到的种粮人的种种不易，陷入长思。

有顷，挺举的手不由自主地伸进口袋，掏出麦嘉丽给他的那张纸头。

是一份英文电报，上面曲里拐弯地写着几行字母，挺举一个也不认识。但他晓得上面的意思，麦小姐已经把全文译给他了。

印度饥荒，麦小姐从上海运米过去，而此地，大米却……

挺举的眉头渐渐拧起来。

挺举的眉头越拧越紧，远看就如两只弓着腰的蜈蚣。

陡然，一个大胆的念头就如一粒火苗从挺举的心头点起。这火苗刹那间变成一道亮光，亮光越来越亮，照见他的所有心田。

挺举两眼圆睁，眼珠子油亮，眼前一片光明。

“阿哥？”一直守在旁边的阿祥小声问道。

“收米！”挺举猛地起身，拳头用力一挥。

“收米？”阿祥大怔，“阿哥，是送米呀，不是收米。这船是出不去了，要不，我们转车送吧！”

“哦，”挺举这才愣过神，歉意地朝他笑笑，捏紧拳头，“转车走，你立即联系车行！”

送完大米，已是黄昏。

挺举交代阿祥处理后事，自己走到江边，望着滚滚不尽的黄浦江水及水面上渐渐亮起来的点点船火。有大船，有小船。

挺举的目光不由自主地投向码头边上那艘行将驶往印度的巨轮。巨轮上的大烟囱正在冒出滚滚浓烟，汽笛已经响过两次了。船身很漂亮，上面的客人多是洋人，全在船上了。其中一个就是麦小姐，货舱里还有他刚刚装上去的五十石大米。

挺举一动不动，一直站在岸边，看着巨轮在最后一声汽笛响过之后，缓缓离开码头，驶入茫茫江水。

挺举已经得知，这船巨轮将在最快五天、最慢七天之后，抵达目的地。也就是说，麦小姐的印度天使们只需坚持一周，就可吃到来自中国的香喷喷的大米。

此时此刻，挺举的心田再次被茂平河浜边油然划过的那道亮光充满。在渐行渐远的巨轮最终淹没在夜幕里时，挺举的心也最终铁定了。

是日晚间，挺举到天使花园安顿好众天使，到小饭馆里置办几道小菜，抱坛老酒再奔马掌柜阁楼。

“你小子，”马掌柜乐呵呵地看着他摆弄菜盘子，“我还以为你不再来了呢！”

挺举没有睬他，顾自摆碗倒酒。

“弄来介许多小菜做啥？”马掌柜端过一碗，一气饮下，抹下嘴皮子，斜下摆满小桌面的五六道小菜，“马叔的嘴没有那么馋，有酒就成了！”

挺举在他对面坐下，递给他一双筷子，亦举筷道：“甭装了，我晓得你连中午饭也还没吃哩。”

“还有早饭哩，”马掌柜夹块鸡腿，边嚼边说，“不瞒你讲，马叔今儿睡一整天，就等你呢。”

“马叔呀，”挺举吃几口，举碗道，“你这讲讲，那日收米一事体，你早晓得是个陷阱，为什么又怂恿小侄呢？”

“呵呵呵，你小子真不傻哩，来来来，喝酒！”马掌柜举碗。

二人干了。

“你小子，这生马叔的气了？”

“小侄不敢。”

“马叔告诉你吧，那日的事体，马叔还能看不出来？马叔是故意不提醒你，马叔就是让你败掉他的钱，让你败死那个姓鲁的！小娘比哩，我就不信，他的命真就那么好，他就真的能够一直发财！”马掌柜恨恨地倒酒，将酒坛子在桌面上磕得咚咚直响。

“马叔呀，”挺举摇头长叹，“我讲句不该讲的，你介大年纪了，这还在玩小孩子过家家哩。”

“咦，”马掌柜小眼圆睁，“我哪能个过家家哩？你小子讲话得个分寸，他姓鲁的——”打住话头，端起酒碗，咕嘟咕嘟一气灌下。

“马叔呀！”挺举慢悠悠地拿起筷子，夹口菜，送到嘴边，却不吃，眯眼望着振东。

“讲呀！”振东急不可待了。

“你真想败掉鲁叔？”

“那还有假？”振东来劲了，“我马振东这辈子就和这姓鲁的飙上了，不败光他，我不姓马！”

“马叔呀，”挺举轻轻摇头，“晓得啥叫螳臂当车不？似你这般，莫说是一千两，纵使三千五千两，于鲁叔都是拔根毛哩！不瞒你讲，鲁叔得知收米赔钱，当下给小侄六千块洋钿，四千八是买米的，另外一千二，全都交给小侄周转谷行哩！”

“唉，”振东长叹一声，“这姓鲁的有钱呀，这姓鲁的防着我呀！”猛地一怔，两眼放光，“姓鲁的防的是马叔，却不是贤侄，贤侄你——”

“马叔，”挺举摆手止住他，“小侄晓得你想讲啥，小侄此来，不是讲这讲那，而是来讨马叔一句话！”

“你讲！”

“马叔是想一辈子就这般过吗？就这般醉酒，赌博，住这小阁楼，让人骂作瘪三，活得人不是人，鬼不是鬼……”

“你小子，想说啥，直说就是，拐弯抹角做啥？”

“小侄此来，是想与马叔做桩大买卖，让人瞧瞧马叔究竟是不是个孬种，是不是个醉鬼！”

“哦？”振东盯牢挺举，“啥大买卖，你讲讲！”

“小侄得到绝密消息，就这辰光，印度正闹饥荒，市场上无米可买。而我们这儿呢，大米丰收，粮价奇低。如此巨大商机——”挺举故意顿住。

“这……跟我们有何关系？”

“马叔，小侄在想，如果我们大量囤米，坐等收米之人，岂不是笔大买卖？”

“啥人会来收米？”振东眉头拧起。

“洋人哪。只有洋人才能把米运到印度。”

“印度饥荒？洋人收米？”振东自言自语几句，凝眉沉思，有顷，蓦然抬头，指挺举笑道，“哈哈哈，你小子异想天开呀。哈哈哈，我说挺举，你这叫啥？叫赌，晓得不？”

“是场赌。马叔不是爱赌吗？怎么样，陪小侄玩这一把。”

振东长吸一气，眼睛眯起，有顷，伸拇指道：“你小子，是个人才，姓鲁的请到你小子，慧眼识才哩！不过——”

“马叔请讲！”

“你这想得不错，可姓鲁的未必肯听呀。甭看那人生意做得大，胆子却比耗子还小，平生只求一个字，稳！再说，前番你已经让他吃过亏了，他还会继续信你？”

“鲁叔那儿，由小侄去讲。如果不出意外，鲁叔或会听从呢！”

“哦？”

“眼下茂记被粤商逼到墙角，鲁叔无路可走。前番开会，鲁叔讲，茂字牌的所有洋行生意，全让广肇卡死了。鲁叔要各个行铺广开门路呢。”

振东长吸一气，闷思有顷，咚一拳砸在桌上：“好！只要姓鲁的肯听贤侄，马叔就豁出老命，赔贤侄玩宗大的！别的不敢吹，方圆五百里的所有米市，没有马叔不晓得的！”

“谢马叔了。不过，小侄得与马叔约法三章！”

“你讲！”

“从今日起，马叔必须戒酒，戒赌！”

“这才两章！”

“对此事绝对保密，任何人也不可泄漏！”

“好！”振东长吸一气，捏紧拳头，“马叔答应你了！不过，挺举呀，顺便也讲一句，这桩事体，你也不可让姓鲁的晓得马叔在里面掺和。一则是不让姓鲁的起疑，二则防个万一，就是事体砸了，你多个退路，只管眼睛一闭，把所有事体搁在马叔身上。反正马叔是只死猪，天王老子也不怕。要是事体成了，你就成全一下马叔，让马叔也在这上海滩上出口恶气！”

“成！”挺举端起酒碗，正要碰，似又想起什么，心里一沉，“马叔，仁谷堂挤对粮农，压低进价，大赚黑心钱。我们若是抬价收米，势必与仁谷堂过不去。仁谷堂掌控米粮公所，我们若和公所签有契约什么的，他们来找麻烦，哪能个说辞哩？”

“呵呵呵，”振东笑道，“说到这个，你得敬马叔酒了！”

“哦？”

“茂平的会费全让马叔赌了，仁谷堂收不到钱，前年就把茂平除名，我们眼下和他两不搭界呢！”

“呵呵呵，”挺举两眼放光，举碗道，“马叔，真有你的，来，为这场豪赌，干！”

在大多数粮农含泪泊靠于各大米行的埠头时，挺举跟在齐伯后面，第一次豪情满怀地踏上通往俊逸书房的楼梯。

听到脚步声，俊逸迎出门，握住挺举的手，将他让进书房，指着早已放好的客位：“挺举，坐坐坐！”

挺举坐下，乍一抬头，目光自然就落在对面墙壁的双叟字画上，整个身体几乎是出于本能地微微一颤。

俊逸感受到了他的这一颤，抬头望向书画，呵呵笑道：“挺举，这是你阿爸的，永远都是，只要你愿意，随时就可拿走！”

挺举没有笑，朝他拱手道：“鲁叔，小侄……不是为画来的。再说，此画既是先父输给鲁叔的，它就属于鲁叔。属于鲁叔之物，小侄无权擅取。”

“好好好，”俊逸朝他摆摆手，在主位上坐下，“你这讲讲，大中午的过来寻我，想必是有重要事体。”

“是哩，小侄想请鲁叔做笔生意。”

“讲讲看，是何生意？”

“大米的生意。”

“呵呵呵，”俊逸笑了，“我已经任命你是谷行执事掌柜，也就是实际掌柜了。谷行里的生意，你全权做主就是。”

“鲁叔，我想做的这事体很大，必须鲁叔支持。”

“有多大，讲讲看。”

“我想把上海及附近米市的所有新米，能收购的全部收购。”

“啥？”俊逸目瞪口呆，盯他看一会儿，不由自主地转向齐伯，“这这这……你疯了？”

“老爷，”齐伯笑了，“你让挺举讲完。”

“鲁叔，”挺举从袋中摸出麦嘉丽的电报，“请看这份电报。”

俊逸拿过电报，看几眼，皱下眉头，放在几案上。俊逸会讲几句洋文，但都是洋泾浜英语，对这电报是无能为力的。

“鲁叔，我查问过了，这电报上讲的是，印度气候失常，旱涝交替，正在闹大灾，市场上无粮可买，有洋人从我这里买米五十石，运往印度救急，这封电报是我特意求来的。”

“印度远在南洋之外，与我们隔着万水千山，八竿子也打不着哩！”俊逸再次皱眉。

“鲁叔，”挺举不急不忙，“洋人远隔重洋，不也跑到我们中国，这在与我们中国人做生意吗？”

“这……哪能对你讲呢？”俊逸想了想道，“据我所知，南洋诸国皆是米仓，即使印度闹灾，附近也有的是米，印度人不会舍近求远，坐等我们从这里把大米运去。”

“鲁叔，”挺举从容应道，“听麦小姐说，印度灾情已有两个多月，她的天使花园开始还能撑，这辰光却撑不下去，说是要断炊呢。照此推算，如果南洋诸国大米丰盛，两个月来当能平抑印度物价。因而我想，只有一个可能，就是南洋诸国要么也遭大灾，要么所产大米不足以供应市场。再从大理上去推，印度属于南洋，既然印度气候异常，其他国家想必好不到哪儿去。”

俊逸陷入长考，两手也不由自主地伸向几案，摸出烟斗和雪茄。齐伯摸出火柴为他点上，同时走到一边，将房门、窗门全部打开。

“那……”俊逸深吸一口，看向挺举，“即使这生意能做，我们哪能卖去？言语不通，对南洋更是一无所知。”

“鲁叔，”挺举缓缓应道，“听麦小姐讲，印度米价飞涨，比往年高出三倍以上，一些地方甚至高出五六倍。更糟糕的是，市场上严重缺货，有钱也买不到。我们这里有米卖不出，印度有钱却无米可买，如此商机，相信上海滩的洋行不会无动于衷。”

“你是讲——”俊逸猛地一振，“我们把米囤起来，坐等洋人来买？”

“正是。”

俊逸长吸一气，将烟斗含进嘴里，却没抽烟，只将两只浓眉锁起，长考有顷，抬头道：“听说仁谷堂开始收米了。”

“是哩，昨日开始收的，各米行是统一价，一石三块八，比去年的五块低一块二。”

“小娘比，姓彭的够狠！”

“是哩，粮农们都在流泪卖粮。”

俊逸又吸几口，将头转向齐伯，目光征询。

“老爷，”齐伯朝他笑笑，“即使印度不闹灾，丰年储粮，也是千古买卖。”

“晓得了。”俊逸点点头，转对挺举，“此事体确实重大，你先去做个预算，要收多少米，需要多少钱，有个筹划。我这也琢磨一下。”

“好的，我等鲁叔吩咐。”挺举拱拱手，起身告辞。

俊逸长考一日，于次日午后使齐伯召来挺举，开门见山道：“挺举，你的方案出来没？”

“出来了。”挺举双手奉上一张纸头，里面是他昨夜与振东合谋出来的详细购粮计划。

俊逸粗看一遍，放在几案上：“挺举呀，鲁叔琢磨一夜，一直想到方才，这也打定主意了。既然你实意想做，鲁叔这就豁出一次。”

“鲁叔，你还是再想想清爽为好。”

“挺举，”俊逸苦笑一声，“你这样说，鲁叔也就不瞒你了。其实，收米不是大事体，大事体是，只要我们收米，就等于在上海滩向彭伟伦摆擂台叫板。姓彭的财大势大，这个后果，不堪设想啊。前番你也看到了，就为选举时没丢他的豆子，姓彭的就断去鲁叔所有业务，逼得鲁叔走投无路。兔子急了也上墙，鲁叔打算跟他血拼一场，来个鱼死网破！”

“没想到鲁叔是个血性子，”挺举笑了，“只是，小侄以为，我们此番收粮，并不是跟谁血拼斗气，而是在商言商，逼洋人做桩生意。再说，用我们多余的米去赈灾救命，鲁叔也是在成就一桩功德哩！”

俊逸怔了下，盯挺举笑了：“呵呵，还是贤侄想得高呀，不愧是老伍家后人！好吧，贤侄，我们长话短说，这桩事体就此定下，你做周瑜指挥三军，鲁叔就做孙权，帮你后方统筹。”

“呵呵呵，看来鲁叔是真要血拼了。”

“是哩。开弓没有回头箭，鲁叔既然要做，就要一竿子撑到底。”

“鲁叔，小侄多嘴一句，如果鲁叔中途反悔，又该如何？”挺举笑问。

“这……”俊逸怔一下，“我不是讲过了吗？鲁叔一竿子撑到底！”

“我是讲如果。”

俊逸迟疑一下，凝视挺举：“贤侄，你若这般说，我就再问一句，如果我们囤下大米，却没有洋人上门，这又哪能办哩？”

“这就是赌了。所以，我劝鲁叔三思之后，再思一次。”

“鲁叔可以去赌，但你也得告诉鲁叔，对这事体，你究竟有多大胜算？”

“六成。”

“能有六成，鲁叔可以放胆了。”俊逸语气肯定地挥了下手。

“方才听鲁叔说，”挺举又道，“鲁叔有意让小侄全权指挥，好像没听错吧？”

“你是茂平谷行执事掌柜，此事又是你一手筹划，当然由你全权负责。”

“我可以应下。不过，我也有个条件，鲁叔也须应下。”

“你讲。”

“既然是由我全权，整个事体就必须是我讲了算。”

“这个自然。要你全权，就是由你讲了算的。”俊逸笑了。

“口说无凭，请鲁叔立张字据。”

“呵呵呵，我明白了，你是担心振东呀。”俊逸先是一怔，接后笑了，“你放心吧，鲁叔保证不让振东插手！”

“小侄想要鲁叔保证的是，凡是涉及粮食事体，决定权在小侄一人，不仅是马叔，其他任何人也不可插手。”

“也包括我吗？”俊逸微微一笑，脸上显然有点干。

“是哩。”

俊逸倒吸一气，两眼盯住挺举。

挺举凝神，与他对视。

“介大事体，牵涉不下十万块洋钿，这……”俊逸收回目光，眉头凝起。

“我晓得事体重大，所以请鲁叔考虑清爽。鲁叔可以选择不做，可以选择亲自发号施令。若是要小侄出面负责，小侄只有这个条件。”挺举目光坚定，显然毫无商量余地。

俊逸闭上眼去，有顷，微微睁开：“贤侄，兹事体太大，容鲁叔再作考虑。不过，贤侄放心，无论是做与不做，鲁叔都会尽快给你个答复。”

“小侄恭候。”挺举拱拱手，起身走出。

听着楼梯上传来的一声声远去脚步，俊逸眉头越拧越重，眼睛渐渐闭上。

齐伯动也不动地候立一侧。

“齐伯，你讲，挺举这……”俊逸抬头，看向齐伯，苦笑道。

“年轻人，血气盛些。”

“不是血气，我在想，他……会不会另有想法？”

“哦？老爷是指……”

“不瞒你讲，有个念头，总让我不寒而栗。”

“是何念头？”

“就是它。”俊逸的目光斜向墙上的那幅字画。

“你是在提防挺举。”齐伯笑了。

“不能不防啊。我越来越觉出，这孩子太有心计了。”

“古训说，疑人不用，用人不疑。老爷不用则已，既用挺举，就不可抱有疑心。”

“事有次第，做生意需要一步一步来。他这念头，本就异想天开，这竟又……如此武断。小小年纪，初出草庐，到谷行仅才几日，如果不是别有所图，何来这份胆气？再说，前番他购粮一千石，已经——”俊逸顿住话头。

“老爷，”齐伯笑道，“我也想过。正是因为前番吃过亏了，此番他必记取教训。听他讲得这般肯定，相信是有充分把握了！”

“万一呢？”俊逸再次皱眉，“万一他……存心——”

“据我所察，挺举这孩子，你可以讲他有任何缺陷，却不能猜度他存有坏心，望老爷明察。”

“也许是我多心了。”俊逸苦笑一下。“可无论如何，照他这个筹划，少说也得十万块洋钿。十万块洋钿哪，不是五千块！”

“谋划事体，不在于钱多钱少，不在于心大心小，只在于合不合事理，合不合天道。治一家与治一国，理是一个。”

“嗯，”俊逸微微点头，“从事理上讲，挺举所言并不是不可行，只是……太大了，太飘了，莫说是寻常人，即使我在上海滩混介久，也难看透哩。”

“老爷，我早对你讲过，挺举是做大事体的。丰年收粮，即使赚不了，照理也不该赔，老爷不妨给他个机会，让他试试身手。”

“好吧，听你这讲，我就赌他了！”俊逸不再多想，俯身写出字据，纳入袋中，与齐伯一道下楼，吃惊地发现挺举并没有走，仍在楼下客堂里静静坐着。

“鲁叔。”挺举站起来，笑脸迎上。

俊逸在沙发上坐下，摆手示意他也坐下，掏出字据，递过去：“挺举，你要的字据，鲁叔写好了。”

“谢鲁叔信任。”挺举双手接过，看一眼，郑重装进衣袋。

“挺举呀，既然摆开阵势，这一战就必须打好。谋事在周，行事在密。此战贵于周，更贵于密。你是元帅，尤其注意这个，核心机密，除我们三人之外，对任何人不得泄露。至于钱款，由鲁叔一力筹措。”

“小侄晓得。钱款事体，鲁叔最好派个专人掌管。”

“就让晓迪来吧。”俊逸想一会儿，“他账头清，脑子灵光，和你又合得来。”

“好。”

顺安斜挂跑街包，黑丧脸走进茂平谷行。

“来来来，请坐。”挺举又是搬凳子，又是让座。

“阿哥呀，”顺安坐下来，紧盯挺举一会儿，语气怪怪的，“怪道这些日来神出鬼没的，半夜三更也不见个影儿，原来在做大事体哩！”

“是哩，”挺举乐呵呵道，“鲁叔派你来，正合我意。要是别人，沟通起来就费劲了。”

“阿哥，”顺安的脸仍旧黑着，“我不晓得是哪儿得罪你了，介大个事体，你我几乎天天睡在一处，抬头不见低头见，可事体干到这种程度，我却一直被蒙在鼓里！”

“阿弟甭想歪了，”挺举笑道，“是我有意没告诉你。这事体风险太大，万一不成功，岂不是把阿弟也搅进来了吗？”

顺安怔了。若是此话从章虎口里说出，顺安不一定信。然而，挺举阿哥……

顺安气色缓和下来，叹口气道："要是这说，是我错怪阿哥了。阿哥，我问你个实底，这桩事体你究底有多大把握？"

"我也吃不准呢。丰年收粮，这是古来规矩。今年大米丰收，粮农卖粮难，我感觉不错，就跟鲁叔商量了下，这想多收点。"

"阿哥呀，"顺安急了，"吃不准哪能做生意哩？做生意靠的是经验，不能只凭感觉。潘师父算得上是老江湖了吧，见鲁叔定要这么干，急得直跺脚，说鲁叔疯了，竟然听信一个刚出窝的伙计。再说，前番购米事体，茂记上下全都晓得了，潘师父看在鲁叔面上，压住没提，哪想到阿哥这又……"略顿一下，"阿哥，不提过去了，单说这次事体。听师父讲，今年粮食多得老鼠都懒得搬，一下子收进介许多，哪里藏去？待到明年，所有存米就会变成陈米，那时又有新米下来，陈米哪儿卖去？潘叔死劝活劝，没想到鲁叔竟然铁心听你的，连潘师父也……"

"阿弟，"挺举摆手止住他，直截了当，"鲁叔要你来，是做啥的？"

顺安巴咂两下，嗫嚅道："说是……商议购粮事体。"

"那就商议购粮事体，其他甭讲。"挺举武断地封住顺安嘴巴，转对阿祥，"外面梧桐树下有个人，你去请他进来。"

阿祥匆匆出去，果见梧桐树下蹲着一人，给他个背。阿祥忖度应该就是那位先生了，扬手招呼道："喂，这位先生，我家掌柜有请。"

那人却不睬他。

阿祥见树下并无他人，就绕到前面，打眼细看，竟是马掌柜，吃一大惊，二话没有，掉头就跑。

"嘿，你小子，"马掌柜忽地站起，哈哈长笑几声，不无夸张地跺脚追在后面，"这给我站住！"

"马……马掌柜又……又来了！"阿祥逃进店里，神色惊慌，直奔柜台后面的钱箱子。

顺安亦吃一惊，抬眼望时，马掌柜已经进门，向他们直走过来。阿祥本能地牢牢抱住那个黑乎乎的钱箱子。

马掌柜破天荒地没拿酒葫芦，呵呵笑着在挺举对面提衣襟坐下，瞟向阿祥一眼："你小子，抱住那个破箱子做啥？"指指身边的空凳子，"坐过来，给本掌柜敲敲腿！"

阿祥看挺举一下，见他努嘴，只好过来，在马掌柜身边坐下，见马掌柜真还伸过腿来，也就轻一下重一下地敲。

"马叔，"挺举冲他笑笑，"人到齐了，我们这都听你吩咐哩。"

挺举此言一出，顺安、阿祥皆是一惊。

"阿哥，你……"阿祥将马掌柜的腿扔在一边，"你哪能……"

鉴于马掌柜与鲁俊逸的关系，顺安不好多讲什么，用脚在下面踢踢挺举的小腿。

"顺……晓迪，阿祥，"挺举朝二人笑笑，"你们记住，茂平谷行的掌柜是马叔，不是我伍挺举。我只是执事掌柜，跟你们一样，皆是马叔手下伙计。在店里是如此，在店外也是如此。我们是奉马叔指令收粮，至于哪能个收法，悉听马叔吩咐。"

顺安、阿祥互望一眼，不知挺举的葫芦里在卖啥药。

"马叔，你就讲讲，我们哪能个收米吧。"挺举转向振东道。

"诸位，"振东敛起笑，朝几人拱拱手，"我这人没别的话，做啥只说啥。此番收粮，数量大，辰光紧，我的想法是，直接到产粮地，就地收粮，就地租仓贮存。附近共有八大米市，分别是太仓、昆山、苏州、常州、无锡、嘉兴、湖州和镇江。上海作为大本营，不算在列。至于人手，我们不必招募，可以就近委托当地粮商，由他们代劳，我们所要做的是签约、解款、验收、按约定比例支付佣金。至于佣金几钿，收购价几钿，由挺举细讲。"

眨眼之间，马掌柜竟把如此巨大的事体分派得如此清楚明了，大出阿祥、顺安意外。二人互望一眼，不约而同地盯向马掌柜，觉得他实在不可思议。

"马掌柜的分派，你们有何异议？"

二人仍如傻掉一般。

"既无异议，我就宣布收购价钿。"挺举拿出个纸头，瞄一眼，"一般米，从粮农处收购，每石四块七，各地代理商佣金，包括库仓租赁费用，每石二角，运抵上海，每石一角，合计每石五块。上等米，每石四块九，加上佣金及运费，合计每石五块二。”

“阿哥？”阿祥惊得呆了，改掉称呼，“伍掌柜——”

“挺举，你……”顺安也是大张着口，惊怔半天，方才叫道，“别不是疯了吗？仁谷堂只收三块八，我们只要定在四块上，粮农就会挤破门坎。”

“收购价格定死了，谁也不可更改！”挺举毋庸置疑地挥手道，“不过，我们必须对所有代理商讲清爽，不可少付粮农一文钱。为保障粮农权益，我们扣押总款五分之一作为保金，只要有粮农投诉，经查证属实，就将保金全部扣除。你们还有什么要讲的吗？”

顺安、阿祥俱惊呆了。

“好了，”挺举再一挥手，“既无异议，我就以执事掌柜的身份宣布分工。马叔联络并监督镇江、无锡、嘉兴、湖州、常州五处粮商，阿祥联络并监督苏州、昆山、太仓三处粮商，我留守上海本店，策应各地，晓迪保管各处契约，配合解款、放款。此事体除我们四人外，不可向任何人透露，在外地购粮，也不可轻易泄露身份！”

# 第十五章

# 小谷行叫板米业巨头，两大商帮斗法

会议开完，马掌柜、阿祥各带一个伙计，兵分两路去了。挺举又招几个伙计，筹划在上海本埠收粮。顺安则于第一时间奔向鲁宅书房，将收粮情况，尤其是收购价格，一口气讲给俊逸，眼神巴望着他。

俊逸心里一震，闭目良久，抬眼望向齐伯："齐伯，挺举用这个价格收粮，是不是有点儿离谱了？"

齐伯陷入思索。

俊逸的呼吸渐渐加重。

"鲁叔，"顺安急切应道，"仁谷堂三块八，我们四块就能收，顶多四块二，我保证所有粮农都会把船开过来。可……挺举这个死倔子，我的话他根本不听……"声音里带着哭腔，"鲁叔呀，他这是在烧钱。我实在不晓得，挺举阿哥介聪明的人，哪能突然就昏头了呢？我拿他没办法，这事体非得鲁叔出面不可！我粗算一下，就眼下行情，我们每收一石，里外得赔一块，收一万石就是一万块！看他扎下这架子，一万石是挡不住的，不定要收三万两万石，鲁叔，那就是要赔……"因急带气，竟是说不下去了。

俊逸脸色铁青，手指微微颤抖，目光再次看向齐伯。

"老爷，"齐伯出声了，"生意场上的事体，我不太懂。但要说到离谱，我看未必。我看过各家米店，眼下批售仍是六块。古人经商，取十一之利。挺举以这个价格收粮，也算合理。”

齐伯显然在与顺安唱对台戏。

事关重大，顺安不顾一切地抗辩了：“可……这样收购，摆明是白扔钱！”

齐伯扫他一眼，没再讲话。

俊逸再入沉思，有顷，朝顺安摆摆手道：“晓迪，你去吧。我让你放款，你只管放款，其他事体，不可多言。”

顺安的脸一下子干了，发会儿呆，拱手出去。

挺举并不急于在本埠收粮。三天之后，估算马掌柜与阿祥落实到位了，他才在茂平的河埠头上贴出收粮告示。

一时间，群情激奋，河浜上下一片欢腾，原本排在其他埠头卖粮的船只纷纷离开，围拢到茂平埠头，不消半个时辰，竟将整个河浜堵个严严实实。

为配合收粮，俊逸从钱庄及其他店铺抽调二十多个伙计，有验收的，有过磅的，有记账的，有付款的，全由齐伯坐镇协调。船上粮农感激涕零，自发维持水面秩序不说，有不少自愿充当脚夫，将过好磅的大米扛入谷仓，仅是脚夫支出，就省许多。

茂平此举，让这条河浜上的各家谷行全都傻了眼。他们原本还在挑肥拣瘦，横鼻子竖眼地折腾粮农，突然之间，竟就门前冷落，没有一只船了。

各店掌柜坐不住了，有跑来茂平打探情况的，有拔腿奔向仁谷堂的，大家七嘴八舌，嚷成一锅粥。

“小娘比，好好一盘棋，全让茂平玩砸了！”

“马掌柜老酒吃饱了，不去赌场，跑这儿耍啥酒疯哩！”

“你这是老黄历了。眼下茂平管事的是个毛头小子，叫伍挺举！”

“唉，真是初生牛犊啊，姓鲁的哪能由着他乱来哩？”

“听说姓鲁的几桩生意全砸了，把气撒到彭老爷头上，这是摆明了要跟彭老爷打擂台呢。你们等着，这场好戏有得看。介高的价钿，到时卖不出去，看他……”

大家正在吵嚷，林掌柜阴黑着脸走出他的总理室。

“嘘，大掌柜出来了。”有人大叫。

“诸位同仁，”林掌柜冲他们扬扬手，“在下去去就来，请诸位少安毋躁，泡杯热茶，搓把麻将，慢慢候我消息。”

林掌柜直驱广肇会馆，将市场突变详细禀报彭伟伦。

“哼，”彭伟伦一拳震在几案上，冷笑数声，“我就晓得姓鲁的憋不住，这这这……果然向我叫板了！”

“老爷，我们没有退路了。前面压制介许多辰光，好不容易憋急粮农，这正如愿收粮呢，却让茂平一炮搅黄了。我们……”

“附近米市如何？”

“还不清楚呢。不过，这是规矩，只要上海涨，他们就会跟着涨。粮农们口传口，消息快哩。”

“晓得了。”彭伟伦略一思考，“这样吧，粮农们消息再快，总归有个时差。你马上派人，设法封住各地河浜，堵住来沪粮船，然后派人赶到那儿收粮。三天过后，我有妙计给你！”

“好哩。”

林掌柜辞别回来，兴致勃勃地依照彭伟伦吩咐，派船前去通往上海的各条河浜要塞制造事端，堵住河道，同时赶往昆山、苏州、湖州等地收粮。然而，让他大跌眼镜的是，此举根本是徒劳，因为昆山、苏州、湖州等地的粮价已经同步涨起来了，也同样有人大批量收购，没有粮农傻到把船开往上海。

“查过没，都是啥人在收？”彭伟伦黑起脸问。

“查过了，”林掌柜应道，“说是当地粮商。奇怪的是，这些粮商全都不听话了。介高的价，仍旧闭着眼收，显然是——”

彭伟伦摆手打断他，微微闭目，鹰眉凝成两只钩，陷入沉思，许久后，睁开眼道：“姓鲁的既然摆下擂台，我们就得打下去。老林，整粮食你是行家，依你之见，该如何去打这个擂台？”

“比他高出一角，挤垮他！”

彭伟伦连连摇头。

“那……老爷发话吧，同发但听吩咐。”

“仁谷堂各店，这些日来共收到多少大米？”

“尚未具体统计，少说也有三千石。加上其他米行，应该不下五千石。”

“库存呢？”

“库存差不多没了，顶多也就千把石。各店库房，都在指靠吃新米呢。”

“将所有新收大米，全部转卖给茂平。”

“那……我们卖什么呢？”

“卖库存。压低米价。”

“压到多少？”

“眼下市价多少？”

“一般米六块，上等米六块三到六块五。”

“各降一块！”

“老爷，这……”林掌柜震惊了。

“去吧，”彭伟伦果决地摆手，“就照此办。通告所有会员谷行，凡是亏损，全都记到彭某账下。还有，只要你把这场仗打赢，我就把这个公所让给你，下届商会，让你进总董！”

“谢老爷抬爱！”林同发深鞠一躬，转身去了。

听到脚步声远去，彭伟伦拿起电话，拨给马克刘。

马克刘匆匆赶到：“彭哥，啥事体，介急？”

“马上派人去趟广州和福州。”

“做啥？”

“买米。”彭伟伦目光冷峻，“鲁俊逸没生意了，想在米市上和我赌一把，这已摆下擂台，把上海及附近市场上的大米高价收购了。他怕是做梦也不会想到，中国大米有的是。你设法运回几船，在这事体上，我没打算赚银子，只想陪他姓鲁的玩玩！哼，他这还没出道哩，就敢冲我摆擂台！”

“彭哥，”马克刘不无佩服地竖起拇指，“great idea（好计谋），我这就安排人去，看不把姓鲁的rice（米）憋在仓库里养mice（鼠）！”

仁谷堂旗下各店将市场零售价降低一元不说，又将几日来收到的所有新米通过各种渠道转卖给茂平。

顺安再也坐不住了，不由分说，将挺举拉到一边：“阿哥呀，你看看，这……这这这……闹到这个份上，我们哪能个收场哩？”

“什么份上？”挺举反问。

“我打探过了，所有米店的零售价，就是我们现在的收购价。你这马蜂窝捅大了！”

“晓得了。”挺举作势欲走，“还有啥事体吗？”

“还有哩，”顺安压低声音，“你注意到没，我们收的米，有相当部分是从那些米店来的，他们让人假扮粮户卖给我们。前后才几天，不过倒下手，人家白赚咱一块洋钿，简直是在捡钱。”

“晓得了。”

“阿哥，”顺安加重语气，“他们的粮，我们不能要！”

“你只管放款就是。”挺举白他一眼，“他们的粮，只要不掺假，不投毒，送来多少，收多少。”

“伍挺举，”顺安气急了，狠跺几脚，“你……算你是条好汉，我服你了！”扭转身，气呼呼地扬长而去。

“傅晓迪，回来！”挺举晓得他又要去鲁宅，冲他的背影厉声喝道。

挺举此前从未用过这种语气跟他讲话，顺安不由打个惊怔，顿住步子。

“我警告你，”挺举一字一顿，“收粮的事体，鲁叔全权委托我了。你现在只有一件事体可做，就是解款，放款。做好你的事体，其他事体少管！若是坏了鲁叔事体，我让你兜着走！”

望着陡然凶起来的挺举，顺安傻眼了。

俊逸比顺安更不安生。

俊逸在第一时间里就获知了彭伟伦的报复举动，是庆泽告诉他的。庆泽扯老潘一道来，没有过多说话，只将市场上的变化一一讲予他听。俊逸耐心听完庆泽，礼貌地将他们师徒送走，返身回到书房，目光再次瞟到墙面老伍家的那幅双叟书画上。

早晚看到这幅画，俊逸总能感到一股彻骨的寒意，好几次甚至想把它取下来，却又最终没有取下，因为他之所以挂画，也正是要它时时予以警示。

看会儿画，俊逸起身走到旁边净室，也即他的小香堂，面对观音菩萨坐下。早晚烦闷，此地是他最好的静心之处。

俊逸切切实实地后悔了。他再一次反思挺举，反思这桩匪夷所思的事体，陡然想到振东。对，振东！听晓迪讲，振东不喝酒了，不赌博了，几乎是一夜之间，振东与此前判若两人，且在这桩事体上与挺举一唱一和，完全合拍。

这些年来振东唯一想做的就是败掉他的家产，而挺举与他合谋一处，这……俊逸不寒而栗。是的，他不该听信挺举，更不该把决策权交在他手里。事到如今，他已是作茧自缚，束手无策了。

然而，回头一想，齐伯却又那么坚定地挺他。在这个世界上，他可以不信任何人，却不能不信齐伯。齐伯跟他十多年如一日，任劳任怨，忠心耿耿，从未生过二心，即使亲生父亲，也不会这般待他。

俊逸正自茫然，书房里传来电话铃声。俊逸起身过去，接过电话，是商会打来的，要他马上去开总董会，查老爷子在等候了。俊逸这才想起两天前确实有人通知过他，而他只顾烦躁收粮的事体，竟把这事情抛在脑后了。

俊逸匆匆赶到商会，所有总董都到齐了。俊逸抱歉地笑笑，坐在最末一个位上。

主位是把洋式太师椅，工艺奢华，气派而实用，椅上赫然高坐的是查敬轩。

这把椅子据说是查敬轩特意向意大利皮匠定制的，钢架木身皮座与皮背，椅面与底座分开组装，合二为一，可以任意旋转和升降。早晚开会，查敬轩总是将太师椅升到最高，他又坐在主位，看起来就比其他总董高出一头还多。

会议只有一个主题，表决对英洽谈的商约，这也是成立商会的目的。商约依旧是俊逸起草的那个，前几日的议董会已经全票通过了，总董会只是过个形式，落上名字。这个过程不复杂，在俊逸到后不到一刻钟就完成了。

散场时，查敬轩留住俊逸，关切地问道："俊逸，听说你投不少洋钿购买新米，把米价拉起来了，可有此事？"

"是哩。"俊逸淡淡一笑，竭力掩饰住自己的焦躁。

"你是做生意呢，还是赌气？"查敬轩再问。

俊逸咬紧嘴唇，不说话了。

"俊逸呀，"查敬轩接道，"你的事体我全晓得了。广肇收买你，你没动摇，因为你身上流着甬人的血。你是好样的，查叔记着哩。听说为了这桩事体，广肇断了你的所有洋行生意。"

"是哩。"

"上海洋行多去了，他彭伟伦并不能一手遮天。多家洋行与润丰源有业务往来，我已交代锦莱，让他帮你通融，相信不久就有生意上门。"

"谢查叔厚爱。"

"关于这次收粮，查叔很想听听你的真实想法。"

"查叔，我……没啥想法。"

"俊逸，我晓得你是稳健人，要是没有想法，就不会做下这事体。不过，俊逸呀，你这样做，说小，不过是桩生意；说大，可就扯到行会了。"查敬轩从抽屉里摸出一张纸头，"你看看这个。"

俊逸扫一眼，是仁谷堂米业公所的抗议书，随手放到案上。

"有人几天前就将这个呈送我这里，要我给个公道。"查敬轩用指节有节奏地敲着桌子，两眼笑眯眯地看着俊逸。

“茂平不是公所会员。”俊逸辩解。

“是哩，”查敬轩笑道，“这事体我查问清爽了，也用这个理由搪塞过去了。”

“谢查叔了。”俊逸朝他拱拱手。

“俊逸呀，”查敬轩摆摆手，“你不用谢我，你记住，无论发生何事，你身后都有一个查叔。就这桩事体来说，查叔想对你讲的是，要是做生意，就要按照生意场上的规矩来，个人最好不要和行业对着干。要是你存心与人赌气，就另当别论了。”

“我没有赌气，只是做生意。”

“既是做生意，你这讲讲看，为何这般来做？”

“查叔，我……”俊逸苦笑一下，“眼下真也说不清爽哩。

“好吧，”查敬轩凝会儿眉，轻轻点头，“生意有生意的章法，你不想讲，查叔就不多问了。不过，查叔提醒你两点，这第一点，你不只是收粮，你挑战的是上海米业行会，是行会内的多年规矩，这个你要想好；这第二点，当年胡雪岩因为大量囤积生丝，才让姓丁的抓住要害，一举击溃。俊逸呀，前车之鉴，并不远哪。”

“谢查叔提……提醒！”俊逸长吸一气，脸色变了。

“呵呵呵呵，”查敬轩缓缓起身，走到他身边，重重按在他的肩头上，“俊逸呀，你也不必紧张，只管挺住。天，塌不下来。仁谷堂不过是个小小行会，他彭伟伦翻不了天。再说，大米也与生丝不同，生丝是卖给洋人的，大权在洋人手里。大米是给国人吃，只要存得好，不发霉，就不愁没有销路。”

“是哩。”俊逸艰难地吁出一气。

“俊逸，”查敬轩凝视俊逸，郑重承诺，“你为四明冒犯广肇，这又和姓彭的摆开阵势，查叔打心眼里敬佩。你只管放心冲杀，有查叔做你后盾。与彭伟伦斗，没实力不成。需要多少银子，需要如何撑腰，你尽可向查叔开口。”

“俊逸……”俊逸声音哽咽，深鞠一躬，“谢查叔了！”

俊逸从查敬轩那里得到一喜一忧。一喜是查敬轩主动送给他一个背脊，一忧是警示他此事可能面临的后果。俊逸原本心存疑惑，查敬轩的警示无疑是雪上加霜。

从商会回来，俊逸没心再去阿秀那里，更不想把负面感觉带给阿秀，就又一头扎入小佛堂里，在那里闭目盘思。

入夜了。

俊逸耳边再次响起查敬轩的声音："查叔提醒你两点，这第一点，你不只是收粮，你挑战的是上海米业，是行会内的规矩。这个你要想好；这第二点，当年胡雪岩因为大量囤积生丝，才让姓丁的抓住要害，一举击溃。俊逸呀，前车之鉴，并不远哪。"

俊逸不由自主地打个寒噤。

一直陪在身边的齐伯见香快要燃完了，上前续上。看到这个寒噤，齐伯晓得他心里窝事了，小声道："老爷？"

俊逸话里有话："齐伯，挺举他……好吗？"

"情绪很稳。"

"哦？"俊逸看向齐伯，"其他谷行转卖过来的大米估计有多少？"

"有两千多石。他们还在陆续卖来，据挺举估计，应该不下五千石。"

俊逸再次打个寒噤。

院里传来一阵杂乱的脚步声，接着是门卫的叫声："齐伯，祝老爷来了！"

齐伯赶忙下楼，迎到客堂，打一揖道："祝老爷，请坐！"

"俊逸在吗？"祝合义还过礼道，"我有急事体。"

"在楼上呢。老爷请。"

齐伯引合义上楼，直接走进香堂。

俊逸早就听出是合义来，但仍旧闭眼打坐，没跟他打招呼。齐伯正要说话，合义摆摆手，在俊逸旁边的蒲团上盘腿坐下。

齐伯迟疑一下，关上房门，退到门外。

“介严肃做啥？”合义斜俊逸一眼，呵呵笑了。

“唉，”俊逸轻叹一声，“你倒开心哪。我是笑不出来了。”

“是哩，”合义这也敛住笑，“我这来，确实有个不太好笑的消息。”

“哦？”俊逸抬头。

“彭伟伦拨银二十万两，派人南下广东、福建收米去了。看这架势，他想和你在米市上一决高低呢。”

俊逸脸色变了，惊问：“消息可靠吗？”

合义微微点头。

俊逸身子轻轻晃一下，强力稳住。

“俊逸，你——”合义声音关切，“不要紧吧？”

俊逸缓缓闭上眼去，许久，苦笑一声：“不就是二十万吗，能奈我何？”

十六浦码头附近的简易仓库里整整齐齐地码放着一排一排不同型号的箱包，从表面上看，所有箱包都有被海水浸泡过的痕迹。

麦基洋行总理麦基在前，洋行协理里查得在后，脸色阴沉，沿着箱包间的空隙，一排一排地查看。

麦基指着一个被海水浸得略轻的大包：“打开这个！”

里查得努下嘴，跟在身后的库房保管赶忙上来，割掉包装绳，将包皮抖开。包里全是洋布，虽然被风吹干了，但海水的痕迹极是明显。麦基用手摸摸，弯腰嗅嗅，做出个苦相。

紧接着，麦基又让库房保管打开几个不同种类的箱包，发现所有货物全都浸过水了。许多铁罐铁桶更是一塌糊涂，掉漆不说，甚者连铁皮也锈透了。

眼见只剩最后一排，里查得又要拐进，麦基停住步子，摆摆手道：“No more. Let's go!（不必看了，走吧！）”

天色黑透，麦基一脸沮丧地回到位于西江路的豪宅。走到门外，麦基顿住步子，酝酿会儿情绪，将苦脸换作笑脸，推门走进。

“Darling（亲爱的），”麦基夫人笑着迎上，向他张开两臂，拥抱一下，惊讶地抬头，伸手抹去他额上的汗珠，“Oh，dear，you are sweating!（哦，亲爱的，你出汗了！）”

“It's too hot.（太热了。）”麦基在她脸上轻吻一下，松开她。

“Too hot?（太热？）”麦基夫人怔了，“No，no，no，it's not hot. It's late Autumn now. Oh，I see，you must be ill.（不对，不热呀。已经深秋了。哦，我明白了，你一定是病了。）”

“Yea，you are right.（嗯，没错，）”麦基苦笑道，“It's not hot. I'm well，quite well.（不热。我很好，非常好。）”

“Dear，tell me，what's wrong?（亲爱的，告诉我，出什么事了？）”麦基夫人看出异常，仔细审看他一会儿，坐在他身边。

“You know，”麦基叹气，摊开两手做无奈状，摇头，“we have a little trouble. The cargo ship was caught in a heavy storm in South China Sea，and all our goods have been damaged by water. What's worse，the business in India doesn't work well either because of the damned famine. The Chinese saying is right，（我们遇到点小麻烦。我们的货船在中国南海遇到风暴，所有货物都浸水了。更糟的是，印度的生意也不好，因为这场该死的饥荒。有句中国谚语说得好，）”麦基改用蹩脚的中文，“屋漏偏遇连阴雨。”

“Oh，dear，no连阴雨，Lord is with us.（哦，亲爱的，没有连阴雨。上帝与我们同在。）”麦基夫人双手在胸前连划十字，闭眼默念上帝的名字。

麦基笑笑，坐在沙发上，瞟见茶几上有封电报，顺手拿过。

“It's from Carrie. Her two Angel Gardens have to be enlarged，and she wants us to send her 50 dan of rice as soon as possible.（是嘉丽来的。她的两家天使花园不得不扩大了，她要我们尽快送去50石大米。）”麦基夫人沏茶。

“From here? Why doesn't she get them there? We can send her money.（从这里吗？为什么她不就地买米？我们可以寄给她

钱。）”麦基皱下眉头。

“It’s more than one pound a dan over there, and even so, she can’t get any because of the shortage.（那里的大米一石超过一英磅，即使这样，她也买不到，因为市场短缺。）”

麦基心里怦然一动，急道：“Dear, get me some recent newspaper!（亲爱的，把近期的报纸给我！）”

麦基夫人递过来一摞报纸，麦基迫不及待地翻看，思索，有顷，忽身站起，拿起电话拨一阵子，声音兴奋，两眼放光：“Richard, come to me now!（里查得，速来见我！）”

自打粮战打响，挺举没有再回鲁宅，吃住全在店里。

这日夜半时分，振东、阿祥就如约定好了似的，前后不差半个时辰，各从战区风尘仆仆地赶回谷行。汇总下来，马掌柜已经收足一万五千石，阿祥略少一些，一万一千石，加上本埠挺举收的及其他谷行转卖过来的，前后不过二十日，到位大米已近四万石。

这是个不得了的数字。挺举让人置办酒菜，在店中摆开筵席，一为庆贺，二为振东、阿祥二人洗尘。

马掌柜、阿祥把酒临风，尽皆欢喜，只有挺举按住酒杯，一脸凝重。

“阿哥，四万石了，还不够么？”阿祥急了。

“不是够与不够的事体，是这数字不上不下，显得尴尬，”挺举苦笑道。

“哪儿不上不下了？”阿祥惊问。

“马叔，”挺举没有回答，转对马掌柜道，“附近不说了，再远点，还有大型米市没？”

“还有两个，南京和蚌埠，很远了。”

“杭州呢？”

“浙江地少人多，没有余米，所以杭州没有专门米市，都是散场。”

“哦，明白了。依你估算，南京、蚌埠能收多少？”

“应该不下万石。”

“米价呢？”

“这两处我还没有去过，应该比上海略低一点。怎么，你还想去收？”振东眯眼问道。

“是哩。”挺举凝眉有顷，看向二人，“马叔，阿弟，你俩歇不成了，这就动身赶到车站，坐明晨六点的火车前往南京和蚌埠，把两处米市上的新米全部买断。至于价格，可随行就市。此番务必速战速决，只收商家的米，谈妥后就租船顺流运往上海。”

“好哩。”振东应道，“不过，这两处地方生僻，没熟人，这般买米我们必须用现银，赊不得账。”

“钱的事体，你们放心，我力争在三天内把庄票送到。”

由于这起新任务，三人就都无心喝酒了。振东与阿祥匆匆填饱肚子，雇辆马车直奔车站，买好车票，见天色尚早，就在候车室背靠背和衣睡了。

挺举赶到鲁宅，还没走到后院，就听到他们的房间里传出噼里啪啦的算盘声。

挺举推开房门，见屋子完全变了样，房间让顺安变作临时账房了，两张桌子并作一处，两盏油灯的灯芯也被他挑到最大，将房间照得透透亮。桌面上摊着一沓子票据及五六本账册，顺安坐在床沿上，正在聚精会神地一边翻动账目，一边拨打算盘，核对账目，没有注意到进门的挺举。

挺举一阵感动，轻道：“阿弟！”

“阿哥——”顺安吓一大跳，待回过神来，惊道，“啥风把你刮回来了？”

“有点事体。”挺举应一声，看着满桌子的账册，“阿弟，辛苦你了！”

“你介晚回来，一定是大事体吧？”

“是哩。我想问问，你这里还有现银没？”

“没了。”

“我晓得有哩。我想知道还有多少？”

"不到一万，全在账上。"

挺举打个惊怔，摸摸头皮道："前几日不是讲了，鲁叔又给五万吗？"

"阿哥呀，"顺安苦笑一声，指着一堆账册，"有钱没钱都在账头上搁着。老马那儿拨去五万，阿祥那儿拨去四万，你在茂平用的全是现银，共收一万三千多石，平均就算五块，就是六万五千多块。鲁叔原本只备十万块，近几日七挪八拆，才算把窟窿补上。"

挺举在自己床沿上坐下，陷入长考。

"阿哥，"顺安盯他看一会儿，一脸沉重道，"无论你爱听不爱听，我必须得泼盆冷水。就在一个时辰前，我在前院遇到祝叔了。祝叔你也晓得，就是祝老板，在四明公所与鲁叔的关系最铁。但凡祝叔来，鲁叔总是喜笑颜开，亲自迎送。可奇怪的是，祝叔这次告别，却没见鲁叔送他，只有齐伯送到大门外。我觉得蹊跷，也正好有事体要禀报鲁叔，就叫住齐伯，齐伯说，鲁叔有事体，要我明天再禀报。我问啥事体，齐伯不肯讲。我还想问，他瞪我一眼，上楼去了。我心里有事，悄悄跟到楼梯口，听见齐伯径直走进香堂。我这才晓得，鲁叔定是在香堂里静心哩。"

"阿弟，"挺举见他绕这半日，仍没绕到道上，盯住他道，"你究竟想讲啥事体，直说。"

"我想讲的是，"顺安点出主题，"你在这里兴师动众，风风光光，哄得所有粮农无不开心，可你哪里晓得鲁叔作的是啥难！鲁叔在家里……求神拜佛，把心吊在嗓子眼里，食不甘味，夜不成寝。阿哥呀，我实在弄不明白，你这心思，究竟弯在哪处了呢？那姓马的是什么东西？吃喝嫖赌抽，他哪一样不占？鲁叔一见他就躲，可你哩？不但跟他玩上了，赌心比他还重！我这问你，你心里究底在想啥？你是不是想……逼死鲁叔？"

顺安讲得过于动情，兀自哽咽起来。

"阿弟，你……这净胡思乱想些什么呀？"挺举哭不是，笑不是，摇头叹道。

“阿哥，”顺安连连拱手，“阿弟求求你了。你我兄弟介久了，你是晓得我的。你对我好，我永远不会害你，可这让我眼睁睁地看着鲁叔坏在你手里，叫我这心里……”

“阿弟！”挺举虎起脸来。

“你得让我把话说完！”顺安这些日来的所有委屈与醋意一并发作出来，脖子一挺，忽地站起，“阿哥呀，我晓得你心胸大，想早一日出人头地，在这上海滩建功立业。可你也得从实际出发，不能一口就要吃出胖子。你到上海滩才几日，竟就这般往死里折腾鲁叔。我跟你来到这大上海，又跟你接近鲁叔。论关系，鲁叔对你比对我近，我对你也比对鲁叔近。可无论我们有多近，我也得奉劝你一句，见好就收吧。即使你有多大欲心，这几万石大米难道还能填不满吗？”

“阿弟，你……”挺举气得呼呼连喘几口粗气，手指顺安，“我真就跟你讲不清爽。我寻鲁叔去！”忽地起身，拉开房门，径走出去。

顺安急跟出去：“你……介晚了，这寻鲁叔做啥？”

“要钱！”

“啥？”顺安惊呆了，见挺举越走越远，就要到中院了，这才猛醒过来，飞也似的追上，一把扯住他，“伍挺举，你不能去！”

“放开！”挺举甩开他，瞪他一眼，“做好你的账去！”大踏步走向前院。

“好好好，”顺安一咬牙，追在后面，“你不是去寻鲁叔吗？我这也寻鲁叔去！”

二人径上楼梯，在梯口处遇到闻声迎下来的齐伯。

“挺举？”齐伯有点惊讶，“介晚了，有啥事体？”

“鲁叔在不？”

“在哩。你稍等会儿。”齐伯走进香堂，转瞬就又出来，打开书房门，扭亮电灯，让二人进去。

俊逸跟着出来，在自己位上坐下，看向挺举。

“鲁叔，”挺举抱歉地笑笑，“介晚来，打扰你了。”

“你来得正好，”俊逸回个笑，“我也正要寻你哩。这先讲讲，啥事体？”

“鲁叔，到眼下为止，汇总来看，一切顺利，入库大米近四万石，价格没有大的波动，皆在五块上下。”

“好事体哩。”俊逸应酬一句，转向顺安，“晓迪，你这过来，可有啥事体？”

“鲁叔，我……”顺安急赤白脸，“我要告诉你，你不能全听挺举的。他今晚来，不为别事，又要向你讨钱哩！”

“是吗？”俊逸看向挺举，苦笑一声。

“是哩。”挺举点头。

“要多少？”

“还得再收两万石。”

“哦？”俊逸缓缓抬头，望向挺举，“不是说附近已经没米了吗？”

“我安排人去南京、蚌埠米市了。如果不出差错，一周之内或可再收两万石。两地皆是远埠，米价略低，但运费稍高，总价也就拉平了。据此推算，我们尚差十万块洋钿。”

顺安大张着口，一句也说不出来，只将两眼眨也不眨地盯住俊逸。

俊逸长吸一气，眉头结成两块疙瘩，许久，缓缓转向挺举：“挺举，你……是不是走得太远了？”

“鲁叔，弓已拉开——”挺举顿住，低头不语了。

俊逸缓缓闭上眼去。

“鲁叔，你……你可一定要三思啊！”顺安总算憋出一句话，声音里带着哭求。

俊逸没有睬他，低头冥思。

“你这讲讲，为啥还要去收介许多？”俊逸抬起头来。

“我托人到洋人办的船务公司问过了，大型洋船分为两种型号，一般型号可装谷物三万石，超大型号可装五万石以上。四万石比较尴尬。”

“挺举，我再问一句，要是一直没有洋人做这事体呢？”

“鲁叔，我们早已讲过，从一开始，这就是赌。”

“挺举呀，”俊逸苦笑一声，“我晓得是赌。可赌得有赌本哪。钱庄重在周转，此番收粮，兑出的全是现银。不瞒你讲，接连提出十几万，库银空了，剩下不足五万两，这是预备银，动不得呀。”

“鲁叔，”挺举勾下头去，嗫嚅道，“我……这给你添麻烦了。”

俊逸再入冥思，额上现出一层细细的汗珠。

“鲁叔，”挺举猛又抬头，声音坚定，“其实，还不完全是船的事体。你晓得的，既开赌局，那两大米市就不能有米！我们不能功亏一篑啊！”

挺举的这一句话迸出后，顺安听得云里雾里，鲁俊逸却是不由自主地打个惊颤，思考有顷，果决扬手道：“挺举，就照你说的做去吧。款子的事体，我这就筹措。”

葛荔几乎是揪着心离开鲁宅的。近一个月来，老阿公支派的这份“公差”让她既兴奋，又揪心，生活也因之丰富多彩，刺激有味起来。

是的，对于一个年方二八的妙龄少女来说，世界上最幸福之事莫过于“奉命”跟踪、监控自己心仪的人在危机四伏的商海里如何进行其人生征程的首次捕猎，而世界上最揪心之事也莫过于此，莫过于眼睁睁地看着那个人经过一阵又一阵的踌躇和煎熬之后，做出一件又一件令人瞠目结舌的“草率决定”及“荒唐行动”，而自己却爱莫能助，连露面鼓励和规劝也不在“公差”的允许范围。

回到家时已是后半夜。

灯依然亮着，当堂默然坐着申老爷子、阿弥公和苍柱，依然呈品字状。

“老阿公，阿弥公，柱叔，都甭坐了！”葛荔几乎是风风火火地闯进来，一进门就冲申老爷子咋呼起来。

三个人坐在此地，显然是在等葛荔。申老爷子和苍柱睁开眼睛，阿弥公没有睁眼，耳朵却动了动。

“那小子又犯傻了，急死人！”葛荔是个快性子，一股脑儿将此晚发生的事体由前至后细讲一遍，甚至连挺举、顺安、齐伯和鲁俊逸说话的语气也复述得绘声绘色，末了道，“我真不明白，这个死倔子高价收购介许多大米，把鲁俊逸的库银都掏空了，可鲁俊逸为什么再次承诺给他银子呢？”

苍柱看向申老爷子。

“还有，”葛荔就如没完没了的连珠炮，“作为一家濒临破产的小米行，他收介许多大米做什么？如果仅是囤积居奇，为何又出介高的收价？如果是为同情粮农，他怎么能拿姓鲁的钱去做这桩好事体？姓鲁的又何以不加制止？如果是姓鲁的想借此叫板姓彭的，这也太冒险了，不合姓鲁的性情。”

“苍柱，”申老爷子问道，“你方才讲，广东、福建米价昨日暴涨，可有原因？好像没有听说南方闹灾荒呀。”

“是洋人收米，把米价抬起来了。”

“洋人为何收粮？”

“这也正是小侄不解之处。”

申老爷子转向葛荔：“小荔子，那个洋小姐……”

“她叫麦嘉丽，”葛荔急切应道，“是麦基洋行总董千金，信天主，在杜叔道观旁边兴办一家天使花园……”

“记得听你说过，”申老爷子摆手止住她，直趋主题，“她去印度之前，交给伍挺举一张纸头，那张纸头是何物？”

“这个我就不晓得了。只看到她匆匆忙忙地赶往印度，还向挺举购买五十石大米，当日就随船托运走了。”

“难道……”申老爷子微微闭目，半是自语，半是说给几人，“难道此人真的是个商界奇才？”

“是哩，”苍柱叹服地说，“观其做派，从收粮迄今，丝丝入扣，方寸不乱，并没有出现明显失误，即使久经商战之人，手段也不过如此。我不明白的是，此人初来乍到，不过是个徒工，何能生出介大的胆略？还有鲁老板，何以鬼使神差地放手一个初出茅庐之人承担介大事体？此人又是如何制服一个出了名的酒鬼和赌徒，并让他……”顿住不说了。

“小荔子，”申老爷子转向葛荔，“你这公差出得好哩，这去歇着，明朝继续。如果不出老阿公所料，好戏就要上场了。”

葛荔却没有去歇，因为她的心仍然吊在挺举身上，这又听到上演好戏，回到房间打个转，就又出去了。

葛荔赶到谷行，见挺举也早回来，没有睡，孤零零地一个人坐在后面的河埠头上。从谷行后窗里透出来的一缕灯光刚好照在他身上，在河面上投下一条模糊的暗影。

俊逸的压力显然经由顺安一分不少地传递给挺举了。

挺举的耳边交替回荡的是顺安与俊逸的声音：

“你在这里兴师动众，风风光光，哄得所有粮农无不开心，可你哪里晓得鲁叔作的是啥难！鲁叔在家里……求神拜佛，把心吊在嗓子眼里，食不甘味，夜不成寝……你是不是想逼死鲁叔？”

“挺举，你……是不是走得太远了？”

是哩，于鲁叔而言，这步棋实在太险了。虽然就目前为止，挺举仍有足够把握，但这毕竟是桩超过二十万两白银的超大买卖，而且，他也隐约感觉出来，更重要的不只是生意，而是生意之外的东西。

再说，就目前来看，洋人依旧没有动静，至少他尚未看出任何端倪，而他的赌注几乎清一色地押在洋人身上。

挺举不得不做最坏的打算。

如果……

天哪，如果……

挺举情不自禁地打个寒噤，内心犹如一锅滚油：不，不能有如果，也不应该有如果。是的，你必须成功，你也应该成功。然而，《易》怎么说的？《易》曰，飞龙在天，《易》亦曰，亢龙有悔。我是不是有点亢了？也许顺安说的是，“你到上海滩才几日……”是的，我到上海滩这才几日，就想折腾如此之大的事体？照《易》所言，纵然我是龙，眼下也不过是条潜龙，“在田”都还谈不上，何况如此这般地“战于野”？飞“在天”仍嫌不够，这还硬撑着去“亢”呢！

然而，事理明明是这样，我为什么不呢？洋人能够从遥远的美国、德国、英国、法国运来五金、机器、建材、玻璃、布匹……为什么就不能从中国把大米运到印度？印度买不到大米，中国粮农却无处可卖，介好的商机，举手之劳就有丰厚回报，精明的洋人难道真的会无动于衷吗？

挺举将头低下去，埋进缓缓举起来的两只手掌里，陷入冥思。

葛荔震撼了。

葛荔内中一阵冲动，情不自禁地迈腿走出阴影。是的，她要走到他跟前，她要握住他的手，她要亲口对他说，老阿公赞扬他是商界奇才，柱叔也在褒扬他，欣赏他。相信有这几句暖心话，定能助他挺过眼前这道大坎。

就在离挺举只有十几步时，葛荔驻足了。

秋末冬初的露水很足，尤其在这黎明将至时分，葛荔明显可以感受到水汽滋滋下滑的声音与动作。再看十几步外的挺举，头发都被雾白了，却浑然不觉。

葛荔正在犹豫是进是退，灵机忽现，当即转回谷行，就灯写下几字，揉成一个纸团，移至后窗处，隔窗射向挺举。

纸团不偏不倚，正中挺举后背。挺举蓦然一惊，回身发现一个纸团，展开去看，但天色暗黑，什么也看不清爽。

经这一砸，挺举也从恍惚状态中恍然醒来，起身四顾，并无人影。挺举拿上纸头，匆匆回到谷行，就着灯光一看，上面赫然写着“清虚道观”四字。

挺举心底一震，几乎是脱口而出：“是她！”

葛荔留下锦囊妙计，赶回家时，鸡已啼晓。苍柱走了，堂中只有申老爷子与阿弥公相向坐着。

葛荔晓得二人进入定境，但此时她已顾不得许多，重重咳嗽一声，走到申老爷子背后，两手搭在他肩上，轻声叫道：“老阿公！老阿公——”

“叫魂呀你！”申老爷子悠悠应道。

“老阿公，你这出定了呀！”葛荔不无兴奋道，“我正琢磨是否在你耳边放鞭炮哩！”

“又有啥事体了？”

“没啥事体。我只是想求老阿公个小事体。”

“讲吧。”

“我要你天亮之后就到柱叔那儿。”

“去做啥？”

“我想让你去赚个卦钱。那小子一宵没睡，孤零零地坐在河埠头上，真正是忧心如焚，一夜白头呢。”

“哦？”

“我看得真真切切，白茫茫一头啊！”

“呵呵呵，怕是朝露吧。”

“就算是朝露，也值你一卦了。”

“呵呵呵，落花有意，流水无情。老阿公纵使想赚这点卦钱，人家也未必肯掏呀！”

“老阿公，”葛荔呵呵呵笑了，“这个我打保票，你只管去摆摊就是！”

日头一竿子高时，道人果然拿着三炷香，领挺举直入后院的三清殿。看到殿门前面的石阶两侧依然坐着申老爷子、阿弥公，申老爷子的前面依然摆着卦筒，挺举油然心动，毫不迟疑地走到申老爷子跟前，摸出一块银元，恭敬地摆在卦摊上，退后一步，拱手道：“晚辈求请一签，有扰前辈了。”

申老爷子眼不见睁：“签在那儿放着，你需要何签，就自己抽吧。”

挺举跪地，朝那卦签连拜几拜，双手合十许出心愿，方才抽出一签，双手呈上。

“自己看吧。”申老爷子又出一句。

挺举细审，是空签。

挺举不无纳闷道：“前辈，是空签。”

“是吗？”老爷子顺口说道，“那就收回你的一块钱吧。”

“前辈，”挺举急了，“晚辈不是这意思！”

“那就拿走你的空签吧。”申老爷子把“空”字讲得很重。

挺举手握空签，走也不是，不走也不是。

老爷子不再睬他，完全入定了。

“施主，”一直候他上香的道人道，“走吧。这叫入定，一时三刻出不来的。”

挺举起身，随道人走进殿内，面对三清塑像跪下。

香火缭绕。

挺举对各位清爷各拜三拜，回头再审空签，心里陡然亮堂。

# 第十六章

## 峰回路转，书呆子首战告捷

在上海滩的众多洋行里，麦基洋行算是个后来者。常言道，后来居上，但麦基洋行运道不好，虽然后来，却因种种原因，一直未能居上。老板麦基先生是个四十岁不到的英国人，贵胄之后，远祖曾被维多利亚女王亲手授予伯爵衔，但这伯爵后人甚多，到麦基这里，听说已经不下二百人，这个衔位也就不值一提了。

麦基洋行位于南京路靠近外滩处，为一幢气派的三层西式大厦，是麦基在成立洋行之初，从一个西班牙人手里购买过来的。麦基将自己的办公室放在三楼，站在窗前，居高临下，可以鸟瞰大半条南京路。

洋行共有三个买办，原本各执一差，但这两日却被洋行协理里查得百般叮嘱一项差事——打探沪上及周边的大米行情。

将近午时，四人陆续回来。里查得将材料汇总后，不无兴奋地带他们直奔三楼。

麦基一扫两日前巡视货场时的颓废情绪，中指的指节有节奏地敲打在面前的案面上，面带微笑，眼角斜睨他的三个得力中国买办。

三买办中，两个是粤人，一个是上海本地人，各操一口半生不熟的洋泾浜英语，说话连比带划：

“上海普赖斯（price，价格），仁谷堂温石（one dan，一石）

伐五（five，五）元，古德（good，好）米，温石伐五伐五（one dan five five，一石五块五）！”

“苏州、无锡have say（有消息了），price same shanghai（价钱同上海），镇江no say（没消息）。”

“仁谷堂盎三（on sale，卖米），茂平盎拜（on buy，买米），they two（这两家伸出两手比画交战动作）盎发特（on fight，在打架）！”

“I see（我知道了），”待三人分别讲完，麦基做个手势，朗声道，“I want rice，not fight. Get out and buy rice，the more，the better.（我要大米，不要打架。全都给我买大米去，多多益善。）”

三个买办诺诺连声，哈腰退出。

麦基不无兴奋地转向里查得：“It’s a great chance. Five yuan one dan here，and more than one pound there!（好机会。这儿五块一石，那儿一英磅）”

“No，no，no，”里查得连连摆手，“not five yuan. If we buy a lot of rice，the price here will be much higher.（不会只有五块。如果我们买得多，米价就会上涨）”

“Yea，yea，yea，I see，（是是是，我晓得，）”麦基爽朗笑道，“but we can afford. We can pay much higher，much much higher，and we must pay，for we have no time. We must get rice as soon as possible.（但我们付得起。我们可以出更高的价，更高更高的价，因为我们必须买，我们没有时间了。我们必须尽快搞到大米。）”

“OK. What about money? We are almost in debt!（好。钱呢？我们几乎负债了）”

“Money?”麦基呵呵笑着摆手，“No problem. I’m going to HSBC for money and you go for all the other deals.（没问题，我这就去汇丰贷款，其他事情，由你去做）”

“OK.”

广肇会馆里一片沉郁。

彭伟伦亲手泡功夫茶，但面色苍白。林掌柜、马克刘、大卫段坐在茶几前面，面色都不好看。

从麦基洋行一路跑来的买办大卫段道："彭叔，看样子，麦基先生铁心收米了，今天上午，倾尽全部抵押，从汇丰银行贷到四十万块洋钿，又从香港定租一艘可装五万石大米的特大货船，二十日之内就可到沪。洋行上上下下让他逼疯了，都在四处打探粮源！"

"真他妈的怪，"马克刘的拳头捏得格格响，"姓鲁的怎就知道印度闹荒？即使知道，他又怎就算出洋行要从上海进米？还有广东、福建，洋人不过各收一船而已，米价说涨全都涨上去了，就跟变戏法似的！"

彭伟伦端茶壶的手略略发颤，有顷，将壶放下，竭力平静一会儿，重新拿起，给每人斟上一杯。

"来来来，"彭伟伦指指茶杯，苦笑道，"诸位，请品茶，大红袍，刚开封的。"

没有一个人去喝。

"呵呵呵，"彭伟伦挤出一笑，"你们这都哭丧着脸做啥？不是还没有输吗？"

"老爷，"林同发抬头道，"那个价是不能再卖了，大伙儿都在候回话哩！"

"老林哪，"彭伟伦摆下手，"米价的事体，就由你定吧。"

"没有别的办法了，"见彭伟伦已经束手无策，精于粮道的林同发这才和盘托出自已的想法，"趁麦基尚未动手，集中人力物力，高价收米，同时把卖价再抬起来，转卖给麦基，或许仍能捞回一点儿损失。"

"老林，"彭伟伦怦然心动，"如果放开收，二十日之内，我们能收多少大米？"

"估计收不了多少。市场上的大米让茂平收得差不多了。"

"茂平也只收了附近的。远处的呢？"

“晓得了，”林同发点头道，“我这就派人前去南京、杭州、蚌埠、镇江、常熟，看能收到多少。”

“去吧，兵贵神速。可把收价放高，重金之下，必有余粮。”

“多高为宜？”

彭伟伦思忖一下：“茂平不是五块、五块二吗？我们就五块五，五块八。另外，把售价抬起来，慢慢抬，一天一个价，争取抬到七块五，不，八块，然后力争七块批给麦基！”

“好咧。”林同发转身出去了。

“小段哪，”彭伟伦转对大卫段，“彭叔这把架子扎好了，下面就得看你的。无论如何，你要把生意拖到仁谷堂，要让麦基相信，只有我们行会才有这个实力。”

“彭叔，”大卫段应道，“我没啥讲的，只是另外两个江摆渡，得设法堵住他们的嘴。”

“老规矩，事成之后，提一成利。”

“好哩。”

一辆黑色洋轿车在门外戛然而止。

大卫段先走下车，打开车门，请出里查得。

首先映入里查得眼中的是仁谷堂外的告示牌，上面赫然写着大米牌价，墨迹未干：一般粳米，七元一角/石；上等粳米，七元五角/石。

里查得倒吸一口冷气，从那价牌上收回目光，看向大卫段：“七元五角？怎么回事？你不是讲过六元吗？”

大卫段未及回话，林同发已经点头哈腰地迎出来。

“你是——”大卫段故意装作不认识。

林掌柜揖个大礼：“江摆渡先生，在下林同发，本店掌柜，米业公所协理。”

“就是此人了。”大卫段转对里查得道，“仁谷堂是上海最大米行，在上海有几十家分店，这儿是总店。此人就是这家米行的林掌柜。”

“是哩，是哩，”林同发满脸堆笑，“我们这儿米仓不满，全上海就得闹米荒哩。”

里查得走进店里，观看店面，竖下拇指：“嗯，是个大米行。请问林掌柜，你有多少大米？”

“麦克麦克（much，much，很多，很多）！”林掌柜比画道，“洋大人想要多少？”

里查得笑了，学他比画道：“我要麦克麦克！”

林掌柜连连点头，堆笑道：“欧凯欧凯，我们这里的大米有麦克麦克。”

里查得比画道：“money，钱，一石多少？”

林掌柜比指头：“七……七块！”

“No，no，no，”里查得连连摇头，“太贵了。我们需要麦克麦克，价钱应该很低很低。”

“林老板，”大卫段指着店里的价牌，明知故问道，“两天前我亲眼看到你们这里的上等大米是六块一石，为什么一夜之间涨到七块五了？”

“没办法呀，”林同发一摊两手，“粮价原没这么高的，可这几天，南方大米突然贵了，广东涨到一石八块，好多老板来到此地订货，价钱一下子就上去了。”

里查得听得明白，心里打个惊颤：“广东大米涨价？”

“是哩。听说印度遭灾，没有米吃，有洋大人从广东收米，运到印度，把米价涨上去了。我们也没办法呀。”

里查得皱下眉头，比指头道：“六块五，OK？”

“拿拿拿，”林同发连连摇头，比个七字，“七块！至少七块！”

“这事情定了，”里查得沉思一下，决然说道，“我要至少五万石，十五日之内备齐。我回去准备合同。”

里查得前脚一走，林同发后脚就到广肇会馆，心急火燎地对彭伟伦道：“老爷呀，洋大人一开口就是五万石，天哪，还要在十五日之内办到，我……我们哪能办哩？”

“茂平不是有吗？”彭伟伦悠然敲着桌子，“为何不向他们买呢？

他五块收粮，我们给他五块八，六块也成。他有多少，我们买多少。如果还不够，就到附近米市补购。”

“我这就去问问。”林同发转身欲走。

“老林，”彭伟伦叫住他，“茂平那儿，你要注意技巧，洋人收米的事体，切记不可走漏风声。”转向大卫段，“小段，合同之事，暂还不能签。万一搞不到粮食，让麦基告到公廨里，就不大好玩了。”

“彭叔，”大卫段哭丧起脸，“这个怕是不成。洋人做生意，只认合同。”

“这个我能不晓得？”彭伟伦白他一眼，“就一个字，拖。现在是一石七块，拖他几日，不定能涨它个八块、九块呢！他把船都租来了，还能愁他不买？”

“我……尽力。”

茂平谷行里，凡是能堆米的地方，全部堆满了米袋，连柜台都挤得快没地方了。挺举褐衣短衫，正与几个伙计满头是汗地搬动米袋，试图打通一条既能通风又便于巡检的通道。

林掌柜背着手，慢腾腾地走进店门，目光上下打量这山一样的米垛。一身长衫的顺安坐在柜台里，忙不迭地核对账款与票据。

林掌柜走到柜台前，看顺安打会儿算盘，拱手道：“你是伍先生吧？”

顺安抬头，见林掌柜衣冠楚楚，气度不俗，赶忙起身，拱手还过一礼：“先生是——”

“哦，在下姓林，”林掌柜从袋中摸出一张名帖，摆在案上，“这是在下名帖。”

“林老板？”顺安看过，肃然起敬，连连拱手，“想不到嗬，您就是大名鼎鼎的仁谷堂掌柜、仁谷堂米业公所总理，久仰，久仰！”

“伍先生过誉了，在下不过是尸位素餐而已。”林掌柜打量他一眼，又拱下手，假作不屑地扫视周围的米袋，“你们收下介许多米，勇气可嘉。不过，上海也就这么大个市场，米多了，不好卖嗬。”

“是哩，是哩，我正发愁哩！”顺安急切说道。

“呵呵呵，”林掌柜笑了，“伍先生晓得发愁，这就对了。听说伍先生出身书香，饱读经书，乃生员及第，在下甚是钦慕。在下虽说没有读过多少书，却是看透一部米经。不瞒伍先生，在下在这行当里摸爬滚打近三十年了，不敢言大，但江南米乡何时插秧，何时黄熟，何时收割，何时打场，何时入仓，在下无不了然于胸。不只是江南，纵然南来北往之米，在下只需瞄一眼，就能知其产于何地，嗅一下，就能知其口味如何。”

“啧啧啧，”顺安伸出大拇指，恭维道，“难怪人人都说林老板是个米虫哩！在这上海滩上，林老板大名，无人不晓嘀！”

“伍先生高抬了。”林掌柜感觉已经摸透对方了，决定不再迂回，直入主题，态度、语气也略有不屑，象征性地拱下手道，“随便问一声，伍先生，你们收下介许多米，是要自用呢，还是打算外卖？”

“外卖，外卖，”顺安连连拱手，迭声应道，“林老板朋友遍天下，我们还要仰仗呢！”

“好说，好说，”林掌柜呵呵呵连声，“敢问伍先生，你打算几钿出手？”

“这……”顺安迟疑一下，正要开价，猛然注意到挺举不知何时已经蹲在林掌柜身后不远处，正在扎一只漏米的麻袋，但动作极是缓慢，两只耳朵高度竖起，显然他们的对话尽被他收入耳中了。

“伍先生，”林掌柜呵呵笑道，“你要考虑一点，不是零售，是打总儿吃进。”

“我……”顺安脸上发烫，嗫嚅道，“在下不是伍先生。”转对挺举，急急扬手，“阿哥，仁谷堂的林老板来了，他要见你！”

闻听此言，林掌柜大吃一惊，顺着顺安的手势扭转身，见身后并无掌柜，只有一个伙计模样的小伙子正在动作麻利地用一个铁钩针缝扎一条漏米的麻袋。

“是吗？”挺举站起身，拍打几下手，又拍去身上的灰土，慢腾腾地走过来。

“你是——”林掌柜不无疑惑地盯住他。

“在下伍挺举见过林老板。”挺举憨厚地笑笑，朝他拱拱手。

林掌柜瞠目结舌，竟然忘记还礼了。

“阿哥，”顺安显然急于打破方才的尴尬，“林老板想吃进我们的所有大米，要你开个价。”

“是吗？”挺举看向林掌柜，“真是好事体哩。”

“伍先生，”林掌柜这也反应过来，但方寸已乱，也没机会客套了，只得就势说道，“在下就是为这事体来的。”

“林老板请讲。”

“我想问一声，伍先生的大米如何打总儿出售，可有个意向价钿？”

挺举盯住林掌柜，眼睛眯缝起来。

“林老板，”见挺举迟迟没有表态，顺安急了，“你能出几钿？”

“我来开价也未尝不可，”林掌柜微微一笑，“你们是五块购进的，我可出到五块五。”

顺安看向挺举。

挺举仍旧眯缝起眼，微笑着，没有应声。

“再加三角，五块八。”林掌柜心里有点儿发毛，“这个价钱够高了，我是全包，你们也好图个省心。”

“阿哥？”见挺举仍旧没接腔，顺安小声说道。

“林掌柜美意，晚辈心领。不过——”挺举睁开眼，朝林掌柜拱下手，“在下只是店中伙计，掌柜不在，伙计不敢擅专。”

“呵呵呵，”林掌柜笑了，“你是讲老马呀。他那个人，不在酒馆就在赌馆，即使在，只怕也是无法做主吧。那天丢豆子，大家全都看到了。”

“不能做主，也是掌柜呀。”挺举也回一笑，“林老板，你没有别的事体了吗？”

“我……”林掌柜急了，“伍先生，你讲个数，几钿肯卖？”

“六块二如何？”顺安一咬牙，给出一个狠数字。

“这位先生，”林掌柜微微皱眉，“你出这价，离谱了。”

“那……你讲几钿。”

林掌柜比出个指头：“要么，算个整数。六块。”

“好好好，”顺安喜出望外，“六块就六块！”

“林掌柜，”挺举咳嗽一声，“他和我都是伙计，做不得主。你实意买米，须等掌柜回来。若无别的事体，我们就不奉陪了，这在忙事体哩。”

见挺举这般下达逐客令，林掌柜脸色变了，声音放狠：“伍先生，话我算是搁这儿了，你好好掂量，你这大米，当心捂在仓里全发霉了。”一扭身，大步走出。

“谢林老板关照！”挺举微微笑着送到门口，朝他扬手，“林老板走好！”

看到林掌柜走远，顺安责怪道：“阿哥，你想卖几钿？想卖八块吗？想不到你这心肠介黑哩。”

“阿弟，”挺举走过来，拍拍他的肩，半笑不笑道，“你不是伍先生，你叫傅晓迪。此地是谷行，不是钱庄。鲁叔让你来，是让你做账放款的，不是让你谈生意的，往后不要乱插嘴喃。”扭过身，又跟伙计们一道干活去了。

顺安吃这一噎，却也无话可说，脸色干干地愣会儿神，猛地出手，将算盘珠子噼里啪啦地拨了个山响。

林掌柜出战茂平未捷，回到仁谷堂，派遣出去的几路人马也都纷纷传回来不利消息。见事体全搞砸了，他只好哭丧起脸赶到广肇，向彭伟伦一一禀报。

“什么？”彭伟伦震惊了，“南京、蚌埠也让人买空了？啥辰光的事？”

“就是近日。”

“鲁俊逸！”彭伟伦从牙缝里挤道。

“老爷，”林掌柜轻轻摇头，“这桩事体怕是与鲁俊逸没啥关系。

据我查证，是那个醉鬼干的。”

“醉鬼？哪个醉鬼？”

“就是姓鲁的舅子，那日在选举时出大洋相的马振东。”

“咦？”彭伟伦怔了，“他不是与鲁俊逸一直作对吗？鲁俊逸多次对我讲起此事，一提起他，头就疼得不得了。”

“可那醉鬼突然之间不赌不饮，莫名失踪了，之后就发生茂平收米的事体。无锡有人向我报告，所有米行都是跟那个醉鬼签约的，还约法三章哩。”

“约法三章？哪三章？”

“就是米价向所有粮农公开，不得少给粮农钱。米行每收一石，赚两角经办费和入仓费，运费另外算。如果少付粮农钱，醉鬼就扣掉总款的五分之一。”

彭伟伦微微眯眼，盘思这个新情况。

“如果不出我的估计，”林掌柜略顿一下，“站在醉鬼后面的人不是鲁俊逸，是伍挺举。”

“伍挺举？”

“对，就是选举那日搀扶醉鬼的那个伙计，鲁俊逸后来任命他为茂平谷行的执事掌柜，代替振东。方才我去茂平跟他交涉大米的事体，死说活说，那小子只是不肯。”

“讲什么理由没？”

“讲了。他说他只是伙计，无权决定，要等掌柜回来。经我查实，所有这些，全是姓伍的一手操控，连姓马的也是听他差遣。”

彭伟伦长吸一气。

“此人不得了。”林掌柜叹服了，“我去洽商时，他一身伙计打扮，正与伙计们一道干活。我没在意他，没想到后来竟然就是他。待他走到我跟前，我立即觉出一股霸气。”

“此人是何来路？”

“我查过了，此人刚从宁波来，是个落第秀才。姓鲁的起初并未重用他，只是让他去给姓马的醉鬼当下手。前番坏规矩收米，也是此人干的。

后来小的奉老爷之命，用一千石订单憋他一次，没想到的是，这人不但挺过来了，这又与那个醉鬼合谋一处，干出这番惊天动地的大事体来！”

“一个刚出窝的书生，姓鲁的凭啥信他？”彭伟伦眉头皱起。

“不晓得哩，兴许是让老爷逼急了。”林掌柜摇头道，“对这茂平谷行，小的原本就没放在眼里，啥人晓得这……半路上杀出个程咬金，把一盘好棋全打散了。”

“真是日怪了！”彭伟伦连出几声苦笑，“没想到我们这些久经沙场的老油子，竟然栽在一个刚出窝的书呆子手里！”

一连七日，购米合同仍旧未签，大米未见一粒。眼见货船已在发往上海途中，麦基坐不住了，召来里查得，大声斥道：“Where is the contract? Where is the rice? Seven days gone, with the ship rented and all the money ready! You, good for nothing! I want rice, rice, and nothing but rice! （七天过去了，船租好了，钱也准备好了，可合同呢？大米呢？你这饭桶。我要大米！大米！大米！）”

里查得低着头，大气也不敢出。

麦基喘会儿气：“Is there only Rengutang selling rice in Shanghai?（难道只有仁谷堂卖大米吗？）”

“Yea, yea，”里查得诺诺连声，“I will go for others right away.（是。我这就另寻卖家。）”

几经打探，里查得驱车直驶茂平谷行。

挺举去天使花园了，留下顺安在柜中守值。顺安听到车响，又见车里走出一个洋人，直奔店门而来，急忙转出柜台，哈腰迎接。

顺安这也是第一次单独接待洋人，舌头有点不灵光了，打结道：“哈……哈罗……”

里查得走进店门，见到遍地大米，乐不合口，伸出手，紧紧握住顺安的手，热情地用半生不熟的中文道：“我是里查得，麦基洋行协理，很高兴认识你。你是掌柜吗？”

“我……”顺安不敢再充掌柜了，打哈哈道，“我是茂升钱庄跑街，这个米店是茂升钱庄办的。”

“那么请问，掌柜在哪儿？”

顺安眼珠子滴溜溜一转：“掌柜是鲁老板，在他府中呢。”

“我要见鲁老板，你带路，好吗？”

“好好好，在下乐意效劳，这就引大人前去。”

里查得领他走到外面，拉开车门：“先生，请。”

“我……”望着洋轿车，顺安退缩一步，“能坐这车？”

里查得再次礼让：“请！”

顺安大起胆子钻进轿车，指挥司机直驱鲁宅。快到鲁宅时，顺安心思又变了，指挥司机开到钱庄，引洋大人大摇大摆地直入客堂，为他沏好茶水，方进协理室向老潘回报。

老潘喜出望外，赶忙拿起电话，拨给俊逸。

俊逸也早从各个渠道得到麦基洋行在收大米的消息，心里完全踏实了。接到电话，俊逸想好应对之策，悠然自得地赶到钱庄。

见他进来，里查得起身，远远迎上，握手道：“鲁先生，打扰你了！”

“拿拿拿，”俊逸握住他手，用半生不熟的洋泾浜英语应道，“洗油海皮！雪堂雪堂。（See you happy. Sit down. Sit down. 很高兴见到你，请坐。）”

二人回到座位上，分宾主坐下，里查得直入主题：“鲁老板，我要大米，许多许多大米！”

“扫里扫里（Sorry，对不起），”俊逸摊开两手，做出无能为力的样子，“埋坎拿堵（My can no do，我不能决定）。”

里查得没听明白，纳闷道：“你不能做什么？”

“大米，”俊逸有点儿夸张地比画朝口里塞食的动作，“埋坎拿堵。”

里查得听明白了，急起来：“你不能，谁能？”

“密斯托伍挺举！”

“Who’s Wu Tingju?（伍挺举是什么人？）”麦基皱眉问道。

"It's said he is a counterjumper.（打听过了，是谷行里的伙计。）"里查得解释道，"Mr. Lu is the big boss of Maosheng Money House and that Grain Store is one of his branch shops. The boss of that store is Mr. Ma, a drunkard and gambler, with Wu as his newcome counterjumper.（鲁先生是茂升钱庄的大老板，谷行是鲁老板的一个分店，谷行老板姓马，是个醉鬼，也是个赌徒，伍挺举是谷行新来的伙计）"

"Well，"麦基不无诧异，"Mr. Lu is a big boss，and Mr. Ma is a small one. Both the big and the small leave the final decision to a newcome counterjumper. What does it mean? （哦？鲁先生是大老板，马先生是小老板，大老板不管，小老板不管，却让伙计管，什么意思？）"

里查得摇头。

麦基沉思一会儿，恍然有悟，做推皮球动作："I see，he is pushing…pushing balls，yes，pushing balls.（明白了，他是在推……皮球。对，推皮球）推皮球。It's an old Chinese way of doing things.（这是中国人惯用的方式。）"

"Yea. You are right."里查得不得不佩服麦基的推断。

麦基拿起皮包："Let's go for that counterjumper. Right away!（走，会会那个伙计去，这就走。）"

二人下楼，钻进车中，看到顺安仍在车中候着。

三人赶到茂平时，挺举已从天使花园返回。见到顺安领着洋人进店，挺举既没有惊讶，也没有狂喜，只是长长地吁出一气。

没有过多的客套，里查得开门见山："伍先生，我们买大米。"

"要多少？"挺举也是直截了当。

"你有多少？"

"你没有回答我的问题。"

里查德怔一下，看向麦基。

麦基点头。

里查德伸出五个指头："五万石，你有吗？"

"你们买大米，做什么？"挺举再问。

麦基再次点头。

里查得道："印度闹灾，我们要把这些大米运往印度赈灾。请问伍先生，你有多少？"

"六万石。"挺举比个指头。

二人惊喜，互望一眼，麦基重重点头。

里查得问道："多少钱一石？"

"你们出多少？"

里查得看一眼麦基，比出六，又伸五个指头："六块五，可以吗？"

这个价钱远远超出仁谷堂的开价。顺安一阵激动，两眼睁圆，急看挺举，挺举却无任何反应。

里查得再看麦基，见他点头，比出指头："七块！"

好家伙，只一瞬间，每石涨价五角，六万石就是三万元！顺安哪里见过这般谈生意的，内心咚咚真跳，急看挺举，仍没见他有任何反应。

"伍先生，"里查得一咬牙，又比画一下，"七块五，不能再高了！"

天哪，七块五！顺安压抑不住内中激动，紧急看向挺举。

挺举仍旧没有表态。

顺安急了，用脚踢他一下，见他仍不说话，断出他的心理价位是八块，一狠心，干脆替他说出来："我们要八块！"

里查得看向麦基。

"OK，"麦基长考一阵，对里查得道，"tell him，all the rice must be ready within ten days."

里查得转过来，意译麦基道："好吧，就八块。六万石全要了，十日之内交货，可以吗？"

"欧凯，欧凯，完全欧凯！"顺安大喜过望，连连点头。

麦基显然看出端倪，没有睬他，直视挺举，用蹩脚的汉语道："伍先生，行？不行？"

“价钿不行。”挺举总算开口了。

“这……”麦基脸上沁出汗珠，“伍先生，不……不能再高了！八块是极限！”

“伍先生，”里查得迟疑一下，问道，“你想多少？”

挺举却只伸出六个指头：“六块；上等米，六块二。”

麦基、里查德面面相觑，显然不敢相信他们的耳朵。麦基忽地站起，又坐下，在胸前快快地连画几道十字，小声道：“My God!（上帝啊！）”

顺安万没料到挺举说出这样的话，脸色煞白，连踢挺举，小声道：“阿哥！”

挺举没有睬他。

“阿哥！”顺安照他的脚狠踩一下，见他仍旧不理，声音严厉了，“伍挺举！”

挺举依旧没有睬他，两眼直视二位洋人：“不过，我有一个条件。”

麦基、里查得不约而同道：“什么条件？”

“运抵印度后，你们必须低于市价两块售出。”

麦基的中文不好，似乎没听明白，看向里查得。

里查得意译挺举的话道：“He means that when we sell rice in India, the price must be 2 yuan lower than the local market average level.”

“Why?”麦基不解了。

里查得转对挺举：“为什么呢？”

“因为这两块不属于你们。”挺举一字一顿。

麦基听懂，连连点头：“Mr. Wu, you are great. I will keep my words and do as you say.”

里查得译道：“总董说，伍先生，你了不起。我会遵守诺言，照你讲的做。”

挺举又道：“这个条件必须写进合同。”

里查得翻译："He said that the condition must be listed in the contract."

麦基应道："OK。"

"还有，"挺举又道，"合同分中英文两份。若有纠纷，以中文解释为准。"

"这……"里查得面现难色，"我们一向使用英文，即使有中文，也以英文解释为准。这是定规。"

"中英文，以中文为准。"挺举字字千钧，毋庸置疑。

里查得翻译挺举的话道："He said that the contract must be written in both Chinese and English, and the final say of all the chapters must be in accordance with Chinese Edition in case of any legal affair."

"OK，"麦基欣然说道，"Do it just for Mr. Wu.（好，我们为伍先生破例。）"

几乎是眨个眼，挺举就将稳赚到手的十二万洋钿拱手相送，这于顺安就如惊雷轰顶。待醒过神来，顺安啥也不顾了，拔腿就朝鲁宅里跑。

显然，挺举这个决断大出俊逸所料。

在俊逸这里，这一仗已胜券在手，他甚至已在盘算挺举能够为他赚到多少银子，以及他如何回报挺举。然而，意外却又发生了。

"鲁叔呀，十二万块，整整十二万啊，"顺安伤心欲绝，"就这样在眨眼间打水漂了！"

俊逸坐不住了，当即与顺安赶往谷行，没走几步，又觉得不妥，吩咐齐伯去叫挺举。

挺举与齐伯赶回来时，俊逸、顺安早在客堂里等候，脸色尽皆阴沉。

"鲁叔，"挺举显然晓得发生什么了，干笑一下，"我本说晚上打总儿禀报你呢。"

"坐吧。"俊逸指指座位。

挺举坐下。

"挺举，"俊逸眉头紧拧，"事体方才晓迪讲给我了。我想问问你，为何这么做？”

“鲁叔，”挺举迟疑一下，“这米是运去赈灾的。”

“赈什么灾？”不待俊逸出声，顺安如连珠炮般发作了，“赈洋人的灾吗？我们自家的灾啥人来赈？洋人欺侮我们，不把我们当人，我们凭什么去赈他们的灾？鲁叔……”

“挺举，”俊逸摆手止住顺安，“与洋人签合同没？”

“还没签呢，”挺举应道，“我正在与里查得先生起草条款，明日正式签署。”

“你看这样好不？”俊逸吁出一口长气，“既不是八块，也不是六块，我们取个中间数，七块卖给他们吧！”

“鲁叔，我都讲好了的。”

“这有什么？”顺安叫道，“合同不是没签吗？口说无凭，洋人认的是合同。”

挺举勾下头去，没有睬他。

“就这样定吧。”俊逸语气果决，“你这就去与里查得、麦基商量一下，把所有托辞推到我身上。挺举呀，这是笔不小的款子，六万块哪。即使这样，我们也便宜他们一块，仁至义尽了！”

“鲁叔，”挺举沉思良久，抬起头来，语气同样坚定，“我不能这么做！”

“挺举！”俊逸的声音稍稍严厉，半是呵责了。

“鲁叔，”挺举从袋里掏出俊逸写给他的授权书，双手递过去，“如果一定要这样，请你收回这张纸头。”

“你——”俊逸既震惊，又尴尬，大口喘会儿气，摆摆手道，“挺举，鲁叔没啥说了，就……就依你吧！”

“鲁叔，”挺举收起纸头，缓缓起身，“要是没有别的事体，我……走了。”

话音落处，挺举朝俊逸鞠个大躬，缓缓转身，一步一步地走出堂门，走向大门。顺安怔了会儿，紧步赶出来，追在后面。

顺安一直追出大门，追到大街上，见挺举仍在闷声前走，大声喝道："伍挺举，你站住！"

挺举站住步子。

顺安语气严厉："你这就给我回去，向鲁叔道个歉！"

挺举看着他，动也不动。

"阿哥呀，"顺安放软声音，"你……你哪能真就像个倔罗汉呢？你是啥人？你不过是鲁叔用的一个伙计！鲁叔放权给你，是赏你脸。看看你，哪能在鲁叔跟前显摆那张纸头哩？你这是当别人面打鲁叔耳光，晓得不？你……"

挺举目光怔怔地盯视顺安。

"还在倔哩？"顺安一把扯住他的胳膊，"啥话都甭说了，这就回去向鲁叔道歉。无论如何，我们年轻，我们少不更事，鲁叔大人大量，一定会体谅的。"

"你讲完没？"挺举冷冷地盯他一眼，一把甩开他，扭转头，扬长而去。

顺安指着他的背影，跺脚道："伍挺举，你……算你有种！"

挺举与顺安走后，俊逸又在客堂闷坐一时，起步上楼，再次走进他的小香堂里，晚饭也没吃，面对观音像一直坐到深夜。

自从卷入粮战，他的大部分时间是在这个香堂里度过的。

小半夜时，齐伯推开房门，走进来。俊逸有过严格规定，只要他进小香堂里，包括碧瑶在内，什么人不经传唤，都不许踏入半步，只有齐伯是个例外。

齐伯进来后，没有再站，而是拉过一块蒲团，在他斜对面盘腿坐下。

"齐伯，"俊逸缓缓抬起头来，看着齐伯，"我……错了吗？"

"老爷，你没有错。"齐伯应道。

"那……"俊逸激动了，"挺举这么做，究竟是为什么？是在玩我吗？"

"老爷言重了，"齐伯摇头，"他这么做，是为面子。"

"面子？"俊逸的声音越发激越，"莫说八块了，即使折中成七块，也是六万块洋钿哪！齐伯，你这讲讲，他伍挺举的面子能值介许多？”

“依老爷之见，挺举的面子能值几钿？”齐伯沉定地问道。

俊逸这也觉得把话说过头了，没再吱声。

“面子，也叫尊严。”齐伯语重心长道，“人活一张脸，树活一层皮。人有人的尊严，树有树的尊严，大米有大米的尊严，生意有生意的尊严。”

“这个我懂，”俊逸半是咕哝，“可……可他做的事体也太离谱了，不合生意之道！”

“俊逸呀，”齐伯改变称呼，直呼他的名字，“我这问你，什么是离谱？什么是生意之道？就说这大米吧，一个月前，市面上零售是六块，收价是五块。后来呢，先是被人压作三块八，眨眼之间又被哄抬到八块，还是批售！”声音出人意料地激动起来，字字如锤，“俊逸呀，这才是离谱，这才不合生意之道啊！”

齐伯从未用过这般语气与他说话。

俊逸震惊了，大张着口，一句话也说不出来。

“老爷，”齐伯放缓语气，恢复称呼，“你不要以为我是偏袒挺举，是这孩子太懂事体，太有心胸了。尤其是这次，从头至尾，挺举全都做得对呀。他维护的不只是他自己的尊严，也是生意的尊严，大米的尊严，还有老爷您的尊严！老爷，无论何时，做人，做生意，都要适可而止，贪心不可起啊！”

俊逸一脸热烫，不无羞惭地勾下头去。

粮船装讫，麦基亲自押送，俊逸、挺举等人全到十六浦码头送行。

就在麦基上船时，挺举从袋中掏出一张纸头，递给里查得：“船上我多装十石米，是我个人的，拜托送达这个地址。”

里查得扫一眼，递给麦基：“It’s Carri’s Garden!（是嘉丽的天使花园！）”

麦基端详纸头，惊讶道：“Mr. Wu, do you know Carri Mac?”

里查得译道：“伍先生，你认识麦嘉丽吗？”

挺举点头。

“Oh，dear，” 麦基不无惊喜地盯住挺举，“Are you the one who helps to care about Carri’s Angel Garden here?”

里查得译道：“你是帮助照看嘉丽天使花园的那个人吗？”

挺举点头。

“Yea，yea，I see.”麦基恍然有悟，不胜感慨，“Mr. Wu，you are indeed a genius.（嗯，我明白了。伍先生，你真是个天才。）”

麦基与里查得别过众人，登上舷梯，走进专为他们配置的舒适船舱里。

安顿已毕，里查得连连摇头：“He is not a genius. He is a fool. I mean Mr. Wu.（真是傻瓜，我指伍先生。）”

显然，里查得仍在想着伍挺举。

麦基看向他：“Why do you say so?（你为何这么说？）”

“What do you think if he had known that we would sell all the rice for over 15 yuan a dan in India. If it had been for me, I would have charged at least for 8 yuan a dan.（如果他晓得我们能在印度市场上把这些大米卖出十五块一石，会是什么感觉。如果是我，至少会要八块一石。）”

“No，no，no，” 麦基连连摇头，“Not 15 yuan，only 13.（不是十五块，是十三块。）”

“Why?”里查得惊愕道，“He can’t know all this.（为什么？他不可能知道这些的。）”

“For Mr. Wu. I promised him and it’s written in the contract. For this battle，he won.（为伍先生。我承诺他，并将之写进合同里了。这场决战，他是赢家。）”

“He won what?”（他赢什么了？）里查得不解地问。

“His honor.”麦基郑重应道，“I respect him now. He is a truly smart Chinese， a man of genius. He learnt the Indian famine from Carri，made out a really genius rice plan by only a piece of news he had heard of, and accurately carried it out.（他的尊严。我敬重他。他是个真正聪明的中国人，是个天才。他从嘉丽那儿得知印度闹饥荒，又凭听闻的这一点点信息，策划出一个真正天才的购米计划，并精确地付诸实施。）”

“He is a genius, yet not a businessman.（他是个天才，但不是个生意人。）”

“No, no, no.”麦基再次摇头，“He is more than a businessman. He knows how to make a good start.（不不不，他超越了生意人。他知道如何开启他的大好事业。）”

## 《第一商会2》即将出版，精彩预告：

粮战完胜，挺举在几个月里为茂记赚到六万块洋钿不说，又让鲁俊逸赚足名声，还意外得到麦基洋行的所有业务，从而完全打破广肇施加的洋行业务封锁。粤商为了报复，设计将麦基洋行一笔浸水变质罐头卖给茂升，使茂升、麦基同时受损。麦基洋行追究责任，经手买办套取巨额庄票潜逃。麦基为转嫁损失，将茂升告上会审公廨，引发庄票案。

中国掀起抵制美货狂潮，麦基洋行因经营美货而生意大亏。陷入危难的麦基意外看到国际市场橡胶紧缺，价格攀升，遂利用这一现象在沪炒作橡皮股，拉拢顺安助推。在利益驱使下，鲁俊逸听信顺安，不顾挺举的质疑与反对，孤注一掷地与麦基合作炒作股票，使股价上涨近百倍，沪上银业陷入疯狂……

敬请期待《第一商会2》！